U0500657

阅 读 即 行 动

James Wood

[英] 詹姆斯·伍德 著

The Fun Stuff
and Other Essays

私 货：
詹姆斯·伍德批评文集

冯晓初 译

北京联合出版公司
Beijing United Publishing Co.,Ltd.

图书在版编目（CIP）数据

私货：詹姆斯·伍德批评文集 /（英）詹姆斯·伍
德著；冯晓初译 .—北京：北京联合出版公司，2024.
9. — ISBN 978 – 7 – 5596 – 7896 – 6

Ⅰ . Ⅰ106.4-53

中国国家版本馆 CIP 数据核字第 20244PV511 号

- -

The Fun Stuff: And Other Essays

Copyright © 2013, James Wood

Chinese Simplified translation copyright © 2024

by Neo-cogito Culture Exchange Beijing Ltd

Published by arrangement

through THE WYLIE AGENCY (UK) LTD

All rights reserved

北京市版权局著作权合同登记　图字：01-2024-1378

私货：詹姆斯·伍德批评文集

作　　者：[英] 詹姆斯·伍德

译　　者：冯晓初

出 品 人：赵红仕

出版统筹：杨全强　杨芳州

责任编辑：管　文

特约编辑：金　林

封面设计：彭振威

- -

北京联合出版公司出版

（北京市西城区德外大街 83 号楼 9 层 100088）

北京联合天畅文化传播公司发行

北京启航东方印刷有限公司印刷　新华书店经销

字数 281 千字　775 毫米 ×940 毫米　1/32　16.375 印张　插页 2

2024 年 9 月第 1 版　2024 年 9 月第 1 次印刷

ISBN 978 – 7 – 5596 – 7896 – 6

定价：82.00 元

- -

献给苏珊娜·凯斯和约翰·丹尼尔斯

以及，永远的 C. D. M

目录

1　　私货：向基斯·穆恩致敬

25　　W. G. 塞巴尔德的《奥斯特利茨》

44　　石黑一雄的《别让我走》

58　　思考：诺曼·拉什

77　　科马克·麦卡锡的《路》

99　　埃德蒙·威尔逊

139　　亚历山大·黑蒙

156　　超越边界：作为后殖民小说的《尼德兰》

179　　施害者和受伤者：V. S. 奈保尔

200　　罗伯特·阿尔特和詹姆士国王钦定版《圣经》

224　　托尔斯泰：《战争与和平》

250　　玛丽莲·罗宾逊

264　　莉迪亚·戴维斯

279 牵制：伊恩·麦克尤恩的创伤和操纵

297 理查德·耶茨

315 乔治·奥威尔：非常英国的革命

350 "高深莫测的！"（米哈伊尔·莱蒙托夫）

372 托马斯·哈代

395 杰夫·戴尔

409 保罗·奥斯特的浅薄

427 "被考察到疯狂的现实"：
克拉斯诺霍尔卡伊·拉斯洛

446 伊斯梅尔·卡达莱

471 英式混乱：艾伦·霍林赫斯特

490 生活的白色机器：本·勒纳

501 给岳父的图书馆打包

517 致谢

私货：向基斯·穆恩致敬

在一个矗立着大教堂的英国乡下小镇，幼年的我领受了传统音乐教育。先是被送去一位老古董钢琴教师手里，他有严重的口臭，会拿戒尺敲打我的指关节，就好像它们是马蜂一样；几年以后我开始和一位年轻点儿而且亲切不少的老师学习小号，他告诉我让这把乐器奏响的最好方法是想象自己在学校遭了欺负，把朝人啐小纸球的劲儿拿来对准号嘴。我每天在教堂唱诗班练唱，打下了相当不错的视唱和表演基础，也仍然弹着钢琴吹着小号。

但是，作为一个小男孩儿，当年我最想干的，是打鼓，在林林总总的乐器演奏中，也只有打鼓能让我觉得自己依然还是个小男孩儿。一个小伙伴的哥哥有一套鼓，十二岁的我直勾勾地盯着它那用木头和皮革搭起的闪亮外壳，幻想自己将会怎样敲击，制造一连串噪音。这幻想太难实现了。我的父母对"所有敲敲打打的"都看不入眼，而且对我来说意义重大的宗教与古典音乐的古板世界嫌弃摇滚乐。尽管这样，我还是等待着架子鼓的主人离开家上学去的机会，溜进阁楼，它们就在那里闪闪发光，不可思议地静默着，接下来的几年里我自己摸索着学打鼓。坐在鼓后的感觉与开车的幻想（另一个美妙的少年白日梦）很接近，双脚踩上两只踏板，是低音鼓和踩钗，眼前的鼓面回望着我，好像一个空白的仪表盘……

噪音，速度，反叛：每个人私心里都想当个鼓手，因为击打和号叫一样，能将我们送回童年的纯真暴力中去。音乐鼓动我们起舞，用我们的肢体表现节奏律动。鼓手和指挥是最幸运的音乐家，因为他们最接近舞蹈。而在击鼓时，舞者与舞蹈的关系又是多孩子气地紧密啊！当你吹奏双簧管、萨克斯，或者运弓拉弦，一丝极微小的近乎无法感受的迟疑——这音波振动时的迟疑——分割了演奏和乐音；对小号手来说，一个轻声的中央 C，比之十分复杂的乐章更令人犯愁，因为这根铜管会自然变得有气无力。而当一位鼓手要让鼓发声，他只要……敲它。鼓槌或手掌落下，鼓皮便发出咆哮。托马斯·伯恩哈德的小说《失败者》里的叙述者，一个

为天才梦疯狂并着迷于格伦·古尔德[1]的钢琴师,
就表达过化为钢琴、与琴同心共存这不可能实现的
渴望。但当你打鼓,你就是鼓。正如华莱士·史蒂
文斯所说,"咚－咚,这就是我。"

我小时候,能称得上人鼓合一的鼓手,是谁人
乐队(The Who)的基斯·穆恩(Keith Moon),虽
然我头一次听到他的音乐时,他已经过世。他所以
能和鼓画上等号,并不是由于他拥有作为一个鼓手
的最高超技巧,而是因为他犹如千手观音般欢欣快
活的、打旗语一样的疯癫呈现了一个被击鼓的狂欢
精神附体的人物。他拥有纯真的、不负责任的、好
动不安的孩子气。在谁人乐队早期的演唱会末尾,
当彼得·唐申德撞碎他的吉他,穆恩踢踹他的鼓、
站在其上、把它们朝舞台四下里狠狠掷去,这景象
看上去不仅仅是一个基于击鼓首先是敲打东西这一
前提的逻辑扩展,更是一个穆恩式的击鼓即生猛敲
击的必然延伸。在乐队的早期阶段,俱乐部的经理
们会向唐申德抱怨他的鼓手。他们会说,我们喜欢
你们这些小伙子,但是别带那个敲鼓的疯子来了,
他太吵了。而穆恩对此会简单对上一句:"我不会

[1] 格伦·古尔德(Glenn Gould, 1932—1982),加拿大钢琴
家。——译注(本书未标原注的脚注皆为译注)

静悄悄地打，我是个摇滚鼓手。"

谁人乐队曾有过律动那么非凡的生命力，却随着穆恩的离世而死去，那是 1978 年的 9 月 7 日。在我头一次听到《四重人格》和《谁是下一个》的时候，我几乎没听过任何摇滚乐。我对音乐声量和力度的概念不可避免地被完全笼罩着我的纯粹基督教成长环境限制——威廉·沃尔顿《第一交响曲》铜管奏响的最后那些小节，贝多芬《槌子键琴奏鸣曲》[1] 辉煌的终章，亨德尔的赞美诗《牧师扎多克》开头平地惊起的唱诗班合唱，或者达勒姆座堂管风琴三十二英尺高的低音管以及它们在这座巨型建筑尽头激起的回声，这些回声甚至得用七秒钟的时间才能消散。这些也不可小觑，但它们谁也没为我做好接受谁人乐队凶猛能量的预备。他们的音乐通过歌词代言了摩德（Mod）式的反叛："希望在老去之前我就死掉"；"看看这新老板，跟旧的一个样"；"打扮漂亮，为海滩之战"；"你头顶有个百万富翁，/他监视你一举一动"。彼得·唐申德猛力而紧绷、延宕的和弦像是在将他们周身的空气冲刷擦亮；罗

---

[1]　指贝多芬钢琴奏鸣曲第 29 号，op.106，是贝多芬晚年的重要作品，该作品副标题即"为槌子键琴所作的大奏鸣曲"，后被简称为"槌子键琴（Hammerklavier）奏鸣曲"。

杰·达尔特雷的演唱是一个青年带着挑衅的趾高气扬，是对某些犯罪活动的煽动；约翰·安特威瑟连绵不断漂移着的贝斯像是正飞奔逃离犯罪现场；而基斯·穆恩的鼓，雄心勃勃的纵容破坏，就是这场犯罪本身。

　　大多数摇滚鼓手，非常不错甚至独树一帜者，也不过充当着节拍器。一段乐句的末尾可以来个过门或者鼓花，但节拍才是统领全局的元首。在常见的4/4小节中，底鼓是第一拍，接着是小军鼓，然后底鼓敲上第三拍（常常在这个鼓点上使用两个八分音符节拍），再是小军鼓来敲这一小节的最后一拍。这带来了大多数摇滚乐鼓点里令人熟悉的"嘭-哒，嘭-嘭-嗒"之声。一个经过标准训练的鼓手，在演奏诸如披头士乐队的《肩负重任》(Carry That Weight) 时，会将他的4/4拍稳定地从"小伙子，你要肩负重任，肩负重任，很长时间"一直保持到这一乐句末尾处的自然间断，即"时间"一词的地方，一个无歌词的、半小节的两拍子静候着接下来的重复副歌。在这半小节里，可能会有一个快疾的鼓花，或者一个鼓花加一个三联音，或者一些军鼓与踩镲制造的小花巧——其实就是随便什么即兴加花。这个加花是私货，可以不夸张地说，敲鼓这活儿的几乎所有乐趣，就在上一乐句的结尾与下一句开头间夹着的这两个空拍上了。林戈·斯塔尔的表演相当温和收敛，他在这两拍的空当里什么也不多做：大多时候，只是敲上八个平均的、直通通的十六分拍子（哒－哒－哒－哒/哒－哒－哒－哒）。在这首歌的一个不错的翻唱版本里，创世纪乐队的菲尔·柯林斯，这位和谦逊中庸永不搭边的极其炫技的鼓手，以羽毛般精巧的两个八分节拍起头，在回到主线节奏前，用小军鼓利落坚定地完成他这个紧凑的鼓花。不管风格上的差距有多大，中庸和炫技的鼓手都认同维持节拍的空间是要留足的，而分给旁逸斜出的则是小得多的分量，好像课堂上的休息时间。他们之间的差别仅是炫技型鼓手的课堂休息要多多了，并且总是忙于向其他同学展示自己。

基斯·穆恩把这些都撕得粉碎。在他的演奏中，没有课堂休息，因为他就没有在上课的时候。他只有私货。穆恩打鼓的首要原则即鼓手不是为了保持节拍而设。当然，他也维持节奏，并且做得相当好，但他摒弃了传统的那条路，而其他所有的方法他都用上了。打鼓是复制性的，大体上摇滚乐也是这样，穆恩显然觉得重复是灰暗的。所以他打起鼓来，和谁都不一样——甚至包括他自己。我是说，没有哪两个小节在穆恩手中被处理得一模一样过；他向一致性发起挑战，他一直在蓄意破坏重复。乐队里的其他人都在玩儿即兴，那为什么得让鼓手充当那个倒霉的节拍器？他视自己为一个和其他独奏者们一起演奏的独奏者。正因如此，鼓手可以演奏一连串的音乐，和吉他手一样运用一连串的起伏，渐强，跳跃。也因此，传统意义上锁定节奏的主力小军鼓和底鼓，也并不比架子鼓中的其他鼓更重要了；你需要更多其他鼓。非常非常多。20世纪70年代中期，穆恩的架子鼓被称为"世界第一大"——无论如何，多美妙荒唐的狂妄自大啊！——他架起了两个底鼓，至少十二个筒鼓，它们像一支聚光灯组成的纵队排列起来；而他就像一个欢快的小男孩儿，造了复杂的碉堡，只为了摧毁它们。但他需要所有这些鼓，就像长笛需要它每一根音栓，竖琴需要它所有的弦，以便让他的壮阔涌动的激流、行云流水的旅程被人听到；他在这些鼓之间环游时不至于无鼓可用。

　　大众的音乐演奏，像体育竞技及葡萄栽培一样——也许小说写作也算一个？——可能都在上个世纪得到了发展。现如今，越来越多钢琴演奏者能够在音乐会上出色地拿下肖邦或者拉赫玛尼诺夫的曲子，而附近鼓乐店的伙计很可能比当年基斯·穆恩的技术更精到。YouTube，在这个炫耀者们永不停歇的特殊奥运会上，到处是年轻人飞舞着手臂，将他们的高超技巧宣泄到装配得像炮兵方阵一般极度复杂的架子鼓上。不过这又算什么？他们还能从高处直体后空翻蹚进自己的牛仔裤，再跑酷横穿巴黎。穆恩不喜欢，也不进行鼓手单人表演；我唯一看过的一段独奏非常糟，简直是一种反表演的艺术——穆恩懒洋洋、无意识，显然是喝多了或嗑晕了或者两者皆有，像拍枕头一样敲着，几乎要倒在鼓上。他也许不拥有坚持一段冗长复杂的独奏的必要控制力；更有可能的是，他需要谁人乐队活力充沛的冒险活动来推动他找到自己的激情。他有句名言欣然承认了自己的这一特点：“我是世界上最棒的基斯·穆恩型鼓手。”这也就是说：“我是世界上最棒的谁人型鼓手。”

基斯·穆恩式的击鼓演奏是对艺术性和无艺术性的幸运结合。首先，他的鼓声总是听起来很好。他敲鼓敲得狠，并且把大筒鼓的声音调低（不是像肯尼·琼斯那种阉伶似的音色，肯尼是穆恩去世后勉强接班的谁人乐队鼓手）。他的小军鼓始终非常“干”。这不是个小事儿。你家门口酒店舞厅里天赋有限的三人组小爵士乐队——穿着晚宴正装的老派人士演奏他们的旧日金曲——他们往往都有一个所谓的鼓手，手里的两根鼓槌轻得都快碰不上鼓面了，而手下的小军鼓——潮湿、瓮声瓮气、松松垮垮——听着像一串打不完的喷嚏。一只"干"的、被恰当击打的小军鼓，是一声大喊，一阵爆裂，一份宣言。鼓手如何击打小军鼓，以及它听上去的效果，可以决定一支乐队整体的精气神。像超级旅程和老鹰这样的乐队听起来柔弱温和，很大程度上，是因为他们如此黏糊糊、轻飘飘地使用了小军鼓（而不是因为有小精灵在挤弄主唱的睾丸）。

谁人乐队有三张伟大的专辑，同时它们也是穆恩最伟大的三张：《利兹现场》（1970 年），这是 1970 年 2 月 14 日在利兹大学的爆炸性演出留下的录音，一般也被视作摇滚史上最伟大的现场录音之一；《谁是下一个》（1971 年），最著名的谁人乐队唱片；以及《四重人格》（1973 年），它是对《汤米》那张专辑的某种继续，一部"摇滚"歌剧，怀揣乡愁纪念早年触发和滋养过乐队的 60 年代摩德文化。在这几张唱片里，有《复制品》《我这一代》《看见我，感知我／聆听你》《不再受欺骗》《巴巴欧莱利》《讨价还价》《歌已结束》《真实的我》《5.15》《海与沙》以及《爱，统治我》。现场录音和录音棚制作之间没有很大的差别——它们都充斥着即兴和有结构的无序、失误和错漏；它们都像是对仅有一次的成就的匆忙感激。这里也呈现出穆恩打鼓的第二个原则，也即是说，他从来都是在演出，而不是录音，出错不过是活力运转的一个部分而已。（在《四重人格》中美妙的歌曲《肮脏的工作》里，你可以听到穆恩在游荡于群鼓之间时意外地把鼓槌敲到了一起，三次。大多数鼓手如果被录到了如此情况怕是都要惊恐万分。）

对穆恩来说，这种活力意味着尝试去和变化着的音乐动态融合，既要听着贝斯容易被带跑偏的声线同时也要留心稳定而鲜明的主唱之音。正因如此，他不可能从谁人乐队制造的音乐中被割离出来。曾有这么个传闻，1968 年，吉米·佩吉希望拉来约翰·安特威瑟和基斯·穆恩给他的新乐队担任贝斯和鼓手；引起哗然的是，这个组合听起来应该既不像齐柏林飞艇又不像谁人。如果齐柏林飞艇的鼓手约翰·伯恩汉姆在《不再受欺骗》里替代穆恩，这首歌会丢失它一半的激情热烈的推动力，以及一半的野蛮放肆；如果穆恩替代伯恩汉姆为《好时代，坏时代》敲鼓，这支作品紧凑的稳固坚定则会瞬间蒸发。

伯恩汉姆的鼓听上去像是通篇斟酌过；他从不野心勃勃，因为他似乎完美审度过节奏的秩序与其偏离之间的关系：他华丽而严格限制使用的小军鼓起拍，他著名的底鼓疾速双击，永远都在他恒定稳固的踩钹的对照下出现，而踩钹则在每个小节中保持着统一的稳定节奏（在一个标准 4/4 拍小节中，踩钹是完整的四拍，或者八个半拍）。这就是"伯恩汉姆之声"，可以在他著名的超长独奏——复杂得泣鬼神的一段——《莫比·狄克》里感受到，这首歌收录于现场唱片《此歌依旧》中。所有都被预估好，被合适地安排了：秩序惊人。相比之下，穆恩的鼓法是将东西放到不该去的地方：混乱惊人。你可以准确地模仿伯恩汉姆；至于复制穆恩，有点像是要将他横溢的能量装入瓶中，实在困难多了。

穆恩的第三条重要的原则，是将尽可能多的私货塞进每个小节，这给他的表演带来了非凡的多样性。他似乎会同时对所有东西生出触及的渴望。比如说，底鼓和镲。一般而言，鼓手是以合适得体的一成不变来敲击它们。在一段鼓面滚击后跟上一记吊镲，像是个华丽手势，但同时也很无聊的，是某种对即兴部分结束的通告，你的击打必须走回正题了。穆恩对这两个乐器有他自己奇怪的一套。他惯于"驾驶"他的底鼓：像一个紧张的驾驶员总会把脚放在刹车上那样，他把脚停留在底鼓踏板上，有时一整个小节都在敲击底鼓。当他突然开始做一个筒鼓上的轮击，他会同时保持自己在底鼓面的击打，以至于产生了两个鼓手一齐演奏的效果。与此同时，他喜欢尽人类之极限频频击镲，且不顾节拍——离正确鼓点不是前就是后——正如爵士乐以及爵士大乐队鼓手干的那样。所有的镲同时被敲响的效果就好似排队等候时有个什么家伙出人意料地大声叫喊起来——是一段打着惊叹号的嚎叫。（而他以一串猛击镲继而在鼓堆里一圈劈打来进入一首歌曲的演奏习惯，就像某人突然闯进一间安静的房间大喊："我来了！"）

这种打法是如此生动和自由，人们往往忽略其复杂性而只强调其充沛活力。不过这种打法在《不再受欺骗》《讨价还价》《爱，统治我》或者《歌已结束》中还是非常之复杂的：除了乱人眼目的击镲，穆恩不断地打出小三联音（有时在筒鼓上，而有时则是双脚齐下，同时敲响两只底鼓）；采用一种名为复合跳的技术，左右手轮击令两只筒鼓共鸣；做半反弹双手滚奏和双跳（这个方法从原理上说，即是用鼓槌跳击鼓面以使它们打出更快的单音），以及不规则的军鼓双击装饰音（一种使用双鼓槌敲击但二者之间有前后错列的装饰音，使得发声近于"blat"而不是"that"）。新技术得以让听众分离出歌曲中单独一个演奏者的部分进行聆听，《不再受欺骗》和《蓝眼睛背面》里令人震惊的鼓手音轨就可以在 YouTube 上找到。在《不再受欺骗》中，架子鼓部分异常重要，穆恩同时做到了节奏滴水不漏和大规模即兴。在这首与《蓝眼睛背面》两首歌里，你可以听见他做了些出于本能的，但在常规摇滚击鼓中可能几乎没被尝试过的动作：为了一个即兴加花延迟过门，穆恩没能在乐句的自然结尾处收住加花，然后就带着他这段轰轰滚动的过门，跨过这一乐句直接来到了下一乐句的开头。在诗歌中，这种不在诗行结尾处停稳的做法，这种对韵律封闭性的挑战，这种对容纳更多内容的渴望，被叫作跨行连续。穆恩是写作跨行连续的鼓手。

对我来说，这样的奏法像是一种散文写作的理想范句，是一种我一直想写出来却总也不能自信写好的句法：它是一段长长的激流，形式上有所掌控而又有狂欢的凌乱，滚滚向前推动也能随性分心旁逸，盛装出席却顶一头乱发，小心周到同时无法无天，对与错共存。（你会在劳伦斯的、贝娄的文章里和这样的句子不期而遇，有时大卫·福斯特·华莱士那儿也会出现。）这样的句子像是一场越狱，一场逃离。打鼓总是向我提示着逃离之梦，彼时肉体将忘记肉体之存在，向它庞大的自我意识投降。我自学打鼓，但经年累月都勤于维持好学生的形象，以致我没有勇气去争取一套自己的架子鼓。一个人能小心翼翼地承认自己会打鼓，只能意味着他从来没有真正敲过。念书的时候，我确实参加了一个摇滚乐团，但是我一点也没声张。一起玩儿的孩子们和我的古典音乐世界毫无交集。鼓是一个不现实的附加品，是对弹奏"正当"乐器的补充，也是被许可了的反叛。在学校，古典音乐之路就是学业之路。合唱团学校就像是在音乐学院一样——每日排练演出。后来，当我长大一些，十几岁的时候，努力练钢琴，在合唱团演唱，在青年交响乐团吹奏小号，通过乐理考试，学习贝多芬的奏鸣曲样式，参加音乐奖学金考试，和家长谈起巴赫（又或者，胆子大一点儿，说说披头士！），去皇家阿尔伯特音乐厅观看伦敦交响乐团的演出，甚至是在《阿依达》中睡去——这些都是被称许的，也是成为一个好学生的组成部分。如今，在街上看见学生们匆匆忙忙走在人行道上，巨大的乐器盒像勤勉之棺一样绑缚着他们，而我了解这种顺从的沉重。但也是幸福的服从：那把大提琴或者法国号能带来长久的喜悦，曲目比起摇滚乐要困难且精致得多。但是去他的被称颂的思想性，就像罗斯笔下的米奇·萨巴斯所说的：精致不是反叛，也不是自由，而有时候人就是想要反抗的自由，这只有摇滚乐能提供。当人进入中年，某些时候人会看不上自己，因为他仍然还仅仅是一个好学生。

乔治·巴塔耶说过一些醍醐灌顶的话（在《情色论》中），关于工作场所是如何成为我们受驯化受压抑的舞台：这里是我们被迫丢弃酒神精神的地方。前一晚疯狂的性事好像已被忘记；周末醉酒的夫妻争执也被擦除；滑稽可乐的孩子不见了；生活中所有纠缠的、激情的乐声都关上了；会拉屎出汗的肉体披上了欺诈的外衣——虚假的资产阶级秩序装扮了你，如果你不遵守，那么失业和急速的落魄就等着你。巴塔耶也提到了学校，因为上学也是工作，是成年之前的工作场所，在人生的这一特定时段，无论精神或者生理上，个人都最具备酒神精神并最易于为父辈的伪善规矩所激怒，学校用压抑和资产阶级秩序的正确性教导着未成年人。

因此未成年的孩子快速地分裂了，一个内部的自我和一个外部的自我，内心住着一个目无法纪的小精灵，展现在外的则是个规矩守法的官方使节；摇滚乐，或你的第一段性关系，或者阅读，或者写诗，又或者同时包括以上四项——为什么不能？——代表着内心逃离的希望。而玩摇滚是和演奏古典乐不一样的，和写诗或绘画也不同。对于其他所有这些艺术形式，尽管也可能有恍惚出神的时刻甚至野性放肆的阶段，但创作延续性艺术形式的压力要求的是纪律与静默，是一种紧张的、聚精会神的精确；牢记帕斯卡尔关于安静坐于房间中的重要性的严厉警句，人们就是这么做的——即使在十六岁，也这么做——凝视着书页，纵使一片空白。写作和阅读，这么美好的事情，仍然夹带着考场昏沉的臭气而来。（当我写下这些句子时屋里正是考场般的沉寂，而在某种程度上，这种文字表达及其鲁莽内容之间的割裂多么可怕！）摇滚乐，这么说来，是吵闹的、即兴的、协作的、戏剧的、充沛的、爱现的、逃学的、打手势的、进攻的、狂喜的、迷狂的综合体。它不是聚变而是裂变。

想象一下那时候谁人乐队的诱惑力，他们破坏性的高速运转对青春期孩子心中邪恶的小魔怪是多么大的煽动："我湿透了我冷，／但谢天谢地我还不老"，《四重人格》这张唱片里年轻的罗杰·达尔特雷唱道，这首歌说的是一个摩德少年（还是叫吉米）被从自家赶了出来：

在这里，大海与沙滩

所有一切不按计划

我无法想象回到家里

这对我太勉强

他们终于把我扔出来

妈妈醉倒在黑啤里

爸爸站都站不稳

在他大谈道德的时候。

朋克从谁人乐队那里找到了大量灵感，这并非偶然（性手枪乐队常常表演《复制品》），又或者，更晚的一代，像珍珠酱这样的乐队会忠实地翻唱《爱，统治我》（比如查德·史密斯，红辣椒乐队的暴力鼓手，将穆恩引为导师）。它是这样一个乐队，一方面很明显，它代表成功；另一方面，它不惧怕失误——我指的是他们的歌曲里大量的即兴篇章，大胆冒险，有时散漫放任，他们超级放肆的现场演出，他们那么多情感激越的真挚歌曲。而这成功的失误的震中，这个想尽人类之极限将所有有趣的东西塞进演奏中的人，就是基斯·穆恩。

谁人乐队是一支行为艺术乐队：在漫不经心中其实充斥了精心的安排。彼得·唐申德是伊林艺术学校的毕业生（其他 20 世纪 60 年代毕业的音乐圈校友还包括了弗雷迪·墨丘里和罗尼·伍德）——有时候他会宣称自己在舞台上砸碎吉他的想法某种程度上是受了古斯塔夫·梅茨格"自毁艺术"的启发。这种高调十足是唐申德的做派。但是，从某种角度说来，人们很难不去将基斯·穆恩的人生视作永恒的"进行中"：一个华而不实的、不稳定的、自我毁灭的艺术装置，他在画廊里的标签简单写着："摇滚人生，20世纪晚期。"在某种意义上，这也适用于他打鼓的风格，他的人生似乎既幼稚，又充满自觉：他引发丑闻争议的不端行径是完全自发的，但他也自觉地意识到，作为一个著名且有钱的摇滚乐手应该怎样生活。在他身上你很难将戏仿和原创分割开来，他的原创性即在于他的戏仿。这是他在架子鼓后的姿势中最迷人的元素之一：他总是在胡闹——有时候他会站起来，有时候又会像迪齐·吉莱斯皮 [1] 那样把腮帮子鼓起来，一边像意大利"喜歌剧"中的丑角那样扮鬼脸，大笑，一边转起鼓槌，在鼓面上玩杂耍。小孩子们可能会以为他是一个马戏团小丑。他的打鼓风格，就像他的一生一样，是一个严肃的玩笑。

　　如今，穆恩可能会被归类为兼有多动症和双相情感障碍；但我们是幸运的，因为他成长于战后的英国，医疗离无微不至还很远，所以他用烈酒、非法药品和非法击鼓来为自己治疗。他1946年出生在北伦敦一个条件一般的工薪家庭，受到的教育可谓微不足道。他焦躁不安、好动、哗众取宠。美术老师将他描述为"在艺术上是低能的，在其他方面

---

[1]　迪齐·吉莱斯皮（Dizzy Gellespie），美国爵士小号手。

则是白痴"，所以在他十五岁退学时，学校无疑是松了一口气的。"你从来不会觉得，'有一天他会出名'，你觉得更有可能的是他迟早要进监狱。"一个朋友对穆恩的传记作者托尼·弗莱彻如是说。

他几乎没有接受过打鼓的正规训练。如同果戈理灿烂的散文或者理查德·伯顿趾高气扬的表演都是其创造者情绪的外显，穆恩的鼓奏也是他戏剧化过动（hyperactivity）的展开。他母亲发现他非常容易厌倦，很快就对他的火车或模型玩具丧失兴趣。在他的短暂一生中，他似乎沉迷于恶作剧：他会在酒店里扔小爆竹，或是把自己打扮成希特勒和诺埃尔·科沃德[1]，乘坐轮椅从机场楼梯滚下，捣毁酒店房间，把汽车开进游泳池，然后因为"破坏治安"被逮捕。在飞机上，穆恩可能会搞他的鸡汤恶作剧，过程是：把一罐金宝鸡汤带到飞机上，偷偷倒进呕吐袋里，然后假装剧烈呕吐。这时，他会"再把袋子拎起来，把呕吐物一样的鸡汤倒回嘴里，然后如释重负地叹一口气，再天真地询问同机的乘客他们觉得有什么恶心的"。这种戏剧表演有一种不懈的精神，一种奇特、沉醉的耐心，它通常

---

[1]　诺埃尔·科沃德（Sir Noël Coward，1899—1973），英国演员、剧作家、作曲家。因影片《效忠祖国》获得 1943 年奥斯卡终身成就奖。

需要准备和筹划，当然也需要某种上瘾般的投入。弗莱彻写道："基斯穿上纳粹制服就把它当作自己的第二层皮似的，之后的六七年里都时不时地把它披在身上。"六七年。他对酒精和可卡因肯定是上瘾的，但也许，这些只是用来消解他对戏谑和演戏的更大、更原始的瘾所需的溶剂。

表演是令自己彻底迷失的一种方式，所以从这个意义上说，鼓手只是穆恩的一个角色，穆恩还可以是希特勒，是纽尔科瓦德，是纵火犯，是玩儿呕吐袋的小丑，穆恩还可以是疯狂的"摇滚明星"。（"我他妈才不在乎什么皇冠假日的客房，"他在搞完破坏后堂而皇之地说道，"他们有千万间一模一样的。"）但是，"角色"意味着选择、自由、计算，而似乎这些角色并非他选择的，而是他依赖的。或者换一种说法，尽管穆恩在这些角色中玩乐得很开心，但似乎真正解放穆恩的，是他坐在架子鼓后面的时刻。我常常会在想起穆恩的时候同时想起古尔德，尽管他们天差地别。两个人都在非常年轻的时候开始了演奏生涯（加入谁人乐队的时候穆恩十七岁，古尔德录制他第一张伟大的《哥德堡变奏曲》时二十二岁）；两个人都是特立独行的、革命性的演奏者，对他们来说，自发性和与众不同是重要的元素（比如两个人都很喜欢在演奏的时候唱出声音

或喊叫）；两个人都过着独幕喜剧式的热情的幻想
生活——古尔德写过关于佩图拉·克拉克[1]的《市
区》的文章，并且发明了两个喜剧人物角色，一个
叫卡尔海因茨·克洛普威瑟，一个叫奈杰尔·推特－
索恩维特爵士，"英国指挥界头牌"，并以这两个身
份在加拿大电视和广播上接受访谈；两个人都是社
交明星但本质上离群索居；两个人都不怎么练手艺
（古尔德，起码他声称自己不练琴，至于穆恩，很难
想象他有那个耐心和清醒状态去练习）；而他们的
那些演奏怪癖（古尔德的洗手强迫症、他固执的穿
衣打扮，还有吃药像吃糖的忧郁症）都隐隐有着一
丝绝望的狂躁症特质——只有坐在乐器后方演出，
才拥有真正的逃离和自我消融的欢乐自由：古尔德
化身钢琴，而穆恩变成了鼓。

　　穆恩和古尔德的表演生命都很短——古尔德
三十一岁时放弃了音乐会演出；穆恩死时仅三十二
岁，并且在去世前已多年未能有精彩的演出。在
1968 年和 1976 年之间，他大约有八个年头可算是
真正伟大的鼓手。在这段日子里，穆恩吞下了数量
近乎荒唐的酒精和药物。到处是他一次吃上二三十
颗药丸的传说。1973 年在旧金山，他吃了过量的

---

[1]　佩图拉·克拉克，英国歌手、演员。

镇静剂（也许是为了在吸毒后镇定下来，或是为了
应对演出前的紧张情绪），在扛过几首歌曲后晕倒，
不得不被送往医院。在洗胃时，医生发现胃里有大
量 PCP，按弗莱彻的话说那是种"让狂躁的猴子
和猩猩倒头大睡的药"。而在穆恩被救护车拉走后
舞台上发生的神奇的事情深深地印刻在我十几岁的
脑中。彼得·唐申德冲着台下问，可有谁能上来打
鼓。十九岁的斯科特·哈平可能是全美国最遭嫉妒
的少年了，他跳上舞台，坐在穆恩的位子上演奏。
"所有东西都被锁定到位了，"哈平之后说起那庞大
的鼓群，"随便一个地方，你都可以打到什么东西。
所有的钹都重叠在一起。"

　　穆恩和古尔德都曾是纤细甚至堪称英俊的小伙
子，岁月推进使得他们的外形变得粗厚，近于猿。
二十岁的穆恩细瘦可爱，黑发像倒扣的碗一样顶在
头上，小丑般的弯眉下，眼神幽暗呆滞。在生命的
尽头，他看起来比实际年龄老了十岁——浮肿、沉
重、面相不再甜蜜滑稽，而是略有恶相——宛如穆
恩的老酒友奥利弗·里德 [1] 饰演的比尔·赛克斯 [2]，

---

[1]　奥利弗·里德（Oliver Reed, 1938—1999），英国影星。

[2]　比尔·赛克斯（Bill Sykes），狄更斯小说《雾都孤儿》中的
反面角色。

弯弯的眉毛现在厚实了, 颜色也变深了, 看着像是画上去的, 就好像他已经成了自己的卡通肖像。朋友们都为他的外表感到震惊。在鼓架前, 他变慢了, 也缺乏了创造性和活力; 他的最后一张专辑《你是谁》, 是他衰老的明证。他终于因为过量使用药物氯甲噻唑[1], 一种用来治疗酒精戒断症状的镇静剂而死, 或许, 没人会因此感到惊讶。"他走了, 干成了。"唐申德告诉罗杰·达尔特雷。在他的胃里发现了三十二粒药片, 相当于血液里有一大扎啤酒。他的女朋友发现了他的尸体, 她后来对验尸官说, 她经常看到他不是用水送服药丸, 而是把药直接塞进嗓子眼里。几乎整整两年后, 约翰·博纳姆在纵饮伏特加数小时后, 死于窒息。他只比穆恩大不到一岁。

　　古尔德有两张著名的《哥德堡变奏曲》录音: 一张是他在二十二岁时录的, 另一张是他在五十岁去世之前录的。开场的咏叹调清晰明亮, 旋律炫美, 古尔德独一无二的表现在两张唱片中却相差很远。在年轻的版本中, 咏叹调快疾、甜美, 跑动清晰如流水。在中年录音里, 速度慢了一半, 音符与音符像同极互斥一般隔开, 似是彼此无关。第一次录音

---

[1]　Heminevrin, 镇静催眠药。

骄傲、蓬勃、乐观、充满活力、有趣、乐音饱满；第二次录音内省、老练、凛冽、哀痛、寂寥。两段录音相对而立，中间隔着的是三十年的岁月，好像人生的大门一般。我更喜欢第二个版本；但是听着它的时候，我是多么想成为第一个版本啊！

W. G. 塞巴尔德的《奥斯特利茨》

　　1967 年夏天，一个和作家 W. G. 塞巴尔德（W. G. Sebald）看上去很像的无名男人去比利时旅行。在安特卫普中央火车站，他注意到了一个同行的旅伴，一头古怪的金色鬈发，笨重的徒步靴，身上是蓝色工装裤和一件考究而过时的夹克。他专心地研究着站厅并做着笔记。他名叫雅科·奥斯特利茨。两个男人搭上了话，继而在车站餐厅吃饭，一直聊到夜里。奥斯特利茨是一个健谈的学者——他对安特卫普中央火车站风格有些奇异的殖民色彩呈现做了些分析，又谈了谈堡垒的历史。他认为，这通常是最能展现我们力量的工程，但又往往清晰地泄露了我们的不安。

　　奥斯特利茨和这个很像塞巴尔德的叙述者几个月之后在布鲁塞尔再次相遇；又过了一阵，在泽布吕赫[1]第三次碰面。雅科·奥斯特利茨是伦敦某艺术史学院的讲师，他的学术方向颇不常规。他痴迷于有历史意义的公共建筑，像是法院、监狱、火车站和疯人院，而他的研究已经膨胀到任何合理的存在理由之外，"在他的手中扩张成无穷无尽的初步草图，完全从自己的视角出发，用以研究所有这些建筑之间的家族性的共同点"。有一阵子叙述者在伦敦定期造访奥斯特利茨，但他们有一段时间失去了联系，直到 1996 年在利物浦大街车站偶然重逢。奥斯特利茨解释说，最近他才获知了自己的人生故事，而他需要一位三十年前身处比利时的叙述者那样的听众。

于是奥斯特利茨的故事开始了，它将逐渐占据这本书的剩余章节：他是如何在威尔士一个小镇上被养父母带大；十几岁时他是如何发现自己的真名不是戴维德·埃利亚斯而是雅科·奥斯特利茨；他是怎么去了牛津，又是怎么开始了学术生涯。虽然清楚知道自己是一个难民，但多年来他都无法找到流亡他乡的确切原因，直到 20 世纪 80 年代末在利物浦大街车站的女士候车厅经历了一个奇幻时刻。他

---

[1] 泽布吕赫，比利时西部港口城市，比利时第二大港，距离英国很近。

呆若木鸡地在一个他至今也不清楚是什么地方的房间（现在这座维多利亚时代的车站将扩建，这个房间即将拆除）里站了也许好几个小时，他觉得这个空间仿佛容纳了"我之前人生的所有时间，所有我可能心怀过的、被压制又熄灭的恐惧与欢乐"。突然间他眼前不仅出现了养父母，"也见到了他们过来相见的那个男孩"，他意识到自己一定是在半个世纪以前来过这个车站。

　　1993 年春天奥斯特利茨遭受了一次精神崩溃，而在这期间他再次出现了幻觉，这一回是在布鲁姆斯伯里书店。书店老板正在听收音机，那档节目里有两个女人在讨论 1939 年夏天的事，当时她们还是孩子，按"儿童专列"[1] 的路线，坐"布拉格"号渡轮来到英国："直到这时我才知道，这些记忆碎片毫无疑问也是我自己人生的一部分。"奥斯特利茨对叙述者说。那个被轻轻提起的"布拉格"促使奥斯特利茨起身前往捷克首都，在那里他终于找到了他的老保姆薇拉·吕萨洛娃，并揭开了自己父母的简短人生。他的父亲马克西米利安·阿伊兴瓦尔德，逃往巴黎避开了布拉格驻守的纳粹；但在小说结尾我们会看到，他最终还是在 1942 年末被抓捕，扣押在了法

---

[1] children transport，二战前营救犹太儿童的一系列行动。

国居尔集中营，就在比利牛斯山脚下。他的母亲阿加塔·奥斯特利索娃有点太过乐观自信，留在了布拉格，但在 1942 年 12 月还是被逮捕遣送至特雷津集中营（其德语名称特雷西亚施塔特更广为人知）。马克西米利安和阿加塔的最终下落并没有明说，但可以推测最坏的情况：薇拉只告诉我们，阿加塔从特雷津被"送去了东边"[1]，那是 1944 年的 9 月。

这一段叙述虽然内容痛苦感人，但这样叙述给塞巴尔德精美的小说带来了某种破坏，我这样做只是提供一个方向。最主要的是，它忽略了塞巴尔德为了避免平常的、直截了当的叙述所做的各种努力。而塞巴尔德把奥斯特利茨的故事变成一个破碎的嵌套的谜团，其意义读者几乎不可能揭示，这一点才是微妙之处。虽然奥斯特利茨，也捎带上了读者，都卷入了一场探索之旅，这本书真正展现的却是探索的蓄意落空和谜团的永不可解。在结尾处，我们当然了解到了关于雅科·奥斯特利茨的很多事情——人生的悲剧转折，他的家庭背景，他的执迷、焦虑、崩溃——但是我们无法说我们真的理解了他。一种人生在我们面前被填充丰满了，然而那

---

[1] 德军在战争后期清理解散各处集中营，特雷津囚犯的目的地是波兰，位于捷克以东。

并非是一个自我。直到最后他仍然和开始时一样令人无法深知，甚至他从故事中的离去也和他的到来同样随机而意外。

塞巴尔德精心审慎地将他的叙事分层铺排，使得奥斯特利茨让人难以近身。雅科把自己的故事说给叙述者听，后者再把故事说给我们，这样就制造出了这本小说很有特色的多重标记，像是对我们不时在报纸上撞见的"消息来源"的一种戏仿——几乎每一页上都会出现"奥斯特利茨说道"，有的时候叙事的过滤纸一片片密密排好，就好比下面这一段，这里要说的是一桩马克西米利安的故事，通过薇拉·吕萨洛娃之口，再通过奥斯特利茨之口，然后这三个人名叠在了一起："马克西米利安时不时地会讲这么一个故事，奥斯特利茨说，薇拉回忆道：有一次，他于 1933 年孟夏，在特普利茨参加了一次工会集会之后……"塞巴尔德这个重复引述的习惯是从奥地利作家托马斯·伯恩哈德那里学来的，塞巴尔德极端的文辞也受到了他的影响。这本书中几乎每个句子都是安静与响亮的巧妙结合体："就像每次我独自前往伦敦时那样"，叙述者在这个典型的段落中说，"在这个十二月天里，我心中又泛起了一种阴郁的绝望情绪。"或者又比如，在奥斯特利茨描述蛾子是怎么个死法时会这样说，它们会待在它们原本待着的地方，紧紧贴在墙上一动不动，"直到最后一口气从它们身体中吐出，实际上即使断气之后它们也依旧停留在这个它们丧命的地方"。在托马斯·伯恩哈德的作品里，文辞表达的激烈极端，很难与喜剧性、咆哮的愤怒，以及他着魔于疯狂和自杀的偏好区分开来。塞巴尔德汲取了伯恩哈德的一些野性，又与之疏远开来——先是把这野性包裹在一种精致有礼的句法中："如果我当时就已明白，对于奥斯特利茨而言，有些时刻是没有所谓起点或终点的，而另一方面，他的整个一生有时看起来就像是一个没有延续的空白点，我可能就会怀着更加理解的心情去等待了。"其次，塞巴尔德用一种刻意仿古的手法将其文辞处理出神秘玄妙的效果。留意一下他那些描写蛾子的措辞，隐隐散发着古意的浪漫主义音色："直到最后一口气从它们身体中吐出……这个它们丧命的地方。"

在他的所有小说中，塞巴尔德把这种古旧的端庄整饬（常让人联想到19世纪奥地利作家阿德尔伯特·施蒂弗特[1]）揉入了一种全新的、陌生的、看

---

[1]　阿德尔伯特·施蒂弗特（Adalbert Stifter, 1805—1868），奥地利作家、诗人和画家，以优美文笔著称。

似不可能的混合体：轻微焦躁的、深沉的当代哥特风格。他笔下的人物和叙述者永远都像旧时的旅行者那样，总是发现自己身处阴郁而排外的地方（东伦敦或者诺福克这种），那里"死气沉沉，没有一个活人"。无论走到哪里，不安、恐惧和威胁的焦虑都伴随着他们。在《奥斯特利茨》中，这种不安与过去的哥特主义相仿，其文字总是不断地与死者的鬼魂交流。在利物浦大街车站，一想到车站搭建于疯人院原址之上，奥斯特利茨就感到恐惧："那个时候，"他告诉叙述者，"我感到那些死者仿佛在从流放中返回，他们以其特别缓慢、片刻不停的熙熙攘攘填满了笼罩在我四周的暮光。"在威尔士，年幼的雅科曾偶尔感到死者的存在，而鞋匠埃文告诉他，那些死去的人"过早地被命运击倒，他们没有得到人生中应得的东西，所以试图重返人间"。埃文说，在街上能看见这些重返的幽灵："乍一见，他们好像只是普通人，可是如果更仔细地打量，就会发现他们的面部不是模糊不清，就是在边缘有些闪烁。"在离布拉格不远的、空荡得出奇的村庄特雷津，奥斯特利茨恍惚间看见了曾经的犹太集中营，死去的人仿佛都还活着，"密密麻麻、拥挤不堪地住在这些房屋里，住在房屋的地下室和屋顶下的阁楼上，好像他们在永无休止地沿着楼梯走上走下，在窗户旁向外张望，成群结队地穿过大街小巷，甚至在默默无声的集会上，挤满了因雨水而变得灰蒙蒙的整个空间"。

这是一个关于幸存的梦境，同时也是对幸存的畏惧，萦绕着挥之不去。如果能把那些死者带回人间，那些"过早被命运击倒的"——比如说雅科的父母，还有所有特雷津集中营的受害者——会是一场奇迹般的复活，对历史的逆转；然而这当然是不可能的，死者唯有以缄默的证人姿态"回归"，审判没能够挽救他们的我们。这些复活的特雷津受害者，站在"默默无声的集会"中，听起来很像一个巨大的法庭，而他们站在那里审判着我们。那么也许，幸存的罪恶感便不仅仅来自成功（有足够幸运的"成功"，熬过纳粹继续活着的"成功"）者的孤独，或者一人之幸存涉及他人之死亡的非理性恐惧（普里莫·莱维[1]在他的作品中讨论过这种非理性）。还有另一种罪恶感源自这种想法：死者是被我们掌握在手中的，我们可以选择记住或忘记他们。阿多诺 1936 年关

---

[1]　普里莫·莱维（Primo Levi, 1919—1987），犹太裔意大利化学家、小说家，奥斯威辛幸存者，1947 年出版第一部作品《这是不是个人》回忆奥斯威辛经历。

于马勒的文章中岔开的一段话很好地把握了这一点："所以我们的记忆是留给他们（死者）的唯一有用的东西。他们离开人世走入记忆，而如果每一个逝者都像是被活着的人谋杀的，那么他也像是活着的人必须拯救的，即使不知道努力能否成功。"

救回死去的人——这是《奥斯特利茨》矛盾的、不可能完成的任务，它既是奥斯特利茨的追求，也是塞巴尔德的。这部小说就好像是奥斯特利茨在特雷津看见的一间古董商店——满屋子古老的东西，很多被重新印在书里的照片上：房屋，一只老帆布包，书和纸质档案，一张桌子，一段楼梯，一间脏乱的办公室，一尊陶瓷雕像，墓碑，树根，一枚邮票，防御工事的图纸。这些记录着老物件的照片本身也都是很老的东西了——那种你可能会在周末跳蚤市场上发现的破破烂烂的被人丢弃的摄影明信片，而塞巴尔德非常热爱收集它们。如果这照片本身就是一件老的、死去的玩意，那么它捕捉——冻住——的人又是什么呢？（按鞋匠埃文描绘死者的话来说，在边缘有些闪烁。）他们难道不是老的、死去了的？这便是为何塞巴尔德在他的书中要把有生命与无生命的东西推到一起，也是为何无生命的东西在《奥斯特利茨》中相比有生命的有着压倒性的地位。在一堆关于房屋和墓碑的照片中，突然有一张维特根斯坦的眼睛特写迎面而来，或者翻到一张雅科所在学校的橄榄球队照片，着实令人猝不及防。人类被时间具体化了，而塞巴尔德着意为泥土中的骷髅（据称这些头骨是 1984 年于伦敦宽街站附近的挖掘中发现的）的震撼照片留出了一整页篇幅。这些古老的东西，这些泥土中的老墓碑，是我们都会变成的样子，而所有人都在路上。（在英格兰北部，过去有一片老公墓名叫"尸骨场"[boneyard]，这个词某种程度上表达了这样一种意思，即我们的尸骨不过是和木材或者垃圾差不多的东西。）

然而，有些人走得比别人快，而且身负着更难摆脱的命数，一面是雅科他们橄榄球队的照片，另一面是他母亲的照片或是特雷津集中营被囚禁者的照片（它本是电影中的剧照），这两者之间显然有着明显区别。正如罗兰·巴特在其《明室》中明确所说的，照片之所以对我们产生了冲击是因为它们决定性地呈现出了过去的事实，《奥斯特利茨》对这本书做了深刻的回应。我们看着大多数老照片，心里会想："那个人就要死了，现在也确实已经死了。"巴特把摄影师称为"死亡代理人"，因为他们将主体和瞬间凝固为有限。看着照片，他写道，我们像目睹了一场已经发生的灾难那样瑟瑟发抖："无论主体是否已经死了，每一张照片都是这场灾难。"

这份效果在我们看着纳粹受害者的照片时必然会加强——无论是被围捕，还是在集中营里的街道上行走。在这种情况下，我们会想："他们知道他们就要死了，他们也肯定已经死了，我们对此没有什么可以做的。"这些受害者似乎在看着我们（即使他们没有盯着镜头），请求我们做点什么，而这是那些平静的橄榄球运动员产生不了的效果。这也是雅科小时候那张照片具有特殊张力的原因。身上穿着舞会斗篷，一头不听话的金发翘起一角，这么一个男孩看着镜头，表情没有恳求而是自信的，甚至还有一丝怀疑。让人可以理解的是，拍照时他还身在布拉格，没有失去父母，也没有被送上开往伦敦的火车，奥斯特利茨看着它对叙述者说，当面对这张自己的照片，他感觉到"自己被来这里索要其应得之物的侍童用尖锐、审视的目光盯着，而他站在空旷的原野上，在黎明时的灰白光线中等待，等着我接受挑战，然后扭转他未来即将面临的不幸"。奥斯特利茨受到了"儿童专列"的营救，便也确实避开了摆在他面前的厄运。但是他无法挪走摆在他父母面前的厄运，也因此，即使人到中年，他仍然并将永远被冰封在那张照片所呈现的姿态中，永远盼望着能躲开厄运。他就像他在特雷津那个古董店橱窗里看到的陶瓷骑士一样，那个雕像表现了骑士出手救助年轻女孩儿的一幕："他们以这一长存不朽却又永远是正在发生的姿势，定格于这个被营救的瞬间。"奥斯特利茨是这个施救者，还是那个等待救助的人？当然两者皆是。

当然，塞巴尔德对照片的使用有着更深一层的意义：它们是虚构的。正是在勉力维护准确性、证词和重大事实的神圣地位的历史写作与历史记忆领域内，塞巴尔德发起了大胆的挑战：他对照片的使用依赖又利用了事实陈述和新闻报道的传统。一方面，这些照片以其准确性的承诺灼痛我们——正如巴特所说，照片之所以令人震惊，是因为它们"证明了我所看到的东西曾经存在过……在照片里，事物（在过去某一时刻）的存在从来不是隐喻"。我们被吸引来仔细凝视着照片，并对自己说："这是雅科·奥斯特利茨，穿着他的斗篷。噢他妈妈在那儿！"我们这么说有一部分原因是照片使得我们想这么说，但同时也因为塞巴尔德将这些人物照片混在无疑是准确真实的建筑照片之中（比如说叙述者走访的比利时布伦东克监狱的照片即是真实建筑的照片，让·埃默里[1]曾在此地受到过纳粹的拷打虐

---

[1] 让·埃默里，奥地利作家，因参与抵抗纳粹占领比利时的斗争组织而被投入集中营，历经奥斯威辛、布痕瓦尔德、伯根-贝尔森而幸存，战后以集中营回忆写作而著名。

待）。另一方面，虽然或许有点不情愿，但我们也知道雅科·奥斯特利茨是一个虚构的人物，因此书中出现的小男孩照片不可能是他的照片。

事实上，塞巴尔德在这本书里所附上的人物照片可以说是双重虚构：它们是虚构人物的照片；它们通常是曾经活过的真实人物的照片，但这些人在历史中早已无迹可寻。拿橄榄球队的那张照片来说，雅科·奥斯特利茨据说是坐在前排最靠右边的位置。那么这些年轻男子是谁？塞巴尔德是从哪儿获得了这张褪色的球队集体照？以及有没有可能其中还有什么人仍然活着？可以确定的是，他们全都隐入了默默无闻之中。我们不会看着这张集体照然后跟自己说："那是年轻的温斯顿·丘吉尔，站在中间一排。"这些脸都是未知的，被遗忘的。确切地说，他们不是维特根斯坦那双著名的眼睛。那张穿着斗篷的小男孩的照片甚至更加尖锐刺人。我曾读到一些关于此书的评论认为这张是塞巴尔德小时候的照片——我想这也是我们不由自主会产生的愿望，不想让这样的一个小男孩变成一个无名孤儿。但这张照片上并非幼年的塞巴尔德——我在位于斯图加特郊外马尔巴赫镇上的塞巴尔德文学档案室内看到过它，发现它不过是一张普通的摄影作品明信片，其反面用墨水写着："斯托克波特：三十便士"。[1]这个男孩的身份消失了（同样，男孩的母亲，在照片中被指为阿加塔的女人的身份也不存在了），并且他们的消失不见——可以这么说——甚至比希特勒的受害者更为彻底，因为后者起码存在于对死者的敬意中[2]，并且他们遭受的屠杀尚有公众呼吁纪念，而这个男孩则消失于终将发生在我们大多数人身上的、纯属私人的默默无闻与寂静之中。在塞巴尔德的作品中，尤其是这一本中，我们在一部分特殊的人物照片上发现了某种令人困惑的关系：这部分照片确实是从属于这篇我们正读着的，要去把死者救回来的故事（奥斯特利茨的故事）；同时它们也从属于那个在书里找不到的（或说只是暗示出的）更大的故事，说的仍然是拯救死者。这些人们凝视着我们，仿佛在恳求我们把他们从平庸的失忆里拯救出来。但如果奥斯特利茨必然无能营救他逝去的双亲，我们也必然无能营救那个小男孩。去"救"他就意味着要拯救每一个死者，意味着拯救每一个可能默默无闻死去的人。我想这便是塞巴

---

[1]　原注：德国文学档案馆，位于（内卡河畔）马尔巴赫，塞巴尔德曾在一次采访中透露，在《移民》一书中大约有百分之三十的照片和他们被想象成为的对象之间是虚构的关系。比如说，塞巴尔德提到的阿姆布罗阿德沃写下给家人的遗书后，给自己拍的那张照片。

[2]　"of blessed memory"是犹太教中致敬死者最常用的敬语，常见于墓碑、纪念碑、演讲中。

尔德关于这个男孩的文字所具有的双重含义：他是奥斯特利茨，但他也是那个来自斯托克波特的男孩（如其所是），直视着我们，请求"挪走他的死亡的厄运"，而我们当然无能做到。

如果这个小男孩对我们来说消失了，那么雅科·奥斯特利茨也不见了。就像他的照片一样，他也成了一件物品，并且这无疑也是他的奇怪姓氏之谜的一部分。他有一个犹太人的姓，在捷克和奥地利的档案中可以查到；奥斯特利茨正确地告诉我们，弗莱德·阿斯泰尔（美国舞蹈家、演员）的父亲的本姓即为奥斯特利茨（"弗里茨"·奥斯特利茨出生在奥地利，并从犹太教改宗了天主教）。奥斯特利茨主要不是人名，它是一场著名的战役，一个著名的巴黎火车站。这个名字对雅科来说是不幸的，因为它引发的历史联想不断地把我们从他的犹太属性（也从他的个人性格）上拉开，转向一个跟他没什么关系的与世界史有关的方向。想一想，在一本小说里，几乎每一页都有"滑铁卢[1]说"，或者"阿金库尔[2]说"。塞巴尔德把这种怪异表现得最明显的时

---

[1]　比利时布鲁塞尔附近小镇，1815年拿破仑战争中的最后一次战役发生于此。

[2]　1415年，英王亨利五世于法国北部阿金库尔重创法军。

候是当年轻的奥斯特利茨在学校第一次发现了他真正的姓。"这是什么意思？"雅科问道，校长告诉他，这是摩拉维亚的一个小地方，一场著名战役的发生地。在接下去的一个学年里，课堂上讨论起了奥斯特利茨战役，并且是在希拉里先生的一系列课程中，这位浪漫的历史老师给年幼的雅科留下了深刻的印象。"奥斯特利茨说，希拉里告诉我们，早上七点时，最高峰的山巅会从雾气中显露……宛若一次速度缓慢的雪崩，俄国和奥地利军队从山的两侧下来。"在这种时候，当我们看见熟悉的"奥斯特利茨说"，会有点儿不确定，说话的到底是这个人物还是那场战役本身？

我们再回到之前校长的回答上说一两句，因为这是小说中最安静的令人屏住呼吸的时刻，塞巴尔德在含蓄和轻描淡写方面的能力，此处便是一个典型。校长彭里斯·史密斯先生（这是个很好的笑话，因为这个姓名结合了一个英国地名彭里斯，以及一个最没有个性的姓氏史密斯）告诉雅科，他不叫戴维德·埃利亚斯，雅科·奥斯特利茨才是他的真名。雅科用英国男学生规规矩矩的礼貌问道："对不起，先生，但这是什么意思？"彭里斯·史密斯先生回答道："我想你会了解到，这是一个摩拉维亚的小地方，一场著名战役的发生地，你知道的。"仅此而已！那是 1949 年。雅科问出的这个问题，可以说是整部小说所问的问题，而校长只是回答他，一场 1805 年法国与奥地利之间的战役。想想在这个回答中有多少内容被省略或被压抑了。校长可以说，奥斯特利茨是个犹太名字，而雅科是纳粹时期的难民。如果加上希拉里先生的专业知识帮助，他还可以补充说，奥斯特利茨是当时还属于捷克斯洛伐克的布尔诺附近的地方，犹太人在那里曾经很繁盛，而雅科的名字可能就源自这个群体。他还可以提上一句，1941 年德国人在布拉格以北建立了特雷津集中营（以玛丽亚·特蕾西亚女王的名字命名，1745 年，她颁布了一项法令，限制摩拉维亚地区犹太家庭的数量），留在奥斯特利茨的犹太人几乎都死在了那里，或者不久之后死在奥斯威辛，绝大多数特雷津被囚者最后被送往那里。他还可以再补充一句，雅科的父母不可能幸存下来。

然而以上这些彭里斯·史密斯先生一句也没有说，而雅科·奥斯特利茨将在小说中剩下的段落里试着为自己的问题找寻自己的答案。校长不动声色的回答把雅科变成了一段公共历史，变成一个年份。这是什么意思？雅科收到的答案是："1805 年，这就是它的意思。"在这本小说所有提到过的营救之中，最困难的也许是这一个：把名字和经历中个人的东西还给雅科·奥斯特利茨，把姓"奥斯特利茨"的这个活人的个人权利，从地名"奥斯特利茨"业已死去的、不相干的公共意义里救出来。雅科不应该是一场战役，或者一个火车站，或者一件东西。最终，我们无法执行这项救援，这本小说也不容许我们这么去做。私人的和公共的名字不断交缠在一起，这就是小说最后几页的力量所在。我们无可奈何地回到奥斯特利茨火车站，雅科的父亲当年很可能即从此处离开巴黎。在新建的国家图书馆里，雅科得知他所在的这栋建筑恰恰是建立在一个大型战时仓库的废墟之上，那个仓库曾是德国人"存放他们从巴黎犹太人家里掠夺来的所有战利品"的地方。它被称作奥斯特利茨－托尔比亚克仓库。一切我们的文明制造出来的东西都被带到了这里，图书馆的工作人员说道，还经常被德国军官偷走——据说最后都进了在柏林的一幢"格吕内瓦尔德别墅"[1] 里。这番解说就像是瓦尔特·本雅明那句广为人知的格言的文学化：没有一座文明的丰碑不同时也是一份野蛮暴力的实录。站在历史的废墟上，在历史仓库之中及其上，奥斯特利茨因为自

---

[1]　格吕内瓦尔德森林是德国最大的森林，曾是贵族狩猎区，其别墅区也是最高级的别墅区。

己的名字和这些废墟联结到了一起：又一次，在小说即将结束的地方，正如开始时一样，他似乎就要变成历史碎石堆中极小的一部分，一件东西，一个存着事实和日期的仓库，而不是一个人。而纵贯全书，一直摆在那里却从未说出从未写下的——这是塞巴尔德的隐瞒表现得最好的地方——是另一个历史上的名字，它与人名奥斯特利茨如影随形，它和奥斯特利茨（Austerlitz）首尾字母相同，有时候会把它错念成奥斯特利茨，它几乎肯定是阿加塔·奥斯特利茨 1944 年被"送去东边"的地方，也几乎一定就是马克西米利安·阿伊兴瓦尔德 1942 年从法兰西居尔集中营离开后被送去的地方：奥斯威辛（Auschwitz）。

石黑一雄的《别让我走》

　　能够在文学上也获得成功的幻想或科幻小说着实难寻，无疑应当被视为珍宝——我想到了霍桑的《胎记》、H. G. 威尔斯[1]的《时间机器》，还有卡雷尔·恰佩克[2]的一些故事。而要是一个人欢欣鼓舞地打量这份薄薄的精选名录，他会补充性地想到伟大的幻想家卡夫卡，或者甚至想到贝克特，也许令人产生一丝惊讶的是，这两位作家的影响会笼罩

---

　　[1]　赫伯特·乔治·威尔斯（Herbert George Wells, 1866—1946），英国著名小说家、新闻记者、政治家、社会学家和历史学家。他创作的科幻小说影响深远，《时间机器》《莫洛博士岛》《隐身人》《星际战争》等都是 20 世纪科幻小说中的主流话题。他还是一位社会改革家和预言家，曾是费边社的重要成员。

　　[2]　卡雷尔·恰佩克（Karel Čapek, 1890—1938），20 世纪捷克最有影响力的作家之一。其《罗素姆的万能机器人》中首次使用了机器人的捷克文 "Robota" 这个词。

在石黑一雄的小说《别让我走》之上。那么博尔赫斯呢？他是那么推崇威尔斯。或者果戈理的《鼻子》？或者《双重人格》[1]？或者《蝇王》？一个必须给卡夫卡、贝克特还有陀思妥耶夫斯基留出位置的流派也许就不再是一个流派，而仅仅是对成功写作的一条评定；特别是，这种方式结合了幻想和写实，以致我们无法将二者分开，又让寓言与叙述本身难以区分而得以成立。

平凡地叙事，极其平常地展开，《别让我走》是这样一本幻想小说，它的幻想元素被压在平庸的土壤里喘不过气，又是那么有意地立足现实，这样的效果不仅是让幻想显得可信或逼真，而且是让真实侵入幻想，一边绽放着它的离奇古怪，一边声称它只是寻常。鉴于石黑一雄的小说摆明了是关于克隆，所以实际上这是一本时间点设置于当下的科幻小说，在这种模式下成功的概率极低，因此他成功地写下这么一部同时兼具完善逻辑、实验精神和人文触动的作品，几乎是一个奇迹。

《别让我走》的叙事由一个名叫凯西的女人来讲述，平淡得令人痛苦。它是如此开篇："我的名字叫凯西·H，三十一岁，我做护理员已经有十一

---

[1] 指陀思妥耶夫斯基的小说。

年了。"这种纯朴精细的音调维持了差不多三百页。凯西的故事是关于她工作的一所地处英国乡村的私立寄宿学校——黑尔舍姆，主要人物是两个密友，露丝和汤米。很明显，尽管小说设定在20世纪90年代末，但对于我们来说，这个世界似曾相识。凯西提到了一个称呼，"捐献者"（她现在作为护理员的工作似乎是照料这些捐献者）；在她的追忆中，这所学校似乎没有老师，只有监护人。这些监护人看起来就像是你我这样的普通人——他们被学生们称作"正常人"。但是他们照顾的孩子们并不正常：比如说这些女孩子，她们一辈子都无法生育，以及所有的学生似乎注定不能在毕业之后选择普通人生，他们会成为"捐献者"，然后过上一段短暂的、被高度控制的成人生活。

　　写给这本奇特小说的众多书评，大多倾向于强调阅读该书过程中读者很容易侦破故事设定；然而石黑一雄一如既往地着迷于更为模糊的诠释。也就是说，对这部精致自洽的小说来说，这些孩子是谁以及他们在现代社会里的功能如何这个问题，作者从来无意深深掩藏。就算我们没有在更早点儿的时候读出个所以然来，在大概一百来页的地方我们也能意识到黑尔舍姆是一所全是克隆孩子的学校，这些孩子被创造出来，是为了向普通的非克隆英国居民提供捐赠用的一流器官。当这些孩子十六岁的时候，他们就会离开黑尔舍姆，在一个中间机构里待上一段时日，而后会被传召。所有人一开始都会先被选作护理员，任务是照顾一个指定的捐献者；有一些人比如露丝和汤米，会被迅速要求捐献，摘掉的可能是一个肾脏也可能是一个肺。到了第四次捐献，他们的任务就完成了；死期也到了。

显然，石黑一雄想要控制我们接收这些恐怖信息的节奏，不过这是因为他的真正兴趣不在于我们发现了什么，而是他的小说人物发现了什么，以及这样的发现会怎样影响他们。他想要我们进入他们的无知，而不是我们自己的无知。黑尔舍姆的孩子们生活在一个被保护的环境里。他们知道自己与众不同，但是他们的保护者对有何不同秘而不宣。渐渐地，孩子们把某些保护者泄露出的蛛丝马迹拼凑起来，得出了关于他们命运的完整图样。当他们离开学校的时候，他们已经知道了最主要的那些事实。那么对于一个孩子来说，知道自己这辈子都不可能有自己的孩子，不可能从事一份有意义的工作，不可能长大成人，这些意味着什么呢？这些孩子会怎么理解他们被缩减的人生的意义，他们残缺的脚本的意义？

这本书的成功很大程度上和石黑一雄对黑尔舍

姆这个世界的描写手法有关，他描绘着这个世界的正常一面，甚至是平庸乏味的样子，然后往其中插进恐惧的冰凌。黑尔舍姆就像其他任何一所学校，如果这些孩子觉得自己与众不同，那么他们也只不过像是那些快乐的自视甚高的私立学校里的特权学生一样。这本书的前三分之一记录了平常学生们的小打小闹、玩笑、嫉妒。凯西明显是爱上了汤米，一个叛逆男孩儿；但是汤米选了露丝，后者对于自己最好的朋友凯西的感情却转变无常，令人沮丧。在露丝和凯西之间，有很多描写学校生活的小说和电影里常见的争夺权力的戏码。

　　站在石黑一雄的角度来说，因为他的小说几乎完全是以一种纳博科夫所称的"孱弱的金色女郎风格"写成，因此凯西苍白的叙述给他带来了可预见的风险。凯西的措辞轻松随意，总是说些白话俗语。一位老师"魂儿都丢了"；一个雨天"给天下破了"；学生们要是陷入麻烦了便是"自找的"；学生们发生了性事是"做了"。她非常爱用"蠢"（daft）这个特别英国的词，还喜欢用模模糊糊的强调副词——"我不知道在你们那儿是怎么样，但是在黑尔舍姆，监护员对抽烟是非常严格的。"石黑一雄总是享受耍口技似的模拟出单调的英式语调：《长日留痕》里稳重的男管家，《无可慰藉》里讲话如同格伦·巴克斯特[1]漫画里冷静得可怕的字幕似的叙事者；《上海孤儿》里的叙述者，他烦琐规整的英文像是安东尼·鲍威尔[2]的翻版。凯西的语调像是一个不怎么机灵的大学新生写的说明文，它把石黑一雄在克制情感方面的兴趣推向了极致：

> 我们在主楼后部底楼的五号教室里等着上课。五号教室是最小的一间，尤其在这样一个冬日的早晨，大暖气开起来，所有的窗户都蒙上一层雾气，教室里真的挺闷。也许我夸张了，但在我的记忆中，要想把全班人都塞进这间教室里，学生真得挤到堆叠起来才可以。

这个语调是那样无动于衷，它所说的日常发现是那样平庸无奇，以至于读者对石黑一雄这异想天开的勇气产生了一种讶异的钦佩之情：可以想象他在一天的写作之后走下楼来，对着太太欢欣鼓舞地宣称："我写好了！我搞定了丢失的尺规盒那场戏！明天我要写完课堂小测验那场。"

---

[1] 格伦·巴克斯特（Glen Baxter），英国当代漫画家，以荒诞的绘画风格闻名。

[2] 安东尼·鲍威尔（Anthony Powell，1905—2000），英国作家，代表作为十二卷长篇作品《随时光起舞》。

但是凯西有些焦虑而且有趣地讨好读者，并且她习惯在话里提及读者，仿佛读者和她是一样的人——"我不知道在你们那儿怎么样，但是在黑尔舍姆……"——有一种脆弱的哀婉。她想要成为我们当中的一员，而在某种程度上她认为她就是。正是这些孩子的沉闷、他们叛逆性格的缺席甚至好奇心的匮乏，成了这部小说幻想的基石。他们看起来从没有想过逃离自己的学校，抛开他们终将过上的被规定好的生活。对他们是谁、为什么他们被创造出来的彻底理解使他们伤心难过，然而却只是顺从。这就是他们一直以来知道的唯一事实，并且他们事实上就是习惯的造物。每当事情之恐怖浮现出来，石黑一雄便将这种平庸时时撼动。比如说，孩子们的画作每个月会被一个我们只知道她叫"夫人"的女人收集起来，然后从学校拿去一个画廊。（之后我们会得知这是为了检测这些孩子是否有灵魂。）露丝感觉夫人对孩子们感到害怕甚至是厌恶，于是他们决定验证一下自己的猜想，在某天把夫人团团围住观察她的反应。他们猜对了：

　　我至今都能栩栩如生地看到，她似乎在拼命压抑住周身的颤抖，那种真正的恐惧，怕我们中的哪一个会不小心碰到她。虽然说我们继续往前走，但我们都感受到了；仿佛我们从阳光中一下子迈进了寒冷的阴处。露丝说得对：夫人确实怕我们。但她害怕我们就像是有的人害怕蜘蛛一样。对此我们毫无准备。我们从来没有想到，我们要怎么想这件事，我们自己会是什么感受，被人那样看待，当成蜘蛛。

凯西接着又说，"当你第一次透过这样一个人的眼睛看到自己的时候，这一刻寒意刺骨。就好像经过一面你这辈子每天都路过的镜子，突然间里面映出了完全不同的东西，古怪、令人不安的东西。"在为小说贡献了书名的另一章，凯西回忆起自己迷上的一首名叫《别让我走》的歌曲。她会一遍又一遍地播放这首歌：

> 我只是等着听那一小段："宝贝，宝贝，别让我走……"在我的想象中，这是一个女人，别人告诉她她不能生孩子，可她一生都真的非常非常想要孩子。后来发生了某种奇迹，她有了一个小宝宝，然后她把宝宝紧紧抱着，边走边唱："宝贝，别让我走……"一方面是因为她非常高兴，但另一方面，她又很害怕会发生什么事，宝宝会生病，或者被人带走。即便在当

时我也明白这不合理，这种解读跟其余部分的
歌词对不上。但我觉得这都不是问题。

这是对任何一个年轻姑娘可能错解歌里某句歌
词的敏锐描绘，也是这个姑娘的人生真相投下的阴
影。有一天，凯西抱着枕头独自跳舞，反反复复唱
着这首歌："噢宝贝，宝贝，别让我走。"她抬起头
来，夫人立在门廊望着她："而奇怪的是，她正在流
泪……她就一直站在那里，不停啜泣……"

凯西、汤米和露丝最终离开了黑尔舍姆，被安
排住在一个叫农舍的地方，他们在那里获得了多得
多的自由，还和一群年纪大一些的少年们玩儿到了
一起。但是这是一份他们几乎没怎么享用到的自
由。他们借了辆车，开着它在诺福克穿行。在某次
去往海边小镇克洛莫的路途上，这三个好朋友确信
他们看到了所谓的露丝"可能的原型"：

因为我们每一个人都是从一个正常人复制
而来，因此我们每一个人，都会有一个原型生
活在外面的世界里。这就意味着，至少在理论
上，你可以找到自己的原型人物。所以当你亲
自来到外面的时候——在镇子上、购物中心、
车站咖啡馆里——你总是留意着寻找"可能的

原型"——你和你朋友的那些原版真身。

三个人跟在他们觉得是露丝的那个"可能的原型"后头。然而他们观察她越久,她看起来同露丝就越不相像,盯梢带来的兴奋也消失了。此时露丝那么明显地表现出了深深的失望。她苦涩地脱口而出:

> 他们从来都不会,绝对不会用那个女人那样的人……我们都知道。我们是从废柴复制来的。吸毒的、卖淫的、酗酒的、流浪汉,也许还有罪犯,只要不是变态就行。这才是我们的来源……像这样的女人?得了吧……如果你想去找原型,如果你认真想去找,就得去那些龌龊地方找。你得去垃圾堆里翻。去阴沟里找,那才是我们这些人的出身之地。

这一整段情节展现了这本书匪夷所思地达成的成功之处:它在现实的肋骨中提炼其科幻叙事,使其具有可怕的可信度,然后将这个科幻故事再次转化为人性,成功做到既邪恶又能以一种寻常方式感人。

露丝和汤米分了手,凯西成为护理员,汤米变成捐献者，凯西取代露丝的位置成了汤米的恋人，这是她不得已而为之的，而小说的篇名则因种种预兆于此时开始震颤摇撼，因为我们知道汤米已经完成了三次捐赠，因此现在是死前最后一次手术了。小说因说教式结局而有所削弱，威尔斯或赫胥黎的精神压倒了博尔赫斯的。凯西和汤米设法找到了前护理员艾米莉小姐还有"夫人"。对于自己曾对这对克隆恋人的作为，两位上了年纪的女士向他们致以歉意，并声称她们从来都是发自内心地想让孩子们获得最好的照料，想借此为自己开脱。"夫人"向凯西坦言，多年以前当她看到那个小姑娘轻声唱起那首歌，她之所以哭泣，是因为明知"一个新世界迅速地到来。更加科学，更有效率，没错。多年的顽疾有救了。很好。但这是一个更冷酷、更无情的世界。我看到一个小姑娘，她双眼紧闭，将旧的世界紧紧搂在胸口，她打心底里知道，这个旧世界将不复存在，于是将它抱紧，哀求着，别让她走"。

这部小说其实无须如此布道，一方面因为它已经把自己传达出的恐怖做了非常有效的戏剧化处理，另一方面当然是因为克隆人本身几乎无须谴责。本书在此处险些摇身一变成为论文。但尽管《别让我走》对克隆做了戏剧化的抨击，可也并不足以给那些言必称保卫"生命文化"的保守或宗教人士带来太多终极安慰。因为它最具力量之处乃是它最富寓言性之时，而其寓言的力量来源于它所绘制的正常人类生活图景表现的是一种死亡的文化。也就是说，石黑一雄这本书最妙的地方，是他通过邀请我们思考克隆生命的徒劳，迫使我们去思考我们自己的徒劳。这就是当凯西想吸引我们注意时所说的"我不知道在你们那儿怎么样，但是在黑尔舍姆……"生出双向意义的时刻。如果我们自己其实要比最初想象的更像汤米和凯西呢？克隆孩子们为他们完全无意义的人生在学校里受教育，无意义是因为他们将会在成年之前死去。他们所做的每一桩事情都浸入无意义之中，因为那死亡的大池子在前方等着他们。他们有自己的个性并且似乎也享受这些个性（他们恋爱，他们上床，他们阅读乔治·艾略特），但这样的个性不过是海市蜃楼，是对自由的模仿。他们的人生早已预先写好，用《公祷书》里的话说，他们是"被迎来又跟随"的。他们的自由微不足道，他们的人生是一场巨大的骗局。

开始读这本小说的时候，我们对他们与我们的不同深感惊恐，却在认真思索他们与自己的相似点中阖上书页。说到底，遗传为我们写好了命运的大多段落；就算我们足够幸运，不至像黑尔舍姆的孩子们那般在缺失中开始人生，死亡仍会很快让我们成为孤儿。不相信上帝，没有形而上学的模式和依傍，我们的人生何尝不是一种判决，死刑判决？就算有上帝又如何？噢，神已经数算你国的年日到此完毕：不论怎样文字都已写在墙上。像黑尔舍姆的孩子们一样，知道此生将在二十五岁左右终结，似乎夺去了人生全部的滋味与目标。但我们为什么要坚持相信七十岁或八十、九十岁去世就一定会收获人生的全部滋味与目标？如果一长一短两段人生必然以同样的方式结束，为何短命就必然要被认为缺乏意义？从这些窄窗望进去，关于生命的文化并非什么了不得的事情。

石黑一雄的小说没必要对克隆一事说教，因为它是对此的寓言。最值得称许的是，这部小说的寓言天衣无缝，不费力气就能产生意义。这一点上让人联想起卡夫卡（石黑一雄《无可慰藉》明确地受其影响），还有贝克特，后者笔下的哈姆在《终局》之中大声喊道："用用脑子，你能不能，用用你的脑子，你在地球上，这事儿没救。"这颗地球被哈代的苔丝唤作一颗病星星，而哈代则在自己的诗《死亡时》里再次用染病形容它：

> 这疾驰的一生——短暂的一场病
> 就要过去

　　当我找回我古老正确的位置

　　在这浩瀚宇宙里

　　所以，这本奇妙的、有着出人意料的暗示效果同时又纤巧温柔的小说，在最后的最后，用一种令人恐惧的忠诚促使我们，把凯西那句天真至极的祈求送还给她："我不知道在你们那儿怎么样，但在我们这儿这样转瞬即逝的一生里……"

思考：诺曼·拉什

约瑟夫·康拉德对当代美国小说的影响相对来说近乎微弱。奈保尔、格林、塞利纳（在《茫茫黑夜漫游》中），都是热心学习康拉德的后学晚辈，某种程度上是英法这类帝国刺激他们前往异国，帝国向他们提供了观察政治活动与艺术动机的丰富且脏乱的场所。然而美国本身就是一个庞大帝国，甚至不需要卫星国，大体上，美国小说家会觉得不用远行，家门口就很有趣了。菲利普·罗斯曾在20世纪60年代早期有过名言，称小说这个体裁可能还赶不上美国现实生活本身野蛮的虚构本领。那些对美国以外的世界发生兴趣，并被吸引到异国政治考场的美国作家，比如罗伯特·斯通[1]，还有琼·狄

[1] 罗伯特·斯通，美国当代著名小说家，越战期间，曾作为战地记者去往越南，并创作了"越战小说"《狗士兵》，赢得美国国家图书奖。

迪恩[1]，往往更愿意躲进格雷厄姆·格林更轻松的阴影，而不是冒险在康拉德更有挑战性的存在下工作。

诺曼·拉什（Norman Rush）是个杰出的例外。他无疑是美国著名作家中唯一没有写过美国的（虽然他对美国人很有兴趣），他将自己的三本书的背景设定在博茨瓦纳，他曾于 1978 年至 1983 年之间在该国生活。这些书就好比日食，多年不来一次，但释放的影响却是巨大的。《交配》，拉什的第一部长篇小说（他的第一本书名为《怀茨》，是一本优秀的短篇集）于 1991 年问世；《凡人》，比复杂、浓密的《交配》还要更进一步，他的长篇小说到这儿才算出了第二本，这当中的创作时间起码用了十年。或许可以说，这两本非比寻常的小说的主题都是美国欲望与非洲政治的冲撞，并且写的都是魅力十足的引诱者闯进美国生活的事。《交配》里的女性叙述者，是一位美国人类学家，她迷上了一个浮夸的知识分子，名叫尼尔森·德农，而德农在卡拉哈里沙漠里建立了一个

---

[1] 琼·狄迪恩，美国女作家，在美国当代文学中地位显赫，在小说、杂文及剧本写作上都卓有建树，小说曾获美国国家图书奖提名，被《时代》杂志评为"英语世界百家小说"之一。

乌托邦社区；拉什最新小说的中心故事，则把注意力放在了一位美国女性与一个名叫戴维斯·莫雷尔的非洲裔美国治疗师之间的情事之上，莫雷尔从马萨诸塞州的剑桥跑到博茨瓦纳来，做好了入乡随俗的准备，还打算鼓吹一种把激进无神论与自助疗愈掺和在一起的古怪玩意儿。

不仅仅是这样的主题让人想起康拉德，拉什的语言也勾起这种联想，即使他们并不是那么相像。福特·马多克斯·福特写过康拉德对普通句子"避之唯恐不及"，他会不遗余力地去瓦解、再装饰那些通顺规矩的书面白话，而对拉什来说他必然是个榜样。拉什让爱好文学的读者如此兴奋——而且至今只用一本小说就让他们感到强烈兴奋——原因之一是他非凡的文笔，这种文笔只有美国人能写出来，就像贝娄的语言一样，它将高低音域结合在一起，形成极不稳定的复合体。他对口语很有兴趣，对我们交谈或者自言自语时会说出的那种有点儿粗野的别扭话非常有兴趣。

除此之外，他的美国人角色都是专业的、可能显得有点儿油滑的知识分子，很是享受显摆他们对学术前沿行话的精通。这些行话完全入侵了他们平常的对话。《交配》的叙述者说起话来——以至整本小说听起来——都像这样："这场游戏始终保持着幽默的风格，但突然从某一刻开始，我憎恨起它来，因为它像是让我的低迷状态短路的一种隐秘方法，因为他更希望我保持愉悦，当然了。"（句末那个富于节奏感的小小空拍，紧挨着最后用来结尾的女性化副词，看上去简直要直挺挺在句尾上面立起来，这恰是拉什非常喜欢的一种结构，用在他想表现支吾却又说得很快的谈话的时候。）或者是这样："脱掉了衣服，他变得自在了。他从根本上在性方面感到安全。"又或者："我躁狂，完完全全。一切都可能是最后一根稻草。我被迫上山，又被迫下来。"

由全知全能的第一人称叙事带出的长篇独白，令《交配》偶尔让读者产生想要从始终强烈的对语言的兴趣中逃离的渴望，就好像客人们有时会想从他们过于热情的主人手里逃出来似的。这是作者为直接性这种第一人称的好处所付出的代价。《凡人》则是用了传统的第三人称，因此得以把自己的作用力更广泛而冷静地分布，这对于这么一本鸿篇巨制来说是合适的。但是拉什对口头语言的兴趣依然如故；实际上，他还把自己这份课题扩大了，既好玩儿又机智地表现了一番当一个聪明的美国人搅和起语言时，语言会变成什么样。《凡人》所涉非常之广，也在很多事情上干得很漂亮，但是它最成功的一点，是展现人的意识时所秉持的忠诚逼真，是它追索意识的语言的方式。

这本书的意识属于雷·芬奇——我们只看到他的意识，虽然有其他那么多人物，他是一个籍籍无名（其实也就是说，还没有出过作品）的弥尔顿研究者，在博茨瓦纳首都哈博罗内的一所学校教书，同时也为中情局工作。（本书时间设定在1992年。）雷是一个自由主义和改良主义者，对中情局没什么好感——这类人会认为美国在扼制社会主义这件事儿上干得不错，但是危地马拉是美国过度扩张的一个令人遗憾的例子。他向分站总管博伊尔汇报，他很不喜欢这个人。雷的戏份很足（鉴于这本书的长度，已经是很幸运的了）。他非常聪明，是个目光精准的观察者（他在观察力方面受过专门训练），有一种很鲜明的坚定、冷静、迂腐以及"固执"（他妻子如是说）的性格，只在他认为女性情绪不稳、歇斯底里时爆发。

很明显，拉什想让我们相信这是一个弥尔顿研究者，他热爱语言，尤其是17世纪的语言。在这本书里，雷使用着诸如"地狱之嘴"（hellmouth）、"蝼蚁"（pismire）、"炖肴"（slumgullion）等等词语，用起来完全自在无碍。当自言自语抱怨起自己妻子时他会运用一套配方，既有拉什式用语的诡谲，又保有了雷作为一名文学老师的职业真实感："表面上看来，它就像女人们的普遍的阴谋，有九十亿个诗节。""诗节"一词和使用它的男人在一起搭配极了；而我们又一次注意到拉什在句子上的错落，所思所想具有的跳跃节奏。过了一会儿，当雷再次回到女人的问题上、回到女人永远不会忘记任何事情这个想法上来时，他暗自思忖起来："然而还是老样子，过去永远活着，活在细节里，和女人一起，就像乔伊斯的女人，《死者》里的，毁灭了一切。"这种生涩的节奏通过对女人一词的重复再一次出现了，不过此处拉什在表达雷的所想时有一些微妙之处，雷想的不是"在乔伊斯的《死者》里"或是"在乔伊斯的小说里"，而是"乔伊斯的女人，《死者》里的"，再现了思路在证明过程中的步步前行。

雷暗自思忖的方式，或者自言自语的方式，结合了间谍的细致精确、学者的语言特色还有官员的官样做派。拉什对于创造雷的特有语言颇有兴致，而这种乐趣还蔓延开去了。博伊尔是个标准的中情局官员，话里满是局里的传说，和他说话，让雷觉察出他"已经走得太远了，虽然心里明白但他没法儿拦住自己……他厌恶楼梯间哲学那些明枪暗箭"。过了一会儿，他又想："博伊尔算得上言简意赅，他的简练体现在遣词造句方面完完全全的中产阶级标准上。"当雷瞥见了没拆封的《泰晤士报文学副刊》时，拉什的用语有着恰到好处的迂腐："他有两份仍然在玻璃纸封套里的《泰晤士报文学副刊》。"雷的妻子艾瑞丝和雷一样智力过人，但和丈夫不同，她颇会说笑（她为 Kleenex 纸巾伪造了一个拉丁复数词"Kleenices"）。同样，她也使用着一套彻底当代的美国话语，一种掺杂了俚语和受教育水平过高或者说理论性语言的混合物："他不能把家具扔掉，否则就是对他自己的项目的批判。"或者："他是一个非常优秀的作家，只是有一些许可问题。"（意思就是：他一本书也没出版过。）

这段婚姻就是整本小说的核心，也就是说，撇开各种写作偏好，这是一本关于通奸的传统小说。某种意义上，小说反转了《奥赛罗》的故事。雷这么一个白种男人，他臆想着自己的白人妻子与美国黑人戴维斯·莫雷尔的情事，性方面的嫉妒令其深受痛苦。作为小说相当精彩的一部分，雷在性上面发生的嫉妒同奥赛罗的一样，看上去似乎理由并不充分，只有当雷在卡拉哈里沙漠与莫雷尔相遇，他的惧怕才最终得到确认。雷强迫症般地为自己婚姻是否完美忧心忡忡。有时候拉什似乎夸大了雷和艾瑞丝婚姻的活力，像是为了使我们相信艾瑞丝最终私通他人的可怕。关于艾瑞丝有着如何完美的部位以及完美的乳房，关于他们床上有多么美妙，她是如何"出于一腔爱意"按时修剪雷的脚指甲，还有艾瑞丝只要看着他就知道他饿不饿无论他说了什么或是什么也没有说，这些种种，都有那么点儿着力过多。当拉什告诉我们，雷之所以从来没有读完《包法利夫人》是"因为妻子通奸这样的题材令他紧张"，而读者会觉得他实在是孤注一掷。

毕竟，拉什早就巧妙暗示过，雷在他妻子的问题上是不稳定的，以及他和妻子在对婚姻的看法上其实差得很远。比如说，雷对《死者》的解读是有一些自我夸大的——女人那种永远不会遗忘的记忆，会"毁掉一切"，尤其对男人来说——他的这种想法，完全就是《死者》的男主人公加布里埃尔·康洛伊的所想。不过乔伊斯要表达的是那个吹毛求疵的加布里埃尔·康洛伊本身就是一个歇斯底里患者，而雷对加布里埃尔的认同也暗指雷同样有某种程度的歇斯底里，他被自己脑中女性阴谋的幻象吞噬，然而他实际上属于那个庞大的男人阴谋俱乐部——中情局。（他在中情局的工作使他俩产生了分歧，较之丈夫她更偏向自由派并且希望他能够从局里脱身。）读者意识到在一部被单一意识掌控的小说里几乎不会给客观性留出什么空间。拉什对雷的婚姻的描述实际上是雷对自己婚姻的描述，而雷是不能全然相信的：艾瑞丝最终的不快乐和不忠让人对雷的可信度产生了怀疑。他是一等一的观察者，但也许，对于自己的妻子，他算不上。

当艾瑞丝向雷透露她陷入抑郁并开始接受戴维斯·莫雷尔的治疗时，整本小说的机制正式启动了。雷知道莫雷尔这个人，因为他曾试图说服博伊尔，中情局应当关注这个近期离开剑桥来到哈博罗内的魅力四射的非裔美国煽动者。但是博伊尔无视雷的请求并转而要求他盯紧塞缪尔·科尔康，当地一个带有非洲本土主义和罗斯金式社会主义倾向的草根活动领导人。当雷获知艾瑞丝在莫雷尔那里的治疗时，他迅速产生了怀疑。妻子行踪诡秘，如果是一段地下情的话就解释得通了。他在这个问题上纠结不止，而这本小说的伟大之处在于它让我们亲身感受到了他的纠结。

为了达到这个效果，拉什动用了一种极高明的自由间接体叙述风格——这是一种第三人称叙述的专业术语，它与人物的思想非常接近，类似于第一人称独白和意识流。为了展示拉什的技巧，我们需要引用一段较长的文字。在这里，雷坐在他厌恶的中情局主管博伊尔对面，心思慢慢飘移开去。他琢磨着他对妻子的爱到底有多深：

　　这时他突然想到，你一生中能做的最好的事情之一，或者至少是最简单的好事之一，可能就是挑出一个绝对值得拥有第一流事物的人，尽你所能去做世界上你能想到的一切让她快乐，尽你所能，而且永远不要在小事上和她作对……

　　意思是说让这朵花开得灿烂，而不告诉她发生了什么。因为这将是一份礼物，因为这是对一个让你着迷并顺便把你从恶魔手中拯救出来的人的公平回报。或者，他的想法是让她的生活充满他的感激之情，某天早上她会坐起来说，我们这他妈到底是怎么了，我太高兴了。就是让这朵花开得灿烂无比，就像马克斯·恩斯特[1]拼贴画中的一件物品，充满整个房间，然后占有者会说，"哦，是你，是你，我心爱的朋友，我的爱人，现在我明白了"，诸如此类的话。他要让她在爱中漂浮，她就会像那些开放的纸花一样。水在她身边升起。她不知道他只要一想到她就会勃起，有一次他不得不说他的腿抽筋了，当时他面对博伊尔坐着，一边

─────────────

[1]　马克斯·恩斯特（1891—1976），德裔法国超现实主义画家、雕塑家。

哎哟，一边按摩他的阿喀琉斯之踵，这样他就可以一直坐到可以体面站起来为止。博伊尔离婚了，或者说分居了，因为他是罗马天主教徒。据说他和妻子处于某种空白状态。局里有很多普通官员都离过婚。离婚会要了雷的命。也许苏联的蒸发会让它变得容易些。他不确定他说的是什么意思，除非是他工作的那个部门已经失去了某种压力。他简直不敢相信跟苏联人的事就这样了，地平线上似乎只剩下了狗屁对手。也许他们都可以放松一下了。可笑的是，苏联在迷雾中消失，并不是因为中情局做了什么，真的。中情局惊讶，惊愕。所有这一切可能永远不会导向那个语境，在那里她说天啊，我好像坠入爱河了。如果她只是这样想，或者类似于这样想，那就足够了。不，他过去对她的态度和一切都太一般了，现在他知道了，她应该也知道了，很快就会，虽然她在真正知道之前就会感觉到，但他在重复自己。所以，这将是他新的秘密工作。这就好比在起居室的架子上或窗台上，一盆一盆地放上蓝色风信子，一次一盆，直到气氛宛如天堂。

这一段奇幻的文字读下来——书里还有许多这

样的段落，实际上这恰是该书叙事的方式——读者会想到小说对心灵的巨大作用，而这种驾驭能力，更别提这种专注，在当下的美国写作中多么稀见。再来瞧瞧刚才的这段文字：它是抒情的（用风信子的意象结尾），同时它又笨拙（不断重复使用的"因为"）；读者可以看得到雷是如何轻松地从想着他的妻子转移到博伊尔（坐在他对面的人）身上，再转到博伊尔的婚姻，转到世界地缘政治，再然后，在一个貌似不连续的地方，重新转移到妻子身上来："所有这一切可能永远不会导向那个语境，在那里她说天啊，我好像坠入爱河了。"至于拉什是如何把雷的思维从第三人称转成第一人称然后再转回去的，也值得注意："可笑的是，苏联在迷雾中消失，并不是因为中情局做了什么，真的。中情局惊讶，惊愕。"（"在迷雾中消失"这个短语比起更加习用的"飘散如烟"来说奇怪得多——这就是当一个老套成语从我们脑中经过时，我们如何再造它的奇特方法。）又以及，小说中这样单独的一页，透露给了我们关于雷的多少东西啊，不光是他焦急的献身之心，还有他特工式的控制倾向。这里有十足的个性，毕竟雷心里希望的是让他妻子这一朵花独自开放："不告诉她发生了什么。"雷或许会至死不渝地爱他的妻子，但通过这样的段落我们理解为什么她会想要逃离这种控制和隐瞒的结合体。

拉什实在是康拉德所说的"效果累进"的好手——对情节和意图步步为营地激烈化，随着小说迈向高潮。当雷对艾瑞丝的不忠愈发确定时，他的心理意志不再飘移，而是像一个文身那样，一下又一下地刺在他"完美"婚姻的无瑕皮肤之上。下面这段写到雷脑中迸出"地狱之嘴"这么一个隐约带有弥尔顿风格的词语，就是个很好的例子。他从反思自己婚姻的无子女状况开始：

> 他从来没有对制造一个自己的复刻版着迷过。但是他确实很想要一个，为了艾瑞丝。尽管他知道，孩子们会把你推到地狱之嘴前头，就是在你面前毫无预警地张开的地狱的大嘴巴，绝不是因为你自己的什么过错，但他想了。那就是一个发疯的持枪歹徒在午饭时冲你来了一枪，就是一辆出租车跳上了人行道把你碾了过去。它就是艾滋病，它就是外婆、女儿、外孙女在空中翻着跟斗，就因为一颗炸弹引爆了飞机，祖孙三代掉下来互相看着，下落，下落，落到阿尔古利达山 [1] 上。通过孩

---

[1] 阿尔古利达山，位于希腊伯罗奔尼撒半岛上。

子，你便在这个人世间制造了更多薄弱之处专供地狱之嘴下口。莫雷尔是他的地狱之嘴。地狱之嘴是 1960 年后随便某时在安哥拉降生的倒霉蛋。地狱之嘴是伯特兰·罗素骑车回家然后向妻子宣布他想明白了他并不真正爱她，诸如此类。这，也是张地狱之嘴。

书大约写到一半，故事换了挡。雷被派往北边，去卡拉哈里沙漠追踪报告塞缪尔·科尔康手下的活动，这些人干了不少火烧村寨、屠杀家畜的事。要是在另一种小说里，这会是一个明显的、想在一套相当自由流淌的心理学叙事中溅起一些不一样的水花的企图，然而这里，似乎并非权宜之计。这部小说的大量篇幅已经为雷做好了铺垫，他的心神已经呈现于我们面前，而且填入了许多他的人生要素，我们是随着雷旅行，而不仅是随着拉什来到了卡拉哈里。雷有一系列的监视工作要做，然而他已经被自己对妻子的疑心耗光了精神。除此之外他也被委派去暗中监视科尔康，不过和他的驻地主管不同，雷喜欢科尔康，甚至赞同他，欣赏他那种激励了 19 世纪诗歌的老派社会主义者的热情。他更感兴趣于监视那个可疑的出轨对象戴维斯·莫雷尔。他还十分懊恼地想起了自己的同性恋弟弟雷克斯，他怀疑雷克斯是因为艾滋病死在了加州。他手上有一份他弟弟的手稿，算是本小说吧，一部现代主义的庞大作品集，书名取作《怪新闻》。（拉什拿出自己在模仿和戏谑上的天赋，用天花乱坠雄心勃勃的一派正经姿态捏造了这本书的部分篇章。书里有诸如"乡村俱乐部万岁！"这样的章节标题，以及就叫"标题"的一章，其中心是未及落笔的书可以起些什么标题。其中一个叫"出席午宴：谈谈更优雅的贬损表达方法"。）雷一直不喜欢、还有点惧怕他这个聪明、贱兮兮、多少还有点无能的小弟。起初，他对《怪新闻》也是抱着这样的态度。然而在卡拉哈里的糟糕经历改变了他，直到小说结尾时，他去哪里都随身带着这本手稿，用带子绑在胸前，像是某种忏悔。

在我看来，拉什用来描写一场真实存在的非洲小型内战的那两百多页，可以算得上当代美国作家写出的最非凡的文字了。一如往常，拉什的感受之精准让人叹服，这种精准将他的抒情性约束在一个俭省的范围内。比如："地平线仿佛在蠕动"——对一个酷热之国模糊而饱受阳光肆虐的边境的绝妙形容。或是："炊火在一些院落（lolwapa）里摇摆着"（"lolwapa"是一种传统院子，拉什的动词常常用得这么有说服力）。又或是："他们周围的黑暗让人觉得不正常，像是抖动着的布料。那是出来干活儿的蝙蝠，来回转着拍动着它们丑陋的翅膀。"

由南非人组织和资助的一队士兵捉住了雷，雷被一个名叫夸特斯的布尔人提审。他被丢进一所临时监狱，紧接着第二天，戴维斯·莫雷尔也被丢了进来，他来北方是因为艾瑞丝执意要弄明白雷到底出了什么状况。在这座草棚似的牢房里，两个男人见面了。莫雷尔承认了他与艾瑞丝的恋爱关系，以及她想离开丈夫转而与莫雷尔一起生活。雷必须在此刻接受这个毁灭性的消息，想方设法给莫雷尔和自己找寻活路。两人逃跑后被科尔康的武装力量截获，之后又和夸特斯的非正规军发生了激烈的战斗。拉什的手法有种绷紧的兴奋刺激，文字则充斥着磅礴漩涡与巨浪。康拉德的异化原则在此处被出色地调用了：当雷意识到自己又回到了那个审讯室——这间牢狱现已被夸特斯和他的团伙遗弃了——他注意到满地的"烟屁股和空汽水罐，还有，到处都是玫瑰花。他觉得奇怪，直到他反应过来玫瑰其实是一团一团沾满血迹的纸巾"。最后，雷还是同他之前的审讯者面对面相见了，短兵相接，并且终于射中了他，尽管枪法糟糕——子弹射在了屁股上："夸特斯尖叫着放走了雷。他的马裤里全是血，灌满了一条裤腿。"不知道在拉什的脑海里，可曾出现过《黑暗之心》里那著名的一幕——当舵手被矛刺中身亡，倒在马洛脚旁时，他注意到"我的脚上感到十分温暖潮湿，于是我不禁往下看去……我的鞋子里面都是血；一摊血静静地在那儿"？

在这本书引人入胜的第二部分里，拉什把康拉德的手法——这里的战争场景和《吉姆爷》结尾处的一样，身临其境又有令人信服的混乱感——和他对雷的内心活动持久的兴趣融合在了一起。他对不同政治阵营的素描能力——对科尔康和他的年轻支持者——扛着卡拉什尼科夫步枪的少年，对美国庸医莫雷尔，对才智平平的中情局主管，等等等等，都令人印象深刻，因为高水平的分析绝不会辱没小说讲故事的盛情。《凡人》首先是一部小说，不是论文，不是意识形态恐怖小说（比如狄迪恩的政治小说）。这本书是对一个最终接受自我审视的人的研究，而这个人并不喜欢自己的研究发现。

这其实是一个男人如何把自己从阴谋中抽离出来的故事。在快要结束的时候，雷决心从中情局离职。他在北边的遭遇，他曾经和死亡贴近的距离，他对于中情局将本应在大体和平的博茨瓦纳简单开展的工作搅得一塌糊涂所产生的愤怒，还有他妻子认为自己显然可以离开他生活的可怕决定——所有这些经历都在阴谋搞垮他，削弱他，要把他打倒在地。最终他孑然一身，想把自己从过去那两个支撑他这个人的机构——他的婚姻以及中情局中抽身出来："雷想，要是一片漆黑，万事归零，那么他倒是愿意去死的，他会穿过零的那个大圆圈，像一个小丑跳穿过火圈，然后，然后就什么都没有了。他向上帝发愿，希望无神论是正确的。因为如果真有来世，那么就会有一个什么机构存在，因为总得有什么人负责运转它，他可没本事再走这么一遭。比这更坏的事情大概就是转世投胎然后又再一次栽进了那个人类机构的海洋里去。"

雷几度回味起约翰·韦伯斯特[1]的一句辉煌诗行："和钻石一样我们是被自己的粉尘切割"。"粉尘"在韦伯斯特的文辞里，是有一丝死亡的意思在，死亡之尘，而拉什明显是想以这句诗来与书名产生共鸣。在卡拉哈里，雷曾开始把自己想作是一头"将死的兽"。但韦伯斯特的诗同时也有更简单一层的解读：如果我们真的是由自己的粉尘切割而来，那么或许也就意味着雷才是他婚姻破碎

---

[1]　约翰·韦伯斯特（John Webster，约1580—1625），英国剧作家，以写作恐怖的悲剧而闻名。《白魔鬼》及《马尔菲公爵夫人》是其代表作。

的真正原因？同样不也就解释了中情局往往会给自己制造它希望解决的问题？

《凡人》是一部极其严肃而有野心的作品。像所有类似作品一样，它也不可能没有缺陷。从思想意识上来说，雷这个最终离开了中情局的自由主义者或许美好得太不现实了，由此我们会去质疑这样一个思想正确（或者说，思想左倾）的家伙一开始怎么会加入中情局。这部小说间或会出现一种气氛，就好像一个曾经很胖的男人瘦了下来，而他的瘦削身形使得他的皮肤有些下垂：突兀的转折，信息的突然插入。不过大部头总能轻拂去它们的短缺错漏，像赶走小虫。而且这本书取得了多少成绩啊！这一次，美国小说中的知识不是从谷歌免费搜来的，而是从作家自身的燃烧中产生的；这一次，知识不只是异域情调和信息，而是随着生活的累积而累积起来的，是经验的堆积而不是事实的堆砌。（博茨瓦纳从来都不是背景，它一直就是拉什小说的构成要素，拉什显然是理解并爱着这个国家。）而且，这一次，智慧不仅仅是"聪明"，而是一种与小说本身的质地和运动不可分割的元素。这一次，有了小说式的智慧，我们应该为此而感恩。

科马克·麦卡锡的《路》

I

除了"9·11"小说以及假装不是"9·11"小说的小说，现在还有一种被新的忧虑重新唤醒的古老的类型小说：后启示录小说（实际上也可能算在假装不是"9·11"小说的小说里面）。我们熟悉的、习以为常的生存方式可能会在下一个世纪被极度破坏，作物枯萎，温暖的地方变成沙漠，物种灭绝——地球将变得不适宜居住——这样的可能性俘获了我们时代的想象力并令之感到恐惧。这种恐惧可能没有核毁灭带来的恐惧那么迫近、剧烈或者锋利，后者催生了《莱博维茨的赞歌》[1] 和《海

---

[1] 《莱博维茨的赞歌》是美国天主教科幻小说作家小沃尔特·M. 米勒于 1959 年出版的小说。该书获 1961 年雨果奖。该书的主题是信仰、知识、权力，特别是核战争和天主教对人类文明的影响。

滩上》[1]之类的小说以及《奇幻核子战》[2]和《浩劫后》[3]等电影，但是前者更具有宿命论的气质，并且从某种角度来说更为可怕，恰恰是因为气候恐惧对大灾难的想象可能是不可避免的，是无可挽救的。而眼前暂缓执行、将最坏结局顺延到后代，可能完全起不到一点儿安慰的作用。相反可能还加剧了恐惧：想到这些事情发生在你自己身上更痛苦，还是发生在你孩子身上更痛苦？

在环保取得进展之前，我们周围越来越多的恐怖记录，也许在一定程度上解释了新近一批小说和电影的涌现，它们的背景都是被灾难性改变的，或几乎是后人类的未来世界：《人类之子》[4]，表现全球变暖的恐怖电影《后天》[5]，石黑一雄关于克隆的小说《别让我走》，吉姆·克雷斯的新小说《隔离

---

[1] 《海滩上》，澳大利亚籍英国作家纳维尔·舒特1957年出版的末日小说。

[2] 《奇幻核子战》（1964年），希德尼·鲁迈特执导、亨利·方达等参演的惊悚电影。影片中由于机器故障，莫斯科和纽约被核弹摧毁。

[3] 《浩劫后》（1983年），尼古拉斯·迈耶导演的电影，刻画美国堪萨斯州劳伦斯市发生核弹爆炸后的各种情况。

[4] 《人类之子》（2006年），改编自 P. D. 詹姆斯1992年的小说《人类之子》。由阿方索·卡隆执导。

[5] 《后天》（2004年），由罗兰·艾默里奇执导的美国科幻灾难片，描述全球暖化和全球寒冷化后造成的一个新的冰河时期给人类带来的灾难。

病院》以及科马克·麦卡锡的《路》。科学家詹姆斯·洛夫洛克[1]在他的《盖亚的报复》一书中展现了一幅变暖后的世界的可怕图景，可能就在21世纪中叶某时：

　　就在此时，在炎热干燥的世界里，幸存者们聚集到一起，向着位于北极地区的新的文明中心前行；我看见了他们，当沙漠迎来破晓，太阳把刺穿一切的目光掷过地平线落在他们的营地上。夜晚凉爽新鲜的空气稍做停留，很快就像一阵烟似的被热气驱散了。他们的骆驼醒了，眨了眨眼，缓缓站起。所剩无几的成员骑了上去。骆驼打着响鼻，开始了去往下一个绿洲的酷热难耐的漫长征途。

　　注意"幸存者"这个词：后启示录的极简主义预设。

　　极简主义可以对虚构的生命力大有增益：描写重回其本质，在它为自己的存在辩解时尽情发展。

―――――――――

[1] 詹姆斯·艾夫莱姆·洛夫洛克，英国独立科学家，环保主义者和未来学家，他提出"盖亚假说"，假定生物圈是一个可以自我调节的实体，地球被视为一个"超级有机体"。

词语回归其最初作为名称的功能。J. M. 库切很是推崇丹尼尔·笛福描写海上遇险的鲁滨孙·克鲁索在小岛岸边的发现，他注意到"有两只鞋，不是一双"，用以作为判断其他人死亡的依据，而库切在自己的小说《迈克尔·K 的生活和时代》里，描写了迈克尔·K 在南非农村干旱荒原的一番绝望、饥饿、孤独的漫游，他的描写也同样残酷骇人。迈克尔·K 该怎么找到下一顿饭？他能在哪儿睡觉？监狱题材小说通常与此类似。伊凡·杰尼索维奇[1]生命中的一天就足以用来说明，不光是因为伊凡的每一天都是一样的，还由于当时间对伊凡来说慢了下来，小说也把脚步放缓到去关注那些最微末的细节。监狱内，一切的标准都变了：一片像样的面包对伊凡来说简直是不敢想的奢侈，值得用最漫长的时间细细品味。

尽管科马克·麦卡锡是一位以文笔华丽闻名的文体大师，但从一些方面来看，《路》不仅给出了美国极简主义的逻辑终点，同时还展现了对手举"肮脏现实主义"大旗成名于 20 世纪 80 年代的美

---

[1]　《伊凡·杰尼索维奇的一天》中的人物，该作原名《854 号囚犯》，是苏联作家索尔仁尼琴的一部中篇小说，这部小说以作者自己的劳改营生活为素材写成。

国极简主义的某种终极胜利。这本书里满是短促的陈述句，动词紧贴着它们的宾语，形容词和副词几无踪影，括号和从句谢绝入内。一种主要从海明威那儿承袭而来的"反感伤"，被如此明显地表达出来，形成了一种沉默的男性化感伤。基本的、通常发生在室内的活动，在简单重复到几乎令人痛苦的句子中得到表现。一般的模仿可能是这样的：

　　　　他把杯子从架子上取下放在桌子上。他往里倒了些波本威士忌，没有喝，而是走到门口侧耳倾听。除了远处传来一阵轮胎发出的尖锐摩擦声，可能来自九号公路，别的什么也没有。他沉重地回到桌旁。墙的另一边，他能听到那对夫妻又吵架了。

　　这种在表现力上很快受到局限的风格，曾产生过一位无可争议的杰出作家雷蒙德·卡佛，以及数不胜数的孱弱亲戚。2005 年，这种风格在科马克·麦卡锡激进愤世、非常血腥、极其精简的惊悚小说《老无所依》中获得重生，这部作品充满了专注描述男性活动的冷静坚硬的小段落——比方说，一个男人用心包扎伤口或是慢慢擦拭自己的枪或是在街上追赶另一个男人。这本书技巧熟练，只是有些电影的程式化，但是到了《路》中，这种极简主义变得鲜活起来。肮脏现实主义有时在不知不觉中会带来苦恼，因为人们觉得这些经过挑选的虚构世界——即使是那些贫瘠匮乏的世界，哪怕那些汽车旅馆和拖车——也都值得更丰满的文笔来描写。但在《路》这本书中，这种平凡的叙述语言发生了一些怪事——书里描写的是一个没有参照物、没有事物的世界，但是它所使用的语言是与参照物和家庭日常相关联的：父亲搭起一顶帐篷，造了一个家，男孩儿吃了些豆子，或者自己洗澡。他所用的叙述语言和海明威在尼克·亚当斯系列故事里所使用的差不多："他准备着晚饭，儿子在沙地里玩儿。"（这句话并非出自海明威，而是来自《路》。）在参照物（事物、语境）和参照物的缺失之间存在着一种强大的张力。麦卡锡曾写道，父亲无法向儿子讲述末日前的生活："他没法在不构建出失落感的情况下为孩子构建一个他已失去的世界，而他认为也许孩子比他更了解这一点。"这本书的文风也是如此：正如父亲不能为孩子构建一个故事而不同时构建失落感一样，小说家也不能只构建失落而不同时构建已逝之充实的幽灵，即曾经的世界。

在故事开场大约十年前，某种重大转折发生了："时钟停在 01：17。一束长长的射光之后是一系列轻微震动。"核冬天席卷了美国——想来也遍及全球——人类几乎灭绝。动物已经消失了，没有鸟，没有城市，只有烧毁的建筑物，没有汽车，没有电，什么都没有。尸体到处都是。黑色灰土覆盖在一切之上，天色总是灰白："在白天，被放逐的太阳绕着地球像一个手提灯盏的悲伤母亲。"一对仍没有具名的父子，正在美国的土地上一路向南向着大海走去，希望能找到聚居的人群或者只是海岸线上的一点儿活气。我们得知这个儿子于十年前出生，而他的母亲宁可选择自杀也不愿意作为一个幸存者在这世界游荡。所以这个男孩除了眼下，对一切都没有认知。而父亲存有大灾难之前正常生活的记忆，但恼人的是这些都无法传达，麦卡锡出色地抓住了两代之间的隔阂。

简短词组构成的句子，有时只是不完整的句子，残忍地绘制出这个废土世界的基本元素。他们只关心食物和生存。由于没有任何动物生存，所以最好的运气就是在废弃房子或农场里找到一些旧存罐头食品："他尤其担心二人脚上穿的鞋子。鞋子，以及食物。永远是食物。在一间破旧的烟熏作坊里，他们找到了一条熏火腿，火腿高高瑟缩在上面的墙角，看上去就像从坟里挖出来的一样，干瘪得离谱。他拿小刀割了进去。"麦卡锡并非没有幽默感，他知道如何把自己的包袱一直妥妥地藏到最后一刻。又比如两人找到了一个老超市，最后发现了一罐没打开过的可乐。男孩不知道这是什么，而父亲向他保证那会是个享受：

> 　　到了城郊，二人进了一家超市。零星散落着些垃圾的停车场内有几辆旧车。他俩将小推车留在停车场，朝杂乱的超市货架走去。在农产品货架上罐头的下面，他们发现有些上了年头的红花菜豆，还有点看上去像杏脯的东西，干得厉害，皱巴得跟它们自己的雕像一样。男孩儿一直跟在后面。他们又推开超市后门走了出去。这条过道上停了几辆购物车，全都破破烂烂的。二人重返店内想再寻辆推车，可惜一辆也没瞧见。大门处，两台饮料机倒在地上，已被人用铁杠撬开了。硬币散落夹杂在四周的垃圾里。他一屁股坐下来，伸手往这被洗劫过的机器里掏着，到了第二台，终于摸到里面卡了个冰冷的金属罐子。他缓缓抽出手来，坐着盯住面前的可口可乐。
>
> 　　这是什么，爸爸？
>
> 　　是好东西。请你喝的。
>
> 　　是什么？

显然麦卡锡是故意在这里开了一把玩笑——不仅是和可乐罐这个美国象征符号，也和针对美国象征符号所做的有象征意味的艺术作品，比如爱德华·霍普的《加油站》（他 1940 年的画作，画了一个典型的美国加油站），或者安迪·沃霍尔的金宝汤罐头。

《路》不仅不会让读者轻易走掉，还会入侵到他的梦中。这种大灾难小说类型不算是一个很显要的类型。它依赖于一些公式化的布景（在电影里总是能见到那些堆起来燃烧的轮胎，还有那些野孩子组成的小帮派），并且通常也抱着一种惰性的、逻辑匮乏的政治未来主义：如果像《人类之子》写的那样，英国在二十年后会被一个集权独裁者统治，他能捉住所有的移民并把他们关进笼子，那为什么这位无所不能的统治者不能把垃圾也给清扫干净呢？麦卡锡为何如此成功是一个有趣的问题。此间的秘诀，我认为是麦卡锡不会把任何事视作理所当然。

这是许多小说的一个共同弱点，它发生在沃尔特·米勒的《莱博维茨的赞歌》、多丽丝·莱辛的《幸存者回忆录》、P. D. 詹姆斯的《人类之子》、石黑一雄的《别让我走》等小说中，甚至安东尼·伯吉斯的《发条橙》和奥威尔的《1984》中也可得见，它们都在一定程度上算得上某种科幻寓言，都是作者从当下做出推断，假想未来可能的发展，以此对他或她眼中自己时代迫在眉睫的危机做出批判。因此，在《莱博维茨的赞歌》所处的后核时代，世俗主义会胜利，宗教将亡；在莱辛和伯吉斯的世界里，青少年的暴力妄为已经失控（这两部小说分别写于1961年和1974年，处于所谓被"60年代"影响的二十年间）；在詹姆斯笔下的二十年后的英国，男性无法生育，移民遭到集权政府围捕并被关进笼子。以上这些都没什么问题，不过小说家摆脱掉了某些基本的描摹幻想的压力，小说家可以描述我们熟悉的生活，略做一些曲折变动，描述我们大多数人都熟知的旧世界，但活在其中却突然变得更加可怕了。

麦卡锡的想象完全不同。《路》不是一本科幻小说，不是寓言，也不是对我们生存现状的批判，或者揭露"如果我们照现在这么过下去，我们将来的生活会怎样"。它提出了一个更简单的问题，更需要想象，同时也与小说创作的本质距离更近：这个世界如果没有人类会是怎么样，会是什么感觉？从此出发，一切顺流而下。一个人的孤独能有多深？哪种支离破碎的神学还能留下？一小时接着一小时，一天又一天会是什么体验？一个人怎么觅食，或者找到鞋穿？除了神学问题（稍后细说），麦卡锡精彩地回答了这些疑问。

麦卡锡对细节的专注，他淡定自若描摹恐怖的康拉德式的喜好，他丧钟般沉重的句子，都让读者因恐惧和认清真相而颤抖。可乐罐是一个很好的例子：麦卡锡对平凡老套毫不避讳，而我们也早就知道美国当代文明业已被各种事件终结；它们像立在风景区的指路牌一样探出头来。书里写到在一片田里，有一个谷仓，上面是"一条广告，十英尺高的褪色字母横跨房顶的斜坡。看，石头城"。（这会儿我们是在田纳西，这是很多麦卡锡小说的背景。）旧超市，被遗弃的汽车，枪，还有一辆卡车，父子俩在里面睡了一晚，在森林里甚至还有一个废弃火车头。它的叙事是关于背水一战的实用主义，而其本身同样极其务实。在他们走进过的其中一所房子里，父亲走上楼想去找点有用的东西。一具已经成了木乃伊的尸体躺在床上，一条毯子拉到下巴的位置。不带一丝迟疑地，父亲就把毯子从床上扯了下来顺走了。毯子很重要。那儿甚至还有一个测光表，而麦卡锡在这里的处理方式，显露出他对事物的耐心。男人思索着，白天这稀薄的灰色光线是多么单调：

他曾在一间摄影器材店发现了一个测光

表，他想可以给接下来的几个月算个平均值，于是很长一段时间他一直把测光表带在身边打算给它找个电池但是一直都找不到。

这里再次出现了这种略显滑稽的幽默——并不存在的电池提供了笑点。是这样的平凡无奇之物稳住了整本书。相形之下，吉姆·克雷斯的《隔离病院》写得精巧，但它害怕平庸。在克雷斯对后灾难生活的幻想中——他的故事同样以美国为背景，设定了一对想要去往海边的夫妻——我们好像不可思议地回到了中世纪，因为似乎能证明我们之前生存状态的所有塑料的和技术的证据都彻底消失了。但麦卡锡的一听可乐，神圣得像一块化石，比克雷斯在记忆和证据上"圣经"般的空白更可信。评论家们无休无止地谈论麦卡锡《圣经》式的风格，但其实这本小说却凡俗得十分睿智。

麦卡锡的行文综合了三种语体，其中两个就强大得足以支撑起他的恐怖。他有他苦心孤诣的极简主义，在作品里表现得很出色。一次又一次地，他在这个更简单的模式里提醒我们，让我们意识到此前没有考虑过的假设性存在的元素：比如说，对于大灾难之前的世界，我们有可能会是多么愤怒。书里的男人偶然发现了一些旧报纸并读了起来："奇怪的新闻。有趣的观点。"他记得自己有一回站在一座烧焦的图书馆废墟中,书散落在一摊摊水洼里:"对那成千上万、一摞一摞的谎言感到愤怒。"在这种语式中,小说非常成功地召唤出了后启示录时代生存挣扎的根本悖论,即活下来是唯一重要的事,但是为什么要费尽力气活下来?

第二种语体对阅读过《血色子午线》或《苏特里》的读者来说会比较熟悉,并且又一次地显露出一丝与康拉德的相似感。坚硬的细节、敏锐的观察,结合了精致、苍劲又微微古意(甚至有些笨拙或沉重)的抒情。按理说这种结果本是达不到的,而且确实有些时候效果不佳。但是大多数时候它的效果是美妙的——不仅仅是美妙,而且还像诗歌那样强烈。从远处看一个城市的形状,它站在"灰色阴影里,像是炭笔在废墟勾勒出的一幅素描"。父子俩站在一座曾经宏伟的大房子前,"剥落的油漆一长条一长条地从柱子和拱顶上垂下来"。小男孩有着"蜡烛色的皮肤",完美地引人想象出他发灰的、营养不良的苍白,这灰色的光本身也显得营养不良并且完全依赖蜡烛的微光。吹得到处都是的黑色灰尘,像是一片"软软的黑色滑石粉","吹过大街,仿佛乌贼的墨汁在海床漫散"。

在麦卡锡发挥得最好的时候,他决计是站在美国大师的梯队里的。在他最好的篇章里，我们能听到麦尔维尔和劳伦斯、康拉德和哈代的声音。他的小说满是描写鸟儿飞行的神来之笔，在《路》当中有一个光彩夺目的段落，简直像是由霍普金斯[1]之手写下的：

> 许久以前，就在这附近某个地方，他曾见过一只猎鹰从绵长的蓝色山壁坠落，用胸骨的龙骨从鹤群中间击穿，把一只带到下面的河边。干瘦、凌乱，拖着松散邋遢的羽毛立在秋日静谧的空气中。

书中最感人的段落之一，是写到父子二人最终来到了海边。这是一场巨大的失望：他们所发现的，覆灭了色诺芬笔下那句古老的经典呼喊"大海，大海！"[2]这里没有一个人，除了一片巨大的灰色废水，什么都没有，父子俩的孤独自然也随着这片无边的灰色水域令人生厌地扩大了——麦卡锡称之为

---

[1] 杰拉尔德·霍普金斯（1844—1889），英国诗人、耶稣会神父。他在诗歌方面以对跳韵（sprung rhythm）的探索著称，代表作有《茶隼》等。

[2] 色诺芬在其《长征记》中记载，一支希腊雇佣军长途跋涉返乡，望到大海时高呼"大海，大海！"，见到大海意味着家乡已在不远处。

"无尽的海涌"。大海已经被灰尘覆盖。

> 更远处是广阔而冰冷的海，像一口炼钢的大熔炉，里面废渣翻滚。再远一点可见灰蒙蒙的灰烬风暴线。他看看男孩。他能察觉出孩子脸上的失望。对不起，不是蓝色的，他说道。没什么，男孩儿答。

然而，麦卡锡的第三个语体更成问题。他是一位用力过猛的美国式演员。当评论家们赞扬他具有《圣经》式的风格时，他们听到的往往只是一种古老的声音，一种神秘兮兮的夸张表达，其中的文辞自傲地炫耀着明显过时的词汇。这种风格可以称为"血腥浮夸"。书中的父子被描述为"衣衫褴褛，脚步蹒跚，瑟缩在宽大的衣帽中，像行乞的修士一样"，"行乞"是麦卡锡经常使用的一个词。他几乎总是为隐喻或比喻所驱使，常常使用"像某个"这样的表达方式进行假设或类比：那个男人的脸被雨水染出一道道黑影，看起来"像某个旧世界的戏剧演员"（这是一个特别明显的例子，因为这时孩子正在看他的父亲，而这种花哨的语言顽固地违背了孩子的视角）。在下面这个句子中，"自闭"这个词虽然可以理解，但似乎根本不正确，而且多少有点青春期的味道，动摇了读者对作家的信心："他站起来，在那冰冷的自闭黑暗中摇摆着，双臂张开以保持平衡，而脑袋却在本能地计算。"有一次开始下雪了，"他用手接住雪花，看着它消融，就像基督徒的最后一片圣餐饼"。

然而，就像哈代和康拉德一样，他们两人有时也是糟糕的作家，麦卡锡杂耍般的风格中有一种真诚、真挚，软化了其中的笨拙，将其变成了一种来自作者的笨拙的秘密信息。毕竟，康拉德曾在《密探》中这样描述金钱："它象征着这个邪恶世界上生命短促的人类的雄心勇气和辛勤劳动的微不足道的回报。"同样在这部小说中，伦敦的一家廉价意大利餐馆被描述为"诈骗式的饮食气氛嘲笑着处于最紧迫的悲惨需求中的卑微人类"。此外，麦卡锡的笔法随着小说的进展变得紧凑；值得注意的是，戏剧性的尚古风格主要出现在前五十页左右，此后作者将其小船推向了新的水域。

II

尽管产生了所有这些非凡的效果，麦卡锡作品中的意义仍是需要讨论的问题。在《路》中另有一处杂技般的文字，颇为令人不安，小说家在此对他的神学素材做了一番处理。麦卡锡的作品总是显得对神学方面很有兴趣，而且多少有点儿肤浅。在这儿拿他同麦尔维尔及哈代做比可能有些不够准确。麦卡锡喜欢把善恶之间的血腥斗争搬上舞台，而他的解说则倾向于简单的宿命论。这本书的组织结构间没有一处是简单的——故事上演的环境，时常让人惊心动魄的行文，回忆再现的可怕密集度——但是书里提出和放弃信仰问题的方式也许有点炫耀。

这个问题无法回避。一幅后启示录时代的想象图景必然会引出有关神义论及命运之公正的困境；而对隐秘的上帝的哀悼既隐含在麦卡锡的意象中——把环绕着地球的太阳精妙地比作"一个手提灯盏的悲伤母亲"——并且在他的对话中被明确直言。在本书开头，父亲看着儿子心想："儿子若不是上帝传下的旨意，那么上帝肯定未曾说过话。"总是有小偷、杀人犯甚至是食人族游荡出没，而父子二人时常要与这些邪恶派来的可怕使节狭路相逢。男孩必须要把自己认作"好人队伍中的一员"，他的父亲向他保证，他们确实站在这一边。

在书的中段，这对父子遇到一个名叫伊利的衣衫褴褛的可怜老人。这里出现了麦卡锡式幽默的又一例子，父亲问伊利，一个人怎么能知道自己是不是地球上的最后一个人呢。"我猜你是不会知道的。

你只会成为那个人。"伊利回答道。"我想上帝会知道的。"父亲说道，意思是总有些信念可以熬到最后。伊利直接断言："上帝是不存在的。"然后他又说："没有上帝，我们是他的先知。"谈话又进行了一会儿以后，父亲再一次表明，他眼中的儿子即是神圣的："那如果我说他就是一个神呢？"伊利答道："我希望你说的不是真的，因为和最后一个神一起上路是件可怕的事，所以我希望这不是真的。"伊利认为当所有人都死了，就更好了。"对谁来说更好？"父亲问。对大家，伊利说，用一个相当可爱的结语终结了这幕场景，也给了这本书清晰深沉的声调："当最终我们都死了，在那之后此处再无人类只剩死神，他的日子也将屈指可数。他会在路上无所事事，没有人可以对付。他会说：大家都去哪儿了？而那就是未来的样子。那有什么不好？"

　　但关于这个男孩可能是最后一个神的想法——这一末世情节是《终结者》的一种哲学化版本——在书中徘徊不去，并在结局时再次出现。肯定就是这个结局，激发《今日美国》去关注"这个男孩的精神上某些至关重要、恒久不灭的东西"，也促使《旧金山纪事报》谈论起麦卡锡的"幸存者故事和善的奇迹"。奥普拉·温弗瑞给她诲人不倦的读书俱乐部选择了这本小说，我想知道她从最后几页中读出了什么样的"救赎"光辉，怎样的令人振奋的教育意义。父亲病了，死了，儿子早晨醒来接受了这样的事实。麦卡锡的文笔在这里有一种动人的纯洁，他极简主义的沉默力量是如此恰当必需：

> 那天晚上他紧紧倚着爸爸睡下，他抱着他，但早上醒来的时候他发现爸爸已经又冷又硬了。他坐在那儿哭了很长时间然后起来穿过森林来到路上。等他再次回来时他跪在爸爸旁边抓着他冰冷的手一遍遍喊着他的名字。

"抓着他冰冷的手一遍遍喊着他的名字"，这种隐忍的激情尤为细腻，因为在小说的其余部分，我们很少看到儿子叫父亲"父亲"（或任何亲昵的称呼）；这些温情的话语在小说的结尾才迸发出来，而且只是在报道性的描述中出现。

于是只剩男孩自己一个人了，不过没有持续很久。他在路上遇到了一个男人。"你是一个好人吗？"他小心翼翼地问道。是的，那男人说。"你不吃人？"男孩说。"不，我们不吃人。"男孩就这么加入了那个男人和他的同伴中间。在小说的倒数第二段里，一个女人拥抱了这个男孩并说道："哦……见到你真高兴。"这是这本书里唯一的一次，男孩被除了他父亲以外的人拥抱。

> 她有时会和他谈论上帝。他试着和上帝说
> 话但他最想做的却是跟父亲说话。他确实跟父
> 亲说话了他没有忘记。那个女人说这样很好。
> 她说上帝的呼吸就是他爸爸的呼吸虽然上帝的
> 呼吸会从一个人转移到另一个人身上穿过所有
> 时间。

女人似乎是在肯定上帝或某种上帝依然存在，
并不会由于他的造物的全军覆没而毁灭。在这种
理解里，这个男孩确实是某种意义上最后的上帝，
"带着信仰的火种"。（父子俩过去常常以自创的方
式自称携带火种的人，这似乎是"好人"的另一个
说法。）上帝的呼吸在人之间往复传递，而且上帝
是不会死的，所以这个男孩便代表了人类能幸存下
来的那部分，也指出了生活将如何重建。

《路》并没有义务去回答像神义论这样无法回答
的两难问题。但这样的一本书却安排了一个类似宗
教慰藉的结尾，是引人注目的，这个结尾之所以令
小说有点失去平衡，正是因为神学并不处于该书所
追寻的问题中心。读者会有一种挥之不去的不安感，
即神义论和并不在场的神仅仅是被这本书利用了，

蜻蜓点水而过，并没有承受足够的被拷问的压力。当伊利说出"没有上帝，我们是他的先知"，这个简洁的否定悖论表述显得有些老套；然而，当19世纪丹麦小说家延斯·彼得·雅科布森在他的小说《尼尔斯·伦奈》中使用完全相同的句子时，这句话却引发了强烈的震撼，因为它是在对在19世纪生活中至关重要的上帝存在问题进行了深入、激烈和彻底的探讨之后写下的。

在这一方面，像一些评论家那样把麦卡锡拿来和贝克特做比较，实在有点儿奉承麦卡锡。他的沉默含蓄和极简主义在引起共鸣上极为出色，但当哲学问题压下来时它们便筋疲力尽。这种擅于速写、抒情和半遮半露的文体在处理末世引发的那些非常形而上的问题时往往力不从心。但除了一点细微的线索，我们无法得知父子二人对末日后的上帝存在有怎样的信念，因为对这一问题，书中缺乏戏剧化的演绎，缺乏美学上有理有据的解释。

末世引起的神学问题是：一切将如何终结？结局会是怎样？"请不要告诉我故事怎么结束"，他指的并不是世界如何终结，而是知道故事可能以他杀死儿子告终。他被这种忧虑困扰，他不能够这样做：这就是为什么他先死去，吩咐儿子离开他继续前行。关于故事如何结束的问题就这样转移到了个人困境上来，正是这一转移使得这部小说，尤其是它的结局显得如此痛彻心脾。但是世界末日不单单是一桩个人的事情。《路》这本小说积累下来的人文关怀，便都在它应当展现神学性之时因个人化而丢失殆尽。即使在小说中，末世的结局问题也必须是哲学性的，而不仅仅是个人的。是天堂还是地狱？它会持续到永远，还是转瞬即逝？

　　末世叙事必然是矛盾的。结局是必将来到的，但为了叙事的存在，为了叙事能继续下去，末世总是必须被推迟、延期。在阅读《路》的大多数时候，我们都能感受到埃德加在《李尔王》中的台词所带来的压力："当我们能够说'这是最不幸的事'的时候，那还不是最不幸的。"只要语言还能用来叙述最不幸的，最不幸的就还没有到来。"最不幸的"是已经发生了（我们所认识的人类的一切几乎都毁灭了），还是有更不幸的在后头？而那就会是"最不幸的"吗？叙事、语言何时终结？《路》安慰性的神学乐观主义模糊并最终回避了这些最深刻的问题。

埃德蒙·威尔逊

I

在欧文·佩恩拍摄的照片中，他冷酷地凝视着这个时髦的折磨他的人。此时他六十五岁，而且看起来从来都是六十五岁。两片稀疏的沙色头发爪子似的紧贴在后脑勺上，凸显出一整片无所拘束的浓眉。他的小眼睛里满是易怒的清醒，看上去懊恼而厌倦：它们被层层叠叠地框住了。宽阔的下颌既有着男子汉派头，同时又有些稚气，他下垂似一弯下弦月的嘴唇也是如此。完全从他母亲那里继承来的坚毅平坦的下巴向前努着，与这个比它虚弱的世界对峙。他的样子自信，不安，不耐，又有怪谲的清澈。

1960 年，当埃德蒙·威尔逊端坐于佩恩面前之时，他的大多数伟大作品业已完成：《阿克瑟尔的城堡》（1931 年），对象征主义及初具雏形的现代主义的一份冷静明晰的极佳引介；关于普希金、狄更斯、吉卜林、沃顿及海明威的开创性长篇论文收录于《三重思想家》（1938 年）和《创口与神弓》（1941 年）之中；《到芬兰车站》（1940 年），则是一部关于从维柯、米什莱到马克思、列宁之激进思潮的宏大广博的著作。从 1938 年到 1941 年，威尔逊出版了如上三部作品的这四年，必然撑起了美国文学批评生产力最高的时代，也同时是美国文学创作生产力最高的时代之一。

在这些早期作品中，威尔逊确立了他标志性的个人风格和思想气质。威尔逊的友人以赛亚·伯林曾评论道，那个时候的其他评论家写下的"不过是聪明句子"，而威尔逊的文字出自他对自己的不安，从来都"充满着某种个人的内容"。它的 18 世纪式的稳健，它闪烁的争强好胜的明晰，它欲将分析转换进叙述的需求，它周全、有时让人疲于招架的学问，还有它语句间绷紧而平直的音乐性，共同标注了威尔逊批评的特点。一打眼看去，这似乎是一种平淡的风格，难以成为经典批评。毕竟评论只有在自身也成为文学时，才能流传于世。他数量充沛的文学报道，通常每周都在《新共和》和《纽约客》

上出现，有时带着一种急就章式的寡淡，但威尔逊修改润色了充斥于他书中的文学形象，于是我们经常能寻见漂亮内敛并且带着经典气息的优雅的论述散文。《阿克瑟尔的城堡》中有关普鲁斯特的章节是对《追忆似水年华》的三十页长的精妙概述，结尾的一段尤为著名：

> 普鲁斯特或许是最后一位研究资本主义文化"心碎之家"[1]中的爱情、社会、智识、外交、文学和艺术的伟大历史学家；这个小个子男人，有着忧伤醉人的嗓音，哲学家的头脑，撒拉逊人的鹰钩鼻，穿着不合身的礼服衬衫，他了不起的眼力仿佛苍蝇的复眼那样能够把围绕他的所有一切尽收眼底，他掌控着场景，在宅子中扮演主人而非长久做主。

更为精妙的或许是威尔逊对奥利弗·温德尔·霍姆斯[2]的总结陈词，选自他的最后一本伟大

---

[1]　指萧伯纳写于1919年的剧作《心碎之家》，被认为是大战前夕文明而懒散的整个欧洲的写照，主人公皆为英国当时上层阶级的典型形象。

[2]　奥利弗·温德尔·霍姆斯（Oliver Wendell Holmes, Jr., 1841—1935），美国著名法学家，美国最高法院大法官。

著作、1962 年出版的《爱国者之血》，在书中他讨论了霍姆斯大法官将自己全部遗产捐给美国政府的著名事迹：

> 他曾为联邦而战；他是联邦法条的专家；他在联邦最高法院任职长达三十年。如他所宣扬的，美国宪法是一次"实验"——我们的民主社会所带来的一切，是哲学家无法回答的——但他承担了令其运转的责任，他凭着联邦授予他的职位生活并赢得了自己的声誉；最后，他将自己不得不留下的一点东西，归还给了美国国家财政。

威尔逊多次将自己称为 18 世纪的人，读者们也能在均衡的句读中，在长长的用分号分隔的排比句中，在精妙的矛盾缩略表述中，听出些许端倪——"在宅子中扮演主人而非长久做主""将自己不得不留下的一点东西，归还给了美国国家财政"——既是吉本式的，也是约翰逊式的表达。而在他们的身影后，则是塔西陀和西塞罗的拉丁文写作：直至非常晚近，老派英语古典文学教师仍会如此撰写学生的期末评语，或许只是没这么雄辩而已，威尔逊则可能是英语文学记者中唯一一位受过扎实的希腊语和拉丁语训练的人，这两门语言他使用终身。他在写作中倾向于将动词和宾语后置，将它们放在句子的中段或后段，以及用从句和介词短语打断形状优美的句子，都明显是拉丁语的特征："德国哲学的抽象概念，若是从英语或法语中读到，对于我们来说或许显得笨拙或索然无味，但通过德语，用他们大写的坚定性传达出来，则近乎是原始神祇的显像。这些概念是真实无疑的，然而它们又是纯粹的存在；它们是抽象的，又是丰满茁壮的。"吉本，则用更加清脆悦耳的表现形式做出了相似的表达：

　　彼特拉克正沉醉在预言的幻想当中，罗马的英雄已从名声和权力的顶峰迅速滑落。人民曾经带着惊愕的眼光，看着这颗明亮的流星从地平面升起，现在开始注意到它那毫无规则的运行轨迹，以及忽明忽暗的光度变化。里恩齐的辩才胜于智慧，进取而无决断，空有才华但无冷静和克制的理性加以均衡，把希望和恐惧的目标凭空放大了十倍。他并非靠着谨慎的言行才登上宝座，当然不会改善这方面的缺失来巩固既得利益。

威尔逊会不喜欢我所做的这种摘词择句的引用。他称之为"摘编选集"，他的作品由坚定的注释和描述组成，因此很难拆分。不像其他作家，比如，兰德尔·贾雷尔 [1]——或者哈兹里特 [2]，或者伍尔夫——他对诙谐或比喻性的金句几乎毫无兴趣。在他的《诗歌是一种行将就木的技巧吗？》一文中，他驳斥了马修·阿诺德 [3] 和艾略特摘抄一句或两句诗人的作品并将"摘编选集"作为崇拜标准的习惯："旧时的批评家，在读到经典、史诗、田园诗、传奇或是戏剧的时候，会将其视为一个整体理解欣赏；然而当读者读到批评家的评论的时候，他得到的印象却是……以《神曲》为例，这部作品是如此辉煌地展开，如此精美地协调一体，其主要价值却在于艾略特式的摘句。"

威尔逊的评论方法力求整体，避免碎片化，这既是他的强项，也是缺点。例如他曾以狄更斯为题写了一篇长文，文章字数接近两万五，他通读了狄更斯的所有作品，再从众多大部头小说里清

---

[1] 兰德尔·贾雷尔（Randall Jarrell, 1914—1965），美国桂冠诗人、文学评论家，散文作家。

[2] 威廉·哈兹里特（William Hazlitt, 1778—1830），英国散文作家，浪漫主义批评家。

[3] 马修·阿诺德（Matthew Arnold, 1822—1888），英国诗人、评论家，牛津大学诗学教授。

扫出一条阐释小径以便将狄更斯的生涯转写成一个用传记和描述构成的故事。对于威尔逊所作的这种概略性的、盖棺论定式的肖像画，这种写作方法好得无与伦比，也真正使他成为约翰逊和麦考莱[1]的传人。他似乎是在高处全景俯视着他的写作对象，就像是俯瞰城市广场的雕像，严厉而亘古不倦地监视着繁忙的人类活动，精简阐述着巨量的流动信息。他的通信集读起来令人疲倦，因为他总是要拿他的学识胖揍收信人一顿；恰如龚古尔日记中某人在谈到一位法国小作家时说："是的，是的，他是有天分的，但他不知道怎样才能让人原谅他的天分。"吉尔伯特·海厄特[2]的《古典传统》一书于 1949 年问世后，威尔逊给他写了一封长达数页、包含十六条重点的信："2. 我认为维吉尔对但丁的影响，比您所描述的更大…… 3. 您在第 79 页上说，但丁笔下的斯塔提乌斯[3]'无疑是个基督徒，这是因为中世纪皈依的传统所致……'然

---

[1]　麦考莱（Thomas Macaulay, 1800—1859），英国历史学家，政治家。代表作《英国史》。

[2]　吉尔伯特·海厄特（Gilbert Highet, 1906—1978），美籍苏格兰古典学者，评论家，文学史家，精通拉丁文及希腊文，被称为 20 世纪最有名的古典语文学教师。

[3]　斯塔提乌斯（Publius Papinius Statius , 45—96），罗马帝国作家。作品史诗《底比斯战纪》仍存世，另有长诗《阿喀琉斯纪》。

而很明显这样的传统并不存在。"这是一封表达钦慕之情的信。又比如下面这封写于 1953 年，寄给莱昂内尔·特里林 [1] 的有代表性的信是这样开始的："不光是乔治·奥威尔，艾略特也糊涂地认为'runcible'不是一个真正的单词。我认为您应该知道'runcible spoon'是一种三叉的（我认为是三叉）用来从玻璃瓶里挑泡菜的勺子……您有没有读过（爱德华·）李尔 [2] 的胡诌诗之外的作品？我认为他很吸引人，很希望有一天能写一写他。"至 1971 年（他于次年去世），他写信给埃里奇·西格尔 [3] 说："非常谢谢您的普劳图斯 [4]……捕捉感受、押住韵脚您都是非常成功的……我不是很喜欢'希腊起来'（'greeking it up'）、'喝起来'（'boozing it up'）这样的用法。（'going Greek'是不是更好？）"在

---

[1]　莱昂内尔·特里林（Lionel Trilling，1905—1975），美国社会文化批评家与文学家，"纽约知识分子"群体重要成员。

[2]　爱德华·李尔（Edward Lear，1812—1888），英国幽默漫画家，出版过三本鸟兽画册，但又以胡诌诗与打油诗闻名。

[3]　埃里奇·西格尔（Erich Segal，1937—2010），美国作家、编剧和教育家，在耶鲁大学教授古典文学和比较文学。他创作了多部剧本，《爱情故事》流传最广。

[4]　普劳图斯（Titus Maccius Plautus，公元前 254—前 184），罗马第一个有完整作品传世的喜剧作家。西格尔的第一部学术出版物为《罗马趣事：普劳图斯的喜剧》（*Roman Laughter: The Comedy of Plautus*），并翻译了他的多部作品。

同年写给安格斯·威尔逊 [1] 的信中他说："我很喜欢您关于狄更斯的著作。我猜您已经发现有一幅卡特摩尔 [2] 的插图实际是克鲁克尚克 [3] 所作。"同样是在 1971 年，在和弗拉基米尔·纳博科夫因普希金而争吵后，他写信给纳博科夫："我正在把我有关俄国的文章结成一辑。正在修改《纳博科夫—普希金》一文中的俄文错讹；但还是要另外指出几点您的不当之处。"

他很佩服米什莱这样的历史学家的独立性，或者像约翰·杰伊·查普曼这种美国怪才兴趣广泛的研究。尽管他零星地开过一些课——在芝加哥大学教过一门狄更斯的课，在普林斯顿教过一个学期，在哈佛也开过一些讲座——但他并不喜欢讲课，而且也并不擅长，在大学大扩张的年代，他的写作针锋相对地独立于学术界。他在《到芬兰车站》中有关米什莱的论述，也适用于他自己："他给我们留下

－－－－－－－－－－

[1]　安格斯·威尔逊（Angus Wilson，1913—1991），英国小说家、文学批评家。主要文学论著有《论爱弥尔·左拉》《查尔斯·狄更斯的世界》《吉卜林的奇异旅程》等。

[2]　乔治·卡特摩尔（George Cattermole，1800—1868），英国插图画家，狄更斯的友人，为狄更斯的《老古玩店》《巴纳比·拉奇》等作品配过图。

[3]　乔治·克鲁克尚克（George Cruikshank，1792—1878），英国漫画家、插画画家，亦为狄更斯的作品创作过插图。

的印象，和那些专攻一个狭窄课题、在研究生院学有所成的普通现代学者颇为不同：我们觉得米什莱真的读过所有的书，探访过所有的古迹，看过所有的照片，亲自采访了所有的权威，探索过欧洲所有的图书馆和档案库；这一切都在他的脑子里。"

威尔逊那种无所不及的宏大写作风格，尽管适于叙述，但对于文学评论来说，却是一种缺陷。尽管大学内外尽是文本细读式的研究，他却从来没有被那种方法吸引，他不乐于引用他所讨论的文本，令他的批评有时像是执着于概括总结，仿佛文本存在的意义在于转述和总结、被粉碎成清晰的散文。《浅析契诃夫》可说是他最薄弱的文章中的一篇，文中他认为，契诃夫晚期的小说企图涵盖整个俄国社会，就像巴尔扎克的小说试图涵盖法国那样，尽管他没有提供太多的论据。他这样轻描淡写地论及契诃夫最优美的几篇小说：

　　《农民》是对农民世界的研究，而契诃夫绝没有将其理想化……一个俄国村舍里出来的农民，努力搬去莫斯科成了一名服务员，后来因为患病，带着妻儿返回农村……在一个姊妹篇《在峡谷里》中，契诃夫记述了库拉克——富农阶级的残酷影响力。在这个堪称小康的家庭里，作为店主的父亲贩卖变质肉，他的一个儿子用假钞，一个善于经营的儿媳妇，在她的公公的地上建了个砖厂，又担心她可能会被剥夺所有权，于是在公公提议把砖厂留给小孙子后，把还是婴儿的孩子丢进开水里活活烫死……在《主教》这篇契诃夫死前完成的倒数第二篇作品中，他在自己的玻片上又放上了一个新样本，一片来自希腊东正教的半死不活的组织：一个脱离自己父母阶层往上迈了一步的农民神父行将死去，却意识到身边已无人可以亲近……在这些及之前的故事中，展现了各种其他类型的农民、前农民，还有在俄语里被称为市民（meshchane）的中下阶层，连同医生、教授、外省小官员一起——在 1891 年的《决斗》中得到全面描写——当然还有自命不凡又一事无成的知识阶层。

的确，在这样生硬的描述中，威尔逊试图对抗当时在英美颇为流行的观点，即将契诃夫视为一位带着梦幻般的绝望的朦胧诗人。然而，在讨论这样一位因对细节的运用而著称的作者时，却缺乏对细节的关注，且不愿探讨虚构，不愿将叙事看作一种特殊的审美体验，而将其简化为命题，将《决斗》

这样复杂的长篇小说消解成对知识分子的简单揭露，堪称一桩丑闻。读威尔逊论契诃夫，读者完全感受不到美之存在，也感受不到这位批评家对此有所虑及。读者只能感受到这不过是又一个作家被研究过了。威尔逊所指的"标本"——在讨论《主教》这篇充满契诃夫式的温情和悲悯的作品时，这实在是个不幸的比喻——并不是契诃夫的主教，而是契诃夫自己，他在这里被用来满足全面性的意识形态诉求。

这三个人影响了埃德蒙·威尔逊的青年时代，并塑造了他的感性：他的父亲；19世纪的法国历史学家伊波利特·泰纳，他的《英国文学史》是他读过的第一本文学批评书；以及克里斯蒂安·高斯，他是威尔逊在普林斯顿求学时讲授但丁和福楼拜的老师，威尔逊一直保持着与他的通信，直到高斯去世。撇开一些别的话题不谈，或许可以说，威尔逊从他们三人身上分别继承了：对于精神崩溃一事的持久兴趣，乃至亲身参与；文学应该首先从历史的角度予以解读这一观点；以及一种站在浪漫主义反面的深植于心的新古典主义式怀疑。

威尔逊最好的文章之一是《六十岁的作家》，描绘的并非真正的作家，而是他的父亲。文章体现了威尔逊可爱而又刻板的客观性；文中并无沉浸在回忆中的冲动，而是像理解普希金或马克思或约翰·杰伊·查普曼那样，将他的父亲视作一个整体进行观照。老埃德蒙·威尔逊是一位成功的出庭律师，后来成为新泽西州的总检察长，还曾被威尔逊总统纳为最高法院大法官的考虑人选。但就像弗吉尼亚·伍尔夫的父亲那样，他的神经官能不甚健全，并在中年发生了精神崩溃，从此再未能完全恢复正常。他学识丰富，严峻而忧郁，旁人难以亲近。"他无疑是一个非常自我中心的人，当他陷入自己的精神疾病时，便会将自己监禁在某种心灵监狱中，放弃与人交流。"他的儿子如是写道。这样自我禁闭的周期可能会持续长达一年，只有妻子坚持他该出手接一桩新案子以填补家用时，才可以结束。作为一名律师，老威尔逊是令人钦佩的，他的儿子认为，这一成功有一部分来源于修辞的力量，以及不可动摇的自信心，而他也继承了这一特质："他成功的原因无疑是，他从来不会接手他没有胜算的案子，而他在这事上的判断是万无一失的。他会让陪审团身临其境地经历罪案或所谓罪案的全部过程，他会带领他们一步步重复案件的所有节点，不管是什么样的事件，他都会在他们的头脑里植入一幅画面，而对手则无能把这画面从他们脑海中驱除。"

他的儿子，与他的父亲在相同的年龄第一次经受了精神崩溃的折磨，日后将会发明一套把艺术创作与个人痛苦连接起来的理论——"创口与神弓"——并也会成为将论题"画面"出色地植入读者脑中的专家。泰纳和高斯恰也拥有这一天赋。威尔逊在父亲的书架上，发现了泰纳著作的译本。从一开始，他便对这种文学批评和纪传体气质的融合着迷——例如，泰纳《斯威夫特》的开篇（据范·劳恩的译本）：

> 1685 年，在都柏林大学的大礼堂，负责本科学位答辩的教授们享见了一幅奇异的景象：一个穷书生，古怪、笨拙，一双坚毅的蓝眼睛，他是一个孤儿，没有朋友，勉强靠着叔叔的施舍度日，在因为对逻辑的无知而不通过了一次后，也没有屈尊去学习逻辑就再次来答辩了……教授们无疑是面带着怜悯的微笑离开的，慨叹乔纳森·斯威夫特不怎么够用的大脑。

泰纳的法国实证主义将文学作品置入它们的历史和生物学背景中——在他所谓的"种族、环境和时代"（*la race, le melieu et le moment*）中予以"科学的"研究。尽管威尔逊不像泰纳那样忠实地将历史和种族视作决定性的力量，他仍会在他认为合适的时机采用这些范畴（尤其是在写俄国人时）。同泰纳一样，他认为文学可以作为"标本"来研究——这个词也被威尔逊用来描述契诃夫笔下垂危的主教——他也从法国传统中学到了清晰、客观的审视的重要性。

威尔逊出生于 1895 年，19 世纪的末尾，他既属于那个时代，也属于 18 世纪，在某些方面，他极度忠诚于他的背景。他父亲晚年在纽约州塔尔柯特维尔的老祖屋中独处，所以当儿子的也会在晚年不顾妻子的反对和缺席，独自在那里读书几周。他喜欢斯威夫特，就像泰纳那样，而且同泰纳一样，又受他在普林斯顿的教育的影响，他倾向于看轻华兹华斯和雪莱，还会用经典的歌德和但丁作为棍棒，用以攻击浪漫主义的宗教观念。同他年轻时便读过的为人随和的维多利亚时代英国文学学者乔治·桑斯伯里[1]一样，威尔逊对乔治·艾略特颇为不屑，自己坦诚从未读过《米德尔马契》。

他在普林斯顿的最后一年遇到了克里斯蒂安·高斯，在高斯去世后他写了一篇优美的回忆文

---

[1]　乔治·桑斯伯里（George Saintsbury, 1845—1933），英国作家、文学史家、评论家。曾向英国国内编辑译介了巴尔扎克的作品。

章。高斯是一位博学的法语和意大利语教授，出生于密歇根州，父母都是德国人。"他似乎能用散文和诗歌召唤出几乎任何他想要的事物，就像是从书架上取下一本书一般。"他这位杰出的学生写道。他将对但丁终身的热爱和新古典主义美学传给了威尔逊。"莎士比亚不是那些克里斯蒂安为之疯魔或赖以为生的作家里的一个；他总是让我们觉得，这种东西（莎士比亚的大杂烩）永远无法与经过雕琢和精心设计的、知道如何展现观点并且深谙自己观点意义的文学作品相提并论。"同样，威尔逊也从来没有给人留下对莎士比亚疯魔或赖以为生的印象。维吉尔、但丁和福楼拜是他的伟大舵手。"这种非英语的、古典和拉丁的理想，已在我们的头脑中与文学的巅峰连在一起不可分割。"他在回忆文章中写道。

威尔逊确实忠实地以这种"非英语的、古典和拉丁的理想"作为评判文学的标准。他认为应当以这样的标准去理解福楼拜，从而把浪漫主义从这位作家身上排挤出去，他还相当奇怪地称赞亨利·詹姆斯"在处理多方力量上有着古典式的平和……他将坚硬的现实主义和形式上的和谐两相结合，也是古典式的"。他不喜欢阿诺德和艾略特在批评中展现的浪漫唯美主义，他赞赏米什莱："他带给世界的，不是同时代的浪漫主义者带来的那种被膨胀到英雄般体积的个人悲喜和绝望，而是现代世界从封建主义中脱壳而出的极度痛苦的戏剧。"在他的解读下，马克思或许就是 19 世纪浪漫派的典范，一个将理性主义和掩藏得当的个人奋斗结合起来的启蒙运动的孩子。最让威尔逊高兴的是，他在普希金身上发现了莫扎特那样的古典与浪漫的融合，继而将普希金的伟大带到对此知之甚少的盎格鲁－撒克逊世界来。

　　如果使用泰纳所谓"环境和时代"的分类方法，我们就不得不承认，当威尔逊于 1916 年离开普林斯顿时，欧洲和美国的现代主义便已经找到了其理想的批评家。一战时威尔逊在法国医院供职，目睹了私处被芥子气烧伤的伤员，战时经历深深地影响了他，就像现代主义从世界大战的创伤中提取出一些抒情性的词句那样。在普林斯顿大学，这个已经会说希腊语和拉丁语的年轻人又学会了法语，这使他能够从马拉美、维利耶·德·利尔－亚当的唯美主义，一路追寻至普鲁斯特、艾略特和乔伊斯。最重要的是，现代主义自身的古典主义，其形式上的严谨和用典上的势利，以及荷马和维吉尔式的抱负，将径直落入一个拥有深邃历史眼光并对"个性"有着自己质疑的年轻批评家的怀中。

　　威尔逊就此开始了职业生涯最辉煌的二十年，

先是在《名利场》，然后从 1925 年直到 20 世纪 30 年代，转投《新共和》杂志。他在疯狂的工作和同样疯狂的情色欲望间往返。（他直到二十五岁才失去童子之身，第一次是和埃德娜·圣·文森特·米莱 [1]，不过他在接下来的十年内把逝去的时光都补了回来。）如今，当人们在城里到处嚷嚷评论家的"苛评"时，不应当忘记威尔逊作为一个评论家是多么铁面和客观，以及在他逼迫作家交出自己最好的作品后，这些作家又是如何转而依赖批评家的清晰判断的。菲茨杰拉德，威尔逊在普林斯顿大学的同学，收到了一篇对于《人间天堂》的严厉批评，但他写信给威尔逊说："我对它的每一条指摘都感到内疚，并对它深思熟虑的赞许感到喜悦非凡。"1924 年威尔逊成为美国评论海明威作品的第一人，并且在未来二十年深入地考察这位小说家。他们俩成了朋友，但这并不会阻止威尔逊严厉地批评海明威的男权幻想。然而，海明威最终仍以友好的口吻写信给威尔逊，福克纳在遭到批评后，反应也是一样。但谁也没有阿娜伊斯·宁 [2] 那样努力，

---

[1] 埃德娜·圣·文森特·米莱（Edna St. Vincent Millay，1892—1950），美国诗人，剧作家，普利策诗歌奖获得者。

[2] 阿娜伊斯·宁（Anaïs Nin，1903—1977），法裔诗人、作家。以其写作时间跨越六十年的日记著名。

她为了赢得威尔逊对自己作品的认可，与他睡了一觉。在菲茨杰拉德将威尔逊称为那个时代的文学良心时，他们大概是会同意的。

最令人印象深刻的，也许是威尔逊早期对《荒原》和《尤利西斯》的评论。他后来还专门为乔伊斯做过辩解（艾略特保守的政治观令他愤怒），精彩而敏锐地评论了《芬尼根守灵夜》，认为书中展现了一种全新的乔伊斯式抒情。威尔逊一直是独立的，但在现代主义中，他找到了他的信条，或者说，是这些信条找到了他。就像正义女神一样，他被蒙上了眼睛，这样他就可以看到曼哈顿地平线以外的地方。他的批评，既有党派立场，又如奥林匹斯诸神般高高在上，做到了不带私心私利的偏见，着实是非凡成就。

II

另一支持着威尔逊并渗透了其文学判断的信条则是马克思主义。威尔逊的激进政治观，亦有着很长久的文学回响。他多年之前早已不再相信马克思主义能够在苏维埃生存下来，然而他的文学观念却很容易被旧日的信仰所左右。他 1952 年写下的有关契诃夫的长文便是一个例子，文中，契诃夫被描绘成一个向我们展示革命前农民生活场景和知识分子之愚蠢的作家。他发表于 1938 年的有关福楼拜的文章，奇怪地硬是将其视为一个无意识的马克思主义者："在他的小说中，惯常地被他当作试金石来展现布尔乔亚的虚伪的，从来都不是贵族——对常人来说挺难把他们和布尔乔亚区分开——而是农民和劳动人民。"有时他听起来像是更正统的马克思主义者卢卡契，后者在同一时期正在写作关于资产阶级小说的文章。在威尔逊的强行解读下，《包法利夫人》变成对资本主义怀旧情绪的攻击："使福楼拜与其他浪漫主义者区隔开，并使社会批评家成为其首要角色的，是他冷酷地意识到，（爱玛）幻想着东方的辉煌和美好的旧时代，以为它们可以成为资产阶级社会的解药，这行为无疑是徒劳的……她不愿意面对自己的现状，结果是她最终被自己一直试图忽视的现实摧毁。"最后近乎说教的这一句让我们想起来那个喜欢残忍概括的威尔逊，他会很乐于操起简述这把手术钝刀将一部小说活生生开膛破肚。在这个例子中，他崇尚经典所导致的对福楼拜浪漫主义的排斥，和政治理念上认为福楼拜理应站在正义一边的想法揑合在了一起，使他遭受了遮蔽，从而忽视了福楼拜作品中那些令人不安的特质，比如反讽式的否定，以及保守的厌世情绪。

威尔逊一心一意要在福楼拜的作品中发掘一些"积极"和"客观"的要素，就像他在狄更斯作品中正确地找到许多积极因素那样。但这种对社会主义的忠心，有时妨碍了他与纳博科夫的友谊。俄裔人士纳博科夫在 1946 年抱怨说，威尔逊的最新文学"发现"安德烈·马尔罗 [1] 并不是一位了不得的小说家，威尔逊却自信地回答说："西洛内 [2] 和马尔罗，我认为，是最近涌现出的，政治－社会－道德派半马克思主义小说大师，而这一流派的出现，是自心理分析小说以来这一领域的伟大进展。"威尔逊带来了文化新闻；但人们只能想象纳博科夫如何看待这些大字标题："政治－社会－道德派半马克思主义小说"，确实如此。

他对共产主义的兴趣所催生的硕果，是他惊人的激进思想发展史，《到芬兰车站》1934 年动笔，于 1940 年完成。它最初是为《新共和》撰写的一系列有关维科、米什莱、泰纳、傅立叶、马克思、恩格斯和托洛茨基的文章。其所涉及的工作量是惊

---

[1]　安德烈·马尔罗（André Malraux, 1901—1976），法国小说家，评论家，代表作包括《征服者》《人的命运》《人的希望》等，曾获龚古尔奖。

[2]　伊尼亚齐奥·西洛内（Ignazio Silone, 1900—1978），意大利作家和政治家。原系社会党人，后为共产党人，致力于写作，抨击法西斯主义。

人的，露易丝·博根[1]写给朋友的信中提到威尔逊书房的架子上一字排开了八十六卷米什莱的著作。他于1935年访问了苏联，并在接下来的两年内自学了俄语和德语。威尔逊的独立性，以及他对知识的色欲般的好奇心，有时是非常令人感动的——尽管这位知识征服者罗列一个事实接一个事实的方法，不免让读者很快心生厌倦。威尔逊最终迁出了纽约，搬往康涅狄格州的斯坦福，并在那里写出了这本书的绝大部分，而迟至1939年，他还会写信给特里林，请他在纽约的图书馆里查询一本马克思论帕默斯顿[2]的小册子。

《到芬兰车站》仍是一本迷人的书。威尔逊几乎是喜悦地展现了他对米什莱、《资本论》或托洛茨基的革命史的阅读经验。书中充满了如木刻版画一般的生动的形象：马克思和他的家人被驱逐出伦敦苏豪区的住所；恩格斯和他接近于法国式的生命力以及充满活力的理性；托洛茨基，以他惊人的自信，坐在监狱中，为一张照片摆着姿势，"没有羞愧，没有愤愤不平，甚至完全不反抗，而是像一个

---

[1]　露易丝·博根（Louise Bogan，1897—1970），美国女诗人，主要作品有《死亡的身体》《黑暗的夏季》《沉睡的愤怒》等。

[2]　帕默斯顿（Henry John Temple, 3rd Viscount Palmerston, 1784—1865），英国政治家，曾任英国首相，自由党创建人之一。

伟大的国家元首，尽管仍身处危急时刻，仍留给摄影师一个瞬间"。威尔逊坚信马克思主义是启蒙运动的第二次伟大盛放，而马克思列宁主义仍保有在俄国建立第一个"真正的人"的社会的可能。

这本书当然也掺入了他的预感，因为他在当时就可以预见，斯大林的俄国远不是一个真正的人的社会，尽管他在访问期间对旅程的报道充满溢美之词。小小的警告就像路标一样，时不时地戳在文中："在很多方面，马克思和恩格斯与那些自称为马恩二人发起的运动发声的粗俗空谈家及狂热追随者大相径庭。"

但他认为，与其说是马克思主义的问题，不如说俄国制度中的一些腐朽之物，甚至俄国民族的心理，才是罪魁。"问题并不在于马克思主义，而是某些民族心理与马克思主义格格不入。"他在写给约翰·多斯·帕索斯的信中如是说。正如保罗·伯曼所论述，威尔逊受到了历史学家马克斯·伊士曼的观点的影响，伊士曼认为，这一切的罪魁祸首在于马克思的神秘主义，而对他来说，列宁是个英雄。这便也解释了威尔逊这本书的结尾对列宁的浪漫化描写：他被视作一个最为温和最为无私的人，一个贝多芬和《战争与和平》的爱好者，威尔逊甚至饱含深情地报道，列宁曾拒绝射杀一只狐狸，因为他认为它很"美丽"。纳博科夫刻薄地写道：实在遗憾，俄罗斯是如此平凡。

威尔逊能够看出，在心理上，马克思过于轻信地认为当无产阶级接手政权后将会审慎执政。对此有何证据呢？工人又有什么理由不渴求资本主义富豪所拥有的东西呢？据他反思，马克思"并不了解美国"，然后，威尔逊便展开了长达四页、满是他对美国难解、扭曲、执着之爱的宏大论述，这种情感在他日后的岁月中越来越成为一种激情，在此被流畅地表白了出来：

> 马克思无法理解的是，美国没有欧洲的封建阶级背景，而这不仅有利于资本主义的扩张，而且使社会有了民主化的真正可能；从事不同职业的人可能比工业化世界的任何其他地方都更接近于使用同样的语言，甚至分享同样的标准，共同体由此成长并持续下去。在美国这里，我们主要是基于财富划分社会群体，而金钱流转总是如此之快，使得阶层的界限无法被界定得很明晰……我们的阶级是在社会发展中争辩而出的……我们（比欧洲）更无法无天，但我们更均一；而我们的同质性，会被马克思视为布尔乔亚的共同倾向，但事实上这只

有部分能被解释为资本主义竞争的结果。普通人从封建社会的束缚中解放出来后，似乎在各处都在做着同样的事情——这并不是马克思所期待的，因为这并不是马克思自己喜欢做的。

威尔逊继续着这一强大的脉络，最后落脚于一句带有毁灭性的结论："换句话说，马克思根本无法想象到民主的模样。"

然而，他无法绕开马克思主义在俄罗斯所经历的失败，他似乎不确定该将责任推给谁——有时是扫到马克思的门前，更多的时候，是扫到那些歪曲马克思的人本主义的"空谈家和狂热追随者"脚下。从这个角度来说，《到芬兰车站》有两处明显的遗漏：卢梭和陀思妥耶夫斯基。毕竟，在记述激进政治思想史时，仅仅简单地提及对法国大革命的主要推动者影响最大的思想家，是一件奇怪的事，因为正是卢梭的著作论证了，一旦有人声称他的土地是私有财产，这个社会便开始走向下坡路，卢梭提出的"公意"（general will）概念可以被日后的历史学家描述为"极权民主"。

但是卢梭对于人之堕落的猜测性神学，只能迫使威尔逊回答他无法在马克思那里提出的问题。如果人的本性是良善的，而在其社会形态中败坏了，那么他究竟是在何时开始腐化的？是因为人的本性即是腐败的，抑或是社会腐化了他的善良本性？如果是后者，那么恢复人类本性的乌托邦的希望又在哪里？我们如何找回——或是同时在找寻和前往——人类的理想状态？同样，1917年的革命之所以走向腐败，是因为不能将革命的专制托付于腐败的人的本性，还是因为暴力革命从根源上来说便是一个败坏人性的理念？如果对上述任意一个问题的答案是肯定的，卢梭含混其词的问题便会转而出现：我们该如何走向乌托邦，我们怎样才能——用卢梭的话来说——寻回我们已经失去的东西？

陀思妥耶夫斯基，在威尔逊的书中仅有一次被简短地提及，这从某些角度来说是更明显的遗漏，因为在《群魔》中，通过虚构了涅恰耶夫和巴枯宁这两个革命者的狂暴残忍，他留下了一个对于列宁主义将会成为何物的预言性的、高度保守的描绘。读这篇小说时，你很难不在彼得·韦尔霍文斯基这个傲慢、蔑视、欺凌、杀气腾腾的人身上仿若亲见列宁。威尔逊并未遭受这样的理论上的质疑，而且没有什么时间对这种问题提供神学层面的答案。于是，带着各自宗教情怀的卢梭和陀思妥耶夫斯基，从两面将威尔逊包围了起来，他们两人最终皆对世俗的乌托邦持悲观的态度（尽管卢梭并不承认这一点），并在他的眼前挥舞起了激进运动失败的破旗。

III

重读埃德蒙·威尔逊，对他的钦佩既会增加，也会减少。他描绘人物的文学技艺卓越非凡，并且有着穿越时代的上乘品质。迈耶·夏皮罗[1]曾经说过，威尔逊所呈现的对象，有如"文学中伟大的虚构人物"，而这的确是事实，在马克思、查普曼、狄更斯，以及荷马、尤利西斯·格兰特[2]和他的父亲身上，威尔逊施加了一种反向的、他自己从未能在自己的小说中召唤出的能力：他乐于让他们得享怀疑的益处，让他们处于模糊地带，而不是将他们拖进什么过早断论的审判高光之下。

他长于追踪诸如约翰·杰伊·查普曼这样的人

---

[1]　迈耶·夏皮罗（Meyer Schapiro, 1904—1996），美国艺术史家。他的学术成就集中体现在四卷本选集中：《罗马式艺术》《现代艺术：19 与 20 世纪》《古代晚期、基督教早期和中世纪艺术》及《艺术的理论与哲学：风格、艺术家和社会》。

[2]　尤利西斯·格兰特（Ulysces Grant, 1822—1895），美国第十八任总统，军人出身，曾在美国南北战争中屡建奇功。他也是第一位到过中国的美国总统。

的怪诞和天才，展现出了迷人的圆融。查普曼，同威尔逊的父亲一样，跃出了上层阶级的束缚，进入政治和法律的世界，不想却默默无闻。年轻时，他因病态的恋情自焚了一只手臂，随后进入纽约政坛。他有极高的文学修养，举止优雅，曾著有爱默生的研究传记，还写过很多有关文学和哲学的精彩文章。威尔逊并不真正理解查普曼为什么会从政治和社会生活中淡出。他只是简单地如此描述：

> 考虑到查普曼的能力，他强烈的情绪，以及他的洞察力所拥有的无情的明晰性——并考虑到他对自己优势的不容辩驳的信念……他唯有崩溃一途。他一头撞上镀金时代而给自己造成的永久性的心理伤害，就像他年轻时烧掉的那只手一样，都是他激情和赎罪天性中英雄主义的伤疤。

这段描述十分到位；就像威尔逊的律师父亲所做的那样——这段描述在我们的脑海中植入了一幅画面。又如在文章结束时，威尔逊回忆在 1920 年代的纽约，见到了已是一个中年男子的查普曼：

> 那些年里，人们经常在纽约看到他，与一

个在美国来说几乎是异国情调的人物为伍。他
举止优雅，智慧敏锐，衣着上透露着另一个时
代优雅的魅力，几乎是天神般的胡须和额头，
深沉而和蔼的笑容；或者在某个时刻，完全不
同的样子：当人们碰巧在街上遇到他时，他独
自行走，头低下，思考着，围巾绕在脖子上，
面容中充满了可怕的黑暗、悲伤和恐惧，仿佛
他正在凝视着敞开的深渊。

最令人惊讶的一点也许是，尽管威尔逊的声望
甚高，但有时，从几篇重要的文章看来，却是一个
令人失望的文学评论家。他延伸到研究对象身上的
消极感受力——他们的模棱两可，他们的深渊，他
们的神经质黑洞——他经常拒绝将这份感受力用到
文本本身。尽管他常常纵容传记中的模糊，但当这
种含混出现在文本中时，他实际上充满敌意。据我
所知，他对威廉·燕卜荪仅有的评价，出现在 1938
年一封写给露易丝·博根的信中："他有一种不可信
的头脑，在不可控的时候，他能给你证明出是培根
写的莎士比亚。"显然威尔逊对这位伟大的朦胧与矛
盾理论家没什么兴趣，燕卜荪著有《朦胧的七种类
型》，其中的"第七种"类型，是一个词的两种含义
"在上下文中完全相反，导致总体效果展现出作者意

识上的根本性分裂"。燕卜荪承认，许多人会假定，如果"最终的效果是令人满意的"，那么这种矛盾最终会形成一个"更大的整体。但达成这种和谐的责任，可能在很大程度上依赖于接收端"——也就是说，读者可能将这种和谐强加至文本之上，但是这可能只是源于我们对于整体性的幻想，而非文本自身的，文本或许本想维持自身的矛盾。

好像正是这种"构建和谐的责任"，这种清除歧义的需求，令威尔逊成为一位焦躁的评论家，并将他推出 20 世纪，回到 19 甚或是 18 世纪。回顾一下威尔逊纪念他在普林斯顿的导师的话，他写道，克里斯蒂安·高斯总是让学生们感到，莎士比亚的剧作永远无法与"经过雕琢和精心设计的、知道如何展现观点并且深谙自己观点意义的文学作品相提并论"。这听起来非常像是威尔逊自己的批评；但用此来评判充满讽刺和朦胧感的现代文学，实在是一个虚弱无力的立足点。正是这种强求文本"展现观点并且深谙自己观点意义"的欲求，胁迫威尔逊进入了不停改述原作者的怪圈中。

在有关契诃夫的文章中他受到了这种胁迫，同样的情况也发生在论果戈理的文章中。这使他有关福楼拜的文章显得教条，使得他题为《亨利·詹姆斯的朦胧》的文章成为他的污点。奇怪的是，威尔逊用《螺丝在拧紧》为钥匙，解开了詹姆斯激怒他的特点——亦即，詹姆斯明确地拒绝对他的角色进行清晰的批判，拒绝在他的角色中选边站队。《阿斯彭文稿》则受到了赞扬，因为"我们对叙述者的看法没有任何不确定性"；但在《圣泉》中，和《螺丝在拧紧》一样，"最根本的问题自己呈现出来，并从未得到妥善的回答：读者该怎样看待主角？"于是，威尔逊认定，詹姆斯自己也没想"清楚"。

福楼拜则被拿来作为正面典型同詹姆斯进行对比。例如，在《情感教育》中，"福楼拜对弗雷德里克的最终判决非常明确。他认为弗雷德里克是一个蛀虫"。但是，这种拳击手式的自信心显然是不恰当的。正是由于福楼拜笔下具有讽刺意味的暧昧性，我们根本无法确定福楼拜如何看待他笔下那位散漫的主人公，而事实上亨利·詹姆斯本人也担心，福楼拜并没有完全掌控这些模棱两可。但威尔逊在陷入这样的批判深渊时，往往会回到传记，而且是还原性的传记，因此毫不奇怪，他认定，詹姆斯的含糊来自他受压抑的同性恋倾向。在1948年为第二版所写的一篇野蛮的跋文中，威尔逊又给自己挖了个大坑，离奇地指责詹姆斯喜欢描写对儿童的性侵犯。据他透露，一位奥地利作家读过他转交的《螺丝在拧紧》后评论道："作者是一个Kinderschander（娈童者）。"威尔逊似乎表示同意："在亨利·詹姆斯笔下似乎总有一个天真无邪的小女孩，他珍惜、钟爱并一直保护着她，但他后来也试图侵犯她，甚至想杀死她……当他对自己不耐烦时，他想摧毁她，或者强奸她。"

他那篇备受赞誉的有关吉卜林的文章，在我看来也存在类似的还原倾向，将作品中的缺陷归咎于吉卜林在六岁时被送去英格兰的狠心的亲戚家的童年创伤。威尔逊对吉卜林作品的政治敌意，远比奥威尔的致命。奥威尔在关于吉卜林的文章中理智地回避了这种传记蛊惑，而威尔逊则不同，他认为吉卜林的政治观最适合用原初创伤来解释（威尔逊论吉卜林的文章见于《创口与神弓》）。吉卜林，似乎在幼年就学会了臣服于威权，并恃强凌弱；"在他的性格中最根本的勇气和人性"似乎出了问题。威尔逊甚至认为，他会被妻子颐指气使。在这里，同评论詹姆斯的文章一样，威尔逊看上去比他希望的更有维多利亚时代之风，更富道德感。他攻击吉卜林最差的小说，然后，为时已晚地歌颂他晚期的伟大作品，如《玛丽·波斯特盖特》和《园丁》。但这些褒奖都如此轻描淡写，而不像差一些的作品那样遭到精心的痛斥，也并没有什么深刻的分析让人感到吉卜林的作品令人兴奋。要想感受吉卜林作品的审美愉悦，读者还是得去读贾雷尔和特里林对吉卜林的精彩评论。

所以威尔逊童年的三大遗产——他对精神崩溃的兴趣，他的新古典主义美学，以及奉行对文学做实证历史化研究的信念——常常导致他远离对作品的审美上的考察，转而通过传记进行推测，或进行文化层面的教导。因此，威尔逊能够完满地阐释初读普鲁斯特或《资本论》的乐趣，但在他的作品中，很难找到对深沉的文学之美的深入解析。借用他评论查普曼的话来说，对于评论现代主义、评论受到冲击的认知来说的理想"装备"，在其他层面上却是相对驽钝的，因此，他在第二次世界大战后作为一个评论家开始退步，便并不奇怪了。他收入《俄罗斯之窗》的文章（1972 年），大多写于 20 世纪 50、60 年代，十分令人失望。阅读托尔斯泰、契诃夫和果戈理时，读者会又一次不安地发现，自己对威尔逊的评论对象的了解愈多，威尔逊对自己的帮助愈少。通常来说，这既是理解的问题，也是语气的问题。"在托尔斯泰讨论爱与上帝的文章中，"威尔逊在《托尔斯泰笔记》一文中写道，"有点难理解他所说的爱和上帝究竟是什么。他似乎并不十分爱别人，他与上帝的纽带又在哪里？"这论调，严格说来，是正确的，但像这样的措辞，似乎是认定在提出一个恼人的问题后，这个问题便已经得到了气势汹汹的解答，这似乎并不令人信服。

在其他时刻，他似乎失去了最基本的理解能力。他攻击纳博科夫的小说对幸灾乐祸有瘾头，又在同一本书中说："每个人都总被羞辱。"威尔逊写道，在《普宁》中，"他甚至为了羞辱自己创作的角色，将自己代入，让那个不起眼的俄国小教授对于纳博科夫的才华和傲慢充满畏惧"。因为过早地下了论断，威尔逊未能把握纳博科夫施与普宁的了不起的充满喜剧感的同情，也没有观察到，纳博科夫对小说精美的建构使得普宁终于逃脱了纳博科夫式叙述者的魔掌，而这样的一个叙述者，被有意地塑造为不可靠、势利眼、残酷无情的人，而不是他令人厌烦地自称的普宁教授的挚友。同他对《普宁》的评价一脉相承，威尔逊认为晚期詹姆斯和康拉德的叙事策略令人沮丧且不必要地晦涩："不必要的迂回和毫无意义的空话。"

到这个时候，与纳博科夫的争执当然已经成为私人恩怨。在 20 世纪 40 年代和 50 年代，威尔逊对于这位刚刚从俄国流亡来到美国的作家表现出了极大的慷慨。他将他的这位新朋友介绍给了其他作家和编辑，并在纳博科夫正要批判——必须坦率地说，出于几乎是彻底的无知——简·奥斯丁和亨利·詹姆斯时，不厌其烦地劝住了他。还好有威尔逊，纳博科夫才选择了《曼斯菲尔德庄园》和《荒凉山庄》两部作品在卫斯理安和康奈尔授课。

1954 年威尔逊告诉纳博科夫，他认为《洛丽塔》并不出色，这在威尔逊和纳博科夫二人之间架起了一座摇摇欲坠的桥梁。这座桥慢慢地腐朽了近十年，然后，在威尔逊用他一贯的自信，在1963 年的《纽约书评》上回顾纳博科夫的《叶甫盖尼·奥涅金》英译本后轰然崩塌了。威尔逊在纳博科夫奇怪的书面英文上的观点是正确的——虽然他的译本也有很多一流的、聪明的可取处——但他不明智地认定纳博科夫的俄语也"不熟练"。纳博科夫的回应则指出，威尔逊自己的文章里也有好几处俄语错误。很显然，在这场争论中，只有威尔逊自己认为自己能赢，他虽然能流畅地阅读俄文，却几乎无法开口说一句。

这一情节，对于那些像玛丽·麦卡锡那样曾见证了威尔逊读到《沃洛嘉》[1] 时所散发出的"喜悦"的人来说，不啻是一出悲剧，人们通常以尖刻的莎士比亚式对称精神解读：为了二人张扬的自我，他

---

[1]　契诃夫的短篇小说。

们两家实在是活该倒霉[1]。但是，他们冲突的根源远比单纯的自我更深。威尔逊和纳博科夫从未在俄罗斯、社会主义，甚至如何解读小说一事上达成共识。从一开始，威尔逊就认为纳博科夫那本关于果戈理的书太注重于审美，太过颓废。他们对于《日瓦戈医生》的评判大相径庭，威尔逊对其大加赞赏，而纳博科夫则认为那不过是二流之作。以赛亚·伯林认为，根本原因是，威尔逊是一个"道德存在"，而纳博科夫"是纯粹的美学家"，仿佛这是最后的断语。但是，仅仅为了《纽约书评》里几千个霸道的纠错文字就抛弃一段友谊，实在不是很道德的行为，纳博科夫也并不是个纯粹的美学家，这一点，从他的小说常常在道德上反思随心所欲的唯美主义之危险，也能得到很好的证明。

　　然而，奇怪的是，如果说威尔逊在年老后愈发成了一个糟糕的批评家，鲁莽地漠视复杂性和模糊性，却开始不停地探索一个又一个充满希望的文化场所——以色列、加拿大、海地、易洛魁保留地——他也确实成了一个更好的作家。在他远离新闻，远离每周或每月固定的书评，转而写作回忆录和日志后，他的散文也具备了全新的抒情性。在20

---

[1]　语出《罗密欧与朱丽叶》。

世纪 50 年代，他为他的父亲写了一篇可爱的回忆录。还为俄罗斯贵族兼评论家 D. S. 米尔斯基写了一篇回忆录。威尔逊曾去莫斯科拜访过他，在 1937 年的大清洗中他遭到逮捕，其后死于西伯利亚东北。塔尔柯特维尔的家族老石屋充满了美好的童年回忆，这位年老的评论家在这里度过的时间也越来越多，这栋屋子似乎也总是能刺激他的创作欲。在他的日志《六十年代》里，威尔逊描述了老屋旁 12D 公路边的一个水泽山谷。那是 1970 年 6 月，距离他去世恰好还有两年。这个总是在时刻准备着进行情色历险的肥胖气喘的作家，新近迷恋上了一位年轻的女邻居，并和她一起去了那个山谷。但他满足于旁观。他看着她脱下衣服——"我从后面看到她苗条的褐色身躯，她看起来很漂亮。"然后，像他所推崇的屠格涅夫经常做的那样，他用词句描绘了周遭的景观。这段如行云流水般清晰、抒情的写作，带着威尔逊所有的对观察与描写的自信，带着他的坚强的好奇心，和他对语言能够客观地捕捉到星系般的不同数据的信念——自然，文学，政治，甚至色欲：

> 你发现自己处在一个被绝壁环绕的峡谷中，由层叠的石灰岩构成，长满了绿色的蕨类植物，裂缝里布满了绿苔。鸟儿在急流间飞

来飞去。悬崖上滴水成泉，河流对岸，越往远处，树木就越发密集：白蜡树、羽毛般的铁杉、榆树，还有一丛丛的漆树。一棵枯树斜倒在小溪上。瀑布是白色的，有些弯曲，拖着尾巴……这片原始景观隐没在 12D 公路的车流之外，很少有人光顾。峡谷上方，蓝天下，一层薄薄的云慢慢地在天空下方移动。

威尔逊更喜欢被称作一名记者，而不是评论家，这一偏好倒确是有一种吸引人的一体性。说到底，他的名字将因为他的作品而流传于世——其中的悖论在于，他的声誉之所以能够保持下去，恰是因为他的很多作品已经不再流传于世。这些已经绝版并可能永不再版的作品，包括了旅行游记、数百篇书评、政治新闻评论，有关加拿大文学、易洛魁人、海地、死海古卷等等等等的著作。跨越几十年的日志－编年史，尤其是《六十年代》，理当传世。但一个连 19 世纪伟大的日记作者 H. F. 阿米尔 [1] 的作品都不愿再版的文坛，是不大可能对一个来自塔

---

[1]　H. F. 阿米尔（Henri Frédéric Amiel, 1821—1881），瑞士思想家、诗人和评论家，以其《私人日记》而闻名于世，该日记记录了作者从 1847 年直至去世的生活。

尔柯特维尔的更随性散漫的编年史作者抱有更多同情的。

威尔逊想被人称为一名记者，这个在 20 世纪以前显得多余的愿望，在一个以学院派批评崛起为标志的时代，就显得成问题了。因为威尔逊的文学批评，既有推介的偏好，又依赖于作家传记进行思考，并且对美学问题总是避而不谈，这些现在都令他看起来比当年更像新闻记者。在我看来，V. S. 普里切特[1] 拥有更多文学敏感性，对小说如何达到效果也有更自然的理解；威廉·燕卜荪阐释起诗歌来对朦胧的尊重要丰富得多；莱昂内尔·特里林融合观念和审美更有一套；而兰德尔·贾雷尔用更投入的精神活力来解释美。威尔逊的批评相形之下道出了文学新闻的局限，在这个时代，新闻报章不再是了解文学作品的唯一路径。威尔逊蓬勃的掌控愿望，他广泛又独立超然的学术研究，有时似乎取代了在美学、哲学与宗教问题上同等重要的严谨性。一场短暂的革命几乎与威尔逊的人生同步进行，在其中文学批评短暂地成了一门属于艺术和哲学的学科——这个时期的始终，我们可以用艾略特在 20

---

[1] V. S. 普里切特（Sir Victor Sawdon Pritchett, 1900—1997），英国作家和文学评论家，以短篇小说闻名。

世纪 20 年代的论文和新批评在 50 年代的衰落划分。威尔逊的大作某种程度上的确正如他一直希望的那样，非常自豪地独立于这繁花盛景的身侧，但如今他比自己设想的更孤立一些。

亚历山大·黑蒙

　　约瑟夫·罗特的那本写奥匈帝国的小说《拉德茨基进行曲》中有一幕不寻常的场景，一支由各路士兵组成的巨大的、近乎不真实的队伍在维也纳行进，在哈布斯堡皇帝弗兰兹·约瑟夫面前接受阅兵。穿着制服的士兵川流而过，奥地利人、意大利人、匈牙利人、斯洛文尼亚人，以及最引人注目的、形象最异域的——波斯尼亚人，他们"血红的土耳其毡帽"耀眼得发光，罗特写道，像是伊斯兰教徒为了致敬皇帝而点起的篝火。那些血红的土耳其毡帽被罗特用来像变戏法一样引出对波斯尼亚民族遥远的追述，当然他们很快便在小说盛大的展演中一闪消失了。

　　在《拉德茨基进行曲》出版将近八十年以后，出生于萨拉热窝现定居芝加哥的亚历山大·黑蒙

(Aleksander Hemon）似乎向罗特回敬，在他的小说《手风琴》中，他运用了一样的词语：弗朗茨·斐迪南大公坐在一辆四轮马车里穿行于萨拉热窝，他看见了"血红的土耳其毡帽——好像挂着短流苏的倒过来的矮花盆——而妇女们脸上则遮着面纱"。对于历史来说，大公此时有一个任务：眼下的某个瞬间，他将要被暗杀，然后牵连着第一次世界大战的那根长长的导火索就要被点燃。不过，在那场冲突到来之前，大公的注意力——在黑蒙生动的故事里——被一个拉手风琴的男人吸引住了。那件乐器缺了一个键，百无聊赖的大公琢磨着一个人能在这种琴上弹出调子来吗？叙述者不无骄傲地加注道，那个拉手风琴的，"不是别人，正是我的曾祖父，刚刚从乌克兰来到波斯尼亚"。他接下来告诉读者，这台手风琴又活了五十年，最后是他的"瞎子叔叔提奥多"某次栽倒在床上砸到了它，才寿终正寝。这个故事在一片荒凉中结束："提奥多叔叔现在被困在波斯尼亚的塞尔维亚人领地。我家族的大部分人分散在加拿大各地。这个故事写于芝加哥（我住在这里）的地铁上，在一整天折磨人的停车员活计结束以后，公元 1996 年。"

黑蒙同约瑟夫·罗特一样，在作品中对哈布斯堡王朝的末端和边地抱有不小兴趣，两位作家也同样喜欢丰盈而有想象力的隐喻（将土耳其毡帽比作篝火和花盆）。黑蒙关于家族传说的篇章，充满奇想然而却强烈构建于政治现实与个人苦难之上，无论他在写作时脑中是否掠过罗特的影子，都似乎在用自己的波斯尼亚鼻孔朝罗特的浪漫东方主义表示不屑。罗特看波斯尼亚人时只看见色彩和忠君，黑蒙看见的则是大公对于自己手中一块异国风情的领土那种舒泰的轻视。罗特出生于乌克兰，在维也纳工作过，对那个已不真实的王朝，对维也纳盛典上那些制服和肩章怀着一种感伤的乡愁。黑蒙的祖先从乌克兰迁往萨拉热窝，1992 年他来美国短暂停留，却发现萨拉热窝的围城使他无法回国，他复杂地怀念着一个真实的城市，他在那里长大，却离开了那里——或者说，战争一开始，那座城市就离开了他。

罗特的作品笼罩在 1914 年的阴影里，彼时王朝正开始分崩离析；而在黑蒙的小说里，1992 年仿佛一把寓言的弯刀，一次次落下：正是这一年，他意识到自己不能回到家乡。塞尔维亚狙击手在城市上方占领了神灵的位置，把萨拉热窝打成了自己的游乐场。黑蒙既是一个无情的解密者，又是一个俏皮的神话学家，因此，他可能会对自己在美国被迫流亡（没有人会对此提出异议）的故事成为自己无法拒绝的传奇感到好笑：这位年轻的波斯尼亚作家只是来芝加哥访问，却无法返回自己的家乡城市，被迫与多少有点兴奋的西方人一起观看 CNN 上血迹斑斑的运动鞋和爆炸的市场的画面。约瑟夫·普罗耐克，这个黑蒙笔下虚构的人物，也几乎可以说是他的另一个自我，在 1992 年 1 月从萨拉热窝来到了美国。肯尼迪机场的海关人员翻着他那本南斯拉夫护照，"好像在翻一本黏糊糊的色情杂志"。在美国，没有人对他的来处有哪怕一丁点儿概念：提到昆德拉和捷克斯洛伐克已经算是最不愚蠢的了；其他人则跟他讲美国是一个多棒的国家，说美国的施瓦茨科普夫将军会把所有问题都解决的。年轻的普罗耐克在芝加哥接连找了几份令人沮丧的工作，和女孩儿安德瑞以及她讨人厌的男友卡尔文同住在一套破公寓里：

> 一个飘雪的午夜，面孔晶莹的雪花一片片贴上玻璃窗，在卡尔文把一锅烂乎乎的意大利面掉到地板上吼了一声"操！"之后，约瑟夫·普罗耐克决定留在美国，也许余生都在这里。

这是一段典型黑蒙式的漫画式的颓丧，但动词"决定"可能显得太过有力。同一个故事（《瞎子约瑟夫·普罗耐克和死魂灵》）稍后出现了一个更尖锐的句子，决心就弱了很多，并显露出流亡者随身背负的家国之心。约瑟夫看着 CNN 播放他那座被围之城的画面，然而，黑蒙写道，"他只是看着画面想认出其中的人"：

> 有一刻他以为看到了父亲，打从狙击手小巷跑来，但他不能确定，因为那个男人用一叠折起的报纸把自己的脑袋遮住了。

黑蒙刚到美国时，用他出版人的话说，他的英语只有"基础水平"。八年之后，《布鲁诺的问题》面世了，这本用英语写就的短篇故事集非常优雅光艳，对讽刺的使用也有着卓越的控制力。在黑蒙的传奇经历里，这种转变是"纳博科夫式的"，并且黑蒙的写作有时的确会让人联想到纳博科夫。（黑蒙曾说过，他通过阅读纳博科夫来学英语，他会在不认识的词语下画线。）然而，他这从头来过的本事可是超越了这位俄国人。纳博科夫从小就用英文阅读，后来又在剑桥大学念书。1940 年他的美国岁月展开时，他差不多已人到中年，在至少三种语言上有着长时间的使用经验。而黑蒙则在这全新的语言中，以一种甲亢病人的亢奋飞速发展。

　　而需要强调的是,在这八年里黑蒙不仅仅成了一个老到的文体家,并且是非常优秀的一个。他的英语有时候带了那种移民特有的新鲜的古怪劲儿,他会把一些词语已死的含义再挖掘出来,像是"空无一物"(vacuous,空虚的,愚蠢的)或者"石化"(petrified,目瞪口呆的)等等。下面这个句子,就同英语惯用法偏离开了一点儿:"我把各种水泡似的饺子和一杯清透的茶堆在我的托盘上。""水泡似的"挺精彩,但是,也许更精彩的是,有多少以英语为母语的人会用"清透"来形容茶水?间或地,他会来一点诗意而迂腐的、纳博科夫式的天花乱坠,比如"她戴着圆窗式的眼镜"。

　　但更多的时候,他用自己的惊人天赋观看着人世,有一种讽刺的精确,这种精确与世故与他对超现实隐喻的热爱构成了张力。给大公拉车的马拉的粪便,"像深色的瘪掉的网球"。直立在浴缸上方的淋浴头"像一颗秃鹰的脑袋",而粘在马桶边上的阴毛"好像要爬上去"。刚来美国的约瑟夫·普罗耐克被流畅运转的抽水马桶惊呆了,他在自己住下的"精品旅馆"里盯着那个马桶,看着"底部的水是怎么起劲儿地哧哧涌上来,带着液体特有的自信,就为了回到原先的水平线上"。描写他和安德列娅做爱的语言,完美捕捉到了这一场景充满情欲的平常自若："他们的呼吸喷到对方的脸上，肚子紧紧贴着。紧接着他们小小的两性装置裂变了，然后她去了浴室。"每一页上，都有很多美妙的词语——用"乌黑的毛毯"来形容普罗耐克毛发茂密的身体，或者他早上的皮肤："柔软，带着褶皱的印痕，是沉睡的化石。"

很多时候，黑蒙的叙述会陡然停下，继而结结巴巴地转进一张布满细节的华丽列表，这些他看到的或记忆里的细节，用分号随意地连接在一起。（他喜欢奇谭故事，但新奇的是他对传统小说情节兴趣不大。）阅读其作品可能会产生阅读纳博科夫时的感觉，作家迫切地要把流亡的细节保留下来，仿佛不这样它们就要消失似的。拿他的短篇《有趣词语的交换》来做例子，这个故事里他深情地描写了 1991 年黑蒙家的一次家庭重聚——家里人管它叫"黑蒙大会"——黑蒙一家和黑芒一家（叙述者叔爷的后代）在这年团聚。一个热情的夏日，他们大碗喝酒大口吃肉，说了很多离谱的故事。提奥多叔叔，这个非官方家族史专家在这场聚会上发言称，黑蒙这个姓曾出现在《伊利亚特》里；过去有个布列塔尼士兵，名叫亚历山大·黑蒙，曾与拿破仑并肩作战；还有一个黑蒙去了美国发展成了富翁。年轻的亚历山大·黑蒙负责用摄像机记录下这场神话般的聚会，他"一下子喝得太多"，最后倒地不起。但他在倒下之前还是记下了以下这一串"间断的记忆"：

> 猪圈散发出的有毒的酸臭粪水的臭气；里面唯一还活着的小猪的嚎叫声；奔跳着的小鸡的拍羽振翅；刺鼻的浓烟，从就要熄灭的烤猪炭火上升起；稠密的拖着脚走的声音和许多双脚在碎石上跳舞的沙沙声；我的阿姨们和其他同辈的妇女在碎石路上跳着克洛米娅卡[1]的舞步；她们的脚腕清一色都肿着，肉色的长筒袜慢慢地滑到她们静脉曲张的小腿肚上；当我的脸颊贴到厚松木板上，它的气味和多刺粗糙的表面，让所有东西盘旋转动，好像我是待在一台洗衣机里似的；表兄伊万穿着凉鞋的左脚在他那圆滚滚的大脚趾的带领下，啪啦啪啦地敲着舞台；浩浩荡荡的蛋糕和油酥饼在床（就是我祖母咽气前躺的那张床）上列好了队，小心翼翼地按巧克力点心和非巧克力的分好了方阵。

---

[1] Kolomiyka，乌克兰西部的一种民间舞蹈，通常以6/8或3/4的节拍缓缓起舞。

　　黑蒙小说最吸引人又耐人回味的一点是他所采取的看似矛盾的手法，既植根于辛辣的现实，同时又向着戏谑至极的虚构推进。一方面，他在手风琴故事的结尾介绍了自己家族的散居地，以及他在一天辛苦的低级工作后在地铁上写下这篇文章的信息；另一头，他交代了一桩某个手风琴手先辈的轶事，这个先辈可能完全是虚构的，并且显然是无迹可考的。他喜欢在小说中使用自己的姓氏，并且反复提及某些亲戚和家族历史，但其小说自传式的真实感似乎并不是一个地基式的角色，而更像是一个建筑架构。然而，在我看来，他比任何其他美国小说家都更多地将自己的实际情况写成了一种连续性的自传体小说——萨拉热窝的童年，在美国的流亡，早年在芝加哥的艰辛日子。他是一个寓言家，却并不真的是一个后现代主义者；又或者正好相反，他是一个被历史打劫的后现代主义者。当他暴露装置（老派俄国形式主义用语，意指表现戏谑虚构的自我意识的手法），他也同时揭开了伤疤。在"黑蒙大会"当中，叙述者的母亲评论道："黑蒙家这些人的问题啊……就是，他们总是对自己想象为真实的事情太过兴奋。"这个表述是高明的：现实有很大一部分是由我们自由想象的事物组成的；然而，也许不太幸运的是，我们会发现，现实已经想象出我们了——也就是说我们其实是自己想象的奴仆，而不是皇帝或大公。

黑蒙精巧的、颇有野心的小说《拉撒路课题》，是一个在他的自传体小说虚构当中走得更深的装置。小说的叙述者弗拉基米尔·布瑞克 1992 年从萨拉热窝来到了美国，他称自己是"一个属于两个国家的相当忠诚的公民"。像《无家可归的人》里的其中一个叙述者一样，他也教过外国人英语。他的祖父从乌克兰迁移至波斯尼亚。他写作一个关于自己的移民经历的专栏，读者们喜爱这个专栏的一部分原因是他们发觉"这种诡异的移民语言很招人喜欢"。在一场庆祝波斯尼亚独立日的晚宴上，布瑞克遇见了光荣基金的董事苏西·舒特勒，她同意资助布瑞克的研究。自此以后，他把受赠的这笔资金称为"苏西大奖"（一个某种程度上指向黑蒙获得的麦克阿瑟天才奖的戏称）。

布瑞克想要调查研究 1908 年 3 月 2 日发生在芝加哥的一桩真实事件，这一天，一个犹太移民拉撒路·阿弗布赫前去拜访芝加哥警察局长乔治·谢彼，并遭遇枪杀。没人知道阿弗布赫为什么要去找谢彼，也不知道到底他为什么会死以及他是怎么死的，但他与无政府主义者团体的牵涉替许多芝加哥人解开了这一谜团：他显然是打算去暗杀法律和秩

序的主要代表。彼时有一股对无政府主义歇斯底里
的恐惧，众多报纸推波助澜——"针对无政府主义
的战斗就好比是现在的反恐战争。"布瑞克告诉我
们。芝加哥历史学会存有一些阿弗布赫的照片，黑
蒙将它们和其他一些照片再版重印，穿插在他的小
说中，其中有令人震惊的一张，谢彼局长站在刚刚
死去的阿弗布赫身后，后者坐在椅子上，脑袋被谢
彼的手抓着以免垂落，谢彼一手放在他头顶一手抵
住下巴，仿佛是在展示一件罕见的考古发现。阿弗
布赫的眼睛没有完全闭上，嘴唇茫然困惑地嘬着，
他看上去更像是对自己被叫醒这事儿有点儿不满，
而不像是死了。

　　黑蒙显然对这位拥有《圣经》意味名字的人的
故事很着迷，此人在1903年基希讷乌[1]（该地位于
现在的摩尔多瓦）大屠杀中幸存下来，继而跟着他
姐姐移居芝加哥，未曾料到日后会被一个美国警察
击毙。移民身份如此脆弱，脚下根基不过一盘沙
子，这一直是黑蒙的重大主题之一；它在黑蒙的作
品中具有形而上的色彩。《无家可归的人》的叙述
者之一有这样一种感觉："无论我是死是活，万事
万物都会继续存在。这世界上曾有一个洞，我钻进

---

[1]　摩尔多瓦首都，苏联时期按俄语发音为基什尼奥夫。

去，正正好好；如果我死了，这个洞就会阖上，像一个伤疤自己愈合了。"弗拉基米尔·布瑞克在他的美国妻子不在家时会感到害怕："不知为何，她的离开打开了一种可能性，即我的生命和生命所有的痕迹就这么消失了。"拉撒路·阿弗布赫不属于任何地方，至于布瑞克，即使他将自己描述为同时忠于两国的公民，对他来说更好的描述还是不属于这两国当中任何一国的一个愤怒公民。布瑞克利用苏西的资助金，和一个萨拉热窝的儿时伙伴开始了一段调查之旅——他第一次来到祖父母生活过的乌克兰，然后是切尔诺维茨，现今的切尔诺夫策[1]，阿弗布赫曾在这里的一个难民营短暂停留过，接下来去了基什尼奥夫，也就是今天的基希讷乌。在切尔诺夫策，布瑞克对人的身份及其中心做了一番冷嘲热讽：

　　　　每个人都想象他们有一个中心，那是他们的灵魂所在，如果你相信那种事的话。我四处

---

[1]　切尔诺夫策，乌克兰西南部切尔诺夫策州首府，位于普鲁特河上游，历史上曾是犹太人聚居地，有"小维也纳"之称。历史上切尔诺夫策的人口构成曾十分多样。1930年，据罗马尼亚人口普查数据，该市人口中26.8%是犹太人、23.2%是罗马尼亚人、20.8%是德国人、18.6%是乌克兰人、1.5%是俄罗斯人。各民族对该城都有自己语言上的称名，Chernivtsi是被苏联占领后的名称，如今该市乌克兰族占人口绝大多数。

问过些人，大部分人告诉我，灵魂就在腹部的某个地方——肛门上方一英尺左右吧。但就算这个中心位于身体的其他地方——脑袋、喉咙、心脏——它就固定在那儿了，不会挪到别处。当你移动的时候，这个中心随着你一起移动，跟你的轨迹同步。你保护这个中心，你的身体是个剑鞘，要是你的身体毁坏了，那个中心就暴露出来变得脆弱。在切尔诺夫策汽车站的人流里穿行，我意识到我的中心移位了——它原本在我的胃里，现在却跑到胸前口袋里去了，我在那里放了我的美国护照和一沓钞票。我把这份美国生活的赠礼推到这个空间；我这个人现在便绕着它重新组装，然后我得保护它，免受身边这些人的伤害。

黑蒙的小说一向大胆：《无家可归的人》用了三四个不同的叙述者描出了约瑟夫·普罗耐克复杂生活的剪影。《拉撒路课题》在某些方面还要更加无畏。它的章节在对布瑞克旅行的描述和对拉撒路20世纪早年生活的想象之间轮替进行。它既是一本基于历史的小说同时也是一次对历史虚构的限度的试探：一个反面例子可以是苏珊·桑塔格在她关于波兰移民的小说《在美国》中的表现，她先是对历史小说的无耻妄为致以了歉意，然后紧接着就肆无忌惮地忘了自己前面的道歉，以便更好地创作出一部知识分子式的古装剧。黑蒙有更具系统性的怀疑精神，更多的哲学思考，他在一种实验小说（本质是游记）和另一种实验小说（本质是基于历史档案的幻想）之间来回切换。只不过，也许他把自己的保留意见记得太牢，使得在正反两面的辩论立场间移动的叙事进展得有点儿过于论文化。布瑞克追寻着他的"拉撒路课题"，黑蒙也在顺道追寻他自己的"拉撒路课题"，而这本书里的照片则提供了另一个模仿性的课题，课题确实有点儿多啊。

令这本小说显得强辩的一个原因在于布瑞克这个人物是如此愤怒——主要是针对美国和他的妻子玛丽。玛丽是西北医院的一位神经外科医生，一位勤奋工作的天主教徒，来自一个典型的美国小城镇家庭，代表了"9·11"事件发生后这个国家让布瑞克反感的大多数东西——一种应该谴责的无辜，一种对于意图与后果并无恶意的志得意满。"她这张明亮空旷的脸，总能让我想起中西部广阔的天空。"愤怒涂黑了这些书页，而且是政治上的愤怒：黑蒙希望我们能够看出1908年时对待无政府主义者和移民的方式与眼下弱势群体所受待遇之间的联系，不惜把这种平行对比弄得……太过平行。对玛丽来说，邪恶几乎是无法理解的，而善意是重要的。布瑞克告诉我们他和妻子就阿布格莱布监狱虐囚事件[1]吵过一架。在她看来，美国狱警是正直但腐化了的孩子，"只是照着一条被误导的信念去行动，相信自己在保卫自由，只不过他们的善意走上了歪路"。而对她的美籍波斯尼亚丈夫、这个在两国都无家可归的人来说，所谓的善意正是问题所在："我所看到的，无非是一帮美国年轻人把自己无限的权力施加于他人的生死之上产生了无限的乐趣。因为拥有美国式的善意，他们很乐意活着，并且活得正气凛然。"这次虚构的吵架其实虚构的分量很小，让人感觉像是一场真正的、似曾相识的争论，发生在书本之外。

因为愤怒，弗拉基米尔·布瑞克相对来说不讨人喜欢：他应该向约瑟夫·普罗耐克借一点儿笨拙和普宁式的魅力。（在乌克兰的一座公墓里，布瑞克找到了奥列克桑德尔·普罗耐克的墓碑，生卒年份1967—2002年，2002年恰好是《无家可归的人》的出版年份。）愤怒而迷失，无论在新旧大陆，都一样无家可归。布瑞克是酸楚的，而这部小说最令

---

[1]　阿布格莱布监狱虐囚事件，是2003年美国军队占领伊拉克后，英美军人在伊拉克阿布格莱布监狱中一系列虐待伊拉克战俘的事件。

人动容的时刻莫过于当它的叙述者因为一点淡淡的无家可归之感而表现出了一点淡淡的精神失常。黑蒙在他早年的作品里，曾盘旋于《李尔王》及莎士比亚那个著名的成语"无所适从之人"，典出李尔王在荒野中发现的那个赤条条的人形动物。生理和心理上双重的无所适从，布瑞克甚至把《圣经》中的拉撒路想象为某种无所适从之人，是所有移民的象征。他沉思冥想着，当拉撒路被耶稣从死亡中拯救复活，可还记得自己死了吗？或者只是重新来过？"他是不是必须忘记前世的生活然后从零开始，就像一个移民一样？"一切从头再来，便是真正的"拉撒路课题"。

　　黑蒙作品的魅力之一，是他取材自波黑漫长的被占历史，制造出了一种新鲜陌生的后殖民文学。布瑞克和朋友的东欧路线——乌克兰、摩尔多瓦、布科维纳——不仅仅是一次历数满目疮痍的后大屠杀时代犹太区的旅程，更是向约瑟夫·罗特暗地里献上的致敬，罗特的出生地位于现在的乌克兰境内、当年奥匈帝国的东部边缘，而他也成了帝国最伟大的信仰守卫者。一次又一次地，黑蒙回头扎进萨拉热窝奇幻的帝国时代的过往岁月中，回到19世纪的哈布斯堡王朝，回到俄罗斯帝国的历史里，他的当代波斯尼亚角色们不仅是移民到美国——被隔阂和疏离刺痛——同样也是略显魔幻地从古老的欧洲帝国连根把自己迁移出去。这种双重性——人物同时作为移民和侨民，被殖民者和殖民者之间折磨而纠结的关系——同样发生在非洲、印度、巴基斯坦和西印度洋，在英语文学世界为我们所熟悉，但是在本书作者那里遭遇类似的主题还是非常令人困惑，对他来说，帝国的现实连遥远记忆都算不上，而在他的处境里种族（绝大多数后殖民文学的激烈主题）也根本算不上问题。然而，再想一想1992年黑蒙迁往美国时的时代背景——一个极力想维护古老帝国权力的民族主义压迫者，一场基于种族和宗教派别的战争，还有被围攻和威胁的多种族聚居小城萨拉热窝。突然间，黑蒙作品里帝国历史那丝诙谐含蓄的感觉，似乎被染上了一层别样的、更为急迫的色彩。

超越边界：作为后殖民小说的《尼德兰》

小说有一种自主性的元素，类似于发明家的秘密机器、长生不老药，或者配方。很多小说家有过这样的经验，他们偶然发现了一个完美的意象或场景又或者角色，继而在整本书里经由这些繁衍出意义和隐喻。果戈理显然很清楚，当他用那个穿行于俄罗斯大地到处买下死魂灵之姓名的恶魔形象牵引出一段故事时，他便创造了一个毁灭性的象征结构；他小心谨慎地把他的秘密藏好——在一封信中，他拒绝透露这部即将出版的小说的标题，显然明白《死魂灵》这个名字会泄底。当我们阅读《赫索格》[1]，会琢磨：多么才华横溢又多么简洁明了，就像那些最优秀的发明，把那些我

---

[1]　索尔·贝娄的代表作。

们都会做的事（在想象中给别人写信）变成一种表现意识的新方式。而在阅读《午夜之子》时，我们感知到萨尔曼·拉什迪在印巴分治即将到来的前夜发现了一个有强大控制力的意象：时钟的指针在祈祷中汇合了。

我不清楚当约瑟夫·奥尼尔（Joseph O'Neill）突然意识到在这世界上所有可以一写的故事里，他得写一本关于在纽约打板球的小说时，他有没有尖叫着"尤里卡！"（Eureka）从自己曼哈顿的浴缸中跳出来，不管怎样他值得庆祝。因为尽管矛盾的是，板球看起来与美国毫无关联，一点也不美国，但这项运动使得他的小说《尼德兰》获得了很大的文学成就，也是我读过的最卓越的后殖民作品之一。板球，像所有竞技项目一样，它既是一项运动，也是关于这项运动的梦想；既是事实，也是一种意识形态，融合了各种随机的理想、抱负和回忆。它通常让人想起长长的英国夏日，刚刚修剪过的草坪，童年时面目模糊的倦怠无聊。这项运动的对抗性是如此温和，以至于它比其他运动更明确地体现了一种伦理：在英国，"这不板球"的意思类似于"这不符合犹太教规"。但是在这部小说里，板球超出了以上的联想：它成为一个想象中的移民共同体，一个布鲁克林公园里联合了巴基斯坦人、斯里兰卡人、印度人、西印度群岛人、澳大利亚人等等的游戏，就连这个游戏本身的非美国属性也强调了他们的独特性。最令人感慨的是，对于小说中的某位人物来说，板球是一个美国梦，又或者说是关于美国的梦；这个人声称，他深信板球完全不是什么移民的运动项目，而是"美国的首个现代团体运动……一个纯正的美式消遣"，从18世纪70年代开始在纽约流行起来。

这个男人名叫恰克·拉姆克森，这个名字第一次出现在读者面前时，他就已经是个过世之人了。那是2006年，小说的叙述者、荷兰银行家汉斯·范·登·布鲁克，在伦敦接到了一通《纽约时报》记者的电话。卡姆拉·拉姆克森的尸体——"那是恰克·拉姆克森，"汉斯在电话里纠正道——在戈瓦纳斯运河被发现了，汉斯是死者的商业伙伴吗？不，只是朋友，汉斯说道。这之后，汉斯向他的妻子瑞切尔说起了恰克："一个一起打板球的，布鲁克林的"。我们还没怎么看明白，不过小说即刻铺开了它的杰出的主旋律：这位"打板球的"，从特立尼达来的印度人，是一个美国梦幻想家——恰克，不是卡姆拉——而板球是那幅疯狂幻想图景上的黑点，《尼德兰》自此展开，就在《了不起的盖茨比》终结的地方，孤立绝望的梦想家葬身大河。

　　这不幸的消息激起汉斯回想起在纽约的日子，他头一回遇见恰克，是 2002 年的夏天，在史坦顿岛兰沃克公园的板球场上。汉斯和他的妻子儿子住在切尔西旅馆，那是"9·11"袭击后他们的住所："像瘫痪了似的我们还是停留在那里，即使已经收到政府的许可允许我们搬回到翠贝卡的公寓。"汉斯也有着自己的一套"瘫痪"方式：高大白净的他，显然是天生的浪荡子，甘愿被强大事件和人物裹挟着前进。他一丝不苟地对这个世界保持着好奇，又有些沾沾自喜。这种若有所思的迟钝让瑞切尔抓狂，在经历了"9·11"事件的刺激之后，她宣布要离开汉斯和美国。之后汉斯到处浪游，每个月两次去伦敦探访妻儿，热情友好地跟切尔西旅馆里的一些怪人交上了朋友，最后重拾起板球，这项他童年时在荷兰玩过的游戏。

　　在某些时刻，瑞切尔的敌意显得有些不近情理，让人怀疑她从纽约离开只不过是小说用以引出汉斯好客的懒散状态所需要的一个触发点。不过就像《情感教育》一样，当语言的回报如此可观时，读者可以原谅那种停滞感。当汉斯重新打量这座他新发现的城市，小说的行文也找到了它自己的标准。奥尼尔写着优雅的长句，正式但并不过分考究，讽刺也是搭载抒情准确的隐喻而来。以下这段是汉斯回忆起"9·11"之后不久的一段日子，彼时这座城市像是一个听觉灵敏的感觉器官：

> 二十四小时不停歇地，救护车在西二十三街上向东疾驰而去，身后跟着一众哽咽的警察摩托车护送队。有时候我分不清楚夜间警报的哭嚎和我儿子夜里的哭叫声。我会从床上跳起来跑到他的卧室，别无他法就这么吻吻他……之后我便溜到阳台上站着，像个哨兵。所谓的黑暗时刻，异常苍白。在酒店的正北面，一连串十字路口闪闪发光，仿佛每一个路口都点亮了一个黎明。汽车尾灯，废弃办公楼粗糙的灯火，亮了灯的临街店面，路灯橙色的模糊光晕——所有这些光的垃圾被提炼成一片璀璨的气层，闪着银光低低地堆在市中心之上，也引发了我脑袋里一个疯狂的想法：最后的黄昏驾临纽约。

读到像这样一段描写危机中的纽约、同时它本身并不显得有什么危机的文字是令人愉快的——换句话说，它既不夸张也不自我中心，不幼稚、不多愁善感也不语无伦次，或者是以某种方式竭力去引人注意。只有稳重果断的手和一副好耳力才敢写出

"所有这些光的垃圾"这样的相悖之语，在这样的描写中这个观察者既心荡神摇又有点儿疏远，而这个描写也准确地追踪了小说叙述者有所分岔的欧洲视角。看到街灯"橙色的模糊光晕"的那双眼睛也出没在小说中其他地方，落在时代广场"正在溶化的新闻滚动条"上，落在汉斯的小儿子"满是火车的内裤"上，看见"一条项链流下的金口水""四美元雨伞开出的流动的黑色花朵"，在另一个可爱句子的轻轻一扫之下，也看到了这样的黄昏："这一天，一团粉红色污渍涂满美国，但却消失不见了。"

或许约瑟夫·奥尼尔正是这座城市期待着的那位作家：爱尔兰出生，荷兰长大，在英国受教育，定居在曼哈顿。如果说他的文风有一种英国式的安逸和古典风格，那么同时也有着面向整个世界的好奇心，对边缘生活的兴趣或可归因于奥尼尔的出身。（他的母亲是土耳其人。他的爱尔兰祖父和土耳其外祖父曾分别被英国人逮捕，一个在爱尔兰另一个在英属巴勒斯坦，这段历史被他写进了他广博的回忆录《血黑色的痕迹》。）当汉斯在这座城市中周游，通过奥尼尔借给他的镜头，他既看到了自然的奇迹，也瞧见了人类的奇迹。比如被冰覆盖的哈德逊河：

像一大片云一样，冰铺满了整个哈德逊河。最白最大的碎片是一些平整的多边形，在它们周围遍布着拖着泥水的散乱冰块，好像无数杯喝剩下的鸡尾酒被倾倒在此。在岸边，旧码头腐朽的桩子像红树林的枝干一样伸出水面。这里的冰层松散脆弱，像纸张一样碎裂，停着不动；远一点的地方，大的浮冰向海湾快速漂移。

也有写康尼岛大街的段落：

那低矮的、邋遢的商业大道，和它所穿过的宁静住宅区形成了近乎超现实的对比，队伍漫长、拥挤熙攘的车河在加油站、犹太教堂、清真寺、美容院、银行、餐厅、殡仪馆、汽车修理店、超市前停成了两排，各类小生意标榜着各自的标签：巴基斯坦、塔吉克斯坦、埃塞俄比亚、土耳其、沙特阿拉伯、俄罗斯、亚美尼亚、加纳、犹太人、基督教、伊斯兰教：这是康尼岛大街，之后的某一刻，恰克和我遇见了一群南非的犹太人，穿着全套宗教服装，在巴基斯坦人经营的木材场办公室前和几个拉斯塔法里教[1]信徒一起观看电视转播的板球赛。

是恰克·拉姆克森给叙述者上了一堂少数族裔
"大融合"奇迹的课，当时他决定帮助汉斯通过驾
驶考试，为此他任命这个荷兰人当自己的非正式司
机，负责用恰克的1996年产凯迪拉克将恰克送到
他的各种约会上，"一辆招摇着爱国主义的汽车，
飘扬闪耀着星条图案的各种小旗和贴纸，还有支持
美军的黄丝带"。恰克会让人想起贝娄小说《抓住
时机》里的塔木金博士，一个能说会道的都市牛皮
大王，很可能是个骗子，却有着神秘的蛊惑力。和
塔木金不一样，恰克的魅力让汉斯在2002年夏天
在史坦顿岛上见他时就折服了，汉斯听他谈论为
什么说板球是"一堂文明课"，以及"本杰明·富
兰克林自己就是个板球热衷者"。恰克的家族来自
印度马德拉斯，他深深地想让自己成为一个美国
人，像读者一样，汉斯想对这个黑皮肤的特立尼达
人了解更多。

恰克满手都是生意。他有一间洁食寿司餐厅，
经营着一支私营彩票（很可能就是这个活动导致他

---

[1]　1930年代起自牙买加兴起的一个黑人基督教宗教运动与社会
运动。

最终被害、抛尸运河），他豪气地把俱乐部命名为纽约板球俱乐部，也由他自己担当主席。奥尼尔以一种家长式的方式限制我们接触恰克的机会，利用他小说的长度以及明显的时间无序性——小说在 2001 年、2002 年、2003 年（汉斯返回伦敦的时候）和 2006 年（汉斯得知恰克去世的时候）之间来回移动——给我们呈现了关于恰克张扬而焦虑的渴望的暗示性画面。自专型人物的危险往往是导致了夸张的写法，但奥尼尔知道如何签上角色的名字而不是亲笔签名。当恰克带着他一贯的自信说"问问迈克·布隆伯格[1] 就行了"时，那个自以为是的"迈克"做了需要他做的事。同样，当恰克告诉汉斯他需要一个固定的妻子和一个固定的情妇时，我们迅速对这个男人——他的魅力和他的类型——有了初步的认识："安妮和我……打我们还在摇篮里就认识了。她和我同甘共苦一路过来了……所以我们这辈子都会在一起。但照我的想法，我需要两个女人……一个照顾家人打理家务，还有一个让我找到活着的感觉。让一个女人同时完成这些太过分了。"

2003 年 1 月的一天，恰克领汉斯去看他在布鲁克林租下的一块地。这将是他的纽约板球俱乐部的

---

[1] 迈克·布隆伯格，美国著名商人，曾任纽约市长。

地盘——恰克给它取名为白头海雕球场。("规模很大。很美国。")汉斯看着这片冰雪冻住的空地，默默不语心存怀疑。那是一片"巨大的白色虚空"。我对板球兴趣不大，但我不禁被小说中板球产生意义的复杂方式吸引。因为奥尼尔已经意识到恰克的欲望所蕴含的更大意义，而汉斯也许还没有意识到。这位移民正试图选择一块自己的土地，把它称为自己的，就像最初的殖民者对他们当年的美国所做的一样。(就像最初的欧洲殖民者一样，恰克也需要进行灭绝行动："我们在夏天干的第一件事，就是用草甘膦农药把所有东西都杀了。"他对汉斯说，指的是他用除草剂驯服秃鹰球场；其中一块巴基斯坦人打球的场地，被命名为荷兰灭杀。)这就是《尼德兰》变得微妙的地方。汉斯告诉我们，当他在纽约打板球时，他是"四下里唯一的白人"。他和来自特立尼达、圭亚那、牙买加、印度、巴基斯坦、斯里兰卡的人一起玩儿，成了一个光荣的棕皮肤人。但是作为一个白皮肤荷兰人，一个在莱顿大学受了经典教育、成长于海牙一个保守家庭的人，汉斯和他的板球伙伴们不同，他不是一个"被殖民者"，而是一个难以避开身份的"殖民者"，是给爪哇和美国这些不同地方打上烙印的荷兰帝国主义的历史组成部分。恰克谈论板球如何教人变得"文明化"，因为他需要相信这种殖民意识形态，以此作为他（过于急切的）归属的方式；但是汉斯可以自如地说起某个球员是一个"中国佬"（"中国佬"是一种非正规的左手投球）专家而没有意识到这种惯用语在政治上的尴尬。巨大的鸿沟——关于特权、种族、阶级的鸿沟；地理偶然性与地缘政治事件的鸿沟——把这两个男人分隔开了。

　　而"板球在美国"，把所有这一切都塞进了比赛里。汉斯这个白皮肤银行家，只能是一个荣誉移民，奥尼尔巧妙地通过叙述汉斯在美国考驾照的过程确认了这一点。整本小说里他都在试图通过这个考试，并且只有在他不再需要这一纸驾照时才终于成功了——就在他即将离开的前几周。这个对于恰克·拉姆克森来说极其重要的证明文件在汉斯·范·登·布鲁克那儿多少像是一个小笑话。奥尼尔用板球做联结，把这两个男人不同的出身和期望漂亮地对立了起来：来自上流阶级的汉斯，可以凭着一个银行家的心血来潮，在美国说来就来说走便走，被婚姻危机带来的代价昂贵的休眠搞得万事周转不灵；而那个出身寒微的特立尼达人，活力满满地不断变化着各种计划，一直都渴望能扎根美国。恰克对汉斯的荷兰血统感到兴奋，以其一贯的夸张，夸汉斯是继美国土著之后纽约"第一部落"

中的一员。这种意识形态上的好感，一部分源自恰克为板球作为美国第一运动的原生地位而辩护的决心。恰克觉得，在白头海雕球场打板球的这些移民是真正的美国人；是真正的本地人，既是被殖民者又同时是第一批殖民者。殖民地居民想要成为殖民者，用草甘膦农药除掉一切；而汉斯，这位祖上是殖民者的人，只想成为一个被殖民者。在 2003 年夏天，他被"真正的板球疯狂"感染了。最后，这两个男人的计划都失败了：恰克没能变成一个殖民者，无法成为他本不是的人；而汉斯也没能变成一个被殖民者，变不成他本不是的人。但只有对其中一个人来说，这种失败的归属感、这种致命的无家可归感才真正要紧。属于特权阶层的汉斯，可以去这世界上任何他想去的地方，有家或无家对他来说是一样的；作为移民的恰克，没有能力去这世界上任何他想去的地方，他只想在家，在美国。但是除了激情四溢的爱国论调，恰克算不上一个成功的美国人。他无法摆脱自己的特立尼达印度人背景（同时也是英国殖民背景）；恰克很是内行地告诉汉斯，他平时用的那家特殊服务中介，雇的都是"优雅姑娘，岛上来的。大学生，小护士。不是你们那些美国垃圾"。

这一后殖民主义维度，被这本小说最先一批

充满热情的评论错漏或忽视了，也被扎迪·史密斯忽视了，她曾写过一篇传播很广的文章，关于《尼德兰》和汤姆·麦卡锡的《记忆残留》，文章名为《小说的两条小径》。较早的评论者们都挺喜欢《尼德兰》，然而扎迪·史密斯不，她是真的不喜欢；不过他们都坚持把这本书看作一本后"9·11"小说。史密斯有点嘲讽地写道："这就是我们盼望的后'9·11'小说了。"史密斯的文章充满启发，而且正确指出了小说有意寻求顿悟和精美文风，以此作为这位浪荡公子派头的叙述者证实自己之可信并定位自己的方式（或者至少也是试着去证实自己，当一个不可靠的叙述者在叙述一篇小说时，这个区别还是很重要的）。她部分认为，尽管《尼德兰》在智识上有相当水平并且也有反思有讽刺（读者可以想象一下，这里藏着没写出来的"等等等等，等等等等"），但最终它"想给出一个关于自我的真实故事"。这个自我不是汉斯，作为一个白种的、好运气的、自由主义的作家代言人，如果由他来宣告他在自己与生俱来的权利里就能感受到的真实性，那实在太别扭了；真正的真实性属于恰克，他"没有焦虑。他没有自我意识。他在小说里只是存在"。奥尼尔利用恰克说出了那些小说本身为了不显得幼稚而不敢说的话。比如说，正是恰克直接坦陈了小说的中心隐喻——板球是"一堂文明课"。

史密斯暗示，奥尼尔利用拉姆克森无意识的真实性来证明汉斯丰富的、有意识的不真实；换句话说，奥尼尔相信汉斯的自我是真实的，但又不能完全这么说：恰克必须负责去激发这个白种男人美好的大彻大悟。史密斯赞赏《尼德兰》意识到了根子上过了时的自由人文主义方案的某种焦虑；但归根结底，它是自由主义巧妙的修补尝试之一：它宣告焦虑，只是为了宣告焦虑的无效。书里或许说了很多殖民地政治、移民、某人的肤色之类的东西，但是这些只不过是声东击西，因为《尼德兰》真正的目的在于肯定自由主义自我的无限真实性："在《尼德兰》中，只有个人自己的主观才是真正真实的，并且只有个人，才能提供这种超越的可能。"史密斯继续补充道，而这种形而上的保守主义，是以这本书叙述上老派的现实主义为前提的，这种写法相信并依赖于"形式的超越性重要性，语言揭示真相的咒语般的魔力，自我根本上的丰富和连续性"。

史密斯的文章多有机智探索之处，尤其对现实主义无可争议的惯例施加适当的压力总是件好事。关于那些浪荡子第一人称小说，她有一点说得是对的，在这些小说里，常常会有一种尴尬的矛盾存在于仿佛属于叙述者（在这本小说里是一个受教育良好但没什么文学气息的银行家）的声音和高度文学化的作者之间，这个作者绑架了他的叙述者的声音并用"优秀的行文"填充了整部书。但是由于她忽略或排斥了小说中令人忧虑的政治内容，几乎是把这本书读得前后颠倒了。事实上，在她的笔下，《记忆残留》显得比实际激进得多，而《尼德兰》则比实际保守得多。很明显的是，恰克或许没有自我意识，但他并非是真实的。怎么能说在这本小说里他从头到尾只是存在？就好比是毕司沃斯先生在奈保尔小说里只是存在？或者菲兹杰拉德小说里的盖茨比只是存在？恰克迫切渴望一份政治真实性，一种踏实感，一种有所属的感觉；但他对自己身份的夸大本身就暗示着一种强烈的不安。不单单因为他是个吹牛大王这么简单。而是因为他是一个印度裔特立尼达人，把自己和殖民者运动（英式板球）绑在一起，同时依附于一个荒谬的观念，即这项殖民者运动是一项真正的伟大的美国（因而是民主的）运动。尴尬的是，他既不属于特立尼达又不属于英国也不算是美国人（想想关于他那辆爱国主义招贴装饰的凯迪拉克的生动细节吧）。他希望死后能被葬在布鲁克林公墓，然而我们知道那是永远不可能的。

史密斯认为奥尼尔把恰克供为"一尊真实性的偶像"，以此私底下往小说里填塞那些直接承认下来会很尴尬的形而上的、政治上的肯定，但经由一个棕皮肤的移民之口，坦白起来就没什么障碍。"通过恰克，理想主义和狂热都可以无忧无虑地表达出来了。"她列举的其中一个例子是，有那么一回恰克宣称自己热爱鹰："我爱那只国鸟……那高贵的白头海雕代表着自由的精神，生活在无尽长空。"多么荒唐又古怪啊，汉斯对此评论道："我转身去看他是否在开玩笑。但他不是。"这就是史密斯认为的可以无忧无虑坦白的"热情"？无疑，此刻恰克的夸张修辞并不只是为了吸引人注视这种"热情"肆意的虚假性，更是为了让人注意到恰克的夸张所包含的焦虑，尴尬的归顺之态，他在身份认同上过分的顺应。恰克的"理想主义"更接近于洗脑宣传，而非真正的热情。（——你是个好美国人么？那么，你一定得崇拜那高贵的白头海雕！）V. S. 奈保尔常描摹这样的人物，通常会将他们置于一个特立尼达殖民语境中：一个印度裔年轻人去牛津念书，回到岛上时穿着牛津阔腿裤，说着诸如"我憎恶T. S. 艾略特的诗"那种话。奈保尔和奥尼尔明白这种"美好得不真实的"公民身份的焦虑和不真实的符号学，明白那种归顺姿态的羞耻和懦弱。恰克，当然绝不可能是一个真实性的偶像：他是一个非真实性的偶像。

同时我也怀疑汉斯只是作者浪荡子的那部分人格的另一个自我。汉斯的叙述是自私自利的，在政治上颇为自满，自我中心，享有特权，不值得信任——而且就该是这样的。别忘了，他的诨号叫"双重荷兰人"，他告诉我们，这是一个银行业的暗语，用来形容某种财务上的隐蔽手法。他可以很漂亮地描述冻住的哈德逊河，但同时他会令人不快地把那些脏兮兮的冰块和"海牙运河上纯净的冰"做比，而后者照他的说法是打"几个世纪以来表现荷兰生活的画作"中得来的印象。他也能很棒地描述曼哈顿的天际线，但他要把那些摩天大楼跟他视若珍宝的（显然也是欧洲的）小时候用的那盒卡达[1]蜡笔并列起来。他的视力很好，但又不够好。在小说最末，他儿子喊他去看个什么东西："爸爸，看到没？"汉斯心说（这也是小说的最后一行）："然后我便去寻找我本该看见的东西。"

本该看见的，到底是什么？事实上，奥尼尔不厌其烦地（我会抱怨他太过说教了）把小说关于移

---

[1] Caran d'Ache，瑞士老牌文具生产厂商。其品牌名称为俄语中"铅笔"（Каран д'Аш，karandasch）的法文拼写。

民和无家可归者的现实政治与汉斯作为银行家不容置疑的来去自由的权利对立起来。那个关于美国驾驶执照对两个截然不同的男人来说意味着什么的小故事——一个很容易被忽视的小故事——就是一个例子。另一个例子则被史密斯不经意地带了出来。汉斯坐在一列从纽约开往多伦多的火车上，正穿行经过哈德逊河谷。望着窗外时，汉斯注意到在包围着那海一般大河的广阔树林里，有一个"近乎赤裸的白种男人。就他一个人在那儿。他步履沉重地走着，只穿了一条内裤。但这是为什么？他在干吗？他为什么不穿衣服？"。

汉斯想也许自己幻视了。火车飞快开走，而他也再没有看见那个男人。史密斯举出这一时刻来说明这部现实主义小说为何令人恼火。这是"抒情现实主义的规矩：偶发的细节赋予现实以真实性"。但首先面临的问题是，这真是一个偶发的细节么，或者它难道不是在提醒我们，现实主义永远都有一种滑入寓言和象征的倾向？看一下它的上下文：汉斯，一个富裕的、有权有势的荷兰裔美国兼职殖民者，正穿越最让人不可避免地联想起荷兰和欧洲殖民者到来之前的美国的那么一片天然美国土地。他读着恰克给他的一包资料，关于荷兰殖民者早年在美国的种种。他读到恰克收录其中的一首荷兰裔美国人写的诗，题为《圣诞赛马，一场伦斯勒拉尔斯维克[1]的真实事件》，然后他突然意识到那片地方——带着它荷兰殖民味道的名字——是他正在穿过的地方。当然，恰克这包材料是有更大宣传意义的，恰克是要用这些资料来说服汉斯，板球与其说是英国殖民者的游戏，不如说是美国人的游戏。还是这段里，汉斯抬眼望去然后看见……一个白皮肤的野人，一个漂了白的美国原住民，一个半裸的土著！这不是一个偶发细节，甚至可以说是一个过于蓄意的细节。正因为这不是一个偶发细节，它也没有赋予现实以真实性。这只是这本书里诸多关于"现实"之非真实、不稳定和无法辨认性的提醒中的一条。

从一种奇怪的倒转角度来看，史密斯倒是正确的：汉斯确实在利用恰克来确认他自己的谜团似的真实性。这也是汉斯令人讨厌的地方：史密斯对汉斯的怀疑无疑是正确的，甚至觉得他有那么一点点惹人厌。她只是拒绝看到小说本身对其叙述者也进行了类似的批判。而且《尼德兰》不仅没有肯定自

---

[1]　伦斯勒拉尔斯维克，历史地名，先后为荷属及英属大庄园，包括今日纽约州的阿尔巴尼及伦斯勒地区，以及哥伦比亚和格林尼治的部分地方。

由人文主义灵魂的无限（但安全保守的）深度，反而对我们存在的无根性进行了近乎痴迷的解构论证。一次又一次地，小说强调着这样一个观念：尼德兰（低地，Bottomland）没有真正的底，没有坚实的基础。在曼哈顿的水泥丛林和布鲁克林的"地狱"之下是哈德逊河和戈瓦纳斯运河中污物的肮脏深潭；在这些之下是美洲原住民的古老地貌；再往下，是史前的古早"鳟鱼河"（汉斯很喜欢观看一个在西二十三街渔具店里工作的男人有事没事从店里钻出来手持一柄钓竿练习他的飞钓技艺，仿佛"能想象出西二十三街变成一条鳟鱼河的样子"）。

　　板球与自然（这便是万物本来的样子——可爱的绿草地和完美的蓝天，而板球正是这套自然秩序的象征）和人工修整（汉斯想到板球时会刻板地想到的"精妙修剪过的萨里村绿地"）这两种意识形态联系在一起。但是这两种意识形态互相抵触：如果你必须修整自然，那你就需要改变它，而自然便也不再保持得了它本来的自然秩序了。一辈子迷恋板球的特立尼达黑人评论家兼作家 C. L. R. 詹姆斯曾写过一篇关于西印度群岛板球运动员加里·索伯斯的精彩散文，其中写到了索伯斯的重要性，因为他是"第一个"成为西印度群岛球队队长的"没有上过中学也没有去英国念过大学"的"本土天才"。

詹姆斯继续写道："他现在扎根并探索的领域（而且仍有进一步探索的空间）深入到我们的根源，也就是所有构成英国版本的西方文明的人的根源。"詹姆斯对板球和殖民主义意识形态的重叠（有时也是分歧）十分警觉，当他将索伯斯的西印度"根源""土地"与或许在英国大学经"英国版本的西方文明""修整"过的根源和土地相对比时，他谨慎地选择了自己的措辞。["土地"（ground）的双关意义是无法避免的，因为在英国用法里，大型板球场是被称为"板球地"（cricket ground）而非"板球场"（field）的。]詹姆斯明白加里·索伯斯的西印度根源与土壤和英国人的是截然不同的，但同时也有不可磨灭的相似性——毕竟深受英国殖民主义印记的关联影响。恰克不知道这一点，或者说在他一头扎进健忘的美国归属感时选择压抑这些历史关联；而这是这部小说尖锐的智慧——既是政治智慧也是一种人性智慧——它深谙这种无意识之下隐藏着的个人创伤。汉斯对这一创伤视而不见。（他自信地言说着板球是如何令他感觉"归化"了美国。）扎迪·史密斯似乎同样视而不见。但约瑟夫·奥尼尔没有忽略这一点。这便是他写下这本书的原因，汉斯在书里并不是那么重要，这本书是关于卡哈马吉·"恰克"·拉姆克森的。恰克站在怎样的土地之上？这是《尼德兰》这本书一直在问的问题。当然这并非扎迪·史密斯所担心的那种无关政治的"人文主义"或"形而上"问题，而是不可避免地既是人性的又是政治上的一个问题。

自然始终处于改变之中，土地总在被分割被收割。这就是为什么《尼德兰》在第二页上便提及了"后果"（aftermath）一词，并给出了略显迂腐的定义："同一季节里第二次割草"。整本小说存身于后果的阴影和知识中——浅易的，如"9·11"的"后果"；深层次一点的，比如永不停息的改变和分割的后果。三次造访恰克的球场的重要意义是：造访一块被改变的土地。奥尼尔三次带领我们来到白头海雕球场。第一回是恰克的白雪之梦（"一片巨大的白色虚空"——请再注意一下"白色"这个充满了政治意义的形容词）。第二回在六十页之后，时值 2003 年夏季，汉斯这回被吓了一跳：球场现在绿油油的，显然有人照料。"天啊，"他对恰克说，"你做到了。"殖民地居民成功地殖民出了他的美国绿地。再往后一百页，时间推至 2006 年，汉斯已离开美国，和妻子在伦敦重聚，他听说了恰克身亡的消息。他坐在自己的电脑前，用谷歌地球放大查看那块老板球场，看见球场已变成了棕土色：

那是恰克的球场。变成了棕色——草皮都被烧光了——但它还是在那儿。已经看不出来它曾经是个球场了。器材棚不见了。我看到的只是一块地。盯着看了一会儿。涌起了一连串反应，于是轻点一下触摸板，瞬间向上飞升进入大气层，整个星球的全貌立刻映入眼帘，包括海底的沟壑褶皱。如果我想，我可以去任何地方。然而，从太空俯瞰，人类的活动显得渺小而难以理解。他们要去哪里呢？为了什么而去？看不到任何国家的迹象，也感受不到所谓人类文明的痕迹。美国，作为一个整体，也仿佛从未存在过。

球场还在，但土地已经消失。

施害者和受伤者：V.S. 奈保尔

一个世人皆知的势利鬼，一个大浑蛋，我 1994 年采访 V. S. 奈保尔时这些显露无遗，事实确实和预期相差不远。他的秘书，一个苍白的女人，引我走进他伦敦公寓的起居室。奈保尔谨慎地看了看我，伸出手握了一下，然后对我开始了一个小时轻蔑的纠错。他说关于他的出生地特立尼达，我什么都不知道；说我有那种常见的自由主义的多愁善感。那就是个奴隶社会，一个种植园。我对他的写作知道些什么？他表示怀疑。写作生活是如此令人绝望地艰难。但是，那本伟大的小说《毕司沃斯先生的房子》可不是在 1961 年出版的时候就获得了热烈好评？"看看他们 60 年代末列出的十年最佳图书。毕司沃斯可不在其中。没它的地方。"他的秘书端来了咖啡，又退了出去。奈保尔声称他的小说直到

70年代才在美国出版，"评论一片嘘声——文盲，没文化，无知"。电话铃响了，响了好一会儿。"对不起，"奈保尔恼火地说道，"招待不周。"当秘书领着我出门，我听见他们俩在走廊里短短说了两句时，我才意识到，这位秘书就是奈保尔的太太。

　　几天以后，电话响了："我是维迪亚·奈保尔。我刚刚在《卫报》上读到你的……谨慎的文章。也许我们可以吃个午饭。你知道孟买餐厅吗？明天一点钟怎么样？"那个带我去吃午饭的奈保尔和之前那个可怕的采访对象截然不同。严厉老爸变成了温柔叔叔。"这儿是自助的。别把所有东西都放在一个盘子里。太粗鲁了。一个盘子里放一小块就好了，你吃完了他们自然会来收走。"我不认为他是为先前的态度道歉，也不是由衷欣赏我的文章，非得等我下班来见面致意。我觉得他只是对和一个二十八九岁的人谈论文学感到好奇，同时他那些保持一生的习惯——那些属于才华耀眼的关注者、忠诚的世相收集者的习惯——几乎是自动开始了运作：他那是在工作。同时也是在讲课，而他很是享受。"如果你想写严肃作品，"他对我说，"你必须准备好打破形式，打破形式。安妮塔·布鲁克纳是不是每年都写一模一样的小说？"我说是的。"太糟糕了，太糟糕了。"

　　印度社会理论家阿希斯·南迪讨论过属于吉卜林的两种声音，他将之称为萨克斯和双簧管。前者是那个强硬的尚武的帝国主义的作家，后者是吉卜林的"印度性，以及他对印度文化和思想的敬畏"。奈保尔也同样拥有着萨克斯和双簧管，一个强硬一个温柔。这两面或可称作施害者和受伤者。施害者如今已是众所周知——文学界和后殖民理论研究领域那令人着迷的仇恨的根源。他瞧不起自己出生的国度："我出生在那里，是的。我认为那是一个错误。"2001 年他获得诺贝尔奖时，说这是"向英国——我的家，也是向印度——我的祖先的家献上的一份大礼"。有人问他为什么不提特立尼达，他说他担心那样会"妨碍这份致辞"。他写过非洲社会的"未开化"和"原始主义"，也在写到印度时对人们的露天排便投以了格外的注目。（"他们在山上排泄；他们在河岸排泄；他们在街上排泄。"）当被问及最喜欢的作家时，他回答说，"我的父亲"。他获得了社会意义上的成功却着意保持着形单影只，维系着一个人的帝国："在学校里我只有崇拜者；我没有朋友。"

　　关于这个施害者，我们从帕特里克·弗伦奇精彩的奈保尔传记中得知，他利用并榨干了自己的第一任妻子帕特丽夏·赫尔，他有时依靠她，其他时候忽略她,经常斥责并羞辱她。1972 年,奈保尔和一个盎格鲁－阿根廷混血女人玛格丽特·古丁开始了一段漫长的、互相折磨的虐恋。这是一段激烈的性爱关系,在奈保尔一方,上演了残酷和支配的幻想。有一次,他因为玛格丽特和另一个男人在一起而醋意大发,他"对她下了重手,整整两天……她的脸一塌糊涂。她实在没法出门"。

而受伤者奈保尔,是那个成瘾似的回返旧日的作家,回返到早年特立尼达生活的挣扎、耻辱和贫困的脆弱;回返到从大英帝国殖民地边缘通往帝国中心的未知旅程之中;也回返到他看来十分飘摇不定的自己在英格兰的漫长人生——正如他在《抵达之谜》(1987 年)里说的,"一个外乡人,带着外乡人的神经"。这种伤痛是一种使书籍的伟大生命成为可能的死亡。奈保尔一次又一次地将似乎只为自己保留的同情延伸到他人身上,而他试图以既不虚荣自负也不居高临下的方式,将自己的伤痛与他人的调和在一起:一个人的帝国被他笔下的人物殖民占领了。从大人物到小角色,从有教养的人到目不识丁的,都因为无家可归而聚成一体。他们是《米格尔街》(1959 年)里的那些人,这是一部充满了喜剧和乡音的系列故事集,以奈保尔成长期所生活的特立尼达首都西班牙港的街道为背景。比如，以伊莱亚斯这个人物为例，他的梦想是成为一名医生。"伊莱亚斯挥动着他的小手，而我们当时觉得自己仿佛看见了伊莱亚斯即将拥有的凯迪拉克、黑皮包还有各种管子之类的东西。"要成为一名医生，伊莱亚斯必须逃离这座小岛，而要做到这一点，伊莱亚斯必须参加一场英国奖学金考试。一个朋友兴奋地评论道："你知道吗，伊莱亚斯写下来的所有东西都不会留在这里。这家伙写的每一个词儿都要到英国去。"伊莱亚斯没能通过考试，他又参加了一次。"我是败在英语和文学上了。"他老实说道。他又一次失败了。他决定去做一个卫生督查。这个考试他也没有通过。最后他成了一个清洁马车夫，"马路贵族中的一个"。还有桑托什，在《自由国度》（1971 年）中以他之口叙述了一个故事，他是一个孟买来的仆从，跟着主人到了华盛顿，思乡而迷惘。他闲荡在美国的街道上，看到了一些哈瑞奎师那[1]歌手，有那么一刻他以为他们是印度人。此刻他的内心怀想着自己旧日的生活：

---

[1]　Krishna，黑天神，又译为奎师那，最早出现于《摩诃婆罗多》中，是婆罗门教－印度教最重要的神祇之一，按照印度教传统观念，他是主神毗湿奴或那罗延的化身。从 20 世纪 60 年代起奎师那信仰也在西方世界广为传播。哈瑞奎师那意即礼赞奎师那神的颂歌。

　　如果那个广场上穿印度服装的人真的是印度人该多好啊。那我大概就会加入他们当中。我们会走到马路上；中午我们会在大树的荫蔽里歇息；到了傍晚，下山的太阳会把灰扑扑的云染成金色；而每一个夜晚，在那些村子里总是有人欢迎，有水、食物，有夜里的火堆。但那是对另一种生活的梦了。

　　然而，就像一个印度餐馆老板对桑托什说的："这儿不是孟买。你走在街上，没有人看你。没人会在乎你做什么。"他本意是说点安慰话——意思是桑托什可算有自由去做自己喜欢的任何事了。但奈保尔对桑托什的消极自由十分警醒，这种在美国没有人在乎他做什么的自由恰是因为没人在乎他是谁。桑托什离开了他的主人，娶了一个美国人，成了美国公民。他现在"身在一个自由国度"了，但他的故事以此作结："我的所有那些自由给了我这样一个领悟，我有一张脸和一个身体，我必须喂饱这具身体，给这具身体穿衣，得管它一些年。然后，就结束了。"

　　而在所有这些之上站着穆罕·毕司沃斯，奈保尔最好的小说《毕司沃斯先生的房子》中的主人公，他出生在特立尼达的贫穷家庭，第一份工作是写招牌（"闲人免入"是他的第一桩任务），之后奇迹般地成了西班牙港的一个记者，最终在四十六岁时死去，死时懒洋洋地靠在他的"睡眠之王"[1]铁架床上读着马可·奥勒留[2]。他有自己的房子，但家徒四壁："他没有钱……为了他锡金街上的房子，毕司沃斯先生欠了三千美元，并且已经欠了四年了……两个孩子在学校念书。毕司沃斯先生打算老来依靠的另两个大一些的孩子，都还在国外靠奖学金读书。"奈保尔用一种自传式的强烈震撼给小说简短的楔子作了结。他启发着他安逸轻松的读者们，想象一下，如果毕司沃斯先生没有这栋可怜的房子："该是多么凄惨啊，如果这个时候，没有房子……一生都不曾努力让自己拥有一块属于自己的土地；活着和死去时都像一个人被生下来那一刻，毫无必要而且无所适从。"一个人需要多少土地？托尔斯泰在晚年一个残酷的故事中这么问过。六英尺，刚好够埋，就是那个故事的回答。毕司沃斯先生拥有得更多一点；但是，他险些成为那种

---

[1]　"睡眠之王"，床垫品牌席梦思（SIMMONS）早年著名的广告语，往往也会刻印在其生产的床架上。

[2]　马可·奥勒留，罗马帝国五贤帝时代最后一个皇帝，于161年至180年在位。同时也是著名的斯多葛派哲学家，有"哲人王"的美誉。

"无所适从的人"，那种在《李尔王》里出现在荒野里的赤条条的野蛮人。

毫无必要、无所适从——并且无人关心，直到奈保尔让他成为书里的男主角。它的震撼之所以说是自传式的，是因为毕司沃斯先生几乎就是 V. S. 奈保尔的父亲西帕萨德·奈保尔，而小说里锡金街上的房子正是 V. S. 奈保尔十八岁启程去英国而留在自己背后的那间尼帕尔街上的房子——"一个盒子"，帕特里克·弗伦奇写道，"一座闷热、摇摇欲坠、四分五裂的房子，就在街的尽头，两层楼，每层大约有七平方米，楼外搭了个木楼梯，还有瓦楞铁皮屋顶。"西帕萨德的父亲是一名契约劳工，当年从印度被运来特立尼达，因为甘蔗种植园里需要劳力。契约劳工和奴隶不一样，因为理论上是自愿的，而且一家人允许待在一起。五年或十年之后，劳动者可以返回印度或留下来并获得一小块地。1932 年 V. S. 奈保尔出生时，特立尼达的印度人（当时岛上人口约有四十万，他们占到三分之一）识字率为 23%。整个岛上，有四项英国政府奖学金用以支付去英国某所大学学习的费用，维迪亚觉得这是他唯一的逃脱机会。他十岁时获得了第一份奖学金；1949 年时赢得了最后一份，并于次年离开，朝牛津奔去了。

在这样一个社会里，西帕萨德·奈保尔在《特立尼达卫报》开始了自己记者和专栏作家的职业生涯，并且出版了一本关于他所在社区的短篇小说集，质朴幽默，颇为关注细节，这种风格也是他的儿子日后会欣赏追随的。这是一个了不起的成就，但以更广义的标准来判断，相较而言也是失败的，因为西帕萨德从未离开这座岛，只好间接通过他离岛而去的聪明的孩子们来感知外部世界。（他1953年去世，得年四十七岁，彼时维迪亚仍然在牛津。）这种双重评价——骄傲和羞耻，同情和疏远——正是《毕司沃斯先生的房子》的立体视角，在某种意义上也是奈保尔所有小说的视角，也是他能成为一个拥有保守视角同时又具备激进洞察力的作家的原因。那个受伤的、激进的奈保尔对其父亲生活中狭窄的殖民地视野怒火中烧，力图捍卫自己的成就，抵御殖民者的大都会的讥讽；但是那个保守的施害者已经逃离了特立尼达这座小监狱，现在他可以用殖民的而不再是被殖民者的眼光，发现那禁闭的卑微渺小。奈保尔暴怒而困惑，尤其是面对那些来自后殖民社会的人，因为他的激进主义和他的保守主义是如此接近——各自的反应都出自同一个生产性的羞耻。奈保尔用同一个簧片演奏双簧管和萨克斯。

　　在他的写作中，奈保尔同时是被殖民者和殖民者，其中有一部分原因是，即使他分别调动了双方去批判对方，但他从未认真想过，对被殖民者来说，除了殖民者以外他们不想成为任何人。所以如果一个20世纪50年代早期的英国牛津学生把西帕萨德的成就视作微乎其微，那么V. S.奈保尔肯定会表示同意，但西帕萨德奋斗一生的苦涩也会让这种牛津式的妄自尊大显得苍白。一旦牛津人看不起他的父亲，维迪亚怎么会不想为他父亲辩护呢？这种辩证关系看起来似曾相识，因为它可能与种族和帝国无关，而与阶级有关。这是从外省到大都会的经典迁徙：外省人一心向往大都会，却带着外省人的怀疑态度去评判它，同时又以大都会的优越感去评判外省。在《毕司沃斯先生的房子》中，施害者和受伤者难解难分，而奈保尔常常运用一种冷静概括的全知全能，以此来激起我们叛逆的同情。在这本书较前的章节里有一个非同寻常的片段，他用闪回的手法告诉我们，毕司沃斯先生的命运很可能就是一个体力劳动者，像他哥哥普拉塔布那样在庄园里工作，"一辈子也不识字"。而普拉塔布，他写道，会"比毕司沃斯先生有钱；他会有一所自己的房子，高大结实的好房子，比毕司沃斯先生置下房产早了很多年"。这时他锋头一转：

　　然而毕司沃斯先生始终没有去庄园工作。

随后发生的种种事情让他远离了那片土地。这些事情并没有让他变得富有，但却使他在晚年能够读着《沉思录》感到心灵的慰藉，并且在那间摆着他几乎所有家当的房间里，斜倚于一张睡眠之王铁架床上。

奈保尔在这里，对假定的非特立尼达读者进行了近乎圈内人的交流，他似乎在说：你就是那种人，可能瞧不起毕司沃斯先生，但你也是那种知道普拉塔布的"财富"可比不上毕司沃斯的"财富"的人，知道摊着一本马可·奥勒留的铁架床不管多小，也比没放上马可·奥勒留的铁架床强的人。

如今，V. S. 奈保尔在表现得难以相处和高高在上上花了太多功夫，武装了那么厚的面具和铠甲，让人们很难记得那个年轻作家受到的伤痛了。他从牛津寄回特立尼达的信，有着不可思议的自信，只是偶尔露出一丝破绽，比如他写道："我想成为我们这批人里拔尖的那个。我要让这些人瞧瞧，我能用他们自己的语言打败他们。"帕特里克·弗伦奇狡黠地钻进牛津学生杂志《伊西斯》[1] 里，给我们带来

---

[1]　Isis，埃及最著名的女神，智慧女神、母亲女神。Isis 也是泰晤士河支流的名字。

了关于"这些人"的一些印象，同时也展示了奈保尔不得不加入并去击败的那个世界。比如说，这本杂志在其"美国人及殖民地人"专栏里展现了一张印度本科生拉摩什迪·维查的相片："这位印度男子的好榜样，不论是在牛津的文森特俱乐部里高谈自己的成功秘诀，还是在泰姬陵里用手抓着家乡的印度薄饼，都显得同样游刃有余……他将于八月返回丛林，准备律师资格的期末考试。"

返回丛林。真是对大不列颠治下瘟疫[1]的嘲笑啊。

奈保尔在牛津有过一段崩溃的日子，毕业后在伦敦找工作的几年里也极其艰难。与帕特丽夏·赫尔的相处给了他一些安慰，他们1952年在牛津相识。在某些方面他们十分相称。和他一样，她也出身卑微，她父亲是一个在律所工作的办事员，一家人住在伯明翰郊区一套两室的公寓里。她是她那所中学里唯一一个获得国家奖学金去牛津读书的女孩。他们结婚时两个人都只有二十二岁，并且都没

---

[1] 奥威尔在其《缅甸岁月》中将"大不列颠治下和平"（Pax Britannica）讥讽为"大不列颠治下瘟疫"（Pox Britannica），语出如下对话："你们至少给我们带来了法律和秩序。始终不渝的英国公正，以及英国统治下的和平。""英国统治下的瘟疫，医生，英国统治下的瘟疫才是适当的叫法。"

有通知各自的家人。但是，相比于奈保尔从自信到焦虑的疾速俯冲（在遇见帕特丽夏一年之后他告诉她，"从自私的角度来看，你是一位未来文坛的 G. O. M. [1]的理想妻子"），帕特丽夏稳重，乐于提供帮助，是一个甘愿奉献的伴侣。多年以后，奈保尔重又读到了自己早年写给帕特丽夏的这些通信并写了些说明。一如往常，他对自己也毫不留情。他写道，他和帕特丽夏发展得太快了；陷得太深以至于无法脱身。如果他和别的什么人结婚，也许会好很多。帕特丽夏"在性方面完全不吸引我"。从他这方面，他给这段关系下了个判决："一大半算是谎言。实际上是建立在需求之上的。这些信浅薄而虚伪。"

帕特丽夏有时候似乎渴望达到伯里克利在葬礼演说中劝诫雅典妇女的状态，即"你们最大的赞誉是不被人提及，无论好坏"。她在这部传记里，是绕在维迪亚的喧嚣周围的一声"嘘，轻点儿"；她的工作只不过是将他的自我的那面大鼓固定在合适的位置，好让他更好地敲出勃发的生命节拍。"我大概对任何人都没什么用，维迪亚可能是对的，几乎可以肯定是对的，他说我给不了他什么。"在他们的婚姻里度过了很多年以后，她在

[1]　Grand Old Man，意即老前辈，元老。

日记里这么写道。谦逊，带着英国式的含蓄寡言，又有几分温情和乏味，她渐渐痴迷上了他的写作——甚至私底下会半嘲弄地称他为"天才"——并且乐于充当他的啦啦队和助手。在这本满是秘闻和感人新发现的传记里，有六页激动人心的记述，帕特里克·弗伦奇借助帕特丽夏的日记，向我们展示了《河湾》（1979 年）的灵感迸发和展开，这可能是奈保尔的小说里唯一可堪与《毕司沃斯先生的房子》比肩的作品。1977 年秋天的一个晚上，看了会儿电视以后，他对妻子说，他想"一个人想一会儿"。半小时以后妻子走进他的房间，他告诉她，这篇小说将会以这样的句子开头："我的家庭来自东海岸。非洲在我们身后。我们是印度洋的人。"然后他给她大概说了说故事和主要人物。在接下来的几个月，他恳求她说，没有她在身边，这本书他写不下去，她的日记记录了这本书写作过程的迅速和艰难。有时他把写下的东西读给她听，有时口述，就像丘吉尔和他的秘书们似的，半夜一点把她叫进自己的卧室。小说进展得很快，1978 年 5 月份的一天，他夜里 12 点半喊她进屋，然后"讲完了小说的结尾。花了一个到一个半小时"。

　　《河湾》借萨利姆之口进行叙述，他是一个印度穆斯林商人，刚刚搬迁到某新近独立的非洲国家里的一座贸易小镇上，这座小镇位于大河的弯道旁。1966 年，奈保尔曾在乌干达、肯尼亚和坦桑尼亚度过了一段时光，1975 年他还去了蒙博托当权时的扎伊尔。在坦桑尼亚的基桑加尼[1] 他遇到了一个年轻的印度商人，其去国离家的故事十分动人。对于这本小说的核心，他说那便是："这个人在这儿干什么？"和奈保尔笔下众多人物一样，萨利姆感到自己的处境风雨飘摇："我也很担心我们自己。因为权力所及，眼下阿拉伯人和我们之间已经没有什么区别。我们都是欧洲大旗下生活在世界边缘的小群体而已。"萨利姆有位曾在英国上大学的老朋友因达尔，得到了一个理工学院的教职。因达尔向萨利姆讲述了他去英国的经历，奈保尔再次回到那两个令他陶醉的也从来没法逃脱的创伤故事——一个是简短缩略的他父亲的远行旧事，还有一个是关于他自己的旅程，用和弦琶音缓缓道来的漫长故事。（因达尔"会是我"，他对帕特丽夏说。）

　　因达尔告诉萨利姆："当我们降落在一个伦敦机场这样的地方，我们唯一关心的就是别出洋相。"大学毕业后，因达尔试图在印度外交部门找到一份

---

[1]　基桑加尼：扎伊尔东北部城市。

工作，但却在伦敦的印度驻英国高级专员公署受到了羞辱。那里的公务员们在他看来似乎都是卑躬屈膝，谦卑得很的，但其中有一个胆子大的问因达尔，一个来自非洲的人怎么可能代表印度呢："我们怎么能用一个忠诚可疑的人啊？"因达尔告诉萨利姆："来伦敦以来头一次，作为一个殖民地人的愤怒整个把我席卷了。不仅仅是对伦敦或者英国的愤怒；对那些甘愿被赶进异域幻想的人，更是愤怒。"他决定在伦敦活在一个人的奈保尔式的帝国里。他意识到自己无家可归，他不能回家，他必须待在一个伦敦这样的地方，在那里"我只属于自己"，他安慰自己道：

> "我是个幸运儿。我心中掌握着这个世界。你瞧，萨利姆，在这世界上乞丐是唯一能自由选择的人。其他每个人的位置都是被选好的。而我可以选择……但现在我只想胜利，胜利，再胜利。"

然而小说快结束的时候，萨利姆听说因达尔并没有胜利胜利再胜利。因为美国人撤走了资金，他丢掉了学校的教职。现在，"他做着最低等的工作。他知道他能胜任更好的活儿，但他不想去做……他不想再冒任何风险了。"

那个当年写出因达尔激烈独白的奈保尔，曾在多年以前，给帕特丽夏写过这封激烈的信：

> 请你设身处地地从我的角度稍微想一想……如果我父亲有一个英国人面前摆着的机会的二十分之一，他就不会挫败失意、一文不名地了结一生。但就像我一样，他也有一个机会——挨饿。他被隔离了——某种意义上比希特勒对犹太人的种族隔离更残忍。纳粹的手段里起码还有一丁点儿野蛮的诚实；他们无论如何很快都被杀死了。而自由世界的手段则精明文雅得无以复加。你不可能对一个别的国家说：我受到了政治迫害。那不可能……但我遭到了更坏的折磨，一种隐形精神迫害。这些人想击垮我的精神。他们想要让我忘记作为一个人的尊严。他们想让我明白自己的位置。

奈保尔在这封信中十分接近弗朗茨·法农[1]，

---

[1] 弗朗茨·法农，法国马提尼克作家、散文家、心理分析学家、革命家，是 20 世纪研究非殖民化和殖民主义的精神病理学领域较有影响的思想家之一。

这位激进的分析家讨论过殖民主义带给被殖民者的"隐形精神迫害"。法农在《全世界受苦的人》（1961 年）中这样写道：

> 被殖民主体从未放下警觉：殖民世界的种种符号令他迷失，他从来不知道自己是否举止得当。面对殖民者设置的词语，被殖民者永远被预判为有罪。被殖民者拒绝认罪，相反把这罪名看作一种诅咒，一把达摩克利斯之剑。

法农这个政治动物跟保守的奈保尔非常不同。法农相信暴力革命，但奈保尔的激进悲观主义与法农的激进乐观主义在这一点上相遇，那就是两人都愤怒抗拒的殖民地歉疚感的切割，转化为了殖民地耻辱的伤口——"一种诅咒"。法农指出："殖民者是某种暴露狂。他对安全感的顾虑引得他大声提醒着被殖民者：'我是这儿的主人。'殖民者把被殖民者控制在某种程度的愤怒里，但要防其沸腾溢出。"奈保尔的长中篇《自由国度》实际上是对法农这一主张的有效证明。在这部朴素、凄凉、炽烈灼人的小说里，一对英国白人男女驾车穿过某个类似于乌干达的非洲国家。男子是一位政府部门的行政长官。在旅程中发生了一系列将殖民怒火发泄于非洲黑人身上的骇人的事件，它们的存在理由似乎只是白人的自我安慰，他们既是罪恶之手，也是见证之人。这些法农所说的无能的暴露狂，这些白种入侵者既掠夺成性又胆怯懦弱，不断渴求一种假定的黑人的"愤怒"，他们自己实际感受到了"愤怒"，并不断将其挑起。在一间颓败的酒店里，一个年老的英国上校当着自己的白人访客的面羞辱黑人助理彼得。他警告彼得，有一天，你会跑来我的房间想杀死我，但你跨不过我的门，因为我会等着你："我会杀了你。我要一枪崩了你。"

可惜，奈保尔对他笔下人物政治和情感的脆弱性的同情没有延伸到自己的妻子身上。他和玛格丽特·古丁之间充满残忍的满足感的婚外情渐渐掏空了一场从没有过性满足的婚姻——他对他的传记作者说起玛格丽特："一见到她我就想要占有她。"在20世纪70年代中期，夫妇俩分开的时间越来越多，奈保尔总是踏上旅途，完成他无休无止的新闻记者任务。奈保尔的妹妹萨维认为，当帕特丽夏意识到自己无法有孩子，且丈夫出轨时，她失去了作为一个女人的自信。帕特里克·弗伦奇不仅得到了帕特丽夏的日记，也获得了对奈保尔的采访机会，在采访中他坦率得难以置信：一如既往，奈保尔给人的感觉是即使他常常不正确，但几乎从来都是诚实的，并且他的确可能会在一条通往错误的路上揭示出二十条真理。帕特丽夏的日记读来苦涩："我感觉受到了攻击，但我无法为自己辩护。""他已经变得越来越疯狂，而可悲的是，在我看来，他这是在恨我，虐待我。"帕特丽夏1996年死于乳腺癌。"可以说，是我杀了她，"奈保尔对弗伦奇说，"可以这么说。我自己有一点这样的感觉。"

帕特丽夏火化之后的第二天，纳迪拉·阿尔韦，一个巴基斯坦银行家的富有女儿来到了威尔特郡，她即将成为小说家的第二任妻子，她搬进了前任刚刚腾出来的房子，奈保尔给他的文学经纪人写信："她是我的幸运，我希望你们俩见见面。"这就是弗伦奇这本精妙而哀伤传记的结尾，奈保尔的一生饱受社会和种族焦虑的折磨，却又超越了这些藩篱。到头来，我们看到他与一位傲慢的女人走完人生的最后一程，她对弗伦奇说，她丈夫的亲戚们是一些"暴发户一般的农民"，而她的父亲"要是知道我从一个契约劳工的孙子那里获得了幸福，一定会很震惊的"。这结局似乎残忍却又合理。

《抵达之谜》是奈保尔关于威尔特郡乡村的长篇，在1971年之后他断断续续地在此地生活，书里有一段情感很强烈的插入段落，说的是被他修整以后变成一个新家的两座废弃小屋。有一天，一个老太太在孙子的陪伴下前来重访她曾经度过一个夏天的小屋，她被奈保尔的翻新弄糊涂了，以为来错了地方。奈保尔感到"羞耻"，他写道，所以"我假装我并不住在那儿"。但这羞耻感是为了什么呢？是因为他这项翻新工程，还是因为他安身于英国乡村？他住在那里，但耻于住在那里；奈保尔先生在英国的房子，就像毕司沃斯先生在特立尼达的房子，都是无法称之为家的房子。那个男人依然无所适从。

罗伯特·阿尔特和
詹姆士国王钦定版《圣经》

　　创世之初，不是语言，不是行动，而是脸（face）。"黑暗笼罩着深渊的面孔（face）"，詹姆士国王钦定版《创世记》的开篇第二节如此展开。"神的灵运行在水面（face）上。然后神说，要有光：便有了光。"同一节里两次用到"面孔"（face）一词，还有一次显然也是暗指面孔：神自己，盘旋于他尚未创造的世界的面孔之上。全能的主，盯着他的水面，很可能希望看到自己的面孔反照而来；这完完全全就是他的世界，还没有被兴风作浪的人类玷污。

　　詹姆士一世任命的翻译委员会很清楚他们在做什么。上帝的脸和这个世界（或人类）的脸将纠缠贯穿于《摩西五经》（《创世记》《出埃及记》《利未记》《民数记》和《申命记》）之中。人会害怕仰视上帝的脸，上帝则会频频对那些生活在他的世界表面上的人的所作所为产生憎恶。当该隐杀了亚伯，被上帝驱逐，他呐喊道："你如今赶逐我离开这地，以致不见你面。"当全能的主决定以洪水淹没他的世界，他发誓要损毁"这地面之上"的所有活物。在和神的化身角斗了整夜之后，雅各"便给那地方起名叫毗努伊勒（就是神之面的意思），意思说：'我面对面见了神，我的性命仍得保全'"。雅各愉快地死去，因为他见到了他儿子约瑟的脸，而摩西，当然了，他同上帝"面对面说话，好像人与朋友说话一般"。《民数记》里有一段基督教礼拜仪式所极为钟爱的祈祷文："愿耶和华赐福给你，保护你。愿耶和华使他的脸光照你，赐恩给你。愿耶和华向你仰脸，赐你平安。"他此时将自己和善的脸投向我们。所有这些经文中的"脸"在希伯来文中都是同一个词，因此 17 世纪的翻译者们译得颇为准确；不过他们或许也向我们提示了上帝对其造物的包围式的占有，他高居上方的脸和他居于下方的脸。也许当他们选择了"水面"这一表达时，他们耳中回荡的是约翰在《启示录》里对上帝的描述："而他的声音像众水的声音。"

在罗伯特·阿尔特（Robert Alter）的《摩西五

经》新译《创世记》开头,他避免用"脸"来形容世界的表面,尽管我挺怀念老版本里那份宇宙意味的言外之意,但他的头两节以其独创性弥补了这一缺憾:"当上帝开始创造天堂和大地,彼时的大地混沌、荒芜,黑暗覆盖着深渊,而上帝的呼吸盘旋于水上,上帝说:'要有光。'于是便有了光。"詹姆士国王钦定版中的"毫无形状且空虚"被替换成阿尔特的盎格鲁-撒克逊风格的"混沌、荒芜"(welter and waste),不过一如其往常,阿尔特给出了一个勤勉而警醒的注脚:

> 希伯来语词组 tohu wabohu 仅在这里及后面两处《圣经》文本中出现过。而那两处显然在暗指此处。该词组中的第二个词似乎是为了与第一个词押韵并强化它而创造出来的一个无意义的词,我在英译中使用了头韵,以期达到相近效果。Tohu 本身的意思是"空虚"或"无效",在一些语境中,它用来形容沙漠之无迹空无。

阿尔特时刻以这种敏感审视他的翻译。这使他的译本焕然一新,甚至有的时候会带来一种颇具生产性的疏离感,让那些读钦定版《圣经》长大的读者对原本过于熟悉的词句产生新的理解。

《摩西五经》，或称《妥拉》，包含了我们人类在一神教婴儿时期的伟大叙事。它讲述了创世的故事；讲了亚当夏娃和他们的孩子，该隐与亚伯；记述了大洪水和挪亚方舟，以及上帝对不会再一次毁灭人间的承诺；讲了亚伯拉罕，以及上帝与他和他的子民立约的故事；讲了以撒和他的儿子以扫、雅各；记述了雅各和上帝的摔跤，及之后上帝更其名为以色列；有约瑟和他兄弟们的故事；有以色列人在埃及的客居和他们在摩西带领下的出埃及之征途；有西奈山上十诫的领授；有对律法和教导（torah意为"教导"）的阐述；也描述了最后的摩西之死，他的子民们立于应许之地边缘。

《圣经》风格以其冷硬缄默而著名，一种被埃里希·奥尔巴赫[1]称为"背景化"的摹仿。这种缄默显然不至于有奥尔巴赫所言的那么独特——比如说希罗多德便是一位极少解释的作者——但在《创世记》的家族故事中这种含蓄达成了其最著名的形式。并列的经文以重复出现的"然后"连结，有如

---

[1] 埃里希·奥尔巴赫（Erich Auerbach, 1892—1957），20世纪德国著名的学者、文学批评家。他在二战期间流亡伊斯坦布尔时完成的《摹仿论：西方文学中所描绘的现实》，从《荷马史诗》开始至20世纪的伍尔夫与普鲁斯特收篇，是公认的20世纪西方批评经典名作。

老式火车站大钟的指针一般推进，一分钟一分钟地生硬跳动：时间是被强力向前推进的，而非连贯流逝的。然而，正是这些经文之间，有时甚至是单节经文中的从句之间留下的空白，构成了文本的"现实主义"。这种现实主义既是由渴望知道更多的读者创造的，也是由作者有意保留的文本塑造的。比如，大洪水之后，挪亚开始了新职业："挪亚作起农夫来，栽了一个葡萄园。他喝了园中的酒便醉了，在帐棚里赤着身子。"挪亚是个醉汉。这里面隐含着一种微妙的幽默，而叙述中填补空白的迅疾正是引起微笑的原因。

同样，约瑟面对兄弟们的反应，虽然这次的效果不是喜剧而是悲剧，也是通过让读者信息匮乏的方式发挥作用。已经成了埃及法老得力助手的约瑟，在一个官方场合接待了自己从迦南来找寻粮食的兄弟们。他认出了兄弟们，却隐藏了自己的身份。他哭了三回，两次背着他们，还有一次是当着众人。第一回，"他转身退去，哭了一场"。第二回情绪激动了一些："约瑟爱弟之情发动，就急忙寻找可哭之地，进入自己的屋里，哭了一场。"最后一次，在用了种种计谋之后，他再也承受不了了，他令仆人们都出去，剩自己一个，他"和弟兄们相认。他就放声大哭；埃及人和法老家中的人都听见了"。美妙之处在于，这最后的一回，这表面上的高潮，一如第一次哭泣一样简洁：在这种叙述中，背着众人的哭泣和当众恸哭并无甚差别，而揭示与伪装一样隐秘。约瑟在他的兄弟面前不再隐藏，但他仍掩藏于读者：这显然是由于叙述的方向。同样值得注意的是，关于我们想目睹这场公然恸哭、想沉浸于著者情绪中的那份渴望，是如何默默不语地、感人至深地转移到另一群不那么相关的听众身上去的："埃及人和法老家中的人都听见了"。

我刚刚引用的是詹姆士国王钦定本中的文字，而阿尔特的译本则既尊重文本的庄重简洁，又对不同的语体风格给予了近乎小说般的关注。亚伯拉罕的妻子莎拉，长期未能生育，于是她提议让她的女仆夏甲与亚伯拉罕共眠，以期为他诞下子嗣。夏甲怀孕了，之后当她得知自己已有身孕时，"她就小看她的主母"。这是那些强烈人性化的《圣经》时刻中的一个：这个仆人，为自己蓬勃的生育能力感到自豪，忍不住鄙视起自己那个生子无能的女主人来了。但阿尔特在詹姆士国王钦定版本的"小看"一词上做了增进："她看见自己怀了孕，她的主母在她眼里就显得小了。"这一个"小"，显然非常微妙。

或者再举阿尔特对雅各与以扫的故事所做的微调为又一例。以扫面对他弟弟的红豆汤实在馋得不行，以至于用自己的长子身份换取了一锅汤："以扫对雅各说：'我累昏了，求你把这红汤给我喝。'"阿尔特的版本要更近于原意，也更自然一些："以扫对雅各说：'让我吞下一大口你这红红的东西吧，我饿得要死了。'"在注脚里，他对此做了如下解释：

> 虽然《圣经》对话使用的希伯来语与周围的叙述部分一样，都属于标准的文学语言，但作者在这里似乎有意让粗鲁的以扫说一些不太标准的希伯来语。饥肠辘辘的以扫甚至想不起"汤"的常规希伯来语 nazid，而是焦急地指着咕嘟咕嘟冒泡的锅说"这红红的"。用来形容他狼吞虎咽的动词在整本《圣经》中都找不到，但在拉比希伯来语中，这个词专门用来描述投喂动物。

还有很多很多这样的例子，深思熟虑地选择，煞费苦心地注解；阅读阿尔特的大作是一桩慢活儿，就是因为你会极其频繁地停下来，一头扎进他那些赋予经文生命的注脚的深井里。

尽管詹姆士国王钦定版有时候会有些不准确之处，但它仍被广泛认为是所有英译本中最好地捕捉住希伯来文原意的那一个。17 世纪早期的英语——

也包括 16 世纪中期的英语，因为钦定版实是站在廷代尔 [1]、科弗代尔 [2] 和克蓝麦 [3] 的肩膀上——并不为反伤感的含蓄克制担忧（我最喜欢的可能是《出埃及记》17:13，"然后约书亚用刀杀了亚玛力王和他的百姓"）；它遵循了希伯来叙述的并列法（"然后"一词经常用以引出新的经文或从句）；它理解，作为一种文学原则，重复一个词可以让作品更丰富，而不是耗尽它，而且重复微妙地改变了那个词的意义，即使无法改变它的发音（现代版本，如平淡的修订标准版《圣经》，总是逃避重复）；它喜爱希伯来语的辛辣味道，这种味道通常体现在动词中。

阿尔特的译本读来令人愉快，因为它沿袭了詹姆士一世翻译委员会的规矩，但它的基石又是对希伯来文的精通，这是 17 世纪的大学者们不能达到

---

　[1]　威廉·廷代尔（William Tyndale, 1494—1536），16 世纪著名的基督教学者和宗教改革先驱，被认为是第一位清教徒。廷代尔是第一个把原文本《圣经》译为现代英语的《圣经》翻译家。钦定版《圣经》有百分之九十采用了他的译本。

　[2]　迈尔斯·科弗代尔（Myles Coverdale, 1488—1568），文艺复兴时期的欧洲翻译家之一。他曾利用威廉·廷代尔的《新约》译本，把全部的《圣经》译为英语。

　[3]　托马斯·克蓝麦（Thomas Cranmer, 1489—1556），第 69 任坎特伯雷大主教。他主持了《大圣经》（1538 年）的翻译。著有《总祷文》《公祷书》。克蓝麦也是圣公宗的主要确立者之一。

的。(显然,詹姆士委员会里可不会有犹太人。)阿尔特站在或可被称为《圣经》文学研究的这一新兴领域的最前沿,教育了两三代学生和读者欣赏《圣经》的艺术,他将自己对语言之文学能力的学术理解融入了他使用的英语之中。

在他的导言里,他确切地表示,20世纪伟大的英语文体家们,比如乔伊斯、伍尔夫、纳博科夫、福克纳——或许还可以加上劳伦斯,这位至今来说最《圣经》化的20世纪英语作家——"他们中间没有哪一位在语言的运用上,包括对语法的调度,可以与近世的《圣经》译者所设想的现代英语规范——平实易懂的简洁性和明确稳固的秩序感——稍微接近。"因此,当感到不存在更好的方式时,阿尔特颇欣欣地追随了詹姆士国王钦定版的前辈:他的亚当也"认识"夏娃,而他的以色列人同样在旷野里"埋怨"摩西并哀叹痛惜他们离开了埃及的"肉锅"。像往常一样,他很有力地为自己的理由做了辩护。关于"肉锅"这个词,他写道:"希伯来语词用以指示可以用来炖肉的大锅,但是詹姆士国王钦定版的译词'肉锅'(fleshpots,'flesh'在17世纪英语里显然就是'肉'的意思)已然在语言里演变成了成语,因此应得到保留。"好吧,它变成了成语,现在还有人知道吗?这个词总让我勾起嘴角,是因为我小时候，尽管成长在一个非常有宗教氛围的家庭里，我的家人说起我祖父母家——在那儿我能放开了吃糖——总说那是"埃及的肉锅"。

尤其出色的是阿尔特用英语在希伯来语的土壤里深挖，试图恢复它那种无畏的触感。当法老在他的第一个梦里见到七个好麦穗和七个坏的，"他的心猛烈跳动"，对此阿尔特在注脚里告诉我们，按照希伯来语的字面意思应是"他的心灵猛烈地跳动"。（通行的詹姆士国王钦定本里用的是温和一些的"他心里不安"。）梦竟成真，接下来是七个丰年跟着七个荒年。"七个丰年里，地里的出产极为丰盛"，这是修订标准版里的话，跟生动而准确的钦定版比起来它本身就像一个疲弱的饿汉："然后在这七个丰年里，土地带来了大把大把的粮食。"然而，阿尔特更加遵循原意："然后土地在七个丰年里保证了采收"。一段脚注为"采收"一词明显的怪异做出了解释：

希伯来文词语 qematsim 在别处意即"一把"，至于几个现代版本中指其意为"丰裕"，并无足够证据可以证明。qomets 之所以是"一把"，是因为它本为手合拢时收集的东西，它在语音和语义上皆与希伯来文本紧接着就出现的 wayiqbots 一词同源，该词意即"他采收"。那么这里较大可能所指的，不是少量（一把），而是有秩序地采收粮食的过程，正如接下来的一句话所言及的。

或者再举如下一例，《出埃及记》第二章的末尾，《圣经》作者告诉我们，上帝开始听闻在埃及受奴役的以色列人的哀吟："于是上帝将目光投向以色列人，并且关心起他们"，新国际版里是这么写的。詹姆士国王钦定版则是："然后上帝看顾以色列人，上帝也知道他们的苦情。"阿尔特的版本是："然后上帝看见了以色列人，然后上帝知道了。"注意新国际版小心回避了重复使用"上帝"一词，这是无论钦定版还是阿尔特版都不觉得烦扰的问题。但是阿尔特版既优雅地做出强调——"然后上帝知道了"——并且很准确。他告诉我们，希伯来语动词没有宾语，而希腊翻译者错误地想去"纠正"它。这个没有宾语的"知道"是多么威严又神圣。另外，阿尔特的版本让人能够与其他带有《圣经》色彩的文本建立新的联系。读着希伯来语《圣经》长大的索尔·贝娄，他的英文受到《希伯来圣经》（Tanakh）和詹姆士国王钦定版两方深刻的影响，他便非常喜欢使用那个没有宾语的"知道"。

《抓住时机》里的男主人公汤米·威尔姆，无助地被一群他担心是"知道"的人（相对于主人公的糊涂而言）包围着："鲁宾是那种知道的人，而且知道他知道。"汤米心想。《赛姆勒先生的行星》的结尾是同名主人公意识到他完成了他的生命契约，那契约的条款是："我们知道的，上帝，我们知道的，我们知道，我们知道，我们知道。"这句话在我听来总是充满《圣经》味道，而阿尔特对《出埃及记》中那句话的翻译给了我这种感觉可以依靠的《圣经》章节和经文。

　　通读《摩西五经》对于早期神学的研习是一种意义非凡的受训。这五卷书着魔般反复围绕着繁衍、叛逆和多神教的议题，而这三者又紧紧地联结在一起。一次又一次地，耶和华告诉他的子民，必须信奉并只信奉他一个神，而不遵从的后果将会是死亡与毁灭。上帝的选民再三违反了此条律令，最著名的便是在西奈山下，当亚伦劝他们转而敬拜金牛时说道："以色列啊，这就是领你出埃及地的神。"《摩西五经》如此焦虑地笼罩于多神教的威胁阴影之下，这阴影围困着身处埃及和美索不达米亚的以色列人，并贡献了一些为《创世记》和《出埃及记》所记录的神话文本。在《摩西五经》中，上帝有过数个不同的名字，这种不同部分源于不同世纪的不同《圣经》作者。他第一次出现于《创世记》中，名为 Elohim，但后来变成了 Yahweh Elohim [通常翻译为"上帝"（the Lord God）]。当他出现在《创世记》第十七章，告诉亚伯拉罕他将会成为"多国的父"时，他称自己为"伊勒沙代"（El Shaddai），一个在《摩西五经》里使用了五次的可能与生育或山岳有关的古体名。在《民数记》中，"El"一词似乎被用作耶和华的同义词：El 是一个希伯来语词，意即上帝，但同时也是迦南诸神之长的名字。继而在过红海之后，当以色列人心怀恩典唱起大海之歌时，如下诗行出现了（此处为阿尔特的译本）：

你以鼻息作风吹——大海将他们湮灭。

他们沉没似铅块，跌入浩瀚大水：

众神之中谁能像你，哦上帝，

谁能像你，至神至圣？

类似于这种情况，以及针对供奉其他神灵而做出的一再警告，《摩西五经》显示出想要硬生生从多神教里读出一神教的努力：在上古时期一神崇拜根本不存在，并且从表面来看，它是一个异常的观念（也许太过不同寻常，一个被选出的神必须与一个被选定的民族相对应）。与多神教决裂可绝不是什么容易的事——如果确实有这么一场决裂的话——多神教那安慰人心的宇宙发生论里，自然界的各个领域被不同的全知全能的神们代表着，略小的"私人的"神则照看着人们的日常事务。弗兰克·穆尔·克罗斯[1]和让·蒲德侯[2]不同于其他研究者，指出了《摩西五经》脱胎于埃及和巴比伦神话叙事之现象。在《古代美索不达米亚宗教》中，蒲德侯介绍了一首很可能完成于公元前1700年之前的美索不达米亚诗歌，《阿特拉哈西斯》。在诗中，诸神会面商讨并同意追随恩基[3]从泥土中造出人类的计划。在这些上古年代，正如挪亚的时代，人能活上数百年甚至数千年。但是人类繁衍得太快，他们的喧哗打扰了易怒的众神之王恩利尔[4]的睡眠，恩利尔便决定摧毁这些讨厌的人类。他放出瘟疫、病痛和饥荒，但人类每一回都在他们的"创造者"恩基的帮助下逃脱了。恩利尔仍然非常暴怒，他发起

---

[1] 弗兰克·穆尔·克罗斯（Frank Moore Cross, Jr., 1921—2012），哈佛大学希伯来语和其他东方语言的名誉教授，以对《死海古卷》的解释而著名。

[2] 让·蒲德侯（Jean Bottéro, 1914—2007），《圣经》研究专家和亚述学专家，法国亚述学第一人。

[3] 恩基（Enki），水神和智慧神。

[4] 恩利尔（Enlil），风神，一直位居美索不达米亚众神之首。

了一场洪水，但恩基在一艘不沉之船上安置了一个叫阿特拉哈西斯的男人和其家庭，保住了人类之种。洪水之后，为了让恩利尔消气，恩基把人类的寿命缩减到我们今日所熟知的长度，并加以不孕和死婴来使人的数目下降。

很显然，这是一个古老的记载，不仅仅关于世界的起源，更关乎邪恶之源，关乎人类的痛苦和死亡之源，而这其中人类的难以控制则在繁衍一事上展现出来。这就像凝视神义论的坩埚。尽管一神教与多神教有着如此巨大的差异，我们还是能在《创世记》前部的章节中得见一些显见的相似点（以色列人与美索不达米亚地区的闪族拥有同宗的传统闪族文化）。在《创世记》第一章，上帝（Elohim）以自己的形象创造了男人，指派他多多生子繁衍。但在第二章——被认为是另一条叙事线——上帝[现在叫耶和华（Yahweh Elohim）]威胁亚当和夏娃，如果他们吃了善恶树上的果子便会死。他们没有经受住考验，于是死亡和原罪便降临于世。罪是显而易见的：阿尔特精彩地叙述道，上帝警告心怀不满的该隐，"在帐篷的门口罪恶蹲着"，而就在下一节经文中该隐便跳起身杀害了他的兄弟。人类"开始在大地上繁衍"和作恶，上帝于是后悔起自己创造人类的决定，发起了大洪水来消灭一切人类，仅留下挪亚和他的家人。大洪水过后，他承诺永不再摧毁他的造物，而人类的寿命则减少至一百二十年。犹太民族祖先的故事开始了，但上帝无法放弃控制人类繁衍这么一个看起来很焦灼的渴望：男人必须受割礼，而最先的几位祖先的妻子（撒拉，利百加，拉结）将不育，直到上帝允许她们怀孕。之后当他们跟随亚伦的蛊惑去崇拜金牛犊时，他还会以彻底的毁灭威胁他的人民。淫乱随意的繁衍似乎总是与多神教相关的威胁，《出埃及记》里耶和华的命令显现了这一点，他命以色列人不可与任何被他们征服取代但却"追随他们的众神行淫，向他们的众神献祭"的人立约。

　　伊曼努尔·列维纳斯在《塔木德解读九讲》（1990 年）中提到过一个有讽刺意味的《米德拉什》[1]评注，犹太法典编著者在挪亚方舟内置入了魔鬼——无身体的魂灵。"这是大洪水之后的文明的诱惑者，"列维纳斯写道，"毫无疑问，如果没有它，后来的人类即便重生，也不可能成为真正的人

---

[1]　《米德拉什》，犹太教对律法和伦理进行通俗阐述的宗教文献，为犹太法师知识的研究与犹太《圣经》的诠释。《米德拉什》是希伯来文 שׁרדמ 的音译，意思是解释、阐释，即《圣经注释》。雏形在公元 2 世纪时已出现，全部在公元 6 至 10 世纪成书。犹太拉比们通过《米德拉什》将不同的观念引入犹太教。

类。"邪恶永久侵入了大地，即使洪水滔天，也无法消除：但它是如何侵入的呢？对于《创世记》和《出埃及记》里这个如此激烈如履薄冰的老问题，波爱修斯的《哲学的慰藉》[1] 给出了最佳陈述："如果真的有上帝，何来如此多的罪恶？如果上帝不存在，善又从何而来呢？"关于亚当和夏娃的解经汗牛充栋，早期的基督教教父们解释他们为，被创造为自由的，又自由地选择了反抗，从而引发了原罪的灾祸。但这仅仅是在上帝给了他们自由这一观点上简单地把问题推后了一步，正如 17 世纪怀疑论者皮埃尔·贝尔 [2] 在其《历史批评辞典》中讨论到的，为什么上帝会赋予人类自由意志这一能力——在他早就知道人类会将其滥用，甚至会导致永恒之灾的情况下？在《圣经》编写本身，邪恶由上帝而来之类的异端观点也挥之不去。《撒母耳记上》16:23 有记，一个"从神那里来的恶魔"临到扫罗身上，而在《以赛亚书》中，主说："我造光，又造暗；我施平安，又降灾祸。造做这一切的，是我耶

---

[1]　亚尼修·玛理乌斯·塞味利诺·波爱修斯（480—525），6 世纪早期罗马哲学家，在罗马天主教中被奉列为圣人。波爱修斯在监狱中写下了关于命运和死亡等的形而上学、伦理学巨著《哲学的慰藉》，是中世纪最有影响力的哲学著作之一。

[2]　皮埃尔·贝尔（Pierre Bayle，1647—1706），法国哲学家，百科全书编纂先驱，深刻影响了启蒙运动。

和华。"甚至在坚决与此观点对立的早期教父俄利根 [1] 看来，这节经文似乎也是令人困惑的，并努力寻求一个适当的比喻：

> 如果这是所谓邪恶，那么上帝没有创造邪恶；但有些邪恶，尽管与整个宇宙的秩序相比确实很少，是上帝主要工作的次要后果，就好比刨花和木屑是跟随在木匠的主要活动后的次要结果，又好比摊在建筑旁边的废石和砂浆之于建筑者，看上去似乎也是他们"创造的"。上帝有时确实会创造一些这样的"邪恶"，为的是通过这些方法纠正人类的错误。

但问题完全没有解决，因此，各种二元论者，像是诺斯替教和摩尼教——在他们的教旨中认为上帝要与一个独立的、撒旦式的邪恶之源斗争，或被一个假上帝、一个假造物主挑战——这似乎反倒成了这个问题的最佳解释。当然，《圣经》本身用了一种二元论去解释约伯的受难：是撒旦把上帝拉入

---

[1] 俄利根（Origenes Adamantius，185—254），基督教中希腊教父的代表人物之一，亚历山大学派的重要代表人物。他采用希腊哲学的概念，提出"永恒受生"的概念来解说圣父与圣子的关系。

了考验他公义仆人的游戏之中。一些早期犹太注经者为亚伯拉罕的众多磨难深感不安——饥荒、撒拉的不育、他的侄子罗得、献祭以撒的命令——他们推测正如约伯一事，上帝或许是受到了撒旦或其他某些妒忌的天使的挑战。在《创世记》中有如下不寻常的一幕，亚伯拉罕向上帝祈求宽恕索多玛城里的义人。上帝会不会夷平这座城并且覆灭五十个义人呢？上帝同意为了五十个义人饶恕整座城市。那如果有四十五个义人呢？亚伯拉罕问。上帝同意为了四十五个义人饶恕整座城市。那么四十个呢？可以。三十个呢？可以。如此这般，直到数字降到十。动人心魄的是亚伯拉罕是那么直率地劝诱耶和华："这断不是你所行的！审判全地的主岂不行公义吗？"亚伯拉罕在这里似乎是在要求上帝对一个不属于他自己的道德标准负责，试图迫使他的造物主接受他的激进想法——为了保护义人，甚至要饶恕罪人。

值得注意的是，在那些关键时刻，这些张力紧绷的时刻，上帝道德方面的难解让早期的《圣经》注经者和改写者心力交瘁。上帝在埃及的活动也是这样的一个例子。上帝许诺带领他的子民离开埃及，但首先他必须教导埃及人说："在普天下没有像我的……特要向你显我的大能，并要使我的名传遍天下。"为此，上帝说道，他将会"让法老的心刚硬"，不同意放走以色列人，并散布可怕的灾祸。一次又一次地，摩西向法老请求放走他的人民，然而每一次上帝都来坚定法老不放行的心，并降下一场灾祸。只有当埃及的所有头胎——从法老的头生子到"磨子后的婢女所有的长子"都被杀尽时，以色列人才终于逃逸成行。但是为什么上帝要这么长时间地顽固不化，给那些本可以直接避开这些灾祸的人强加上了种种苦难？古代的作者和注经者猜测，上帝并没有怂恿法老去拒绝摩西，只不过让他处于无知的状态。又或者从另一个角度猜度，这是对埃及在以色列人身上的所作所为施以的应有惩罚？两者中无论哪个，都必须在不可能之中找出意义。

《摩西五经》里关于这种高深难解的最好例子是上帝对亚伯拉罕下令献祭他的儿子以撒。这段简短的叙述令人毛骨悚然，仿佛文本本身就在不合理中退缩，被震撼得无以言表。阿尔特的版本是令人惊怖的：

> 然后在这些事以后，上帝考验亚伯拉罕。然后祂对他说："亚伯拉罕！"然后他答："我在。"然后祂说："要带着你的儿子，你唯一的

儿子,你的所爱,以撒,去摩利亚地,把他献为燔祭,我会告诉你应当置于哪一座山上。"然后亚伯拉罕早早起来然后给他的驴子装好鞍然后带着两个仆人,还有他的儿子以撒,然后他为燔祭劈柴,然后起身去往上帝告知他的地方。第三天亚伯拉罕抬起眼睛然后看见了那个地方。

奥尔巴赫正确地指出,"第三天亚伯拉罕抬起眼睛"是我们唯一得知的关于时间流逝的指示:旅途被冻结了。另外,奥尔巴赫认为,亚伯拉罕抬起眼睛的这个动作,尽管是《圣经》叙述中的一个程式化表述,但在此仍呈现出一股令人恐惧的巨大力量,亚伯拉罕似乎对望向上帝所选之处都几乎无法承受。克尔恺郭尔《恐惧与战栗》中对这一场景所做的充满灵感和震撼的改写,强调了它的不可言说性。他写道,悲剧英雄为了表达普遍性而放弃自我。他舍确信之事物去追寻更确信者,他舍有限以求无限,因此他可以公开言说它,他可以哭泣可以演说,确信至少有人能够理解他的举动。然而亚伯拉罕"放弃了普遍性,以便抓住更高的非普遍的东西",因为他服从的、抓取的东西是野蛮得不可理解的。所以亚伯拉罕是彻底孤独的,他不能与任何人说起自己打算去做的事,因为没有人会理解他。

　　这一场景的早期主要改写者之一、公元 1 世纪犹太历史学家约瑟夫斯[1] 致力于将亚伯拉罕的形象扭转为一个悲剧英雄，这一点令人深思。在他从犹太人发端写起的庞大历史著作《犹太古史》里，他加入了亚伯拉罕在捆绑儿子之前雄辩地向儿子道歉的长篇演说，并向他承诺，他的死亡并不是真正的死亡："因此，你，我的儿子，不会死去，不会踏入任何平常的道路走出这个世界，你是预先地，通过你自己的父亲，本着献身的本愿，被送往上帝那里，他是所有人的父。"以撒在约瑟夫斯的记述中有着非常"慷慨的性情"，他愿意献祭自己，之后，为了收束这出小小的温暖戏码，上帝出手救下以撒，他与以撒说话，解释说，命令亚伯拉罕"杀死他的孩子并非出于对血腥的渴望……而是要试探亚伯拉罕的心"。克尔恺郭尔似乎心怀敬慕地惊惧于上帝的指令，但约瑟夫斯则不然，他以解释来美化这无法言说，他看上去只是感到恐惧，他费尽心思确保每个参与者，无论是人还是神，至少都是心甘情愿的，以软化上帝行为的坚硬基础。

————————————

[1]　提图斯·弗拉维奥·约瑟夫斯（Titus Flavius Josephus，37—100），公元 1 世纪的著名犹太历史学家、军官及辩论家。尽管约瑟夫斯本人并不是基督徒，但是他对《圣经》做了深入的研究。他撰写的《犹太古史》记载了从《圣经·旧约》最开始到公元 1 世纪整个的犹太历史。

《摩西五经》以摩西之死作结。在应许之地的边界，他对他的子民们演说，提醒这些人，你们并非是因为正直才被选中，而是因为其他民族忤逆地敬奉了异教的神灵。因此"你要尽心、尽性、尽力爱耶和华你的神"。如果他们追随主，那么福祉将会到来；但如果他们背信主，那么诅咒将会随之降临。阿尔特在引言中对《申命记》中希伯来文的威严表示赞赏，他的英文译文则有可怕的魅力，例如，摩西代表上帝威胁说，以色列人在地狱里甚至连合格的奴隶都做不了：

> 先前上帝怎样喜悦善待你们，使你们众多，也要照样喜悦毁灭你们，使你们灭亡，并且你们必从土里被拔除。……然后你的性命将在你面前晃动，然后你昼夜恐惧，然后失掉对生命的信心。早晨你会说，"巴不得到晚上才好"，然后晚上你会说，"巴不得到早晨才好"，这都是因你心中的惊恐，因你眼中看见的景象。然后上帝必使你坐船回埃及去，走我曾告诉你"你不会再看见"的路，然后在那里你会卖身与仇敌做奴婢，却无人买。

上帝带摩西上山，让他看看他自己并不会居住的这片土地："现在我使你眼睛看见了，你却不得过到那里去。"因为上帝似乎数次计划过摩西之死，后世评论推测称摩西并不想死；约瑟夫斯记载他在死前哭泣，尽管典型的简省的《圣经》叙述文字从未提及如此戏剧性的感伤。詹姆斯·库格尔[1]在其《圣经本貌》中抄录了一首现藏于博德利图书馆的非比寻常的中世纪诗歌，诗中摩西之死并非作为获得迦南之梦最终成真的安详胜利，而是整个《摩西五经》中的浩瀚无解难题的痛苦挽歌。你为什么怕死？上帝问摩西，摩西去到希伯伦，从坟中唤起亚当，哭喊道：

> 告诉我为何你在伊甸园犯那罪孽
> 为何你要尝那善恶树的果子。
> 你让你的子孙陷入痛哭和哀号！
> 整个花园在你面前，你却不知餍足。
> 哦为何你要触犯上帝的戒条？

---

[1] 詹姆斯·库格尔（James L. Kugel, 1945— ），以色列巴伊兰大学犹太圣经历史研究所所长。

托尔斯泰:《战争与和平》

I

"活着,活得盛大。"托尔斯泰1889年11月19日的日记以此开头。沉湎于托尔斯泰的恢宏巨作《战争与和平》,也正是这种感受:活着,活得盛大。这是对生命力之感染的臣服。他笔下的人物以各自人生的高热互相感染着彼此,也同样感染了我们。罗斯托夫伯爵在一场舞会上跳起了"丹尼尔·库珀","舞厅中的所有人都带着欢欣的微笑看着这位快活的老人"。他的儿子尼古拉心怀"那种快活的兄弟般的温柔,就是那种所有好小伙儿在快乐的时候对待他人的温柔"。罗斯托夫家的女孩儿们"总是为着什么事情(有可能只是她们自己的什么高兴事)微微笑了起来";其中的一位,娜塔莎,喜欢把仆人们差来差去，但是仆人们"可喜欢听从她差遣了，就好像自己不用听令于别人似的"。小说里那位胖乎乎的、天真又笨拙的主人公皮埃尔·别祖科夫是那么招人喜欢，男仆们"欢欢喜喜地朝他奔去，帮他脱下斗篷，收好他的手杖和帽子"。我们对这些人物无法抗拒，就像他们对自己也招架不住。尼古拉奔赴战场，"因为那飞驰穿越平原的渴望他无法抵挡"，而当法军开始向他奔来，他惊诧于怎么会有人想杀他："杀我？我，所有人都热爱的我？"相类似地，当皮埃尔被法军捉住，他获得了一个关于无限的天启，同时也是一个对他自己个人的无限的天启。抬头望着无可计数的群星，他自己欣喜地想："这一切都是我的，这一切都在我心里，这一切就是我！……可是，他们抓住这一切，关进板棚里！"

这些庞大的自我意识哼唱出自己醉人的歌曲，所以这些人物不可能在那种互相迁就的温和的管弦乐队里演出，并且也常常不善于承认他人的独立存在。但是托尔斯泰是多么生动地把他们的生命力都传染给了我们啊！书里有一位"小公主"，安德烈公爵的妻子，她有短短的上唇和隐隐约约的小胡子；士兵杰尼索夫"短短的手指上都是毛"；老博尔孔斯基公爵，虽然年迈，但依然精力充沛，有一双"干燥的小手"；没穿上衣的拿破仑冲着那位正在奋力给他刷着肥胖后背多毛前胸的男仆咕哝道："用点儿力，就这样继续"；智慧的俄国老将军库图佐夫，一副倦怠松弛的样子，总是在战争委员会不停打着哈欠（但一只眼睛总绕着姑娘们转，还曾与斯塔尔夫人通信）；还有滑头的俄国外交官比利宾和他浮夸的习惯——每次打算冒出一句妙语之前，都得先把眉毛周围的皮肤皱到一起去；还有三岁的娜塔莎，她大胆地迈着"胖胖的小脚"走进父亲的房间，急切地想要叫醒他。

在描写身体的不自觉状态上，托尔斯泰是一个伟大的小说家。身体情不自禁坦白了一切，而小说家似乎只负责跑过去抓住它流淌出的情感。当人们谈论托尔斯泰的"荷马式"的特质时，有一部分就是指这些。他的一个朋友，批评家亚历山大·德鲁日宁在一封信里笑话过他："有时你差点就要说，看某某人的大腿就知道他想去印度！"拿博尔孔斯基公爵老爷子来说，他那么爱他的儿子安德烈，还有女儿玛丽亚，狠狠地爱，以至于无法用恶语攻击之外的方式来表达自己的爱，他当着过得跟修女似的女儿的面大吼："真希望什么傻瓜肯娶她！"他坚毅的手显露出"刚老时依然顽强未衰的力量"，但他的面孔偶尔泄露出一点被压抑的温柔。他跟儿子道别的那一场,安德烈要去打仗了,他一如往常,粗声大喊"你走吧!"可是"老公爵的下半张脸上有什么地方抽搐了起来"。

在《战争与和平》中,与后来的《安娜·卡列尼娜》相比,身体更具有可读性。老公爵的贴身男仆可以"读懂"主人的身体;他知道,如果公爵"脚跟全着地",就说明出事了。当安德烈公爵的妻子——那个嘴唇短小、有稀疏小胡子的"小公主"难产而死时,她死去的脸似乎在对活着的人说:"啊,你们对我做了什么?"托尔斯泰不仅给人《荷马史诗》的感觉,而且给人淳朴自然的童真,因为他并不羞于做儿童文学和童话作家钟爱的那种事,当他们从猫或驴的脸上读出情感时。托尔斯泰对他笔下的人(有时也对动物)一再如此。小说开头,皮埃尔在沙龙里与人争论拿破仑的问题,然后对大家平和地笑了笑,那笑容"什么也没说,也许只说了这么一句:'观点归观点,但你们看我是一个多么好的好人。'包括安娜·帕夫洛夫娜在内的每个人都不由自主地感受到了这一点"。后来,在圣彼得堡一场舞会上,十六岁的娜塔莎·罗斯托夫刚刚结束了一支舞,开心得像醉酒似的,想要去休息。但这时有人前来请她再跳一支,她同意了,对那个一直注视着她的、并且最终会和她订婚的男人——

安德烈公爵，闪现了一个微笑。托尔斯泰给这个微笑配了话：

> 那个微笑是说："我很希望能去休息，和你坐在一起；我累了；但是你瞧，有人请我跳舞，这让我开心，我很高兴，我爱每个人，你和我都明白，明白这一切。"还有很多，更多。

读者常常会感觉托尔斯泰仿若有两个角色，一个是入侵型的叙述者——他闯了进来，开始解释某事，告诉我们去想点儿什么，写成散文和布道文——同时他又奇迹般地身为一位不在场的叙述者，仅仅是让他的世界叙述着自己。就像艾萨克·巴别尔说的，"如果这个世界能写它自己，它会像托尔斯泰那样写"。在某种意义上，托尔斯泰是在对我们说——让我们大胆地对托尔斯泰进行一次托尔斯泰式的解读——"我很乐意帮助你们读出娜塔莎的或是皮埃尔的或是小公主的面容，不过说真的，人人都做得到。你并不需要我。因为这些是最广大、最普遍、最自然的情感，而非时髦小说家手里的宝贝小糖果。"当他描述身体的活力时尤其如此，因为这种活力实际上是自己解读自己。老公爵晃开了他儿子安德烈想要同他谈谈拿破仑之战略的意图,以一首嘈杂的歌打断了他,用他"老年人五音不全的嗓音"唱了起来。几页之后,我们读到"老公爵戴着老花镜穿着他的白罩衫"。一位有着老年人嗓音戴着老花镜的老年男子:托尔斯泰把这样的人物刻画推向了最简单的同义反复:一个老年男子是什么样?他就像一个老年男子——也就是说,像所有老年男子一样。年轻男人什么样?他像一个年轻男人——也就是说,像所有年轻的男人。一个快乐的年轻女人什么样?像所有快乐的年轻女人。他这样描述奥地利国防大臣:"他有一颗聪明而独特的头脑。"一个人物可以看上去独特,这个词有着两种含义:充满了个性,以及具有某种典型性。

在托尔斯泰的作品中,个人与类型、特殊与普遍、自由与规律之间存在着一种强大的张力。非常典型的托尔斯泰风格是,一些被高度细化描写的人物形象,带着他们毛茸茸的手指和短短的嘴唇,去体会一些一般的、可以很容易在各种人物间转移的情感。这就是为什么那些最不起眼的角色也可以像那些主角一样栩栩如生。在小说的尾声,尼古拉·罗斯托夫上了年纪的母亲老公爵夫人听着周围人的交谈,突然兴奋了起来。她刚刚用完午茶,托尔斯泰写道:"很明显她这会儿想找个什么借口在餐后发发火。"这里真是一段非常托尔斯泰的观察所得，充满了绝佳的微妙，但这只是一种概括性的洞察，不是公爵夫人特有的。几乎这本小说里所有这个年纪的人都可能有这样的心情。（向托尔斯泰学艺甚多的契诃夫同样微妙，但却没有泛化的冲动。）

巴别尔有个见解，认为托尔斯泰的作品是如此满溢着生活，以至于某种程度上他似乎像是并没有在写，这一见解堪称现代评论中对大师的泛灵论做出的代表性称颂，与之相近的，既有马修·阿诺德告诫我们不应该将《安娜·卡列尼娜》看作一件艺术品而应当作"一件生活"，也有 A. N. 威尔逊的表态，《战争与和平》"在读它的八分之七时间里……都仿佛感觉不到它是被叙述的"。更恰当地说，《战争与和平》并不是自己把自己写出来的——相反，累积的草稿总共有五千页，托尔斯泰的妻子说她抄写的总量相当于七本完整的《战争与和平》——而是由一个不再需要阅读任何其他人的小说的人写下来的。托尔斯泰是一个英语、法语、德语小说的超级读者，读过司汤达、斯特恩、狄更斯、歌德、福楼拜、萨克雷。（他尤其喜欢那部场景也设在拿破仑战争期间的小说《名利场》。）尽管如此，他还是把《战争与和平》描述为"非小说"，并将俄国小说称为一群害群之马，它们有着尴尬的格格不入之感，比如果戈理的《死魂灵》以及陀思妥耶夫斯基关于西伯利亚战俘营的几乎没有小说化处理的作品《死屋手记》——这些非传统意义的作品和被他称为"欧洲形式"的小说完全不同。

托尔斯泰这部庞大的"非小说"写于 1862 年至 1869 年之间，据说他的早期意愿之一是以英国风格写作一部特罗洛普式的家族传奇。在他 1865 年 9 月的日记中，可以发现以下内容："读特罗洛普，很好。"几天后，他仍然推崇特罗洛普，"用他的技巧征服了我"。但到了 10 月 3 日，他"读毕特罗洛普。过于传统"。这就是开启他以不灭热情一遍遍创作、改写自己的小说的门匙。在这本书中，我们看不到那些充斥着我们熟悉的小说大军的被征召入伍的惯例。虽然"所有的生活"——诞生、死亡、婚姻、战争——贯穿了整本书，但他的写作完全不同于萨克雷或狄更斯的连续生动，甚至不及陀思妥耶夫斯基。"戏剧冲突"的起伏被夷平。攀岩者变成了山路散步的人。（想一想陀思妥耶夫斯基《群魔》其中一章以这样的喊声无耻结束："郊区着火了！"）它的开篇似乎是随意的（一个闲聊八卦的沙龙），而疲惫的结局也有些令人失望（距离 1812 年大事件过去了七年，这个尾声落笔于此时此刻宁静的家庭生活）。

也许托尔斯泰真的不知道从哪里写起，到哪里结束。他原本想写写 1856 年，一个贵族革命者从西伯利亚多年流放后归来的故事。克里米亚战争这场无谓的失误给此后的年月蒙上了徒劳的色彩，他自己对此有着酸楚的体验。他上过克里米亚战场，目睹了那次战役的血腥，男人们甘愿把自己当祭品送上国家的柴火堆，却一无所获。他的《塞瓦斯托波尔故事》清晰地描绘了战争的阴影。然而，为了写好 1856 年，他觉得自己得要先回到 1825 年这个时间，彼时被称为十二月党人的上流社会叛乱分子遭受着处决和流放。但是如果没有伟大的 1812 年，托尔斯泰在一页笔记中解释道，1825 年事件就不能被诱发。正是 1812 年，拿破仑入侵俄国并占领了莫斯科四个星期。而 1812 年又需要 1805 年来作铺垫，这也是这部小说开篇的时间点。——仿佛是硬止住无限回归（为何不从法国大革命开始呢？）。

暂不论托尔斯泰的确切意图，在 1865 年，他开始将那部宁静的"英国"小说——此时它的标题依旧是《善始善终》——塑造为一部关于亚历山大一世和拿破仑的俄国史诗；在 1867 至 1868 年之间，他的写作围绕着 1812 年惨烈的民族创伤展开，并开始试着加上关于战争、自由和决定论、史学史和历史哲学的长篇论述，这些内容越来越多地占据了该书的最后 600 页。这是对"纯粹的"欧洲式小说形式最为旗帜鲜明的打击。托尔斯泰闯入了自己的作品，以一种自学成才者不眠不休的笃定，将多年来的阅读以及对历史的思考倾泻其中并交给读者。对于波罗底诺战役，在他的书中不再是虚构的描述，而是实际战斗的军事史叙述，甚至包括了战场的地图。"他重复了！他还在哲学！"福楼拜为之震惊，发出如此评论。一些同时代的俄国评论家也对这种说教的、哲学化的存在表示愤慨，西方那些广受欢迎的传记作家也对此不屑一顾——对他们来说，这些论文只是些灰色的理论杂草丛，与小说适当叙事的绿色生命之树相距甚远。

但是，论述属于虚构的叙述，就像和平属于战争。从本质上讲，《战争与和平》说的是两个家族和一个外来者的故事：罗斯托夫家族，博尔孔斯基家族，以及皮埃尔·别祖霍夫，高大的、有些滑稽的探求者，和这两个家族都有联系。在小说的"和平"部分里，人们诞生、死亡、成婚，也思考、交谈、用餐。但无论彼得堡的沙龙如何无视战争的现实，"和平"的章节不可避免地要与"战争"部分缠在一起。尼古拉·罗斯托夫和他的弟弟彼佳参军前往对抗拿破仑的战场，公爵之子安德烈也去了。在 1805 年的奥斯特里茨战役中受了伤，之后又遭逢妻子难产过世，安德烈此后与活泼热情的娜塔莎订了婚。她在一次反复无常中终止了那段订婚关系，但为这件事所困扰——确实如此，因为她还要照顾在 1812 年波罗的海战役中受了致命伤的安德烈。而洋溢着勇气与青春激昂魅力的尼古拉——托尔斯泰写他在奥斯特里茨战役中一度漫无目的，因为"没有可以砍倒的敌人（他一直自己在脑海里如此构想战斗的画面）"——历经战争而幸存，之后娶了安德烈的妹妹玛丽亚公主。皮埃尔一早结了婚，然后分居，成为共济会成员，再经历丧偶，继而这个又高又胖的爱钻研的玄学家戴着可笑的白帽子穿着绿裤子，误入了波罗底诺战场。眼见法军要攻占莫斯科，他折回莫斯科，穿上马车夫的长袍作为勉强的伪装。他显然是"一个乔装的绅士"，托尔斯泰写道，或许这也是一道伏笔，因为这正是托尔斯泰自己在激进的、留着大把胡子的晚年穿的衣服，就像一个裹在鸭绒被里的地主摩西，探寻着整个世界。还有一个非常有趣的时刻，当穿着长袍的皮埃尔被逃离莫斯科的罗斯托夫一家瞧见了。娜塔莎，以十足属于她的性格，从马车里探出身来，大声喊道："看呐，上帝啊，那是别祖霍夫！"皮埃尔还是被法军俘虏，关押了一个多月，差一点儿就要被处决了。最后，他和娜塔莎结了婚；小说的结尾描述了两对夫妇美满的婚姻生活，尼古拉和玛丽亚,皮埃尔和娜塔莎。善始善终。

　　或者并非如此,因为这个尾声并不是以正常的小说叙事作结,而是送上最后一记暴烈的啸叫,它来自那位激情的、暴躁的散文家托尔斯泰,他如此热烈地想要纠正我们关于自由和宿命的观念。《战争与和平》"不是一本小说",它是一部时常散文化了的民族史诗,而在这一层面,故事也关涉到了两个家族以及一个开路骑兵——两个"家族"意指法国、俄国两个国家,正是1812年率兵入侵了莫斯科的拿破仑,迫使他们胶结在一起。反拿破仑的愤怒振荡在《战争与和平》中;反讽的是,这部由或许是写作者中最伟大的自我主义者写就的、关于伟大自我主义者和唯我论者的小说,却是一门径直瞄准拿破仑之自我主义的加农大炮,而托尔斯泰显然厌恶拿破仑。因此,当托尔斯泰戏剧性地描述拿破仑时,总是令人着迷的,因为他的描述不可避免地赋予了角色最自然的作为小说家沉浸其中的活力,但作为一个俄国爱国者,在此却憎恶这种活力:拿破仑以错误的方式具有感染力,以至于他的面容引发了千万场战役。"他整个硕大、矮胖的身躯,宽宽的、肥肥的肩膀和不由自主地突出的腹部和胸膛,都有着威严、庄重的外观,这是养尊处优的四十岁的男人特有的。"

托尔斯泰不仅反感拿破仑的唯我独尊和虚荣（他写过，"很明显，他只对自己内心发生的事感兴趣"），也不喜欢 19 世纪众多历史著作中的自我主义，且基本上他们都对黑格尔的那句称拿破仑为"马背上的世界精神"的俏皮话点头称是。对拿破仑的叙事性描写中具备的攻击力度，是在以历史散文进攻的过程中积攒而来的，在散文中，托尔斯泰一再地对狂热崇拜"伟人"提出反对。托尔斯泰从 1865 年开始狂热阅读的作家和哲学家们普遍倾向于认为，在 1812 年，成千上万的人从西方出发去往东方，互相残杀，白白送死，一切都因为一个人命令他们这么去做。即便那些承认有许多不同历史原因的人，也找不全这些原因。对于这样一场血腥的移民，可以有亿万个理由，托尔斯泰说，从拿破仑的战争狂热到最底层轻骑兵对食物和军饷的需索。托尔斯泰认为，用这种方式排序可能是错误的，因为拿破仑的野心同他的历史决定的关联，还未必比得过轻骑兵的盲目需求。

如果我们站在历史学家的视角，我们应该关注的不是拿破仑个人的非凡光芒，而是缄默的、不那么体面的普通人的生活——托尔斯泰称其为"蜂群一般的生活，在其中，人们必须遵守针对他所制定的法规"。他写道："国王们是历史的奴隶。而历史，则是人类无意识的蜂群生活，历史把国王每一刻的生活当作一种工具去达到自己的目的。"拿破仑自以为享有国王的自由，但实际上他是历史必然性的奴仆，因为发生的事情总是会牵涉他，而发生了的事情总是要发生的。所谓伟人的每一个动作，"在他们看来是由自己决定的，但从历史的意义上说，却不是由他们自己所决定的，而是与整个历史进程联系在一起的，从古至今都是注定要发生的"。托尔斯泰的结论基于认识论上的怀疑态度。我们的所知比我们以为自己知道的要少得多："我们越是试图理性地解释这些历史现象，对我们来说它们就变得更高深莫测更无法理解。"只有去肯定最微小的观察单位，"我们才有希望领会历史的规律"。

托尔斯泰是如此致力于丰厚的、普通的细节，这些也是历史学界年鉴学派得以成名的手法，不过那是一百年以后的事情了。但他似乎不相信任何叙述都可以成功地描述一个历史事件。他认为历史有规律，他相信神的旨意。关于波罗底诺战役，他写道："可怕的事情还将继续发生，但不是以人的意志，而是靠统领着人类和世界的天父的意志。"但是，这些规律只有部分能显露；即使我们能准确地描述一个历史事件的全部原因，我们仍然不能表述"所有原因的唯一原因"。托尔斯泰认为，我们不是自由的，但为了活下去，我们必须相信我们是。理性揭示了必然规律，他写道。然而，意识表达了自由的本质。意识会说，"我孤身一人，而所有的存在也只是我。"所以，托尔斯泰的"公共"历史书写与他的"私人"小说写作是一致的：在战争中，在和平里，我们感到自己是人，但要无可奈何地服从类型学的法则（一个年轻男人就像所有的年轻男人）。

这里存在着一些值得思考的矛盾。其一是，这位杰出的史学怀疑论者同时也是个杰出的说教灌输者，他不只是告诉我们必须思考什么，而且还亲自直白地写出了一种历史。（维克托·什克洛夫斯基就曾简洁地概括："托尔斯泰就是历史。"）其二是，这位就人类"蜂群般的生活"说教议论的作家是一位极少刻画普通人的小说家。再者，从神学角度看，《战争与和平》在激进反陈规之外，却越来越像 19 世纪怀疑论的含糊咆哮，其中的上帝不再是可描述的，而是无法抛弃的。"战争"部分，无论其对所有的无意义和罪恶做了多少煞费苦心的描述，最终仍只是为了证实上帝仁慈的存在，不管那如何缥缈。开头像一种反神义论，之后又改回去了。这方面，托马斯·哈代可以说是一个更大胆无畏的小说家。在坚持认为万物天注定的小说家和想要给自己的人物——他自己的创造物——以脱离自己的自由的小说家之间，难道不存在着一种特殊的紧张角力吗？托尔斯泰对情节剧陈规"情节"的彻底放宽，无疑是对作者铁腕统治的放宽，但他却以近乎强制性的压力把他最关心的主人公们——安德烈、皮埃尔、列文、伊凡·伊里奇推向基督教智慧。再次，拿破仑是个有趣的挑战：托尔斯泰必须把他塑造得充满活力，但不能让他显得太过有活力，因为那样的话他就太自由了。

Ⅱ

《战争与和平》有一个著名的场景，发生在安德烈去往自家梁赞地区的领地时。他途经一座森林，看到了一棵巨大的长满树瘤的栎树，被其他已经复苏转绿的树木环绕着。他感觉自己像这棵栎树：它似乎在说——现在托尔斯泰笔下人物在"读"一棵树！——"春天，爱，幸福，怎样的一个骗局啊！"但当六月他再次路过，他一眼都无法认出这棵栎树，因为它开着花，和旁边所有其他树披着一样的绿色。他好一会儿才意识到他看着的正是那一棵：

天气从早到晚一直很热，一场雷雨正在酝

酿，但空中只有一小块乌云，往路上的尘土和多汁的嫩叶上洒下零星的雨点。树林左边被阴影遮住，显得很暗；树林右边湿漉漉的，在阳光下闪闪发亮，被风吹得轻轻摆动。万物欣欣向荣，夜莺的鸣啭此起彼落，时近时远。……这棵老栎树完全变了样，展开苍绿多汁的华盖，在夕阳下轻轻摇曳。如今生着节瘤的手指，身上的疤痕，老年的悲哀和疑虑，一切都不见了。从粗糙的百年老树皮里，没有长出枝条，却长出许多多汁的新叶，使人无法相信这样的老树又会披满绿叶。"对了，就是这棵栎树。"安德烈公爵想，心里突然涌起一股难以名状的春天的喜悦和万象更新的感觉。

在我一直引用的理查德·佩维尔和拉里萨·沃尔康斯基的英译本里，他们依照了托尔斯泰对形容词"多汁"的重复——在很短的一个段落里出现了三次。福楼拜，这位风格的引领者，把重复像小虫一样捻死，而今日的编辑们，比起早期的托尔斯泰翻译者，在这方面多是福楼拜的后辈。但是托尔斯泰必然是希望用"多汁"这个词来接住安德烈重获新生的乐观情绪的；如果这段话用的是一种松散的自由间接体，我们应该可以感受到安德烈不甚清晰的思绪再次回到这个词，感受到那树液流动着，慢慢地，然后变快，流过他的血管。"多汁"（sappy）则是康斯坦斯·加内特用来翻译俄语词"sochnye"的，对她而言不太多见的是，她三次使用了这个词，就像托尔斯泰一样。艾尔默和路易丝·莫德也用了"sappy"一词，不过放弃了第三次重复，仿佛是感情上略觉尴尬。安东尼·布里格斯将该词译为"葱翠"（lush），用了两次，之后用"多汁"（succulent）替换了第三个"多汁"。"多汁"（juicy）是个恰当的翻译，而且听起来比"葱翠"（lush）或"多汁"（succulent）更接近俄语词"sochnye"。但是佩维尔和沃尔康斯基版本同其他译者之间的差异更显著的是在节奏方面。这里是加内特的版本：

> 一整天都很热，一场暴雨正在酝酿，但只有一小片雨云向路面尘土和丰厚的叶子洒了点雨水。树林的左半边是暗的，处在阴影里；右半边，随着雨滴降落反折了光线，在阳光里闪耀，于风中微微波动。

这看起来是不错的英文，而佩维尔和沃尔康斯基的版本则不是，后者会在滔滔不绝中不时跳出小小暂停："天气从早到晚一直很热，一场雷雨正在酝酿，但空中只有一小块乌云，往路上的尘土和多汁的嫩叶上洒下零星的雨点。"他们的文字听起来明显地不同寻常。它不仅更像托尔斯泰，而且没有其他人那么文绉绉，而且在整个场景中，它听起来像一个人想要达成某种理解。"如今生着节瘤的手指，身上的疤痕，老年的悲哀和疑虑，一切都不见了。"这里有一种真实思考过程中的动态间歇。莫德翻译为"无论是粗糙的枝丫或旧伤疤，还是过去的疑问或惆怅，现在无一在场"，听上去像一个英国抒情诗人——也许是豪斯曼（Housman）。

佩维尔提供了一种令人吃惊的例子，说明译者不只是将原文归置整齐，还会将一些他们认为晦涩的内容"搞清楚"。在小说尾声，玛丽亚走进儿童房："孩子们正坐在椅子上骑去莫斯科，邀请她跟他们一起走。"这正是托尔斯泰写的，因为他想让我们经历一次小小的重新适应的冲击，让成年人迎面遇上属于儿童幻想的另一个世界。但加内特、莫德和布里格斯都插入了一个解释性的"在玩"，为了让成年人更容易理解："孩子们坐在椅子拼成的火车上，在玩'去莫斯科'，并邀请她和他们一起去。"（莫德版）

这似乎是一个微不足道的点，但它是一个通向整部小说构想的线索。托尔斯泰认为现实是一个不断调整的系统，一场充满惊奇的长期又棘手的护航之行，现实事件接踵而至，而充满活力的、持唯我论的个体总是被这个世界的异己冒犯。尼古拉·罗斯托夫认为，战争是一种"把敌人砍倒"的光彩斗争。但战争不是，当他终于有机会砍倒一个法国人时，他却下不了手，因为那个士兵的脸不是一张敌人的脸，而是一张"最普通的、亲切的脸"。他获得了勋章，甚至被称为英雄，但他却在想："所以这就是所谓的英雄主义了？"安德烈公爵在波罗底诺打仗的时候，已经丧失了过去他曾有过的可以成功指挥一场战斗的想法，并拍手赞同库图佐夫将军——至少知道什么时候应该适可而止。在回家途中，他看到两个女孩从领地的树上偷李子，心中感到了安慰，感觉"世上还有另一种对他来说完全陌生的人类利益存在，和他关心的那些利益同样合情合理"。

在这些重大的调整中，皮埃尔身为法军俘虏的经历算是一个，在这期间他经历了巨大的道德修正，目睹俘虏同伴被执行死刑、听闻智者老农普拉东·卡拉塔耶夫布道某种基督教禁欲主义，都推动了他的转变。皮埃尔身着长袍，拿着一把刀，决心刺杀拿破仑，他在法国人占领的莫斯科游荡。这座被法国人占领的城市火光冲天，一片混乱。他被侵略者逮捕，刀子被发现，他显然会被判处死刑。皮埃尔眼见法军击毙了四个人。现在到了第五个，一个工厂工人，十八岁的瘦削男孩。皮埃尔将是下一个。这个工人被蒙住了眼睛，但是，就在行刑之前，他整了整自己后脑勺的结，让它稍微舒服一点。这是极好的一幕场景，每一个细节都栩栩如生，好像是被闪电照亮了一样：苍白恐惧的法军刽子手的面孔，站在就要埋葬尸体的大坑旁边、来回晃得像个酒鬼的年轻法国士兵，然后来了一句某个法国士兵的评语："这是教训大家不准放火。"托尔斯泰以他简单的童话般的方式，不知何故既是闯入的叙述者，又像空气一样不存在，让皮埃尔解码这种自卫的喃喃自语——皮埃尔看到，"原来是个士兵，他想对所做的事说些聊以自慰的话，但他做不到"。（又一次，一个小人物赋予了普遍的耻辱以瞬间的特殊性。）

在今天，给我们带来冲击的是这个男人在临死之前去拨弄自己眼罩的诡秘的无意义。肯定是受了托尔斯泰的启发，乔治·奥威尔在《一次绞刑》中写到自己目睹一个被判死刑的缅甸男人向绞刑架走去，途中转弯避开地上的水坑。托尔斯泰和奥威尔都在说明独特性和典型性的问题。人这种动物会倾向于关照自己的利益，即使当这个手势是如此的无用以致谈不上典型，但却是彻底个人化的。托尔斯泰这位决定论者无疑对这个不由自主的动作发生了兴趣：这个被判刑的人，是在行使自由意志最甜蜜的犒赏呢，还是在对那个不舒服的结做出无奈的反应？无论是哪一种方式，另一个自我的绝对利己（在最基本意义上的），必然给了自足的皮埃尔以启示。在这段经历之后，他对他人之间差异性的感知开始增强。那位工人调整了他的蒙眼布后死了；皮埃尔，则像是调整了蒙住自己眼睛的东西然后活了下去。

这个被判刑的男人，甚或是骑去莫斯科的孩子们，迫使我们调整视线，托尔斯泰这一手法曾被20世纪20年代及之后的俄国形式主义批评家称赞过——间离，或称为对熟悉之物陌生化的技巧。有时这需要以孩子的角度观看世界。当娜塔莎去往歌剧院，除了广告画板以及穿着古怪的男人和女人，她对任何东西都视而不见，继而觉得四周围整个都是虚假和造作的。托尔斯泰在这本小说里表现得最棒的时候，就像娜塔莎在歌剧院里那样，他拒绝理解战争。一次又一次地，他将战争这块挂毯翻过来，把乱糟糟的背面针脚推到我们眼前。这里有最惊人的隐喻。尼古拉·罗斯托夫站在奥斯特利茨一座木桥上，听见一阵噼里啪啦的脆响，"好像有人在撒什么坚果"，然后一个男人倒在了他身旁。一颗炮弹呼啸而过，"仿佛还没有说完它要说的话"。一颗子弹的声音，听上去好像它"在发着牢骚"。小说中最美丽的场景之一是，尼古拉的弟弟彼佳和战友杰尼索夫及多洛霍夫骑马并行，一起的还有些哥萨克士兵，他愚蠢地冲进了法军的猛攻阵营里，接着被砍下马来。他的死被描写得非常陌生，仿佛是由他战友描述而来的，还没搞清正在发生什么事情呢："彼佳骑着马穿过庄园的院子，但是他并没握住缰绳，而是有点奇怪地、迅速挥动着双臂，身子则越来越往下沉地向马鞍一侧倾倒。"最终，他沉重地跌到潮湿的泥地上。他的朋友杰尼索夫——有着粗短多毛手指的那一个——走到尸体旁，看着彼佳，"不着边际地"回想起有一回彼佳说："我爱吃甜食。上好的葡萄干，你都拿去吧。"然后出现了格外动人的这一句："哥萨克们听见了一阵犬吠似的声音，都惊愕地循声回头望去：是杰尼索夫，他迅速转过身，往篱笆走去，紧紧抓住了板条。"

这是一段非常现代同时又非常古老的文字，托尔斯泰时常有如此笔法。这种书写方式，斯蒂芬·克莱恩从托尔斯泰那里学了很多；在《红色的英勇勋章》里，一个鞋子上满是鲜血的男人"蹦跳着像个在玩游戏的男学生"。伊恩·麦克尤恩在《赎罪》的

"敦刻尔克"部分用了类似的手法。但是,如果骑士的哀号听上去奇怪得像狗吠,可以被视作现代间离效果的一个例子,那么小伙子在悲痛中抓紧了篱笆,还有那些受惊的哥萨克人——尤其是从哀悼者到哥萨克、从非常相关的观众到关系不甚紧密的观众之间的情感转移——读来十分接近《圣经》。(在《创世记》中,当乔装的约瑟遇见自己的兄弟,"他就放声大哭,埃及人和法老家中的人都听见了"。)

在书中,托尔斯泰似乎也偶有一刻于笔下看低了女性,他写道:"关于这场战争,玛丽亚公主像女人们理解战争那样理解它。她担心自己的哥哥,他在战场上;她害怕,但不理解它。"这又是一种概括:所有女人都这样想。但是这部小说令人信服地指出,没有人能理解战争,事实上也没有人能理解历史。在波罗底诺战役前夕,拿破仑说,"棋子都摆好了",但几页之前皮埃尔才刚把战争比作下棋,他只招来了安德烈的嘲笑:"是……但只有一丁点儿差别,下棋的时候你可以仔细掂量每一步,随便想多久,你不受时间条件的限制。"当然了,这并不是小差别;这差别极大,事关所有。人永远不会真正置身于时间条件之外,尤其是在小说中。如果没有人能理解战争,那么仅仅单纯地为自己的兄弟担心、感到恐惧,正是去理解战争中能被理解的部分。

所以，当这部小说在 1812 年史诗般的灾难结束后的第七年，用皮埃尔和娜塔莎、尼古拉和玛丽亚的家庭生活情景为自己的叙述画上了句号时，也许并不是一个平庸的渐弱。这些都算得上整部书中最安详可爱的段落，特别是因为类型学——也就是决定论——被颠覆了。书里一直有那些天生有本事"读懂"男人的脸和身体的女人：暴君父亲每一次抽搐和发作，被吓坏的玛丽亚都明白，还有娜塔莎，当皮埃尔第一次告诉她自己被囚，"一丝不差地就知道他要传达的是什么……以及他想说却无法说出来的话"。好了，现在终于也轮到这些男人了，这些生气勃勃的唯我主义者，他们看得懂自己妻子无言的手势。我们看到尼古拉安慰着他的妻子，托尔斯泰同样告诉我们皮埃尔和娜塔莎"说起话来也像那种只有丈夫和妻子间才有的对话方式，也就是说，极其清晰而迅速地抓住脑子里的想法再传达给对方，以某种完全不合逻辑的方式"。托尔斯泰接着写了一页来重现这种不合逻辑的对话，这是他写过的最温柔的东西：

"不，你说什么？说吧，说吧。"

"不，你说，我只是说了些蠢话。"娜塔莎说。

"……那么你想说什么？"

"只是些蠢话。"

"不，你究竟要说什么？"

"没什么，只是点小事。"娜塔莎说，笑得更加容光焕发。

这些都是家庭生活里令人欢欣的"微不足道的小事"。安德烈公爵，训练有素的军人，库图佐夫将军才华横溢的副官，在战争中倒下了；拿破仑，世界历史上的天才，败走疆场；但是身手业余也没什么英雄气概的粗心汉尼古拉和皮埃尔，活到了和平时期，身边围绕着女人，她们不理解战争，还有孩子，他们更不懂了。活着，诗人耶胡达·阿米亥写道，是同时去造一条船和一个码头："搭好那个码头/在船沉没很久以后。"

玛丽莲·罗宾逊

在虔信宗教的家庭环境里长大的我，见到牧师是很平常的事，但总觉得他们既散发着吸引力，又微微有些令人反感。那丧服一般的制服，本意是想把牧师的自我置入黯淡的罩子里消弭抹去，却也令这个自我引起非常广泛的注目；这同一块布料所剪裁出的，似乎既有谦逊，也有骄傲。由于自我是压抑不住的——也是世俗的——当宗教情绪低落时，它会以奇怪的形状凸显出来。我所认识的牧师们都奉行自我克制，但又精于让自我静静起舞。他们谦和而又自大，温柔而又专横——其中有一人若是在星期一被打扰便会生气——虔诚笃信，又精明世故。他们大多数是好人，当然也没有一般人那么卑鄙无耻；但其职责特有的束缚却给他们创造出奇异的机会来释放自己。

　　这或许便是——抛开小说家世俗的敌意不论——牧师在绝大多数小说中都被视作是滑稽、虚伪、不得体地世故油滑或者有些愚蠢的原因之一。另一个原因是，小说需要自我中心、浮华名利、贪赃枉法来制造戏剧性和喜剧性；我们希望我们的坟墓被精心粉饰。七十六岁的牧师约翰·埃姆斯，作为玛丽莲·罗宾逊（Marilynne Robinson）的第二本小说《基列家书》的叙述者，温柔、谦和、慈爱，而最为重要的是，他是一个好人。他也是有点无聊的，而且这无聊程度恰与他对自我的兴趣之匮乏成正比。20 世纪 50 年代中期，当他在艾奥瓦州小镇基列的家中意识到自己行将就木时，以一系列日记的形式写了一封长信给他七岁的儿子。（乔治·贝尔纳诺斯[1] 的小说《乡村牧师日记》似乎是一个原型。）平静地顺从，虽然疲惫，却依然虔诚，他是一个可以心平气和地感叹“我是如此热爱这样的生活”的人，或是告诉我们，他以“最深切的希望和信念”写了两千多篇主祷文。读者或许会在此翻个白眼琢磨着：“两千篇全部如此？就没有一篇是因为

---

　　[1]　乔治·贝尔纳诺斯（Georges Bernanos, 1888—1948），法国作家，曾参与第一次世界大战，有罗马天主教和君主主义倾向，代表作品《乡村牧师日记》《少女穆谢特》《在撒旦的阳光下》。

无聊或者仅是出于义务？"《项狄传》[1] 里的牧师约里克，写就了一篇精彩的雄辩祷文，实在是满意得自己都不禁倾倒，忍不住在纸页上提笔一个自珍的"妙极！"，这样的描写便显得近于人性，也更具有小说化的生趣。

仿佛敏锐地察觉到《基列家书》中的虔诚，罗宾逊通过让她的小说偏离传统小说形式，巧妙地规避了潜在的传统反对意见。埃姆斯沉稳、庄重的日记几乎不包含任何对话，避开场景，似乎是想在冲突开始呼吸之前便将其扼杀。非常漂亮地，《基列家书》变得不再那么像小说，而更像是某种宗教作品，埃姆斯的日记有一种颇易辨识的美国形式，爱默生式的散文，在讲道和家庭，宗教活动和自然主义之间保持着平衡：

> 今天早晨，温馨美好的黎明在前往堪萨斯州的路上经过我们的家。今天早晨，堪萨斯州从睡梦中苏醒，走进明媚的阳光，对整个天空和大地庄严宣布，这个被叫作堪萨斯，或者艾

---

[1] 《项狄传》，全名为《绅士特里斯舛·项狄的生平与见解》（*The Life and Opinions of Tristram Shandy, Gentleman*），是英国作家劳伦斯·斯特恩（Lawrence Sterne, 1713—1768）的小说。该小说被认为是意识流小说的开山之作。

奥瓦的大草原又迎来它有限岁月中新的一天。然而，光明是持续不变的。我们只是在那光明之中"翻来覆去"罢了。每一天都是完全相同的夜晚和黎明。我祖父的坟墓融入阳光之中，那块小小的墓地杂草丛生，滴滴露珠映照出太阳的辉煌。

结果，这本小说成为我们最近时代最离经叛道的传统流行小说之一。

罗宾逊自述是一个自由主义的新教徒以及勤于礼拜仪式的人，但她的宗教情感实在要远远比这样的描述严厉和老派许多。她的杂文集《亚当之死》（1998 年）有着神学上的紧绷，文字上又丰盛华丽，是一种在现代文学论述中几乎业已灭绝了的形貌，给人带来一种麦尔维尔或者罗斯金[1]的相似观感。从某种意义上说，她是一个自由主义者，因为她发现很难直接书写自己信仰的内容，也避开了那种幼稚地将人类属性强加于上帝的福音派做法。还是个孩子的时候，她便"感到上帝的存在，即使在我还

[1]　约翰·罗斯金（John Ruskin, 1819—1900），英国作家、艺术家、艺术评论家，也是哲学家、教师和业余的地质学家。因《现代画家》一书而成名，是维多利亚时代艺术趣味的代言人，也是工业设计思想的奠基者。

不知道他姓名之前"，她写道，然后补充说她去教堂是为了体验"在别处不可能发生的那些时刻"。以一种对许多美国人，尤其是对她众多的自由派读者来说，似乎很容易接受的方式，她的新教信仰似乎源自对宗教沉默的热爱——作为神秘主义者，在一个朴素的地方静静地祈祷，对教会的调停漠不关心。

然而在她对新教传统的奉献中，她自己并非开明的，并且显出业已过时的狂热；在为静谧辩护时，她喋喋不休。她厌恶当代美国人自鸣得意的懒散，他们用这种懒散把清教主义送入了冷宫，还将清教伟大的开山祖师约翰·加尔文变成了一个晦涩的道德偏执狂。"我们永远在写着针对过去的起诉书，又拒绝让它为自己做证——毕竟，它是如此有罪。我们投诸其上的关注往往是带着恨意又漠不关心的，也因此难当其责。"我们从清教主义面前退缩，是因为它将"罪"置于生活的中心，但正如她毫不客气地提醒我们，"美国人从来不认为自己完全参与了人类的共同处境，因此也不会像所有人类一样被困扰"。加尔文坚信我们"全然败坏"，坚信我们彻底堕落，但其实不用将此理解为一次残酷的谴责："我们都是罪人这一信念为我们提供了宽恕和自我宽恕的极好理由，也比期望我们成为圣人更仁慈，尽管它同时肯定了我们所有人都无法达到的标准。"她在杂文《清教徒和道学先生》里这样写道。她认为，如今受过良好教育的美国人是道学先生，而不是清教徒，对于任何没能踩上正确政治准线的人，他们都能迅速给出审判。温情的说教取代了冷酷的说教，但至少那些老派的道德家会承认自己是道德主义者。

　　说实话对罗宾逊的宗教狂喜我并不是很欣赏，但是我钦佩她在描绘一个福音派和世俗主义者都不会买账的信仰所带来的难解欢愉时的执着。我尤其深深敬佩的，是她行文语言的精确和抒情力量，以及其中体现的斗争方式——和词语的争斗，当代作家和词语历史的争斗，和文学传统的争斗，为了能用上最棒的词语去描述可见世界与不可见世界所做出的争斗。比如罗宾逊第一本小说《管家》的叙述者，看见她死去的祖母躺在床上，双臂向上摊开而脑袋后仰，对此景象她是这样描述的："看起来就像是溺毙于空气中，她跃入苍穹。"同一本小说中，这位叙述者想象着她的祖母在一个起风的日子里缝床单——"比方说，当她把三个角都缝上，床单就在她双手间翻涌跳跃，扑动颤抖，在光线下闪亮，这东西的此番挣扎兴奋而充满力量，就仿佛一个魂灵，在它的裹尸布里起舞。"调取出"裹尸布"这个形容丧葬用布的老词，是属于罗宾逊尚古的麦尔维尔式风格，同时也是她早期作品中那许许多多仿佛由热衷古文的科马克·麦卡锡写出的时刻中的一个。然而比这个风雅词语更有力量的，却是朴素可爱的"这东西的此番挣扎"（the throes of the thing），其中包含了泛灵论和自制的押头韵。

她的小说《家园》以简洁的方式开头，规避了明显的语言修饰，但慢慢地趋于华丽——最后五十页十分动人，并且同《基列家书》一样令人深思。《家园》被当作是《基列家书》的续集，更像是它的兄弟，因为它们在叙事上发生在同一时刻，其间发生的事情也相互吻合。在《基列家书》中，约翰·埃姆斯的好朋友是罗伯特·博顿，镇上一名退休了的长老会牧师（埃姆斯是公理会教徒）。两个人从小一起长大，彼此倾诉，分享苦乐，是不那么教条的新教徒。但是，埃姆斯结婚晚，只有一个儿子，而博顿有五个子女，其中有一个名叫杰克，是个浪子。在小说前半段，埃姆斯会为杰克（当时四十多岁）担忧，因为他自学生时代便惹下很多麻烦：小偷小摸，浪荡，失业，酗酒，还与一个本地的女人育有一个私生子，后来孩子不幸夭折。杰克在某一天离开博顿家，并在外游荡了二十年，即使他母亲葬礼时也没有回来过。最近，我们得知，杰克意外地回家了。在《基列家书》的最后一部分，杰克向埃姆斯祈求祝福——而这祝福，他无法从自己的父亲那里得到——并且透露了一个惊人的秘密：他一直与一个来自孟菲斯的名叫黛拉的黑人女子生活在一起，并和她生了一个儿子。

《家园》的背景设定在杰克突然归来时的博顿家，全篇是对三个人物的深入探究：衰老的、行将故去的家长博顿；虔诚的女儿葛洛瑞；还有浪子杰克。葛洛瑞有她自己的伤心事：她原本已与一名男子订婚，却发现他本有家室，在那之后便回到了基列。就像《战争与和平》里的玛丽亚公爵小姐与她的父亲老博尔孔斯基公爵日复一日地争吵一样，她作为一个孝顺的孩子，必须顺从日渐衰老的专制父亲的要求。她害怕杰克，几乎对他一无所知，而且从某种角度来说嫉妒他那桀骜不驯的自由。对于他们自己的回归以及对父亲的血缘忠诚，两个孩子都心怀不同程度的怨恨。罗宾逊生动地描写了一种由老迈家长的作息来主导的昏沉麻痹的家庭生活：两个年届中年的孩子如何听着他们父亲躺下午睡时弹簧床的吱呀声，然后是"床弹簧的动静、拖鞋的趿拉声，以及拐棍的声音"。卧室传来专横的呼喊——要求帮忙整理被褥，要一杯水；以及被广播、纸牌游戏、大富翁、一日三餐、一壶壶咖啡所搅乱的时时刻刻。家具本身就是压抑的，不可移动的。众多的小摆设，仅是"为了尊重它们的赠予者"才被摆出来，而"他们中的大多数已经往生"。对于三十多岁的葛洛瑞来说，她害怕这将是她的最后一个家：

> 回家意味着什么？葛洛瑞一直以为家会是一栋没那么复杂不雅的房子，在一个比基列大一些的小镇上，或是城市里，那里会有人是她的知心朋友，她的孩子的父亲，孩子不会多过三个……她不会从她父亲家里拿一件家具，因为在那间阳光明媚的宽敞客房里，没有一件老家具是合适的。核桃木的繁复装饰，雕花的窗帘和壁柱，嵌在墙里的瓮和鲜花。谁会真的把脚，真的动物的脚掌和脚爪，给椅子和橱柜安上？

《家园》的一大部分都在解释杰克·博顿的叛逆之谜，他精神上的无家可归。从他幼年时起，在亲戚们看来他便是个陌生人。家人们一直在等着他走出家门，他也这么做了，然后这个故事就成了他们固定的叙述："他们是如此担心会失去他，然后他们便失去了他，那就是他们家的故事，无论对于外人来说这个家曾经多么温情脉脉，含义丰富，坚不可摧。"即使是现在，他回到家中后，据葛洛瑞的反思，"只要他走出家门，甚或，每当他的父亲把他叫来进行那些令人痛苦的对话时，家中都会有灼人的不安，甚至，在他等邮件或是看新闻时也一样"。在这本书中，我们也发现了一些他在这二十年离家的时间里做过的事情——正如在《基列家书》中，我们知悉了他早夭的私生子，还有他与黛拉的长达八年的关系，讽刺的是，黛拉是一个牧师的女儿。

杰克是一个富有暗示意味的人物——一个文化修养很高的非基督徒，对《圣经》倒背如流，却发现他无法与他狡猾的父亲进行神学上的斗争。回到家里，他穿着正式而破旧的西装，领带都上了身，好像是要洗心革面；但他永远带着一副警惕的表情和学究气的礼貌，暗示着他的流亡仍然存在。他试图遵循老家的习惯——打理花园，买菜购物，修理车库里的旧车——但几乎每一次与父亲相遇，都会产生一处微小的磨损，刺痛，并且溃烂。小说不动声色地巧妙调用了《圣经》中父与子的故事：以扫，被否认了他的名分，乞求他的父亲的祝福；约瑟最终与他的父亲雅各团聚；浪子，最受人喜欢，是因为犯错最多。

真正推动了情节，并使其最终如此震撼的，是博顿牧师，而这正是因为他并非《基列家书》中的约翰·埃姆斯那样轻声细语的圣人。他是一个激烈、严厉、虚荣的老人，他想原谅他的儿子，但却不能。他宣扬甜美与光明，对杰克非常温和，像是懊悔的李尔王（"让我看看你的脸。"他说），但又像泰门或克劳狄斯那样，转瞬间对他怒火中烧。书里也有最令人动情的痛苦场面。罗宾逊，是如此痴迷于神学中的变容，可以将最寻常的观察改观。例如，在阁楼上，葛洛瑞发现她父亲的衬衫，被熨烫得"好像是为了什么正式场合准备的，也许是他们的葬礼"；然后这位小说家，或者毋宁说是诗人，发现衬衫"颜色变成了一种比白色更柔和些的颜色"。（指的还是裹尸布。）父亲和儿子在看到蒙哥马利的种族骚乱的电视新闻报道后发生了冲突。博顿将儿子的愤怒以他平淡如牛奶——"比白色更柔和些的颜色"——的预言强压了下去："没有理由为这一类烦人事恼怒。六个月后没有人会记住一星半点的。"如果我们读过《基列家书》，就会知道——正如他的父亲并不知道——杰克为什么对种族问题特别有兴趣。

当老人明显地衰老下去，紧迫感便油然而生。临终叙事本应强调宽恕，但这位父亲绝不允许如此。他一直知道，自己的儿子会再次离开，一切都没有改变："他会扔给老绅士一两个保证，然后就转身出门。"他抱怨道。什么都不会改变，因为家庭的境况是一系列悖论决定的，这些悖论环环相扣，禁锢着父与子。杰克的灵魂是无家可归的，但他的灵魂就是他的家，因为，如杰克对妹妹说的，灵魂是"你无法摆脱的"。他注定要离开，再归返。如果浪子最受人喜爱，是因为他最为离经叛道的话，那么大家暗地里所喜爱的，或许便是他的离经叛道而非循规蹈矩，即便没人会承认这种异端的可能性；或许在一个家庭里需要有一个指定的罪人？每个人都渴望破镜重圆，渴望浪子回头，重归单纯的善良，就像每个人都渴望天堂，但这样的破镜重圆，犹如天堂本身，令人难以想象。正因其难以想象，我们反而会更喜欢能触碰感受到的——那些过错显而易见，至少它们切实可感，不是虚无缥缈的。

　　在罗宾逊所有作品背后，是她对"天国复兴"这一问题的持久兴趣。正如她在《管家》中所说，存在着一个完满定律，万事"最终皆须变得可以理解。这些碎片如果最终不被编织到一起，又有何意义？"。但是，这样的修复便足够了吗？伤口愈合后，能否回复原先的形状？在《家园》中，对回归的问题的思考，即是这种关切的世俗版本。博顿家的孩子们回到这个陌生、老派的艾奥瓦小镇，但归乡从未像它承诺的那样带来疗愈，因为家太过私密，太过充满回忆，太过令人失望。伊甸园是流放地，而非天堂：

> 然后轮到他们回到故乡，依旧有那些古老的柳树，拂拨着的还是那片凹凸不平的草地；依旧有那片古老的大草原起伏着，无人打理的杂草野花长得葱葱郁郁。家园。世上还有哪儿比家园更加亲切，为什么他们都觉得像是流放之地？哦，走过一片和你没有牵连的土地，谁也不认识你！哦，你也不认识每一截树桩，每一块石头，不记得开满野胡萝卜花的田野如何点缀着孩子的快乐，给父亲带来希望。上帝保佑他。

所以，当老博顿行将死去，一切并没有什么变化。相反，他还任性地责怪他的儿子："我们都爱你——我想知道的是你为什么不爱我们，这就是一直困惑我的事。"他稍后继续说道，"孩子会令你感受到美好，你几乎是为这美好而生，你觉得你愿意为它死去，但它并不归属于你，你无法拥有或是保护。若是孩子成为一个连自己也不尊重的人，那这美好就会被毁掉，直到你都记不得最初的美好是怎样。"在小说前半部分，牧师似乎希望他的儿子除了用他惯用的、然则疏远的"先生"来称呼他，还能叫他父亲，甚至爸爸。在小说后半部分，当杰克叫他爸爸时，他却暴怒："不要这样叫我。我一点儿也不喜欢这个词。爸。这听起来很可笑。它甚至连个词也不是。"在他不再责备他儿子的时候，他会抱怨衰老："耶稣从来不需要变老。"只有当他睡着时他才会平静下来："他的头发已经被梳成柔软的白云，像是无害的愿景，像是一团雾气。"

在最后一次具有毁灭性力量的冲突中，杰克告诉他的父亲，他要再一次离开。杰克伸出了他的手。"老人把自己的手收回到膝上，转过了身。'我厌倦了！'他说。"这是博顿牧师在这本书里说的最后一句话，而这愤怒的语句恰与《基列家书》的结尾处温和的约翰·埃姆斯疲惫地说出的最后一句话相反："我会祈祷，然后我就去睡。"

这部小说最后的场景是如此明亮，如此动人，以至于评论家们几乎无法避免——就像这篇评论一样——感染上它那种无休止的引用和深情呢喃的传染性。

莉迪亚·戴维斯

在一个宁静朴素的小镇，一个女人整日照顾着自己襁褓中的幼子。她向我们描述了她下午的日程：四点左右出家门，去一趟邮局然后去公园，做一些杂事，五点半《玛丽·泰勒·摩尔秀》开始的时候就一定回到家里了。为着自己是一个如此忠实的观众，她还颇有点儿不好意思，不过最近听说钢琴家格伦·古尔德也热爱这个节目，又自我解嘲了。这个消息实在是意料之外："眼见着我的两个世界重叠到了一起，我本以为这两个世界之间理应相隔甚远。"她解释道，格伦·古尔德是她学琴时的偶像；她为了模仿他利落的指法，一练就是四个钟头，甚至六个。"我并不想走音乐这条路，但我可以很开心地花上整天时间像个专业人士那样刻苦练习，一半是为了逃避那些更难的事情，一半也是为练琴带来的快乐。"

但她现在似乎不再弹琴了。我们得知，她把大块时间用在更难的事儿上了：她照料孩子；她思考着自己的孤独、对付它，倒也还算成功；丈夫在家时，找他交谈，或者可以说，找他交谈但失败了。过去的雄心和眼下的乏味生活之间横亘着一条无法解释的鸿沟。女人说起话来很耐心，很聪明，明晰之中带着一丝忧虑。她语句里那种完全的破碎，别人偶然间才会注意到。晚饭时，当她和丈夫无话可说时，丈夫会问她那场电视秀如何。"我会告诉他节目里某个人说了些什么，而且我知道，他在我说之前就准备好要笑了，但是在一些别的话题上，他对我说的没什么兴趣。尤其是注意到我越来越兴奋的时候。"也许对妻子的话不感兴趣的丈夫并不少见，但是令妻子非常兴奋的事他表现得尤其没兴趣的情况就很棘手了。前者也许还好说，后者似乎无法容忍。而这一点只是被轻描淡写地透露出来。当女人过了一会儿对我们说"我希望孩子赶快睡着，丈夫不会回家吃饭"时，并不让人惊讶。

这段简短独白来自莉迪亚·戴维斯的小说《格伦·古尔德》。小说有九页，还是比戴维斯的大部分作品都长，它们一般来说会在三到四页之间。很多作品会像一个段落或者一个句子那么简短。它们中的大部分，就像这篇《格伦·古尔德》，都不属于传统的"故事"——主人公常常没有名字（通常是女性），被设定在无名的小镇或者州里，并且缺乏一个正规故事会有的开头、发展和结局（或者用已被接受的现代主义方式省掉结局）。没有无谓的大段描写，没有"现实主义"的材料。戴维斯的这些故事，通常由一个女人叙述，这女人很多时候明显是作者自己，更像是自白而非故事；它们是散文诗——是快笔速写，而非宏大框架。

第一次听说莉迪亚·戴维斯是在 1995 年，那时我刚从英国来美国不久。有人向我推荐她的小说，说她的风格很像暴躁的奥地利作家托马斯·伯恩哈德（她有像的地方，但又不像）。她是法国自传作者米歇尔·莱利以及哲学家、批评家莫里斯·布朗肖的译者，并因之闻名。法国气质、简约形式和哲学式的严谨等因素，使其在文学界备受追捧。我们很容易透过"作家的作家"这个拉长的望远镜去看到一个时髦的小点。我非常喜欢读她的故事，断断续续，没有系统，这似乎也是作品本身的断片化所希望达到的效果。我花了几周阅读《莉迪亚·戴维斯小说选》之后，认为这种理解很肤浅。最终当你读完了戴维斯作品的主要部分——七百多页纸涵盖了三十年的内容——一种宏大的、日积月累的成就浮现出来：美国文学中独树一帜的作品，它们集清晰明了，格言般简洁，形式独特，狡黠的幽默，形而上学的苍凉，哲学式的压迫感，还有人类的智慧于一身。我认为她的文学迟早会成为美国文学中最伟大、最独特的贡献之一，就像弗兰纳里·奥康纳、唐纳德·巴塞尔姆或者 J. F. 鲍尔斯的作品一样，如此与众不同、带有扭曲的个人特征。

我们可以从她的幽默感谈起。她的名声可能令人望而却步（很奇怪，有些人说她"阴沉"），但她的语调却是跳舞般的、无忧无虑的，而且常常很好玩。她描绘了很多有趣的细节："有一次，我母亲和我带着一块煤上了开往纽卡斯尔的火车。"另一个故事里，一个女人想嫁给牛仔，她遇到一个打扮像牛仔但不是牛仔的男人："他不是牛仔，他的工作是把猩猩的骨头粘在一起。"有时，她最短小的那些作品是甜蜜的精神游戏，就像某些现代艺术展上遇到的标题（就是那种难得一见的迷人的而非让人发疯的作品）。《与苍蝇合作》，整篇只有一句话："我把那个词写在纸上，但它加了撇号。"相类似的是《纪录短片构想》："各个食品生产商代表尝试拆开他们自己的包装。"另一个名为《同伴》的小故事，全篇是："我们一起坐在这儿，我的消化系统和我。我在读一本书，它在处理我刚刚吃掉的午饭。"即便作品的可爱不那么明显，其中仍包含着真正的机智。《失眠》中的两行是这样的：

> 我的身体如此疼痛——
> 一定是这张重重的床在往上压我。

戴维斯喜欢用熟悉的短语玩逻辑游戏，玩出有趣和疏离感来。《特别教席》，用一个单独的段落就完成了，嘲弄了某个特定教授职位专用的浮夸的学院用语：

> 他和我都是大学系统中的老师……我们当然都很希望在学校里能有一把特别教席，但至今我们拿到的都是错误的类型，这把特别席位属于一位朋友，一把会旋转、有外撇的椅脚并且对她来说很特别的椅子，但我们记不起具体原因了。

《研究经费》则使用了卡夫卡式的玩笑（卡夫卡式的，但也是关于卡夫卡式黑暗风格的玩笑）："你没得到研究经费，不是因为你条件不足，只是因为你每年的申请都写得不够好。当你的申请完美了，你就会拿到研究经费。"戴维斯这种幽默风格让人想到 18 世纪伟大的格言家格奥尔格·克里斯托夫·利希滕贝格，让利希滕贝格深以为乐的诸如"他感到很奇妙，猫的毛皮上有两个洞，恰好就在它们长眼睛的地方"，以及像"印刷错误清单中的印刷错误清单"之类意味深长的傻话。

使作品更加深刻、从游戏变为戏剧的是这种轻快、不在乎、几乎天真的语调常常被揭示为一种面具、一种公开的虚构，掩盖了一个人的畏缩。来看一个特征非常明显的故事：《伦理》。这是一个单段故事，故事开端表面上情绪挺高，听上去是个不错的戴维斯风格的谜题。无名叙述者——大概是一位女性，甚至可能就是作者本人？——告诉我们，在一个伦理访谈节目中，她听说"己所不欲，勿施于人"是所有伦理系统的基本概念。"当时，我很开心学到了这么一个简单又有意义的规则。"但转念一想，问题复杂得多："当我试着把这一规则真正用到一个我认识的人身上时，似乎它完全没用。这个人的问题之一就是他对某些人充满敌意。如果要我想象他会希望别人怎么对待他的话，我只能想到他希望别人也对他充满敌意，就像他想象的那样，因为他已经对别人满腔敌意了。"值得注意的是，叙述者似乎觉得没必要说明这个人的身份。他是她的情人？还是戴维斯作品中常常出现的不具名的前

"夫"？我们只能猜到他是一个对叙述者来说很重要的人，而她是他的敌意对象之一。

在这样的作品中，被省略或压抑的东西变得非常重要，充满张力。页面上明晰的文字就像绝食抗议一样，呈现出一种绝望的姿态。四页纸长短的故事《幸福的回忆》（这一篇，也是只有一段），有一种假装快活的语调。叙述者告诉我们，她恐惧变老，害怕孤独。但是人们说，一个老女人至少还有"幸福的回忆"可以安慰自己。"疼痛还不那么强烈的时候，她可以重温幸福的回忆然后就舒服点儿了。"但让叙述者烦恼的是，她不知道到时她会有多少幸福的回忆，或者到底什么是幸福的回忆。"我很喜爱自己的工作，一个人坐在桌前。这份工作是每天里重要的一部分。但当我老去，一直独自一个人时，光回忆我以前的工作，够吗？"她考虑了一会，又说，幸福的回忆必须包含与他人的关系，但是令人惊讶的是，这位叙述者想不起有什么跟她关系亲密的人。她简短地说了说自己的母亲。整个故事中，只有这一处提到了一个真实的家庭："全家一起干过几次园艺的活儿，可能算得上是不错的幸福回忆。"园艺！我们不知道这个家庭是父母家，还是自己婚姻的。丈夫，爱人，从未被提及。叙述者提到的其他人，似乎都只限于认识——

修理除湿器的人，曾经送来过蛋糕的邻居，街角那个图书管理员。除此之外，叙述者继续说，要想让一个回忆一直幸福下去，那这个回忆就绝不能被当天一件不开心的事抹掉。"你得确认，无论如何，幸福的回忆在发生的时候不能有别的来捣乱，之后也不会有什么不好的经历过来抹掉它。"她总结了一下这番简短而破碎的疑问继而得出："我需要时不时确认一下，保证自己没有独处得太多，或者和别人在一起时太频繁地感到不快。我应该常常把它们相加：我的幸福回忆现在有些什么？""幸福"这个词被简单粗暴地丈量，说了又说，让人想起了贝克特，但和贝克特的联系不止于此，其他比如语调的不带感情波动的控制，既沉重又有喜剧效果，也赋予了故事一种难以消解的贝克特式力量。

《幸福的回忆》里的女人似乎在不快乐的孤独和不快乐的人际交往当中摇摆不定。阅读《小说选》，就是在做一次围绕着一位复杂叙述者的旅行，这位叙述者有时和那个出生于 1947 年，眼下在纽约州立大学奥尔巴尼分校担任写作课教授的作家莉迪亚·戴维斯有点距离，但也有时候像在忏悔般亲近。像《伦理》和《幸福的回忆》这样的故事，就如同这段长途私人之旅中的驿站，自它们占据的地方发出了加强的共鸣。这两个故事里满怀敌意的无名男子，或缺席的伴侣显得尤为特别。在其他一些故事中，她会描写一个与情人或丈夫吵架的女人，或者一个仍会坚持称对方为"丈夫"而非"前夫"的离婚女人，或一个凄凉独居的女人，或一个没有他人帮忙、独自照顾孩子的女人，等等。在书中一篇早期小说《治疗》中，女叙述者的丈夫离她远去，她独自照顾儿子，她在努力地保住自己的勇气。"早晨，我喝咖啡、抽烟。晚上，我喝茶、抽烟，走到窗边，又走回来，从一个房间走到另一个房间。有时，有一个瞬间，我觉得自己有能力做点儿什么。但那个瞬间很快消失，我想挪动，却没法动弹。"她告诉我们她的大脑旋转得"像一只苍蝇"。但羞耻和骄傲令人挺直了头颈。她"丈夫"来造访，"他会坐下来，与我交谈，呼吸吹到我的脸上，直到我精疲力竭。我不想让他看出我的生活多么艰难。"（"呼吸吹到我的脸上，直到我精疲力竭。"这句带着如此痛感的生动。）

《老女人会穿什么》里的女人希望当她老了的时候能有一个丈夫在身边。"她曾经有过一个丈夫，她对自己曾经有过丈夫、现在没有丈夫、希望以后有丈夫并不感到惊讶。"整本书里最动人的篇目之一《乡下的一号妻子》将将写了一页多，故事的开始是这样的："一号妻子打来电话要跟儿子说话。二号妻子不耐烦地接起电话，把电话递给一号妻子的儿子。"故事继续着，像断断续续的老式电报："和儿子通话之后，一号妻子感到非常烦躁。"一号妻子幻想他的前夫会与未来的"三号妻子"结婚。"三号妻子"的职责是护着丈夫避开"坏脾气的一号妻子，还有麻烦的二号妻子"。（和别的故事一样，喜剧这块耐用的布料，总是编织着悲伤。）一号妻子看着电视独自用餐，这篇通讯以此结尾："一号妻子吞下食物，吞下痛苦，再吞一口食物，再吞一口痛苦，再吞一口食物。"

在比较常规的小说里，装着的都是比较常规的小说人物，读者被批准可以偶然偷听到他们的想法。在戴维斯自言自语的作品里，常常是叙述者偷听见自己的想法，然后我们再被批准可以听一听这样痛苦又可笑的"自己偷听自己"。多半时候，叙述者不喜欢她从自己那里偷听来的东西。"如果我不是我，而是像个邻居似的，偶然从楼下听到了楼上的我和他说话，那么我会对自己说，很高兴我不是她，不像她这么说话。"《楼下的邻居》里的女人这么说。（注意再次出现的那个引人联想的不具名的"他"。）

可以说，自我中心这个词所囊括的一切，就是戴维斯的真正主题：自我那难以忍受的存在、自我那持续不断的内在音量、躲不过的那个真实的自我。《格伦·古尔德》中那个看《玛丽·泰勒·摩尔秀》的女人暗暗嫉妒古尔德，因为他可以按自己的主张生活，而且"可以有权利自私，又不伤害他人"。典型的戴维斯叙述者的头脑像苍蝇一样旋转，"很活跃，总是绕着圈子什么都想，常常冒出一个想法，然后又产生关于这个想法的想法"。这种对内心的沉迷和托马斯·伯恩哈德很像，但是伯恩哈德的男性角色是像魔鬼一样把他们的精神分泌物强加给他人和读者，戴维斯的女性人物则似乎想为自己的分泌物道歉，想清理干净，想淡化污渍。但是一个人怎么能让自己想得少点儿呢？怎样才能做到"少"，实现"无"？贝克特式的回应是沉默，但戴维斯的叙述者们并不容易沉默。相反，她们钻进了嘈杂的牛角尖，在其中（大声地）思考如何才能想得少些，恰恰让问题变得更严重了，她们放大了内心的音量，而不是减弱。戴维斯在这个悖论上很是机智。《我感受到什么》的叙述者说她试着告诉自己"我感受到什么不是很重要。我已经在好几本书里读到过这点：我感受到什么是重要的，但不是一切的中心。可能我确实看到了这一点，但我还不至于深信到去付诸实施。我愿意有更深的认同"。

但一个人如何才能真正不是一切的中心呢？

简·奥斯丁明白，宣称自己对卑微的渴望其实就是一种自视甚高。讲述《新年誓愿》的女人告诉我们她开始再次学习禅宗了。她的新年誓愿是"学着将自己视若无物"。一个朋友对她说他的新年誓愿是减肥。好玩的是，她大声想："这是要比赛么？他想减轻体重，我想学着将自己视若无物。"戴维斯的很多作品都是这样，喜剧性骤然天降，像一团突如其来的怒火，且激烈程度迅速增强：一个人要怎么学着将自己视若无物，她问道："如果当他在一开始学习把自己看成个什么的时候就已经很费力？"她发现，当个"无物"在早晨很容易，但到了"傍晚，在我身体里，有些什么东西开始抛出了自己的重量。很多日子都是这样。到了晚上，我被塞满了那些什么东西，常常都是些讨厌又粗鲁的东西"。

就算对这个叫莉迪亚·戴维斯的作者一无所知，也不妨碍读者感知到小说那种忏悔的压力。而且读到这位作者的生平也许反倒是个障碍。她曾与保罗·奥斯特结婚，有一个儿子，后来离了婚，再之后同画家艾伦·库特结婚（现在还是夫妻，并且和他也生有一子）。读者永远都不可能知道书里出现的前夫在什么时候跟戴维斯的前夫有点像，什么时候又差得远了，前提还得是那个人确实成了书里的素材。她的作品并没有提出关于虚构与事实关系的有趣问题，相反，它提出了一个更有趣的问题：一个虚构自我的虚构故事可以舍弃多少东西，而仍然是一个关于生动的自我的故事？答案是，几乎所有。原因有二：第一，一个虚构的自我，只需要是一个声音，或者一张嘴就可以出现在书页上了；第二，当虚构的自我以这种方式往下删减，作者的自我就可以上来填补某些空出来的空间。这些故事，有时像简短的日志或格言诗，最终拼凑成了一部智性和情感的自传，一种强烈的感受被坦诚地传达了出来。"我们知道自己是特别的，"戴维斯在极短篇《特别》中写道，"然而我们还是在努力探寻，究竟特别在哪里：不是这里，也不是那里，究竟特别在哪里呢？"这种孜孜不倦的"努力探索"正是这位作者——既是文中的，也是实际的——的特别之处。

自传气息在书的最后两百页中越发浓厚。你可以对戴维斯的个人生活全然无知，但仍然能根据故事的线索很肯定地猜测，她的父母大约于十年前去世。后面的几篇有着挽歌的苍白灰暗色调。《语法问题》摆出哲学式的迂腐：叙述者问，如果一个人在某地快要死掉了，那么我们是否还能说，"这就是他生活的地方"？又如，"要是有人问我，'他在哪里生活？'，我是否应该回答'这会儿他已经没在活着了，他快死了。'？"叙述者透露出这一段涉及她父亲。又一次地，痛苦和某种漫不经心的语调互相产生了摩擦。戴维斯写道，"称某人正在死亡"，同时也就承认了这是一种"活动"。"但是他不是在'有活力地'死去。他现在唯一做的是呼吸。他看起来好像是在有意呼吸，因为他在努力，还微微皱着眉头。他在努力，但他肯定别无选择……我过去常常看到他脸上有这种表情，尽管从未把这对半睁的眼以及半张的嘴同这个表情联系起来。"

选集的末尾处有一篇特别简单又可爱的作品，仅有三页，标题为《我该如何悼念他们》。作者——现在省去"叙述者"这个权宜的替身，直接说"作者"可以吗？——列出了一个排比式的问题清单。它这样开始：

> 我该让房子保持整洁吗，像 L 那样？
>
> 我该培养一项不健康的习惯吗，像 K 那样？
>
> 我该走路的时候轻轻左右晃荡吗，像 C 那样？
>
> 我该给编辑写信吗，像 R 那样？

因为我们已经跟着作者走了这么长这么深的一段旅程，大概有几百页了，更因为最后这几则故事里温柔的素材，我们猜想，文章标题应当是在悼念逝世的父母吧。这些问句好像说的是朋友或熟人的一些特殊习惯，他们和作者一样，也在悼念着什么人。他们的这些奇怪举动是由悲伤引起的，而且很可能是对他们已故父母的习惯的无助模仿。但是，当问题清单越拉越长，你会注意到，奇奇怪怪的习惯越来越少，被描述的习惯越来越正常："我是否应该经常查字典，像 R 那样？"或者"我的手是否也会得关节炎，像 C 那样？"或者"我是否应该阅读时手握一支铅笔，像 R 那样？"我们慢慢猜到，作者描述的不是怪癖，而是生活本身。所以对于这篇美丽的文章，答案就是："我该继续活下去，以此来悼念他们。"几页之后，这本书最后几篇作品之一，一篇标题短短的《头脑，心》痛苦地悸动着。"心在哭泣，"戴维斯写道，"头脑试着去帮助心。"它提醒心想想失去："你会失去你所爱的。它们都会离去。"心感觉好受了一点，但没有好多久：

> 这些对心来说太陌生了。
> 我想让它们回来，心说。
> 头脑是心所拥有的全部。
> 救命啊，头脑。救救心。

牵制：伊恩·麦克尤恩的创伤和操纵

　　尽管取道不同，伊恩·麦克尤恩的小说和故事大多数都是在描摹创伤与意外事故，他也成了描写创伤性意外事故如何击碎日常生活的最伟大的当代选手。在《时间中的孩子》中，孩子在超市走失，斯蒂芬和茱丽的家庭生活随之破碎；在《爱无可忍》中，克拉丽莎和乔目睹了约翰·洛根从热气球上坠落身亡，这改变了他们的一生，而在小说余下的部分里他们都在努力消化这一非常事故的后果；《黑犬》有一部分是关于一位政治家、科学家及理性主义者伯纳德·崔曼是如何因为妻子琼对 1946 年发生在她身上的黑犬创伤（即标题所指）所做的过分幻想、感情用事的过度解读，而从她身边离开（也可以说琼离开了他）。《无辜者》的叙述设定在 20 世纪 50 年代中期的柏林，无线电通信专家伦纳德·马恩汉姆与德国人玛丽亚·艾克多夫相恋了。他们谋杀了玛丽亚的前夫并在她的公寓将其分尸，此时二人发现他们的关系在这场创伤经历后再也无法继续了。《赎罪》的主角们因为罗比被控强奸并蒙冤入狱，生活完全被毁；而《在切瑟尔海滩上》里的新婚夫妇没能熬过蜜月之夜的创伤（更进一步暗示弗洛伦斯曾因受自己父亲性侵而精神受创）。然后还有巴克斯特，这位突发事件的化身，在《星期六》里因为一场最随机的都市事件——车祸，闯进了亨利·皮诺恩的生活。

麦克尤恩作品里的创伤，导致纯洁的丧失。他的第一部小说中，儿童花园在母亲死后被水泥抹平，而孩子们现在成了孤儿，开始着手建立属于他们自己的堕落版本的童年。《爱无可忍》的叙述者回到约翰·洛根从热气球上摔下来的草地上，沉思着，"我想象不出有什么路能重回纯真"——约翰·洛根的坠落同时也是叙述者自纯真中的坠落。麦克尤恩的作品有一种强烈的卢梭式的叙述风格：田园牧歌的天堂被当作逃离堕落的避风港。在《时间中的孩子》里，斯蒂芬·刘易斯是一个儿童文学作家，但这纯属偶然。他的第一部小说讲述了他十一岁时的暑假，他本是将此作为一本成人书来写的。但他的出版商查尔斯·达克坚持认为这是一本儿童书，孩子们读了它就会懂得童年是短暂的："它不会一直这样，它不能永存，迟早他们会终结，会完蛋，他们的童年不是永远。"查尔斯不久罹患了某种精神崩溃。他和他妻子，一位研究时间概念的物理学家，二人放弃了伦敦的纸醉金迷退隐乡间。在那里，查尔斯开始打扮并假装成一个仿佛瑞奇摩尔·克朗普顿[1]故事里走出来的小男孩，他给自己配了短裤、弹弓，还有一个树屋。

在《爱无可忍》中，五个男人试图阻止一只热气球的上升，热气球的篮子里坐着一个小男孩。他们紧紧抓着篮子上垂下来的绳子，五人构成了一个小小的卢梭式的自然社会，每一个人都出于利他或者同情做出了如此行动。但有一个人首先松了手，却没有承认。"我们的团队上演了道德上古老的、无法解决的困境：我们，还是我。有人选择了'我'，然后说'我们'就没有任何意义了。"麦克尤恩在这里运用了关于利他主义来源的最新进化生物学研究，也许他并没有意识到卢梭在他身后徘徊。

不过只要看看《无辜者》一书对卢梭做出了多

---

[1]　瑞奇摩尔·克朗普顿（Richmal Crompton Lamburn，1890—1969），英国女作家，著有"威廉"系列故事，主角威廉是一个十一岁的英国男孩，故事围绕他和他的小伙伴展开。

少了若指掌的暗示征引，我就会怀疑他还是有所意识的。在战后柏林，伦纳德·马恩汉姆来协助美国人从自己脚下开挖一条直通苏联占领区的监视隧道，一套保密和安全的制度正在运转。伦纳德的美方领导鲍勃·格拉斯解释道，每个人都以为他的权限是最高级别，每个人都以为只有他知道的那些情况才是真实的情况。"只有当别人通知你的时候，你才会知道更高级别的信息。"格拉斯接着表达了他自己对自我意识起源的一套混合着卢梭、进化论和粗糙个人主义的古怪看法：

> 在那个时候，我们整天都在外面干着同样的事情。我们一伙一伙地在一起生活。所以没有必要使用语言。如果有一头豹子来了，没有必要说什么"喂，老兄，从那儿跑下来的是个什么玩意？一头豹子！"。因为这伙人里面的每一个人都能看得见它是个什么东西——大家都在跳上跳下，大声尖叫，想要把它吓跑。可是，当有个人独自为了什么事走开一会，那时候会发生什么事情呢？他在这时看见了一头豹子的话，他就发现了一件别人都不知道的事情。而且他知道，他们都不知道这件事情。他就具备了一件他们所没有的东西——他有了一

个秘密。这也就是他的个体的开端，他的个人意识的开端。如果他想要和别人分享这个秘密，并且跑到他的伙伴那儿去警告他们，这时他就需要创造一种语言。这样文化才有可能。

这和卢梭关于语言生发的理论相差不甚遥远，差别不过是被卢梭视为堕落的，在这位美国特勤人员眼里却是救赎。麦克尤恩可能并不认同卢梭或者鲍勃·格拉斯，不过这段论调在他的作品里仍算是重要的有标志性的一则，因为他的小说常常围绕着这样的主题——一桩被目睹的惨剧变成一个腐蚀性的秘密，获知它的人将会被社会放逐；在斯蒂芬·刘易斯的故事里是这样，呵护着他难以释怀的、某种程度上无法说出口的丧女之痛，对如下人物同样如此：伦纳德·马恩汉姆、琼·崔曼，还有《赎罪》里的布里奥妮——麦克尤恩写到她感觉自己需要秘密，如果没有秘密就没法拥有有趣的生活。

"扭曲文本，"弗洛伊德在《摩西与一神教》中提出，"同谋杀并无二致。困难并不在于行动本身，而在于毁尸灭迹。"麦克尤恩的小说追随着创伤制造的痕迹，并常常以弗洛伊德的方式巧妙地揭示出消除这些痕迹的难度：《水泥花园》里的孩子们用水泥掩盖他们母亲的尸体，但活儿做砸了，使得这房子开始散发出她的腐烂和他们的罪过的气味。但这些小说也在形式层面追求着对作为导火索的那些生动的创伤性的意外事件的遏制和掌控。它们可能是关于秘密的，但它们本身即是极大的秘密。麦克尤恩沉迷于隐藏叙事线索，囤积各种惊喜，推迟真相大白：这种对秘密的操纵，除了部分出于吊读者胃口的明显目的，还似乎体现了重复初始创伤之本质的愿望，并借此征服、控制它。叙事主线的例子可能可以借《时间中的孩子》中被延迟的真相大白来说明，斯蒂芬的妻子已经怀孕九个月，独自一人住在乡间并不打算通知分居的丈夫。这位丈夫正是使她怀孕的人，这个秘密被麦克尤恩一直按捺着，直到临近结尾才揭示出来，为更好地把小说推上和谐顶峰加了一把力，而这对失去女儿的夫妻终于用新生命的到来代替了悲痛哀悼。（这本小说和《星期六》类似，在形式上用家庭团圆完结了故事，并用大团圆结局的可能性中和了创伤之痛。）《爱无可忍》的第一章默默地预留了一个关于约翰·洛根的秘密（他不是和他的情妇在一起而是和一位牛津教授及其女友同行），一直藏到小说的终章才被解密。

　　这种对惊喜的操控在麦克尤恩文句的层面同样有所呈现。他的文笔非常卓越，只是对某种有惊悚效果的陌生化颇有偏爱，他往往一边哄骗读者思考

某一件事，暗地里却为别的事情做着准备。以下是
《时间中的孩子》里的一个典型段落：

> 斯蒂芬离那棵树有三英尺远，这时一个男
> 孩儿从树后面钻了出来，站定并盯着他看……
> 虽然很难看得清楚，但他知道那就是那种会在
> 学校里招惹、恐吓他的男孩儿……看起来是那
> 么眼熟，那么过分自信狂妄。他一身打扮很
> 是老派——一件灰色法兰绒衬衫，袖子向上卷
> 起，下摆晃在外面，宽松的短裤腰上系着一根
> 有银蛇带扣的条纹松紧腰带，鼓鼓囊囊的口袋
> 里一只手柄露了出来，还有一副结痂的、布满
> 血印的膝盖。

那不是一个男孩儿，那是回来的查尔斯·达
克，斯蒂芬的前任出版商。在《无辜者》中，有一
次伦纳德和玛丽亚正在她的卧室里做爱。他听见她
在低声耳语，以为是什么亲热话。然后他们继续下
去，又过了两个段落，麦克尤恩这时才揭秘了耳语
的内容。"最后他听见她说的是：'衣柜里有人。'"
在《黑犬》中，琼·崔曼在法国乡间散着步。"她走
到小路上的一个急转弯那儿转了过去。再往前一百
码的地方还有一个转弯，那儿立着两头驴……当她

跨过险路又朝前看了看，这才意识到刚刚见到的驴其实是狗，两只大得超出常规的黑狗。"在《爱无可忍》中，乔·罗斯以为自己在伦敦图书馆瞥见了他的跟踪者杰德·帕里。他回家给自己倒了杯喝的，然后听到嘎吱一声："有人在我身后。"那是他的妻子。

还有很多这样的例子。《赎罪》的中间章节有条不紊地展开了一系列这种消极的疏离。两个看上去在闹别扭的法国小兄弟正在向英国士兵走来，其中一个手里拿着一个长长的步枪似的东西。那是一根法棍。之后，德国人开始轰炸英军，罗比·特纳越过田野看到了两个战友的头在泥地里一动不动。麦克尤恩不需要说出"他们脑袋掉了"这句我们脑子里所想的话。当罗比慢慢走近，他看到那两个战友并没有死，而是站在自己正挖着的齐膝深的坟墓里刨土，这个坟是为一个法国男孩挖的。

在这方面，麦克尤恩可能是受到了像托尔斯泰和斯蒂芬·克莱恩这类作家的影响。毕竟托尔斯泰得到了俄国形式主义批评家对他在陌生化方面的天才的褒扬。尼古拉·罗斯托夫于激战时分站在一座木桥上，而这时听见一阵声响："好像有人在撒什么坚果。"然后一个男人落在了他身旁。但托尔斯泰的陌生化常常着意于进行道德上的纠偏或调整，他们打开了产生共情的一条新思路，例如，当皮埃尔·别祖霍夫访问多洛霍夫家时，发现他刚刚与之决斗的那个粗鲁的花花公子，却是他的老母亲和驼背妹妹"最亲爱的孩子"。麦克尤恩的陌生化，往往是视觉上的意外，目的是用他老练的把控力掌控读者，并控制住意义。它们不是打开，而是封闭。它们是秘密，但并不神秘。格雷厄姆·格林和乔治·奥威尔可能对麦克尤恩来说是最接近的榜样。而在奥威尔和麦克尤恩身后，可能还站着一位威尔基·柯林斯那样的维多利亚时代的操纵能手。例如《白衣女人》中著名的视觉意外——当沃尔特·哈特赖特从后面观察玛丽安·哈尔科姆，她似乎身材很好，"身形清秀"，直到她转身：

> 她离开了窗边——我对自己说，这位女士有点儿黑。她往前走了几步——我对自己说，这位女士还年轻。她更近了——然后我对自己说（那种吃惊的感觉我无法用言语表达），这位女士真丑！

在《纽约客》近期的一次访谈中，麦克尤恩说他希望"煽动起读者内心赤裸裸的饥饿"。众口难调，这是毫无疑问的（我个人不喜欢强势的叙事控制，我在评论里也故意对跌宕情节搞点"剧透"）。

麦克尤恩的柯林斯式意外"有效果"。它们始终维持着我们对故事的饥渴，不过当然要付出些代价。他守着秘密不说的癖好总有点儿"玩弄"人的意思，如果说他的隐瞒最终是为了遏制创伤，那么这些隐瞒也在情节的重复中再现了更大的原始创伤的本质，而这正是他的重要主题。我的意思不是说他的书使我们受到了创伤——这么说不公平。只是说当我们读完这些小说，被老练的全知全能的作者的操控之手从自己的天真中放逐出去，总会稍许感觉有罪在身。问题是，这样的（包含宏大和微小两种）叙述秘密的存在最终只会告解自己之罪——这是他们的职责——当他们这样做的时候，我们可能会发现，小说理解起来变得太容易了。（对叙事成规的定义之一可能恰好是：一个最终自我坦白的秘密。）只挑一本小说来说，那么看看《无辜者》里那些不断强调的关联对象——隧道和性，强奸幻想和战利品，尸体的肢解和对柏林一分为四的肢解——围绕在这些关联周围的小说主题的小线绳被非常熟练地一再拉紧。另请注意，这些叙事秘密和对秘密的保守，有很大一部分都是不太可能实现的：把自己怀孕的秘密守了九个月的女人；袭击琼·崔曼的两条狗曾被纳粹拉去强奸一个妇女；巴克斯特整日沉迷的狂热幻想，以及皮诺恩决定在小说结尾对那个闯进他家试图强奸他女儿的人施行手术；《赎罪》的情节则是以不可能之事为导火索才引火而发的。

我猜测对于麦克尤恩而言，故事的确是一堆不可思议之事的线索或导火索，他乐于在回顾时让这些不可思议都井井有条地被解释出意义，变成可以解读的，并转化为必要的，迫使我们读者对自己说："再没有别的可能了。"伦纳德·马恩汉姆回忆他的订婚聚会如何变成一场打斗，继而成了谋杀，接着是碎尸成块，他想，"这一路上一步接着一步看起来是多么符合逻辑，前后一致，而又是多么无可指责"。但是如果这种叙事秘密——叙事上的不可能——最终必须变成叙事上的可预知，那么这类小说会发现要想在寻常生活之上对偶发事件的冲突进行有意义的戏剧化，将变得困难许多。偶发事件是偶然，但这类实际上意欲遏制并掌握住偶然的高度串联的叙事，并不具备什么偶然性。

如果是秘密构成了我们的个体（正如布里奥妮·塔利斯希望的那样），并且秘密对讲故事来说是至关重要的，那么将我们从伊甸园中驱逐出来的必然是讲故事本身。讲故事是堕落的，并让人堕落。这也是麦克尤恩近年来一直在沉思的主题之一，并且很难不得出如下结论：他这样做是在焦虑地控诉自己叙事操纵的癖好。值得注意的是，另一个获得巨大成功且在艺术上十分严肃的小说家格雷厄姆·格林在《恋情的终结》这本书中也做了类似思考，在某种程度上反省了讲故事与高技巧故事讲述的"罪孽"。小说的第一叙述者班德瑞克是一个以其无瑕技巧闻名的小说家。《恋情的终结》以一系列奇迹来收尾：班德瑞克的情人萨拉的一本书有治愈的魔力；一个男人满是瘢痕的脸一瞬间复原了；一座被轰炸过的房子，其中有一扇彩色玻璃窗，是全屋唯一没有碎裂的窗户。与麦克尤恩在《黑犬》里的作为类似，格林这位天主教徒问道，巧合在何时只是单纯巧合，又在何时是一个叙事的奇迹（我称之为作者操控）？在《黑犬》里，一个马洛[1]式的叙述者思考着故事讲述者的不可靠和强势引导。他注意到关于黑狗的创伤记忆对岳母琼·崔曼来说已经成了一个原初神话，他质疑了生活有转折点这一说法："转折点，是讲故事者和剧作家的发明，是当一段人生被压缩成一段故事情节、当道德须从一连串行动中得以升华、当观众必须带着对角色成长刻骨铭心的印象回家时，所需要的一套机制。……发生在琼身上的'黑狗'事件……我发现，那些几

---

[1]　指雷蒙·钱德勒小说中的叙事者人物菲利普·马洛，传统冷硬派私家侦探代表。——译注

乎不存在的动物实在过于令人欣慰。"

这段对小说的责难是有问题的。或许是在反思自己的虚构操纵技巧，麦克尤恩无疑夸大了小说操纵技巧的可鄙性，并且将他的那种故事讲述混同于一般的故事讲述。一个极端的伪二元对立就这么成立了，读者被推到了对小说形式创造力的绝对信任和绝对怀疑之间。《赎罪》里布里奥妮有一桩罪行，并非她表现得像一个差劲的小说家，而是她表现得简直就像一个小说家，她把形式和情节强加于故事之上，原本这个故事按照正常走向应该是无限的。故事，她想了想，只有当它们有了结局时才能算是故事：

> 只有故事写完之后，只有所有人物的命运全有了结局，只有事情的前前后后都得到了交代，这样它就与世界上其他任何已完成的故事一样——至少在这一点上——她才会觉得自己有了免疫力，才会开始在稿纸边缘的空白处打上孔，用线绳把各章节装订好，在封面画上画，然后，把完成的作品拿去给妈妈或爸爸（如果他在家的话）看。

她想，一定有一个关于罗比的故事：

而且这是个大家都喜欢的男人的故事，可是故事中的女主人公对他却一直心存疑虑，最后，她终于揭露出他原来是邪恶的化身。但是，难道她——即故事的作者布里奥妮——此时不应该老于世故，超脱于童话中的善恶观念吗？必定有某个崇高的、神一般的地方，在那儿，所有人都能得到一视同仁的评判，而不是互相衡量……如果真有这样的地方，她是不配去的。她永远不会原谅罗比的下流思想。

布里奥妮生硬地制造情节，她赋予自己目睹的一切以意义。这正是《星期六》里皮诺恩不喜欢女儿让他读的那本小说的原因。一方面，他认为小说是一种笨拙的、毫无意义的信息提供方式，这些信息可以在其他地方更有效地收集到；而另一方面，它太整洁利落了。"和黛西的小说不一样，精确计算好的时刻在现实生活中是罕见的；发生误解的问题往往不能解决。它们也不是非得要求解决。它们只是不见了。"

麦克尤恩的叙述操纵的第二个困境是，他似乎想两者兼得——既谴责模式过多，同时又使用着太多的模式。《黑犬》的叙述者或亨利·皮诺恩反对小说中那种虚假的"转折点"固然有理，但他们自己所处的作品正是建立在这样的机制上。《赎罪》批判了布里奥妮，并推而广之到某一特定类型的小说上去，因为它强迫性地要用情节来收拾生活中无边无际的混乱，把千头万绪弄得过于整齐。但《赎罪》本身就是一本非常整洁的小说，致力于明确地引导我们理解其本身自觉的虚构中蕴含的意义。

可是《赎罪》这样一本操纵技巧明显、同时又热衷于指责情节制造导致操纵扭曲的小说，却是一个感人而丰满的故事，与麦克尤恩的早期作品截然不同。它是怎么做到的？部分原因在于，这种多段式的形式让麦克尤恩惯常的叙事密室透进了一丝空气。尤其是它的第一部分，设定在一座乡村别墅里，时间是 1935 年，故事讲述的技巧非常高妙，使得麦克尤恩在此处听起来既是典型的麦克尤恩又不那么像他自己。他必须比之平素更辞藻华丽、更多一些实验性，以便这一部分在后来可以得到揭秘：它实际是由伍尔夫的仰慕者布里奥妮·塔利斯写下的；但他也必须顾及那些想获得平素阅读体验的读者——紧凑的情节设置、迟迟不来的谜底揭晓、不可告人的秘密、大转折。马丁·艾米斯认为这一长段是麦克尤恩的最佳表现，他是对的：仅从技术层面而言，能够以略微偏离或远离自己声音的方式写得如此之好，却又能继续给读者带来他们想要的东西，这着实令人惊讶。

事实上，知道读者想要什么，正是这本书取得巨大成功的核心所在。鉴于麦克尤恩是一位广受欢迎的严肃操纵者，《赎罪》尤其有趣的地方在于，它以相当微妙的方式让读者意识到自己渴望通过严肃的叙事操纵得到满足。小说的第四部分被设定在 1999 年，布里奥妮·塔利斯已是一个著名的老作家，刚刚被诊断出患有阿尔茨海默病。小说的结尾，她坐在自己的书桌前，回味着她 1940 年 1 月开始动笔写作的这部作品，从那时至今她做了"六次不同的"修改。但即使我们能领会到刚刚读毕的——这一整本小说的——文字是由布里奥妮写就的，我们也没有特别大的愿望去领会一下，刚刚读毕的这一切是编造的——也就是说是虚构的——同样来自布里奥妮。麦克尤恩利用了中等品位读者自鸣得意的期待心理，并辅以细节上的逼真处理，使得读者很容易就将虚构当作事实。如果我们恰好在第三部分看他写道，布里奥妮散步到克拉彭，看见罗比和塞西莉亚也在那里，这肯定"真的"发生过，对吗？在小说的最后两页，当然，麦克尤恩要祖露他藏到最后的秘密：事实似乎是，罗比 1940

年 6 月 1 日死在了敦刻尔克[1]，塞西莉亚同一年在巴尔汉姆[2]遭遇炸弹爆炸身亡。这对恋人再也没有重聚。布里奥妮虚构了他们的幸福作为小说的赎罪行为，以弥补先前她在小说里犯下的错。

很多读者都会被这种戏法激怒。但也许他们不应该那么不屑，因为如果布里奥妮编造了一切，那他们同样如此。如果她的内疚和她的愿望实现的绝望都让我们感到共鸣，那是因为借由麦克尤恩延迟到来的揭示和他的叙述秘密，我们让自己也协力促成了布里奥妮的愿望实现，在最后一刻到来之前，不仅仅是心甘情愿甚而是热切地相信，塞西莉亚和罗比并不是真的死了。我们希望他们活着，同时认识到我们对"大团圆结局"同样如此期盼也是在为我们自己文学冲动上的平庸赎罪。这也是为什么这个结局会有趣地激起了不同的反应：它疏远了一些传统读者，他们不喜欢他们感觉到的花招；同时也疏远了一些老练的读者，他们同样不喜欢他们感觉到的花招。我猜想，这两派阵营的疏离感都与他们因被小说成规的浪漫力量打动而产生的负罪感有

---

[1]　法国北部港口，敦刻尔克大撤退发生地。敦刻尔克大撤退是第二次世界大战时欧洲大陆的一次战略性撤退，发生在 1940 年 5 月底到 6 月初。

[2]　伦敦南部地区，1940 年 10 月 14 日遭到严重轰炸。

关。这本该是不可能的，但《赎罪》却想要两全其美，并且几乎成功地做到了：它一方面起诉，一方面辩护——将让麦克尤恩成为一个引人入胜的操纵小说家的那些冲动视为不可避免，同时也让我们成为那个操纵机制中的有罪同谋。

理查德·耶茨

1951年4月，理查德·耶茨从纽约坐船去往巴黎。之前他两度去过，一次是童年时，另一次是后来当兵的时候，但是就像对许多其他美国作家那样，巴黎对耶茨而言不仅仅是一个地方，更是一个头戴桂冠的理想——是海明威和菲茨杰拉德那银光闪闪的无忧无虑之城，是文学的工作坊：耶茨说他下决心在那儿写作短篇故事，以"每月一篇的速度"。这位25岁的作家开始了他的契约生涯，直到1992年去世：他被判给了文字。围绕着写作冲动，他形塑了其他一切。香烟和酒精是他的另两项热爱，但它们只是将他引向死路，而写作则朴实地维系着他的生命。（他是个酒鬼，但从不在醉酒时写作。）他住纽约，住艾奥瓦，住波士顿，最后，住进了亚拉巴马，他所有居所都一致保持着怠惰的杂乱秩序。在每一处房间里，都会有一张写字台，座椅脚边会有一圈儿被碾死的蟑螂，窗帘和墙壁被烟熏得辨不清颜色，少量的书，厨房里除了咖啡、波本威士忌和啤酒外别无他物。朋友与同行觉得这些住所凄凉得令人惊悚，但对耶茨来说它们就是写作的地方。

巴黎对耶茨来说，不再是激发了前一代作家的那片迷人的喧哗骚动，但就从这里出发，然后去戛纳，继而在伦敦，年轻的作家开始了他的生涯。在布莱克·贝里 2003 年的耶茨传记里提到了当时一个美妙的时刻，在十四篇未获发表的短篇小说之后，第十五篇（按耶茨的话说是"流水线上的十五号"）寄往了《大西洋》月刊，差点儿被拒，但终于还是被采纳了——换回了非常有用的 250 美元。一封没有标点、全是大写字母的电报带来了这个捷报。之后的几年里，靠着他的短篇小说，耶茨勉强过着最低标准的生活，但这些短篇给他带来了名声，也得到了一位出版商的兴趣和支持，但和其他出版商一样，这一位想要的是一部长篇小说，而不是一本短篇集。于是《革命之路》（1961 年）成了这第一部，与其说这部小说开创了其作者的生涯，毋宁说它发挥了终结的作用，因为耶茨后来再也没有出版过哪怕有它一半优秀的作品了。残酷点儿说，他有过那

么十年的辉煌。他之后的作品令人着迷但并不勾魂
摄魄，对他自己是必需的然而对他的读者并不那么
重要，读者们永远都会试图在后来作品的余烬中寻
找《革命之路》的火光。

　　耶茨的早期短篇非常训练有素，形式至简。因
为《革命之路》已然成了那个年代描写郊区绝境的
一纸著名诉状，耶茨的短篇经常被拿来与约翰·契
弗作比，不过它们可能与 J. F. 鲍威尔的更接近：一
样是丰富而克制的行文，华丽的内里之外是平实的
触感；一样是焦灼忧虑的喜剧；一样是非常冷酷的
批判之眼；一样是接收着愚蠢装腔对话的灵敏耳朵。
在 20 世纪中期美国现实主义表面上的外交一致性
中——这种风格使得短篇小说获得了销售佳绩——
引爆了耶茨笔下男性角色畸形膨胀的个人意识，所
经之处碾压了所有易碎的细枝末节。这些男人容易
遭受打击，轻易地就被女性的挑战或抵抗激怒，而
他们戏剧腔的说话方式，像一团未知的疑云，不
幸地遮掩又揭露着他们的焦虑。《布朗宁自动步枪
手》里的约翰·法隆，住在皇后区的阳光城，和妻
子已结婚十年，他的妻子不能生育，并且值得一提
的是，"挣得比他多"。有一回他和三个同事一起午
饭，谈话的主题转向了服兵役，法隆莫名其妙地被
同事们的吹嘘激怒了。他打赌说，这群人里肯定没

有谁像他一样，得去扛一架重型布朗宁自动步枪，简称 B. A. R.。"枪械公司的每个龟孙子都是专家，如果你们想知道点儿什么内幕，"他说，"我可以告诉你们一件事，马克——他们从来不会担心没有丝质手套或者定制服装，打死都不会。"耶茨撕开他的伤疤，他的愤怒来源于他的不自信，因为实际上他只开过两回枪。"子弹击中模糊不明的地方而不是敌人，第二次还因为浪费了军火而被委婉地训斥了。"在家里，法隆对妻子很无情。他们打算外出看电影，但他捡起她放在床上的胸罩在她面前挥舞——"一副填充着海绵乳胶的杯子，如果没有它们她的胸就和男孩子一样贫瘠。"——"你为什么要穿这种鬼东西？"法隆从家里跑开，喝酒，在酒吧跳舞，还试图搭讪一个对他不感兴趣的女人。不过不管怎样，他可以想象到她的身体，"起伏的，赤裸的，在某个极其模糊的房间，在夜的尽头"——在这样的时刻，看似透明的耶茨式句子突然展现出了厚实的质感。

耶茨对于海绵胸罩的注目很有代表性。这些短篇小说和《革命之路》一样都有着无情的领悟力，有时候甚至近乎残忍。让人印象深刻的是他阻止感伤渗入其中（尽管在后期的作品中，这种海明威式的强硬成为一种独特的感伤）。《最好的一切》是一篇有关全无希望的杰作，能和乔伊斯《都柏林人》中的故事相媲美。这是格蕾丝婚礼前夜，她的室友颇为贴心地在夜晚离开了，这样格蕾丝的未婚夫拉尔夫便可以前来。她为他做了精心准备——她从自己的嫁妆里抽出了一条极薄的白尼龙睡衣和相配的睡袍。但是拉尔夫很晚才出现，并且完全沉浸在他自己的琐事里：小伙子们给他办了个惊喜派对，他们还等着他回去呢。她害羞地问他是否喜欢自己身上的衣服。他捏起手指触摸了一下这片薄薄的布料，"像个商人，"他又问，"我用付钱吗，亲爱的？"格蕾丝试图留住拉尔夫，但很快意识到自己的要求——"他们不能等等吗？"——听起来就像"妻子的抱怨"。毫不讨喜的拉尔夫坚持要走，在推门离开之前他说："那么明天见，宾站，九点，是吗，格蕾丝？噢，在我走人之前还有个事儿……刚刚喝了太多啤酒了。我能不能用下卫生间？"等他走出房子，格蕾丝疲倦地说："不用担心，拉尔夫……我会到的。"故事到这里结束了，它必须结束，在希望的零点。

当耶茨 1953 年 9 月从欧洲回来以后，他也重新开始工作了，他以一名自由职业的广告文案的身份为四年之前曾经雇用过自己的商务机器巨头雷明顿·兰德公司工作。这工作对他来说是枯燥乏味的，但多年以后他说："这活儿只占用了我大概一半工作时间但养活了我第一本小说。"他和妻子女儿在康涅狄格州雷丁的一所牧场房子里生活了一年。正是这种密闭的郊区生活，已成为习惯的闷酒，冷漠的邻居，还有耶茨夫妇频繁的争执，为《革命之路》提供了素材，尽管写这本书的大多数时候他并不住在这里，而是住在纽约马赫派克的一个小镇上，某片施施然腐朽着的私人领地上一间摇摇欲坠的村舍里。

　　《革命之路》是《包法利夫人》机智而激情洋溢的改写，只是有一处明显不同——在福楼拜小说的结尾，爱玛和夏尔双双毁灭了，爱玛自杀，而她阴郁的丈夫失去了整个世界。在耶茨的野蛮反转下，妻子输了而她阴郁的丈夫则获得了隐秘的胜利：她死了，而他尽管丧失了妻子和孩子，在工作上倒是成功了，并且最终为自己围造了一个安全稳定的世界，而这世界恰是他的妻子不惜以死逃离的。在《革命之路》里，20世纪中叶的美国郊区男子如此令人愤慨，因为他既是彻底的逃避主义者，同时也是保守的实用主义者：他给自己赋予了一对矛盾的双重权利——梦想逃离和婚外恋情，像爱玛那样；同时梦想获得小心翼翼的稳定，像夏尔·包法利一样。

这本小说所围绕的那个保守的逃避者是弗兰克·维勒，他和妻子爱普瑞住在康州郊区，他们的住所在一条名叫革命路的马路尽头（经过一片名为革命山庄不动产的新开发区）。时值 1955 年。弗兰克并不像他的名字那样坦率（frank），而春天般的爱普瑞（April，意为四月）将在秋天死去。读者从一开始就感觉到，耶茨将用福楼拜式的狂暴粉碎置于郊区舞台之上的玻璃罩，展示给众人看这都是演戏。小说以一场演出开场，以一场演出结束，而这两点之间则处处穿插着各种类型的演出。在它的开篇，当地业余剧团正在演一出叫《化石森林》的剧，爱普瑞·维勒正是主演。这个夜晚实在是场灾难——演员们慌得不知所措，台词说得七零八落——而演出过后，爱普瑞和弗兰克激烈地吵了一架。她因为刚刚的灾难深受屈辱，只想一个人待会儿；而他，却用逗哄和家长式的口吻，想要行使丈夫的权利去安抚她，借此施加一种令人不快的控制。

弗兰克在纽约为诺克斯商务机器公司工作，但他以视这份工作为儿戏自豪，他觉得工作毫无所谓，他真正的人生是在别处的。当耶茨创造弗兰克·维勒这个人物时，他当是开了自己一个病态的玩笑，因为弗兰克就是不写作的耶茨：他一直在为自己攒一个不可见的"充满创想的"生活，只是他太没有想象力以至于构想不出。当爱普瑞提议全家迁往巴黎，弗兰克也放弃现在的工作，他的虚张声势被拆穿了。巴黎一直是他逃离现实的伟大梦想。但七年之前，这对夫妇刚刚在一块儿时，爱普瑞就怀孕了，巴黎之梦也就被延期了。眼下，他们真的要这么做了！就像爱普瑞温柔地提醒他的那样："你真的要去做七年前就该去做的事情了。你会寻找到你自己。会去阅读、学习、长久地散步思考。你会有时间了。"不过或许他找不到弗兰克这个人？尽管没有流露出自己的胆怯，但这个去巴黎的计划使他惧怕。有一阵子，他顺着爱普瑞的"包法利"白日梦，敷衍着去学法语，甚至声称自己决定在秋天时就离职不干了。不过，一段时间以后，爱普瑞再次宣布了意外怀孕的消息，他十分高兴地找到了解决方案。巴黎眼下是不能去了，要么推迟几年吧。耶茨评论道："压力被解除了，生活仁慈地回到了常态。"

弗兰克永远都在自己的脑壳里排练着剧情脚本，有这么一出是他想象爱普瑞向自己提问他们现在该怎么做：

"好吧，那你呢？"爱普瑞可能会说："你难道永远不去找寻你自己了吗？"不过当他一把关上了热水水龙头的时候，他想出来该怎回应她了：

"这或许是我自己的事。"

然后这张和善坚定的面孔上露出了成熟与刚毅的神情，在镜中向他点头示意。

但爱普瑞决心去巴黎，决定放弃这第三个孩子，试图在家中给自己流产，最后死于这失败的手术。弗兰克的孩子们被送去和他的兄嫂生活。在公司，弗兰克得到了提拔。

《革命之路》预示了后现代对真实性的批判，这种批判由福楼拜对资产阶级陈词滥调的抨击开创。弗兰克大声抨击郊区缺乏勇气和冲劲，但他的抱怨里有一种公然的自高自大。他的咆哮里有一种演戏的感觉，比之爱普瑞·维勒的《化石森林》也强不了多少。弗兰克从来都是在扮演着角色。他的形象被描述为一个有着"不扎眼的好相貌的男子，会被广告摄影师选来扮演那种对价廉物美的商品很有眼光的消费者（为什么要多付钱？）"。在哥伦比亚大学念书的时候，他扮演的是一个知识分子的角色，他是"让-保罗·萨特那样的人"。他扮演一个父亲，还有一个丈夫。在小说稍后的部分里，当他试着去说服爱普瑞不要堕胎，他决定必须像年轻时候他曾经成功过的那回似的去打动她。他展开了为劝阻她所做的一系列长线努力，包括"一种比任何男孩掌握得都要熟练的、有男人味的调情方式"。他的头不自然地保持着直立状态，每逢点烟的时候，都坚持把自己的面部定格在"一个坚毅的皱眉"表情上。在革命之路上，生活轰然倒塌，变成了广告：他为了劝阻妻子堕胎而做的尝试被耶茨形容为"一场推销活动"。

　　耶茨的小说既是传统的又是激进的。它在结构和作品的色泽上轻盈挥洒着其传统的一面。它的文句有着优美的警觉和沉着："他的嘴唇就像含着一块苦兮兮的含片似的弯成一个弧度，准备要说一些机智的话。"这本书的架构是对称和重复的坚实乐趣。正如爱普瑞的第一次怀孕切断了最初的那次巴黎逃离（不过其实并没有，因为弗兰克从来没有打算去），她的第三次怀孕则切断了后来的那一次（不过其实也并没有，因为相同的原因）。弗兰克的父亲也同样在诺克斯工作。一场演出翻开了小说，还是一场演出结束了它，维勒的邻居坎贝尔一家，把这悲剧讲给维勒这座屋子的新主人，正是这悲剧让屋子腾空出售。在最后的几页篇幅内，那个把房子出售给维勒夫妇的极其热情的地产经纪吉文太太，用曾经形容过维勒夫妇的一模一样的语句，向她的丈夫描述新房主："妻子非常温柔，谈吐有趣；先生反倒是有些腼腆。我想他一定在城里有一份很体面的工作。"——郊区的生活没有中断。弗兰克几个没了妈妈的孩子们，得跟着他们的叔叔去过没有父母的日子了，爱普瑞小时候也是这样长大，而她认为这样的童年摧毁了她。那么，恐怖又全部从头开始了：这些重复和循环相互重叠着，交织出这部小说沉重的决定论色彩。

眼下，《革命之路》似乎要比它在 1961 年时显得更为激进。不仅仅是因为它搜出了人性真实的每一处藏身地，并且将之统统引爆。还因为一本关于角色扮演的小说也必须是一本质疑其自身真实性的小说。现实主义可以成为最妄自尊大的叙事风格，因为它对质疑自身的虚伪是如此警惕。耶茨毫无疑问是一个 20 世纪中叶的美国现实主义作家。但是，《革命之路》实质上完全是一本关于虚伪的小说，当然也包括自己的虚伪。当一个小说中的人物被贴上标签——"让-保罗·萨特那样的人"——这个小说自然也就引起了一个发问：一个丰满的"现实主义的"文学形象是怎样的？归根结底，弗兰克的戏剧性是一种小说创作的形式。在故事的结尾，当坎贝尔夫人向新房主讲述维勒一家的"悲剧"时，她的话语中带着一种腐蚀性的、夸饰的八卦心理——她的声音，耶茨说道，展示出"一种快感十足的叙事之乐"。但是在这个意义上，她所做的无非也是这本小说所做的；如果我们对坎贝尔夫人拖沓而残酷的叙事感到不快，那么我们也必须评判耶茨自己拖沓而残酷的叙述，以及我们对这种叙述的欣然共谋。

最重要的是，这部小说像是一个精巧的棱镜。它看起来好像是对郊区生活给出了似曾相识的批评，就像我们从类似《美国丽人》或者《冰风暴》这样的电影小说中所了解到的那样，在那儿的街道上，歇斯底里的家庭主妇和愤怒却软弱的男人剑拔弩张。耶茨自己曾说过他打算把这部小说写成一篇"对20世纪50年代美国生活的控诉书"：

> 因为在整个50年代，这个国家笼罩着一股对规则的贪恋气氛，绝不只出现在郊区——一种盲目的、绝望的对安全和保障的依赖，完全不计成本，以政治上的例子来说明则是艾森豪威尔政府以及麦卡锡的猎巫行动……我起这个书名是为了暗示，从1776年开始的革命之路在50年代已经几乎走到了尽头。

这可太有用了。确实，耶茨喜欢把又大又光鲜的形象摆到他的地毯上来——控制着小说中的符号和名字。维勒（Wheeler）一家不仅住在革命路上，弗兰克还试图从他的前门修建一条石路通往这条路，但失败了！诺克斯（这个名字像敲门声的公司）则是一座巨大的监狱，弗兰克并不坦诚（frank），等等等等。但实际上，这个故事要比它的叙述者讲起来的更微妙，小说没有给我们指明一个易于达成共识的方向。格温太太的儿子约翰过去曾是一位数学家，他遭受过精神崩溃，在与州警发生冲突后被送进了精神病院。偶尔他会被放出来，并且两次造访过维勒一家。在他第一次上门当中，弗兰克谴责"这个国家的一切都是无望的空虚"，约翰·格温热烈地表示了赞同：

> 就是你说的。无望的空虚。妈的，很多人都意识到了空虚，在我以前工作的地方，在西海岸，空虚是我们唯一一谈论的话题。我们会整晚整晚坐在一起谈空虚。不过没有人说过它"无望"，这会使我们感到恐惧。要承认空虚已经需要相当的勇气，而如果要看到这种无望，需要的勇气还要多很多。

这句话有一种作者宣言的意味，这份坚韧的、难能可贵的"真诚"是耶茨所称颂的（布莱克·贝里那本有趣的传记，书名正是《悲剧性的真诚》）。而作为一个弃儿，一个精神病患，看穿了那层凝滞的恐怖的约翰·格温，被赋予了先知般的权威。但是别忘了，是那个完全不真诚的弗兰克·维勒造出了这样康拉德式的简单句子："一切都是无望的空虚"，同样也是他，在几页之前，指责郊区居然把约翰·格温这种人关起来。

> 他问道，这难道不是完美贴合这个地方、这个时代的典型故事吗？一个男人在家门口跟州警干起来了，大吵大闹、乱砸东西，而各家各户仍在黄昏中自顾自地为他们的草地洒水，每个客厅里的电视机还在闹闹哄哄……赶紧打电话给警察，在邻居发现以前，把他带走，把他关起来，眼不见为净……就好像所有人都心照不宣地达成了一个共识：大家都生活在彻底的自我欺骗当中吧。

又一次，正当我们以为摸到了自己特别趁手的批判武器——是的，我们对自己说，这个"完美贴合这个地方、这个时代的典型故事"是多么真实啊，书里说的"一切都是无望的空虚"是多么正确——我们却发现小说在评判着我们的评判倾向，质疑着我们的优越感。然后这个小说自己逃脱了，通过某种途径过上了另一种更复杂更神秘的生活。

　　一个人在理查德·耶茨的作品中徘徊得越久，越能体会到其中心的问题似乎是性别问题，这问题甚至可以说是被放到了过分中心的位置。（我怀疑这正是电视连续剧《广告狂人》在构想和叙事主题上最受《革命之路》影响的地方。）耶茨的故事和小说不断地重回到 20 世纪中叶美国男子汉精神的弱点和歇斯底里的焦虑上来。他的小说创作从 50 年代早期开始，一直写了四十个年头，被二战的阴影紧紧笼罩着。对耶茨来说，这场战争像个严厉得不可思议的父亲一样：不管怎么表现都不会令他满意。如果你去打仗了，你永远都不够英勇（耶茨一直为他自己在欧洲战场 75 师中的表现是否英勇很感不安）；如果你没有上战场，那你的余生就会被盖上无能的印记。在耶茨的小说《庸人自扰》（1975 年）中，躁郁的酒鬼约翰·怀尔德对自己的矮小耿耿于怀，怒气冲冲地回想起父亲总是宣称自己儿子参加过"突出部战役"[1]，但事实并非如此。《复活节游

　　[1] 又称"阿登战役"，发生于 1944 年 12 月 16 日到 1945 年 1 月 25 日，纳粹德国于二战末期在欧洲西线战场比利时瓦隆的阿登地区发动的攻势。

行》（1976 年）里的安德鲁·克劳福德身患阳痿；也许并不是巧合，他两次没有通过兵役检查。《冷泉港》（1986 年）里胸无大志笨手笨脚的埃文·谢泼德没有通过入伍考试，自此他的人生一路直下。此外还有《布朗宁自动步枪手》里暴躁的约翰·法隆。

耶茨显然是一个不折不扣的传统男人，他信奉女人就该专事繁衍，并待在家中。他因循守旧地抱着酗酒、布克兄弟[1] 和恐同症不放。他的传记作者记录了一段小说家和第一任妻子为了如何运转汽车暖气发生争执的小插曲。当太太后来被证明是正确的时，他爆发了："好吧，把老子那玩意儿切了！"他如此无情地将男性的自私和不安全感戏剧化，这是对他小说的灵活性相当大的致敬。他笔下的男人们在一条极其狭窄的轨道上运行，两侧分别受着来自父亲期望和女性挑战的双重倾轧。弗兰克·维勒对于父亲无所不能的非凡双手颇有点不服气："它们把那万能的光环传递给了厄尔·维勒用过的每个物件。"即使是在临终的床榻上，父亲的双手也仍然"看起来比他儿子的更好更有力"。爱普瑞·维勒提议到巴黎后她来工作养活她理想中自由的丈夫——耶茨借此把性别尖锐地摆在了《革命之路》正当中

---

[1]　Brooks Brothers，美国传统男装品牌。

的位置。可以这么说，这本小说并没有把矛盾的重心放在流产、郊区的死气沉沉或艾森豪威尔时期的保守胆小上面，它们都没有一个妻子是否应被允许出门工作这个问题来得重要。弗兰克焦虑地构想出这幅吃软饭的景象："当她下班回到巴黎的公寓，她的细高跟鞋果断地敲在地砖上咔嗒作响，她的头发往后梳成一个一丝不苟的发髻；她的脸因为工作辛苦而显出疲态。"

　　弗兰克荒唐地教育了爱普瑞一通，说她堕胎的想法表达了她想变成一个男人的渴望——她试着要打开自己："这样——你懂的——这样阴茎就可以露出来，挂在它该待的地方。"然而这本书讲的这个好笑话的笑点在于，弗兰克在这座房子里正是那个传统定义上的"女人"：他歇斯底里，在意外表，他是那个对着镜子查看自己妆容是否帅气的柔媚的假面舞者，一个起居室里的士兵。《广告狂人》利用不公平的后见之明提出了一个反对 20 世纪 60年代初男权主义的观点，同时也是一个女权主义的观点：作为好的后现代主义者，我们都支持斯特林·库珀公司的秘书佩吉·奥尔森（伊丽莎白·莫斯饰演）有机会成为初级文案。耶茨的作品没什么女权色彩，一方面是因为对刻画男人的兴趣要远超过对女人的（只有在其小说《复活节游行》中他才对一个女性形象倾注了自始至终的同情），一方面是因为对描写男性焦虑的过分沉迷多少显得有些自我辩护的意思——耶茨既是男性气质的批评者，自身也是其受害者。但是，当同代的男作家把力气都投注于稳住男性地位时，是耶茨的作品最一针见血地揭穿了这种做法带给男女两性的苦涩代价。《冷泉港》历数了埃文·谢泼德一无是处不顾颜面的偷情生活。在故事快要结束的时候，埃文打了妻子瑞切尔，和《布朗宁自动步枪手》里的约翰·法隆一样，愤怒地离开了家。瑞切尔只有通过照顾他们新生的儿子来安慰自己。"噢，你这个小奇迹，"她对着宝宝说，"你是个奇迹啊。因为你知道你以后会成为什么吗？你将会成为一个男人。"这就是这篇小说的最后一句话。

乔治·奥威尔：非常英国的革命

I

我清楚地记得第一次读乔治·奥威尔的场景。那是在伊顿公学，奥威尔的母校。家里没有任何先祖亲戚是校友的我（有一部分学费还是由学校负担的），当时曾推导过一个结果：如果一个男孩的父亲念的是伊顿，那么这个男孩的爷爷奶奶在 20 世纪 50 年代就已经足够有钱付得起这笔学费。继而，如果他的爷爷奶奶足够有钱，那么有很大可能，他的曾祖父在 20 年代时就已经十分富裕，可以送男孩的爷爷去念伊顿——然后再往前，再往前，一个特权阶层的无限回归。可能有那么数百个男孩，他们的家庭财富可以如此追溯到 19 世纪甚至 18 世纪那么久远。实际上，这些家族繁荣的起源无从得见，已经被一层又一层的幸运墙纸贴得牢牢的。

一个上位的资产阶级可能会想不通，这些男孩儿为什么回答不上这样两个简单的问题：你的家庭怎么挣的这些财产？又怎么把这份家业维持了这么久？他们几乎意识不到自己所拥有的巨大的、与生俱来的特权；而当年正值经济大衰退、撒切尔夫人当政，英国的田野成了战场，骑警们跟罢工的煤矿工人打得不可开交。我在这么一所学校里，时而感激它每一份昂贵的庇护，时而想炸了它。一本题名《狮子和独角兽：社会主义和英国天才》的小册子落入了求知欲旺盛的我手里，这是奥威尔 1941 年的作品，上面有它的战斗口号："也许滑铁卢那一仗是在伊顿的操场上胜利的，但是自那以后所有战争里的第一仗也都在那儿输掉了。"还有："英国是太阳底下等级最森严的国家。这是一片势利和特权的土地，大部分被操控在又老又蠢的人手里……一个由错误成员控制的家族。"

《狮子和独角兽》是一本强有力的激进小册子，它出版时奥威尔把战争革命化视为英国击退纳粹的唯一出路。他认为英国的资本主义已低效得无可救药了。英国的贵族们和船长们——老人和蠢人——整个 20 世纪 30 年代都在打瞌睡，不是和希特勒共谋就是绥靖。英国经历了长期的经济衰退和失业。

英国无能制造足够的军备。直到 1939 年 8 月，奥威尔写道，英国商人仍然在试图向德国人出售橡胶、虫漆和马口铁。相形之下，法西斯们却在一边偷师社会主义为己所用，一边丢弃了其中所有高尚的部分，展示着计划经济的效率："无论这种体制在我们看来有多么可怕，它管用。"只有转变至一种计划的、国有化的经济和一个"没有阶级、财产共有"的社会才能使英国占据优势。革命不仅仅是值得一试的，它简直是必须为之的。所需的不光是心理上的转变，还要来一场结构上的拆解："一场根本上的权力转移。是否发生流血事件，很大程度上都是时间和地点的偶然。"

　　20 世纪 40 年代，英国确实发生了一场社会革命。尽管它可能并非像奥威尔所言的那种根本上的权力转移，但是工党于 1945 年赢得竞选，取代了温斯顿·丘吉尔并紧接着进行福利国家改革，他的文章对于这些并不激烈的改变无疑有一些贡献。战后，奥威尔成了有名的左派诱饵式的反极权主义者，但他对自己的主张没有改动，为了使英国成为一个能让人体面、公平地居住其中的国家，系统性的变革是必要的——他一直主张主要工业国有化、政府加紧对收入差距的调节（他建议最高收入不得超过最低收入十倍金额）、终结帝国、取消上议院、解散英国国教、对优秀的英国寄宿学校和古老大学进行改革。他认为这场革命将是一场奇妙的、杂乱无章的英国式革命："它不会是照本宣科的，甚至都不合逻辑。它将废除上议院，但很可能不会废除君主制。它将处处留下不合时宜的残余和悬而未决的问题……它不会建立任何明确的阶级专政。"如今看来，奥威尔对这场革命究竟会如何到来的不严密描述反而变得似乎很能说明问题，因为忽略掉其中的好战词句（"在某些时候可能使用暴力是必需的"），他的含糊措辞读来像是一种愿望的达成，就像是，仿照他自己那种薄雾似的朦胧表述，一场模模糊糊的美好革命可能会温和且自发地从伦敦雾中浮现出来。"最后，自下而上的一股真正的推力会来完成它。"他写道。一个推力，唔，这就可以了。

但是有革命性毕竟和当一个革命者不是一回事，记者也不必成为战略家。在我看来，令人震惊的是，奥威尔将纳粹计划经济的成功引为自己观念中社会主义计划经济可行性的推导前提；反过来，又将计划经济的可行性仅仅建立在其战时效率之上。纳粹那一套管用，奥威尔用了这个说法，因为战时在生产坦克和枪支这方面它起了好作用，但在和平时期，它在建设医院和大学方面会有多好呢？他没有提及。所以高效率法西斯主义的例子，也就鼓舞了他对高效率社会主义萌生出一份希望！奥威尔似乎从来没有意识到这中间的政治的矛盾，至少不那么明确。也许他确实意识到了，只不过是模模糊糊地，因为在后来的作品里，比方说《动物庄园》（1945 年）和《1984》（1949 年）里，他转而去担忧的是法西斯的诱惑在社会主义的、计划的、集体主义的经济中固有地存在着——或是在那个"没有阶级、财产共有"的社会里。

这倒也不是说，比如像现在的新保守主义者约拿·戈德堡荒唐地宣称的，社会主义不过是软心肠的法西斯。奥威尔从来不这么认为。尽管他出版了反极权主义的书籍，尽管他的声誉后来被右翼和新保守主义者窃取，但他的精神仍然是革命的。但是，一头是对那种被他称为"权力本能"者的厌恶，另一头是对"权力本能"实为革命之必需的坦率评价，在这两者之间他从来没法和解。这是因为，在他看来，理想的英国革命正是为了摧毁权力和特权而存在的，那么它怎么可能最终以一种特权取代另一种特权呢？英国人不会做这种事。俄国那场真实的革命里所裹挟的滥用权力与特权，显然让他产生了破灭之感，因为理想遭到了玷污。奥威尔与其说是变成反对革命性，不如说是反对革命。他用一场理想的革命来鞭打现实的革命——实际上，这是弥赛亚主义的一种消极形式。

第一次阅读《狮子和独角兽》的时候，我被那些旗帜招摇的句子晃瞎了眼，比如"如果富人们也尖声抗议，那就更好了""坐在劳斯莱斯里的女士对士气的杀伤力可比戈林的一排轰炸机还厉害"，以至于忽略了其中的不连贯。对一个并非特权阶级却被围困在特权环境里的人来说，奥威尔对特权的无情攻击像是一场不可避免的、毁灭性的森林大火："现在需要的，是一次由普通人发起的、自觉公开的造反，对抗的是无效能、阶级特权和旧的统治……我们必须与特权做斗争。"现在，令我震惊的是，在他的全部作品里，奥威尔从头到尾用在终结权力和特权上的笔墨，要远远多于针对公平再分配的，更不用说再分配的方法和机制。他的文章里有一种美好的乐观主义的破坏精神，如果我们在这场有决定意义的破旧立新的"自下而上的推力"中好好干，那么上流社会那帮有钱人就会消失，很多问题会多多少少取得符合正义的进展。在《狮子和独角兽》中，有一个具暗示意味的片段，奥威尔在这里提到集体剥夺可能比政治纲领更为必要："在短期内，均等牺牲，'战时共产主义'甚至比激进的经济改革更为重要。进行工业国有化非常有必要，但更紧迫的是让诸如管家群体和'私人收入'这些庞大怪物即刻消失。"换句话说，让我们达成共识，对经济方面那些事情可以先不急着摆明态度，比如产业政策，但对劳斯莱斯里的女士要义正辞严一点。同样是这个奥威尔，在他的战时日记中写下了如下句子："如果英格兰真的能发生改变，那第一个标志一定是可怕的上流口音从收音机里消失。"还是这个奥威尔，当他住进乡间疗养院，离死亡越来越近时，在自己的笔记里提到了上流英语口音："这是什么嗓音！一副吃得太饱的样子，一种昏庸的自信，一种莫名其妙、从不间断的哈哈笑声，最重要的，那是一种又重又厚，结合了根本的恶意的声音……难怪人们是这么讨厌我们。"对奥威尔来说，摆脱掉那样的口音意味着战斗打赢了大半。

尽管他写过两本关于穷人的伟大而坚定的书，《巴黎伦敦落魄记》（1933 年）和《通往维冈码头之路》（1937 年），但是，说他对极端特权景象的关注甚至超过了对极端贫困景象的关注大概是公允的。一次又一次，奥威尔回到权力滥用这个话题。在他关于狄更斯的长篇论文（这也是他最优秀的文章之一）中，他以狄更斯不够具有革命性而给了他一个低分（狄更斯"总是瞄准精神观念的转变而非社会结构"），但又赞扬他"对暴政的真正憎恨"，然后又反过来重复自己的观点，即对社会进行纯粹的道德批判是远远不够的，因为连狄更斯自己也承认过，"中心问题——如何防止权力被滥用——始终没有解决"。

他 1947 年写下的关于托尔斯泰对《李尔王》之厌恶的犀利文章对托尔斯泰晚年僧侣式的宗教信仰持怀疑态度，并且建立了一种二元论。两年后在他关于甘地的文章中，这种二元论再次出现。在奥威尔看来，人文主义者所应致力之处是这个世界及此间的斗争，所谓"生命即受苦"。但是宗教信徒把所有一切都押注在来生，虽然世俗和宗教双方偶尔会发生交集，但它们之间不会有最终的和解。奥威尔质疑道，当霸道的人文主义小说家变成霸道的宗教作家时，他只是用一种形式的利己主义取代了另一种形式的利己主义。"真正重要的区别不在于暴力与非暴力，而在于有权力欲与无权力欲。"他附加了一个有趣的例子：当一个父亲威胁自己的儿子"如果你再这样就要吃耳光了"，这种威慑力是明显可感的；但是如果一位母亲充满爱意地抱怨"亲爱的，你觉得对妈妈这样做好吗？"，这位母亲是打算污染儿子的大脑。奥威尔继续写道，托尔斯泰没有提议说《李尔王》应该被禁或是被审查，相反，当他写下反对莎士比亚的论辩文时，是意图污染我们的快乐。在奥威尔看来："和平主义或者无政府主义这类信条，表面看上去是对权力的完全放弃，实际却是鼓励这种思维习惯。"

奥威尔对这种巧妙隐藏的权力越来越感兴趣，他再三地对那些他认为拥有这样权力的人——和平主义者、无政府主义者、天真的左派——发起责难，达到了轻微歇斯底里的程度。但正是因为他那份对专制的母亲亲昵耳语时企图侵蚀孩子头脑的恐惧，让他在如此阴影下写出了《动物庄园》和《1984》，它们确实是非常震撼的，也是他所有小说中仅有的两部真正优秀的作品。《1984》中最骇人的段落是，国家已经可以读解温斯顿·史密斯的想法，并清除他的内心世界。一个男人坐在一间房间里思考着：我们以为会看到的是传统的现实主义小说那样的放纵意识自由地流动，继而把它的动向展现于纸上。但我们被告知，在这里不可能像通常的文学路径那样进行，因为这个男人正被国家监控，他甚至害怕在梦话里出卖自己，即使在该书出版六十年后，这种震撼仍然是巨大的。全知全能的小说家不再是善良的作者，而是可怕的电视屏幕，或者是似乎事先就知道温斯顿会问什么问题的刑讯者奥布莱恩。

埃里克·布莱尔（奥威尔的真名）1903 年出生

于孟加拉，父亲是印度民政部的一名低级官员，母亲是一位在缅甸做木材生意的法国人的女儿。带着某种病态的扭捏，奥威尔写到他属于"偏下的上层中产阶级"，一个声望不错然而不算富裕的阶层。这样的家庭去往殖民地是因为在那里扮演绅士他们还可以负担得起。不过这段自我描述出自《通往维冈码头之路》，在那本书里显然很有必要将他自己的阶层的光泽磨掉一点。事实上，"较低上层阶级"会更准确，也更简洁一些：他爷爷的曾祖是一位伯爵，他的爷爷是一位牧师，他在生命的后期还和老伊顿的密友们保持着友情，像是西里尔·康诺利、安东尼·鲍威尔以及 A. J. 艾耶尔。他在八岁时被送到圣塞浦里安预备寄宿学校，小埃里克由此进入了一个充满暴力和恐吓的机器。据他的回忆录《这，这就是喜悦》（为避免遭他人诉讼诽谤，他在世时没有出版）所述，他被人挑出来欺负，因为他是个被减免学费的穷孩子。这里有软硬两种力量，"爸爸"和"妈妈"都在运转。校长和他的妻子用布莱尔捉襟见肘的财务状况作为操控武器。"你靠我的赏金过活"，在大力鞭打他的时候校长如此说。校长太太则像是奥布莱恩的替身，她会说一些诸如"你觉得你这样的行为对我们公平吗，在我们为你做了这么多以后？你心里知道我们为你做了多少，对吗？"之类的话让布莱尔在羞愧和感激中呜咽抽泣。

为了获得伊顿公学的奖学金，奥威尔拼命学习，之后的五年他似乎都在休息，尽管他利用自己的时间阅读了大量的书籍。相比于圣塞浦里安，伊顿几乎是启蒙运动，他承认自己在伊顿"相对比较开心"。但他一定痛苦地意识到，自己是无法和那些有钱男孩并肩而行的，这一点和在圣塞浦里安没有区别。在他的记忆中，那里的审问方式比圣塞浦里安的更加世故，"社会出身可疑的新来的男孩"被这样的问题连连轰炸："你住在伦敦什么地区？是骑士桥还是肯辛顿？你家有几间浴室？你们家有多少仆人？"（我则记得一个更新的版本。）由于没能获得牛津或剑桥的奖学金，奥威尔 1922 年进入印度皇家警署，在缅甸工作。这是一个非同寻常的决定，但就好像热爱教堂的无神论者一样，这或许代表了某种无意识的反叛间谍活动。

学校给奥威尔上了一堂他终生痴迷的课程：阶级；而他殖民警察的经历则是另一堂课外辅导：权力的滥用。他那些在缅甸时期写下的著名散文，比如《绞刑》和《猎象记》，笔端似燃烧着冷静的火焰——面对统治的残酷而堆积起来的怒火。在《猎象记》里奥威尔说自己很是羞愧，作为一名警察和一名白人男子，只是为了在一大群缅甸人面前不丢脸，他必须杀死一头巨大的大象。《绞刑》记叙了这么一个时刻："这让我有些讶异，但是直到这一刻我才意识到，毁灭一个健康的、有感知的人意味着什么"——围绕着这一刻的琐屑细节，就像是一堆围在纪念碑底座旁的垃圾，更生动地制造了执行死刑的恐怖：奥威尔描述了一条突然跃到死刑犯身上并试图舔他脸的狗，他还注意到了一个值得赞美的瞬间，这个犯人突然转了个弯，为了避开他走向绞刑架途中的一个水坑。

奥威尔曾说，如果生在和平年代，他将成为一个无害的、装点门面的作家，对政治义务毫不在意。"事实上我被迫成了那种写小册子的。"他在1946年写道，"起初我进了一个不适合的行当干了五年（在缅甸的印度皇家警署），此后则遍尝饥贫和失败之苦。""遍尝"这个动词，暗示着他并非被迫而是自愿的自我禁欲。实际情况是，1928年奥威尔像许多有抱负的穷艺术家一样，去了巴黎，要试试自己能创造出些什么来。他的确用光了积蓄，最后在巴黎一家酒店里找了个洗碗工的活儿。他得了肺炎，在巴黎一家免费医院住了几个礼拜，那里环境极其可怕——这段经历被他写进了《穷人是怎么死的》。他返回了英国,与穷困潦倒的人一起在伦敦和肯特郡流浪,像无家可归的人一样生活,靠面包、黄油和茶水度日,晚上住在廉价旅馆或收容所。但他选择这样做,而不去和父母住在一起,因为他在寻找素材。

哦这些素材!他的第一本书,《巴黎伦敦落魄记》于 1933 年出版,某种程度上说可能是他最好的作品(尽管《向加泰罗尼亚致敬》与之非常接近)。书中有一个年轻人对印象和细节的强大吸纳能力,对言语的敏锐听力,以及让逸事自行发挥的意愿。四年后,他在《通往维冈码头之路》中再次写到穷人,这次是维冈和谢菲尔德的矿工、钢铁工人和失业者,但这次他们几乎没有发言的机会。因为没有声音,所以在后来这本书中也没有故事,没有动静,只有剥削的沥青将他的描写对象黏在他们的贫穷之中。奥威尔已成为一名小册子作者,现在正与社会主义同路人进行着言辞激烈的斗争。前一本书说来奇怪,还是本快乐的活力充沛的书。书里有一位鲍里斯,他是一个失业的俄国服务员、退伍军人,他喜欢引用福煦元帅的话:"进攻!进攻!进攻!"书里有对饥饿非常惊人的描写,还有奥威尔很喜欢传授的世俗小技巧——诸如吃面包时抹点儿蒜上去,因为"那味道久久不去,可以带来刚刚吃饱的错觉"。他对自己上班的酒店迷宫地狱般的内部有着生动的描写:"我们往前走着,有什么东西猛烈地攻击了我的后背。一块一百磅的冰,一个穿蓝色围裙的搬运工背着它。他后面还有个男孩,肩上扛着一大板厚厚的牛肉,他的脸被压进那潮湿松软的生肉里。"书里还有小丑波佐之类的人物,他是一个伦敦街头艺术家,如此说个不停:

> 漫画的全部意义就在于与时俱进。有一次一个小孩儿把自己的脑袋卡进了切尔西大桥的栏杆里。好吧,我听说了这件事,然后在他们把小孩儿的脑袋从栏杆当中拽出来之前,我的漫画就已经画好上街啦。我就是这么及时。

他继续说:

> 你们有没有见过焚尸?我见过,在印度。他们把一个老家伙放在火上,接着下一秒我都要灵魂出窍了,他开始蹬腿!其实只是他的肌肉受热收缩——不过,还是吓了我个底儿掉。嗯,他挣扎着,像一条炭火堆上的腌鱼,接着他的肚皮鼓了起来,然后就是"嘭"的一声,响得五十码开外都能听见。这事儿直接让我坚

决反对起火葬来了。

波佐的领子总是磨破，为了给领子打补丁，他就"从自己衬衫下摆剪一小块，所以他的衬衫几乎没有下摆"，他既是真实人物，也经过了夸张。波佐完全是狄更斯式的人物，而奥威尔在组织他的语言时就像优秀的小说家。谁说奥威尔不是自己造了这个比喻："像一条炭火堆上的腌鱼"？它完全担得起十三年后他在名篇《政治与英语》中提出的要求，即"新鲜、生动、独家自创的语言"。他自己的创作中充满了大量腌鱼这样的辛辣形象："在西方即使百万富翁也会有一种模糊的负罪感，像一条吃着羊腿的狗。"在他的小说《上来透口气》（1939年）中，下宾菲尔德古老的田园小镇在一战后做着毫无吸引力的扩张，"像肉汁在桌布上漫开"。

但是，即使记者奥威尔在他的新闻报道里表现得像一个优秀的小说家，奇怪的是他并不能在自己的小说里表现得像一个优秀的小说家。那些在报道里尖锐皱起的细节，在小说里被熨平了。奥威尔需要一点来自现实的提示才可以像一个作家那样说话。在小说《让叶兰继续飘扬》（1936年）里，最生动的细节之一是，穷困潦倒的主人公准备去参加一个高雅的茶会，他在脚踝透过破袜子露出来的地方涂上墨水。你不会忘记这一点：它为"落魄"（down-at-heel）一词赋予了新的含义。但奥威尔在巴黎就发现了它，第一次把它写下来是在《落魄记》里，多年以后又在小说里回收利用。没有人忘得了他第一本书里那些服务生、流浪汉、厨师们，他们给自己的脚踝染色，用报纸填塞自己的鞋底，或者在顾客的汤里拧一点抹布的脏水进去以示对资产阶级的报复。没有人忘得了《通往维冈码头之路》里的布克先生，他开一间牛肚店，手指肮脏不堪，"像所有那些永远洗不干净手的人一样……做起事情来有一种特别亲密、恋恋不舍的方式"。但是在《1984》对城市贫民"无产者"浅薄的杂耍描写中，绝对没有什么令人难忘的东西：那只不过是阉掉的吉辛[1]。

奥威尔以他坦率轻松的风格出名，还有他对好散文应该像窗玻璃一样透明的坚持。尽管非常口语化，但他的风格还是更像一面透镜，而非一扇窗。他的叙事报道像讲课一样引导我们的注意力。正如他所说，他相信"所有艺术都是宣传"。他对悬念

---

[1] 乔治·吉辛（George Gissing，1857—1903），英国小说家、散文家，是维多利亚时代后期最出色的现实主义小说家之一。作品有《黎明的工人》《新寒士街》《四季随笔》等，对无产者有深刻的描写。

有一种机巧的控制。《绞刑》里那只跃到犯人身上的狗是这样登场的："忽然，当我们走出了十码远的时候，队伍没有收到任何命令和通知，就这么一下子停住了。发生了一件可怕的事情——一条狗跑了进来，天晓得它从哪儿冒出来的。"那种时刻无论一个人脑子里能想到什么可怕的事情，都不可能是一只狗。奥威尔的特色结构"有趣的是"或"稀奇的是"也发挥着类似的作用。一般来说，它们引出的不是什么一便士秘闻，而是镀金的揭示：在《穷人是怎么死的》里，他写道，"奇怪的是，他是我看到的第一个死了的欧洲人"。《绞刑》里，那个男人为了躲开水坑而做的转弯动作也是类似地转移了注意力，作为某种新发现或某件偶然注意到的小事出现。但这篇文章非常周密地围绕着不相干的两个例子组织起来，两者各自暗示着一种本能的唯我主义。跃到犯人身上的狗过着自己快乐的动物生活，和即将发生的恐怖毫不相干；这次闯入很快在形式上被"平衡"了，赴死者同样"不相关"地转了个弯，这个转弯证明身体或思想仍然在随着本能的节奏做出动作。这一篇设计得实在是高明。

　　他这种对教谕式细节的观察眼光几乎可以肯定是从托尔斯泰那里学来的——推动一次对现实情况的重新评价，常常是一次重新认识。其他人对他而言是真实的，正如你对你自己一样——托尔斯泰对此有着高超的领会。在水坑边突然转了弯的男人可以在一位俄国年轻人那里找到原型，在《战争与和平》里，这个年轻人即将被法国士兵处死，却没头没脑地拨弄了一下自己的眼罩，因为它太紧了。还是同一本书里，尼古拉·罗斯托夫发觉他无法杀死一个法国士兵，因为他所看见的，是"一张最单纯，最亲切的脸"，而不是什么敌人。在《西班牙战争回顾》里，奥威尔本是要朝一个法西斯士兵射击，却开不了枪，因为"他只穿了半身衣服，用两只手提着裤子在跑"。

奥威尔被误认为是伟大的中立记者，对于评判的狂热全然免疫——他有的是冷酷的镜头、不偏不倚的眼珠。爱德华·萨义德曾攻击他宣扬西方新闻业的"目击者的看似毫无观点的政治"："当他们暴动时，你展示亚洲和非洲的暴民横冲直撞：这种明显令人不安的场景是由一位显然漠不关心的记者呈现的，他超乎于左派虔诚和右翼伪善之上。"萨义德写道。我认为事实恰恰相反。奥威尔可能看起来很冷酷，因为他并没有因暴力、贫困和痛苦而退缩，而是更加认真地注视它们。而他似乎只是为了热切地注视它，才冷静地思考恐怖。亨利·梅休在《伦敦劳工和伦敦穷人》（1861 年）中的报告经常被拿来和奥威尔关于穷人的写作进行比较，他的文章通常都写得很超然。一个开明的人类学家，绕着伦敦街头对贫困状况进行编目和记录。然而奥威尔的文辞中可感觉不到什么超然。在《落魄记》和《通往维冈码头之路》中，贫困世界的常用形容词是"可恶""恶心""恶臭""肮脏"。在巴黎他工作的酒店，那里有"食物热乎乎的臭气"和"火焰的红色强光"。和他一起工作的有"一个体形庞大容易激动的意大利人"，还有"一个毛发茂盛的粗野家伙，我们管他叫马扎尔人"。回到英国后，在乡间和无家可归的人们一起流浪，和他厌恶的人合住在旅社："我永远不会忘记脏脚丫的臭味……一种馊了的恶臭……走道里全是肮脏的、灰头土脸的形象。"在一个床单"散发着汗酸恶臭，我没法忍受它们接近鼻子"的小客栈，一个用自己的裤子缠住头的男人躺在床上，"出于某种原因这件事让我觉得恶心极了"。第二天早上奥威尔被弄醒：

　　一片朦胧里，有个巨大的棕色东西向我走来。我睁开眼睛，发现那是水手的一只脚，从床上伸出来就在我的脸近旁。深棕色，非常深的棕色，像一个印度人的肤色，沾着泥。墙壁是麻风病似的灰白，床单有三周没洗了吧，差不多已经是棕色了。

注意，一如既往地，这里有对悬念的巧妙使用（"有个巨大的棕色东西"），还有措辞——"像一个印度人的"——这是从 19 世纪哗众取宠的小说家威尔基·柯林斯那里借用来的（当代小说家，如伊恩·麦克尤恩，从奥威尔这里又接着学到了不少关于叙事上的隐而不现和对反感的控制）。

也许奥威尔让萨义德觉得危险是因为，尽管有政治说教，他极少表现出明显的同情。相反，他以关注捶打自己的对象。他转移自己的受虐倾向，去惩罚他人。在《穷人是怎么死的》里，让读者难忘的是一段对芥末膏药的描述：

> 晚一点儿我才明白，原来看一个病人抹芥末膏药是病房里最受欢迎的消遣。这些膏药通常要停留十五分钟，只要你不是那个被涂的人，这事儿绝对非常有趣。头五分钟疼痛剧烈，但你相信你能忍受得住。第二个五分钟这个信念蒸发没了，但膏药还在后背紧紧待着，你不能把它揭掉。这可是观众最喜欢的时刻。

首先，这儿有一份直白可见的冷酷（"只要你不是那个被涂的人，这事儿绝对非常有趣"）。然后热度升高——跳到了最后这一句，混合着不道德的恐怖娱乐和无法核实的自我投射：他怎么能真的知道这一点？这是不是就是奥威尔一边非常享受当一个观众同时又非常憎恨的那个时刻呢？奥威尔在《通往维冈码头之路》里描述布克先生，说他像所有有着一双脏手的人一样，处理食物时有种恋恋不舍的方式，但实际上是奥威尔的目光恋恋不舍地在那些脏手上面无法挪开。在《落魄记》里他告诉我们，不知多少回他看到厨师恶心的肥手指摸着牛排。然后他欣然说道："无论何时一个人在巴黎花超过，比如说，十法郎在一盘肉上，可以肯定他这盘肉被这样摸过了……大体说来，一个人花了越多的餐费，就有越多的汗水和唾沫等着他吃进去。"这儿的效果既是虐待狂的又是受虐狂的，因为奥威尔自己也没有逃掉惩罚：可以这么理解，在某些时候，他这个伊顿毕业生是作为顾客，而不是服务员出现的；而且的确，作为一种自我否定，他似乎想尝一尝这肉上的汗水，它就像一丝咸咸的政治提醒。相似地，他在《通往维冈码头之路》里对各种恶心事的修辞效果非常好，因为它把我们也卷入到他为了敬佩工人阶层所做的自我斗争中。他像是在说，如果我能克服我的厌恶，你也可以。

　　在革命和清教主义［无论大写"P"的清教主义（Puritanism）还是小写"p"的清心寡欲、循规蹈矩］之间有一段长期的历史联系，而奥威尔在这洁净的唱诗班里唱着歌。在巴黎，他高兴地发现顾客与后厨的污秽之间只不过隔了一扇门而已："那里，客人们坐在自己的光鲜体面里——而这里，仅仅几步之遥，我们待在恶心的污秽之中。"他就像乔纳森·爱德华兹[1]，提醒着他的教众，我们这些被暂缓宣判的人只不过被"一根细线"悬在地狱之上，而愤怒的上帝只要乐意，随时可以把它剪断。在整个20世纪30年代和40年代早期，随着奥威尔的激进主义逐渐增长，这根细线的政治意味被更多地声张出来。这也是《通往维冈码头之路》里最好的段落之一，他提醒我们，我们在地面之上的舒适生存建立在地下之人在地狱般的条件里所做之事的基础上：

　　　　无论地面上发生了什么，敲敲铲铲都必须一刻不停地进行下去。为了让希特勒得以展示正步，教皇得以谴责布尔什维克主义，板球观众得以齐聚洛德板球场，唯美派诗人得以互相

---

　　[1]　Jonathan Edwards（1703—1758），18世纪启蒙运动时期著名的清教徒布道家，推动了北美殖民地的"大觉醒运动"。

吹捧，煤炭就必须源源不断地运出来。

对帝国来说也一样，利息的洪流"从印度苦力的身体里流向切尔滕纳姆老太太们的银行账户"。

II

指出奥威尔的激进主义实则保守已经多少有点儿老生常谈的意味。他是一个社会主义艺术家，但完全反波希米亚；他是一个曾在巴黎工作、在西班牙和托派并肩作战的世界主义者，但又很乐意回家享用羔羊肉和薄荷酱，还有"真正用啤酒花酿的啤酒"。他希望英国有变化又希望它保持不变，而他之所以成为一个伟大的、受大众欢迎的记者，一部分也是因为当他看见英国生活的平凡之美受到改变的威胁时，他很擅长挺身维护。甚至当他在攻击一些政治上有点不正确的事情时——比如流行的男孩连环画《吸铁石》，其中塑造了比利·邦特这个人物，其故事被设定在一个光鲜的伊顿那样的寄宿学校里——他看上去似乎是希望它永远都这样下去。战争期间，他在左翼报纸《论坛报》(Tribune)上有一个周更专栏，也给《标准晚报》(Evening

Standard）写小短文，赞美他喜欢的传统食物（约克郡布丁、腌鱼、斯蒂尔顿奶酪——"我敢说斯蒂尔顿是全世界同类奶酪里最好的"）；攻击女人们化妆这事儿（"很难碰到哪个男人会觉得涂一手鲜红指甲不是个令人作呕的习惯"）；质问人们为什么使用外语词，当"完美的英语说法就放在那儿"；还为暖床炉的消失和橡胶热水袋的兴起而哀叹（"又冷又黏，不让人满意"）。

　　正是他在描绘封闭世界以及概括他们的规律时所拥有的天赋，使得他那些关于唐纳德·麦吉尔海滨明信片、狄更斯、英国式谋杀的衰落还有比利·邦特的文章如此尖锐。如果他算得上文化研究的先驱，那是因为他能够看到这些世界同时是真实的（因为它们被活生生的文化制造出来）又是虚幻的（因为它们依赖自己特有的符码）。他在描述这些现存的虚构世界时，恰恰运用了他作为小说家在描述不存在的世界时所缺乏的才能；他需要一堵已经砌好的石墙，这样他就可以把他的灰泥拎过来并愉快地把裂缝填满。他对英国生活这个最大的封闭世界也同样对待，按照它自己的叙述成规，把它视作一个既真实又虚构的地方来阅读。这个半虚构的英国在《狮子和独角兽》里获得了美妙的描述，在他受欢迎的专栏里被赋予了躯体，这是一个颇为破旧、恬淡寡欲、站在美国对立面、理想的无阶级差别的地方，忠诚地爱着像是橘子酱、板油布丁、在乡下池塘钓鱼之类的英式小乐趣，对于像丽兹大酒店或者劳斯莱斯这样的超级奢侈品保持着清教徒心态，怀疑阿司匹林、平板玻璃、闪亮的美国苹果、汽车和收音机等等现代便利。奥威尔从未意识到，对他而言显然是乌托邦的东西，至少会让一半的人觉得是贞洁的噩梦，这无疑是个喜剧。

这个半虚构世界里，工人阶级是最大的成规。在《通往维冈码头之路》里，奥威尔说，他太了解工人阶级的生活了，所以不能把它理想化，然后就开始把它理想化，像一个维多利亚时代的风俗画家那样。他说，在最好的无产阶级家庭中，"你会嗅到一种温暖、体面、有着浓郁人性的气氛"，并且工人比"受过良好教育的人"更有机会过得幸福。他描绘了一张美好的图画："尤其是在用过茶的冬天晚上，敞开的炉膛里火光闪烁，映在钢制的挡火板上，仿佛舞蹈，爸爸穿着衬衣坐在摇椅上，在火炉的一侧读着报纸上的赛马版面，而妈妈坐在另一侧，做着她的针线活儿，孩子们为了一便士的薄荷硬糖高兴着，狗则懒洋洋地赖在自己的破布垫上烤火。"他问道，二百年后会是怎样一幅场景，在那个没有体力劳动者、每个人都"受过良好教育"的乌托邦里？那里没有煤炉，他回答道，也没有赛马版面，家具都是橡胶、玻璃、钢铁做的。

像很多激进分子一样，奥威尔也有着强烈的卢梭式的倾向：相比伦敦的机器轰鸣，乡下单纯、显然也更有机的生活仿佛一阵诱人的鸟鸣。他也知道，无论有没有一场革命发生，战后英国社会也会和1914年前那个他长大的田园世界相去甚远，他不安地反复思考着未来。他惋惜道，对于千百万人来说，收音机的声音要比鸟叫正常得多。他坚称，现代生活应该更简单更坚硬，而非越来越软、越来越复杂，并且在一个健康的世界里，"不会对罐头食物、阿司匹林、留声机、钢管椅子、机枪、日报、电话、汽车等等等等再有需求"。注意这个"等等等等"——说这话的清教徒保留了随心所欲扩大他的禁令的权利。在小说《上来透口气》（1939年）里，主人公回到了记忆里的童年小镇（基于奥威尔自己在泰晤士河谷的童年回忆），发现这里变成了一个开发过度的可怕地方，到处是纸一样薄的新房子还有轨道交通，它看起来就像"这几年突然间如吹气球一样膨胀起来的那些新城镇，海耶斯、斯劳、达格南……那种冰冰凉的感觉，到处是大红砖头，临时搭起的商店橱窗里堆满了平价巧克力和收音机配件"。长相类似的小镇在《狮子和独角兽》里再次出现，奥威尔承认1918年之后工人阶级的生活得到了改善，"社会阶级属性模糊"的人群开始在伦敦附近的新城镇和郊区涌现，就在"斯劳、达格南、巴尼特、莱奇沃思、海耶斯"这样的地方。他承认这就是未来。事实上，他还认为这个令人困惑的非阶级将为战后社会主义革命供应"引领方向的头脑"。不过他无法真正欣赏这类人：

> 这是一种相当焦虑不安、没有文化的生活，围绕着罐头食品、《图画邮报》、收音机和内燃机……这种文明属于在现代世界中最自在、最肯定的人，他们是技术人员和高工资的熟练工人、飞行员和他们的机械师、无线电专家、电影制片人、著名记者和工业化学家。

为了避免人们怀疑奥威尔对这个"模糊阶级"的看法，他们正是在《1984》中战后出现的那些人，现在掌管着极权机器："新贵族主要由官僚、科学家、技术人员、工会组织者构成……这些来自领薪水的中产阶级和上层工人阶级的人，被这个垄断产业和集权政府的荒芜世界塑造出来，并召集到了一起。"

"垄断产业"和"集权政府"听起来很像是资

本主义和社会主义的结合体。也许奥威尔在 20 世纪 40 年代后期对后者的厌恶并不下于前者。一方面，如奥威尔所见，资本主义产生了失业、垄断与不平等（以 1920—30 年代的英国为例）；另一方面，社会主义集体主义催生了极权主义和不结果实的工业进步（以苏联为例）。而这两种政治经济似乎都身不由己地指向了可恶的平板玻璃和工业化学家以及橡胶热水袋的战后世界。战后，当奥威尔写作着他最著名的两本书时，他对一场理想的英国革命依然怀抱希望，但对现实中的社会主义失去了信心，因为尽管他具有敏锐的政治预言能力，对工党立场也普遍认同，他还是无法想象一个现实的英国战后的未来。（《1984》里，温斯顿和朱丽亚为了他们头一次不被法律允许的性交，从丢失灵魂的伦敦溜了出来，来到奥威尔长大的那个未被破坏的田园世界。）

Ⅲ

奥威尔两次提及东伦敦郊区达格南，读到这里时我不禁坐直了，因为那是我父亲的出生地，1928年我父亲出生于一个奥威尔所说的他无法欣赏的"模糊阶级"。他的父亲，我的祖父，在退休前是福特汽车厂的质量控制检验员，这个厂于 1931 年在达格南开设，而我父亲的人生道路则从这个颇为"没文化"的世界开了出去，算是聪明的工人阶级小子很传统的上升道路：他先是上了艾塞克斯的皇家自由文法学校，该校 1921 年由政府设立，旨在帮助他这样的男孩（鼓手金格·贝克是他们最有名的校友），继而去伦敦大学的玛丽皇后学院读书，这是一个维多利亚时代末期的慈善产物，在东区设立的初衷是为了让工人接受教育。他在科学方面很是擅长，最终成为一名动物学教授。（在美国，随着 1944 年《军人权利法案》的通过，也发生了类似的社会运动。）从理论上讲，奥威尔必须赞赏像我父亲那样的人；实际上，他做不到。在《通往维冈码头之路》中，有一段也许是他最耸人听闻的文字，他宣称，工人阶级对教育的态度要比中产阶级明智得多——他们看穿了教育的荒谬，"用一种健康的本能拒绝了它"，并且明智地希望尽快离开学校。工人阶级的孩子"想要做真正的工作，而不是把时间浪费在历史和地理这种可笑的垃圾上"。他应该每周回家带给父母一镑，而不是把自己塞进愚蠢的校服里，因为荒疏了作业而受到责打。

　　"付出努力并让你的家人过得好一点，这是一种很不错的英国式情感。"《米德尔马契》里的文西先生这么说道，小说作者乔治·艾略特，这位最终住进了切尔西切恩大道上大房子的房产商人的女儿，懂得这种"不错的英国式情感"。但奥威尔对这种模糊的小资产阶级心存怀疑，因为这个阶级想的是，先改变自己，如果有可能的话，再改变社会。玛格丽特·撒切尔，1925 年出生于一个小镇商店老板家里，即这种保守的阶级流动的典范。奥威尔怀疑狄更斯也有同样的冲动，并不满地注意到这位小说家把他的长子送到了伊顿公学。狄更斯在精神上属于城市小资产阶级，一个只顾着自己的阶层。这就是为什么伟大的狄更斯小说想要改变什么，但实际上却把一切都留在原位："无论狄更斯有多么钦佩工人阶级，他也一点不希望自己和他们相像。"奥威尔对狄更斯的这个判断，本意是贬义的，却不自觉地产生了喜感。到底为什么狄更斯要像工人阶级一样？为什么会有人想要像工人阶级，尤其是工人阶级自己？但奥威尔想，起码有一点想。这个上层阶级的受虐狂生活节俭，衣着朴素，在写出《动物庄园》和《1984》之前，在生命的大多数年头里挣得很少。他姐姐在他死后说，他最钦佩的那种人是拉扯着十个孩子的工人阶级母亲。但是，如果说想要脱离工人阶级的问题在于总会有人被落在后面，那么钦佩工人阶级的问题就是"钦佩"本身并不能帮助任何人脱离工人阶级。(值得注意的是,奥威尔生动地报道过极端的贫困,但从未对他心甘情愿地理想化的那类工人阶级生活做过如此生动的报道。)

所以这个笼罩着奥威尔的问题,也同样困扰着很多穿着考究的革命家:他想要的是社会阶层的上升还是下降?种种迹象指向了后者。对于这个清教徒受虐狂来说,真正的斗争是个人的斗争——讽刺的是,这种斗争是继承来的——是消灭特权的斗争,因此,在某种意义上,是消灭他自己的斗争。这归根结底是一种宗教冲动,并非总是能与政治理性相协调。在《巴黎伦敦落魄记》里,他略做停顿,思考了一下洗碗工的困境,他们在酒店劳作了一个又一个钟头,就为了让富人们可以住在里面。如何缓解这种不良处境? 哦,奥威尔说,酒店只是不必需的奢侈品,所以如果人们不去那里的话,那么这种苦活儿就会少多了。"几乎所有人都讨厌酒店。一些餐馆是比别的好点儿,但一个人要是想吃顿好饭,一样的价钱去餐厅,不可能比在自己家里吃得更好。"正如拉金在一首诗中所说的那样,了解这一点很有用。在奥威尔对弗里德里希·哈耶克《通往奴役之路》(1944 年)的评论里,还有一个同样生动的例子。他说,这本书里有很多东西值得赞同。（年轻的玛格丽特·撒切尔也对此书相当赞同。）但哈耶克对资本主义的生存竞争表现了过分热心的信念："竞争的问题是总有人胜出。"你看，他的意思不是说总有些人要输——这意味着另外的人获得了提升。一些人赢了，这是不能容许的。

　　要说奥威尔对工人阶级解放没有诚挚的憧憬，那是不公平的。他当然有。但就算他心怀消弭阶级差别的憧憬，也几乎不能相信实际发生的阶级流动。向上流动的工人阶级或许真的并不想从根本上改变社会，但其本身的上升还是改变了这个社会。（如果他有兴趣关注一下苏格兰的情况，就会看到一种以教育作为重要支柱推动产生的更有社会活力的文化。）实际的阶级流动可能对奥威尔没有吸引力——当然，他是无意识的——因为他渴望的是一场神秘的革命，在这场革命中，英格兰既发生了变化，又保持了原样；并且对他来说，能保证英格兰得以延续的似乎是他观念中静态的、半虚构的工人阶级世界，其中有正直、好脾气的公交车售票员，也有一口坏牙。这个状态变了，英格兰也就变了。但你怎么可能又搞了革命又不改变它呢？于是奥威尔一以贯之地强调"均等牺牲"，而不是均等利益。前者可以控制——实际上就是"控制"本身。后者可能会导向丽兹大酒店和劳斯莱斯。

奥威尔最担心的，正是他最盼望的：未来。但是沾沾自喜地指摘奥威尔的矛盾实在太容易了——比如指出他关于极权主义的单调乏味和恐怖写得那么好是因为他自己对单调乏味的无限力量也有潜在倾向；或者说这位伟大的城市集体拥护者自己喜欢的是乡村田园的与世隔绝（他在赫布里底群岛的朱拉岛上写下了《1984》）；或者再简单一点，这个仇视私立学校的人把自己的养子送进伦敦最著名的贵族学校之一威斯敏斯特公学读书。奥威尔是矛盾的：是矛盾使作家有趣。还是把前后一致用来恭维餐厅出品稳定吧。然而，一个人会心悦诚服地被奥威尔非凡的预见力击中，被其预言成真之多击中。对于资本主义是怎样败坏了英国社会，他是正确的：之后的战后政府确实对许多主要工业和公用事业实行了国有化（不过谢天谢地，奥威尔并没有活得够久以致见到它们中的许多走向失败）。他对教育的意见是正确的：虽然私立学校保持了自主性，但牛津大学和剑桥大学都向国家资助生敞开了大门，正如奥威尔 1941 年曾提议的。此外，1944 年的巴特勒法案还普及了免费中学教育。他对殖民主义的看法也是正确的（对甘地的反感似乎只是为了加强奥威尔的立场，使其更加无私）。他针对极权主义也说得对。如果他对极权主义恐怖所做的虚构想象现在看来有点过时，部分原因在于他的小说就像一篇蒙尘的墓志铭，刻在他自己帮忙雕刻的更古老的墓碑上；而且不管怎样，他创造的词语如"双重思想"（Doublethink）、"新话"（Newspeak）还有"老大哥"（Big Brother），现在都在本应自由的西方世界活出了意想不到的尖锐的第二次生命：接连几天看着"福克斯新闻"盯在奥巴马总统或者比尔·艾尔斯后头跟踪报道，脑子里就会想到这个词："仇恨周"（Hate Week）。

奥威尔的革命神秘主义最终被证明是极其精准的：他之所以正确，并不是因为他的矛盾可以忽略，反而正是因为他身上的矛盾。尽管奥威尔式的革命并未真的实现，但是奥威尔式的胜利实现了。某种程度上，希特勒是被一种奇特的英国式组合发起的攻击挫败的——奇特的奥威尔式的集体主义和个人主义的组合。（他惊叹不已的是，1945 年夏天，英国赢得了战争，既没有转型社会主义也没变成法西斯，并且公民自由几乎不受影响。）这种保守与激进的结合，这种政治上嗜睡与失眠的结合，这种猎场看守和偷猎者之间持续数百年的兄弟情谊，被奥威尔称为"英国天才"，它也是奥威尔的天才，在英国生活当中找到了自己思想上的兄弟。无论好坏，那些英国式的矛盾仍在持续。如果说奥威尔在敲打特权的时候实在动静太大，以致有时候他听不见工人阶级在门外希望放他们进去的热切的敲门声，那是因为他知道，他们将会面临规模多么巨大的障碍。这里来一句奥威尔式的强调吧，今日英国社会引人注目的，不是中产阶级扩大了多少，而是上层阶级放弃了多少。工人阶级富一点了，但富人也更富了。英国眼下选出了第十九位伊顿校友首相——当然了，是一个保守党党员。写过《伊顿公学操场》的奥威尔可能会惊讶地发现，当英国经历了所有这些变革，这所高尚的老学校还在那里，从未变过，它负责教育上层阶级治理国家、破坏城市，以及举办亲切可爱的家庭聚会。

"高深莫测的！"（米哈伊尔·莱蒙托夫）

塞缪尔·约翰逊与詹姆斯·鲍斯韦尔在苏格兰高地旅行时，来到了尼斯湖，他被那壮阔的风景震撼了。他散文中那种沉重的秩序被短暂地打乱了。在他的右手边，是高而陡峭的岩石，而在他的左边，深水绕着堤岸一圈圈地"轻轻搅动"。那岩石"赤裸裸地竦峙，令人毛骨悚然"。偶尔，他看到一小块玉米地，只不过是为了"更强烈地突出更广大的贫瘠"。仿佛是为了平息这些浪漫主义的恐怖，约翰逊扮演了一位 18 世纪的平静的勘测员，挺着便便大腹开始调查起湖泊的尺寸：

> 尼斯湖大约有二十四英里长，宽度大约在一到二英里。值得注意的是波爱修斯在他对苏格兰的描述里，曾将它的宽度记录为十二英里。

身居千里之外的历史学家或地理学家做出错误的描述，是可以被原谅的，因为他们能说的可能也不过是些道听途说……但此地对于波爱修斯并非遥不可及。如果他从来没有看见过尼斯湖，那他一定是太不好奇，但如果他曾见过，他对真实性的追求便也太微弱了。

显然约翰逊消解不了自己对恐惧的这份沉迷，只好转而关注尼斯湖恐怖的深度，以及他认为当地人夸张的说法："我们被告知，湖里有些地方深达一百四十英寻，一个难以置信的深度，可能那些人从未测量过。"他斥责苏格兰人的贫乏知识，但这篇东西真正有趣的是约翰逊博士自己昏聩的知识。这是奥古斯丁式的理性主义者被浪漫主义的恐惧刺中，看上去却不愿承认这般"躁动"；尽管他努力投身数据的浅滩，但实际上，他正在抗拒着他的意愿不由自主地沉入湖泊令人惊骇的深处（幸亏他还不知道湖里有怪物）。

1839 年首次付印的米哈伊尔·莱蒙托夫的小说《当代英雄》，其开篇的情境与风景和塞缪尔·约翰逊的颇为类似。叙述者旅行穿越高加索地带，他解释道，自己并非小说家，而是一个旅行作家，做些笔记而已。对于俄国士兵来说，高加索差不多就意味着温暖、南方，是跟司各特笔下的苏格兰高地差不多的地方；来自莫斯科或圣彼得堡的爱德华·韦弗利[1]会期望在此遭遇到冒险、爱情、阴谋、死亡。这地方的高山是寓言中的（挪亚方舟被认为在厄尔布鲁士的双峰之间穿过）。在捷列克河的自然边界之上，是一片诱人而危险的景色，在那儿，奥塞梯人、格鲁吉亚人、鞑靼人和车臣人出动劫掠俄国士兵和游客，或成为不确定的盟友。俄国通俗文学输送着廉价的千篇一律的浪漫主题花束：河流，岩石和峡谷，黑眼睛的切尔克斯少女，哥萨克骑兵。（在莱蒙托夫之后百年，这样的"高加索"对第比利斯出生的作家列夫·努辛鲍姆来说仍然是相当理想的，这位犹太裔作家给自己编造了一个穆斯林作家库邦·萨义德的假身份。）

《当代英雄》的叙述者似乎是被这带着南方气息的东方主义风情迷住了。"这山谷，多么美妙！环望四周，尽是坚不可摧的山峰和赤红的山岬，被常青藤拥向高处，山顶则被悬铃木巨大的树冠戴了冠冕。"他惊叹于山间空气的纯净，这里展现出欢迎逃离现实世界重获新生的热情。但是和约翰逊博士相似，这番景色带给莱蒙托夫的叙述者更多的似

---

[1] 司各特小说里去往苏格兰的梦想家。——译注

乎是惊恐而非欢欣。对于山巅之高他反复用上了
"阴郁神秘的悬崖"的形容，并且为山谷之深感到
困惑："马匹常常滑倒。左边，有一道很深的裂罅，
下面奔流着山涧……峡谷里狂风大作，怒吼着，呼
啸着，像来了童话中的夜莺大盗。"他遇见了一位
高加索老手，陆军上尉马克西姆·马克西梅奇，在
车臣已经待了十年的马克西姆警告他提防着这个地
区危险的居民们。他向叙述者说道："看，周围什
么也看不见，只有浓雾和暴风雪，当心别掉进山谷
或者落到无法通行的地方去……这就是亚洲！人也
好，河也好，都是靠不住的！"

马克西姆·马克西梅奇说起了一个迷人的故事，
事关他五年前遇见的一个年轻军官，现在已经不在
人世的格里戈利·亚历山大罗维奇·毕巧林。毕巧
林当时奉命从俄国调动而来，他似乎拥有某种魔鬼
般的能量以及一种多变的气质：他可以整天猎杀野
猪，换一天又可能坐在自己的房间里，抱怨天气寒
冷，冻得直发抖。他在马克西姆·马克西梅奇驻守
的、靠近捷列克河的要塞的那一年，可真是充满了
故事。当地一位鞑靼公爵有个女儿叫贝拉，她的美
貌惊艳了毕巧林。在一次聚会上，她向毕巧林投去
多情的眼波，并为他唱情歌。宴会间，毕巧林听说
公爵的小儿子阿扎马特，不顾一切地想得到当地土

匪卡兹比奇的一匹绝世好马。接连三个星期，毕巧林都在挑弄着阿扎马特对那匹马的欲望，不停地赞美那生灵，眼见着阿扎马特逐渐苍白衰弱，"就像小说中爱情降临时的人物一样"。毕巧林向阿扎马特提出了一个挑战：如果阿扎马特有本事把自己的姐姐带来给毕巧林，那他就能替阿扎马特把那匹马偷来。这场交易成功了：阿扎马特得到了卡兹比奇的马，而毕巧林截获了贝拉，把她当作妻子安置在他俄国边境要塞的住所里。贝拉的父亲鞑靼公爵要怎么办？叙述者问道。卡兹比奇最终杀了他，因为他相信就是老公爵安排了儿子窃马。我们的叙述者听后觉得，卡兹比奇这是为自己损失了一匹好马来讨补偿。马克西姆·马克西梅奇表示同意，"当然了，照他们的风俗，他绝对是正确的。"他说道。于是，这句话引起叙述者的感慨而做了如下自负的称颂：

> 俄国人适应环境的能力不能不使我感到惊奇，只要他们生活在某个民族当中，他们就能适应他们的风习。我不知道对这种心灵的能力应该指摘还是赞扬，但是它证明了俄国人具有一种不可思议的品质，他们能随机应变，有清醒的常识，只要看到罪恶不可避免或不可能加

以消灭，不管到哪里，都会妥协退让。

对于这位俄国诱拐者毕巧林的"罪恶"或是"常识"的缺乏，马克西姆·马克西梅奇不仅什么意见也没有，而且报以了五体投地的崇敬："他就是这样的人——高深莫测！"接下去他继续讲述了卡兹比奇是如何谋划最终将贝拉从毕巧林身边掳走，他同毕巧林是如何策马追赶，卡兹比奇如何以匕首刺伤贝拉后逃跑，以及贝拉两天后在要塞上是如何死去。不过，为什么卡兹比奇想要劫走贝拉？叙述者提出了这个疑问。"这些切尔克斯人，"马克西姆·马克西梅奇说道，"出了名的天生贼种。周围有什么东西，他们就忍不住要把它顺走。就算根本不需要，也得偷了再说。"

这样，《当代英雄》宏大的第一章节就结束了——毕巧林，我们的主人公，在书页上还仍然是一块闪闪发亮的污迹。读者很快感受到了两件事：二十五岁的莱蒙托夫是一位才华惊人的天才故事家（毕巧林截获了我们，就像他带走贝拉一样），也是一位极其世故老到的讽刺家。约翰逊和莱蒙托夫都为神秘事物写过寓言——为了让人读懂——只不过一个是狼狈而无知，另一个则讽刺挖苦无所不知。约翰逊抑制着自己对荒野风景的恐惧，试图通过质询分类准确性的问题转移重心，但恐惧到底还是折返，回到了尼斯湖可怖的深渊。相形之下，莱蒙托夫故意让他的旅行家充当小说里靠不住的叙述者之一，赋予他某种类似约翰逊笔下兼具控制力和焦虑的矛盾姿态。这个叙述者，以及表现得更甚的第二故事叙述者马克西姆·马克西梅奇，不断地妖魔化高加索当地人难以捉摸的怪异，而全然不理会毕巧林那难以捉摸的怪异其实和他们差不多。像卡兹比奇这么一个强盗的动机被当作是没逻辑、心狠手辣的，或者说只有在异族的荣誉和复仇体系中才合乎逻辑（"当然了，照他们的风俗，他绝对是正确的"），因此毕巧林的动机可能是捉摸不透的，却是超越于判断之上、冠冕堂皇的："他就是这样的人——高深莫测！"与约翰逊的写作很相近，不过在这里，陡峭的风景被当作浪漫主义、神秘莫测的主人公的相应类比，被有意召唤出来，展开同样深不可测的大自然版本——在书的后半部分，一群人走到当地的一个峡谷，可能是一个死火山口。在这部小说中，峡谷正如这些故事一样复杂："这片深谷，满是迷雾和沉寂，像枝丫那样向各个方向发散开去。"一场无谓却致命的决斗，就将在一座挂在险恶峡谷之外的悬崖上打响了。

　　我们对毕巧林这座死火山的了解多了不少，但他的深不可测却丝毫没有减弱，部分原因来自莱蒙托夫机智地揉碎了他的肖像：前两个章节是由无名旅客叙述的（其中也包括更直白的第二故事叙述者马克西姆·马克西梅奇），最后的三个章节由毕巧林自己来叙述，他的日记落在马克西姆·马克西梅奇手里，马克西姆又把它给了旅客。其中没有一个可靠的叙述者。尽管所受教养程度不同，以上三人皆是浪漫主义伟大意识的受害者；而与《叶甫盖尼·奥涅金》相似，有意为之的文学性满布整本小说。书中人物从浪漫主义风潮，以及诸如司各特、普希金、拜伦、卢梭和马林斯基（高加索历险小说开创者、19 世纪 30 年代最风靡的俄国小说家）等作家那里汲取灵感。这是对毕巧林出场的描写：

> 他中等身材，体态匀称；挺拔窄细的身板和宽阔的肩膀说明他有一副强健的体魄……他的天鹅绒上衣沾满灰尘，只扣住下面两个纽扣，因而露出里面白得耀眼的衬衫，体现了一个上等人的生活习惯……他的步态随便而慵懒，但我发现，他并不摆动双手，这说明他的性格有点内向。不过这是我个人的看法，只是根据我的观察得出的结论，并不希望你们盲目相信。他坐到凳子上以后，那笔直的背便

弯了下来，仿佛里面没有骨头似的；他的姿势说明他患有神经衰弱症。他的坐姿极像巴尔扎克笔下那个在一夜狂舞之后瘫软在羽绒圈椅里的三十岁风骚女人……他的皮肤像女性一样细嫩。他那天生卷曲的黄头发鲜明地勾勒出他苍白高贵的前额……他的头发是浅色的，而须眉却是黑色的——这是血统纯粹的标志。为了使这幅肖像画更加完整，我还得说，他的鼻子有些往上翘。

这样一来，毕巧林在这段描述中，既是强健的雄性的，又有一丝丝女性化的气息，既孔武又虚弱，既白皙又黝黑，衣装考究却风尘仆仆：他的身上充满矛盾。一方面，这位叙述者是一个大胆自信的 19 世纪分析家，照惯例将人的体态当作道德精神地图来品读：不摆动双臂的人必然有所隐藏。另一方面，他又不希望我们对这种观察太当回事儿！他对自己扮演的这个润饰加工者的角色也很坦诚：他显然是在画一幅浪漫主义的"肖像画"。

还是之前那位无名的叙述者，对毕巧林日记的坦率颇为赞赏（"这个男人如此无情地展示着自己的人格弱点和缺陷，毫不遮掩"），将其与卢梭更谨慎的《忏悔录》进行对比，称赞前者赤裸的呈现，而后者则意在引起同情。引人入胜的是，在日记的开头，毕巧林看似会忏悔很多事情。他是一股纯粹的否定和蔑视的力量——他告诉我们，他容易厌倦，有一种单纯的反叛和蔑视的劲头："我先天便对反叛有一种热情；我的一生不过是一连串可悲而无谓的反叛，对心灵和头脑来说皆是。在面对热烈感情时，我也会陷入隆冬的酷寒。"他来到了皮亚季戈尔斯克，一个高加索温泉小镇，也是度假胜地，来来往往都是前来寻求廉价激情的庸人，倒也成了他一展身手的完美地点。在聚会上，他感到了无生趣："她唱了首歌：声音是不坏，但她唱得不怎么样……虽然我没有在听。"他有一双敏锐而幻灭的眼睛："我站在一个胖太太身后……她的项链扣遮住了脖子上最大的那颗疣。"

在温泉小镇，毕巧林和一位心意相通的医生维尔纳交上了朋友。他们两个人在自负的毕巧林看来，同样有着一种冰冷的自我主义："悲伤的事情对我们而言是可笑的。有趣的事情却令我们忧伤。总之，说实话，我们对一切都无动于衷，除了我们自己。"毕巧林以摧毁这个社会的脆弱幻象为乐。在他周围，人们操纵着彼此，但拒不承认；至少，毕巧林是坦荡地干着这桩事。"就是人！人都是这样的：他们事先知道某人将采取的行动的罪恶，在找不到别的解脱办法时，他们会帮助出主意，甚至支持他，事后，他们便洗净双手，愤愤地离开那个敢于承担全部责任的人。"

毕巧林尤其对一个名叫格鲁什尼斯基的士兵颇为不屑，他表现出浪漫的做派，穿厚重的士兵大衣（"纨绔派头中的某一特别类型"），并已经爱恋上了同来温泉的另一位游客：年轻的玛丽公主，她是公爵夫人里戈夫斯卡娅的女儿。格鲁什尼斯基沉迷于浪漫主义的狂热之中，毕巧林认为："他的目标是成为一个小说中的主人公。"在他离开自己的乡下老家前往高加索之前，毕巧林冷笑着说，格鲁什尼斯基说不定跟村里的某个漂亮女孩说他可不是只打算在军队里服务，他是"寻求牺牲"去了。毕巧林观察着他对公主无望的求爱，继而给自己布置了一项任务——毁掉这个无聊爱情故事里的男女主角。这次的情节是毕巧林劫掠贝拉的社交界版本：他必须先去削弱那个年轻男人，这样姑娘便会被让出来给他。起先，毕巧林故意在有玛丽公主出现的场合表现傲慢，故意疏远她。然后，一旦他激起了她怒气冲冲的兴趣，便掉转了态度并向她求爱。他的吸引力和雄性自信比起格鲁什尼斯基来实在是多太多了，以至于他发现挤掉这位对手是如此轻而易举。结果，当公主即将被他征服时，他立即撤回了自己的感情，独剩受骗的姑娘黯然神伤手足无措，而那位受害男子则一心图谋报复。最终，两个男人拉开了一场比连斯基与奥涅金的致命舞会还要无意义的决斗，毕巧林杀死了格鲁什尼斯基。

陀思妥耶夫斯基对普希金的巨大热情看上去很是奇怪——他们是如此不同的两个作家——直到我们想到，排除文学民族主义的因素，他对《叶甫盖尼·奥涅金》的喜爱很可能是出于其中理性动机的完全缺席。奥涅金拒绝塔蒂亚娜，并不为了什么理由，他与奥尔加调情，没什么充分的理由，杀死连斯基也没什么说得上的原因，就连到了最后与塔蒂亚娜相爱，也没有。我假想，陀思妥耶夫斯基或许正是利用了这首诗中重大的缺失，投射了他自己复杂的自大和自卑的体系。普希金用简洁的叙事诗行来强化动机方面的模糊神秘。莱蒙托夫，受到普希金的极大影响，但他使用了一个更阔大的、阐释性的形式，有意识地删去了书中主人公的信息。他原本打算告诉他的读者，毕巧林之所以来到高加索地区，是来领受参与决斗的惩罚，却从他的草稿里抹去了这样一个有用的句子。毕巧林从叙述中淡出，与他的到来一样神秘。叙述者漫不经心地告诉我们："我得知就在不久前，毕巧林在从波斯返回的途中去世了。"再一次，莱蒙托夫将原本描写毕巧林在决斗中死亡的段落缩写至不能更短。

米哈伊尔·莱蒙托夫几乎就像毕巧林一样晦涩未明。他似乎费尽心思将自己短暂的一生打造成莱蒙托夫笔下的一个令人费解的谜团。莱蒙托夫的母亲在他三岁时去世，由外祖母将他抚养成人。她对他有着传统的期望，将外孙送上的是通向尊贵特权的必经之路：先是一所莫斯科的贵族学校，继而是圣彼得堡的容克学校（为军官候补生开设），皇家近卫军骑兵团。但莱蒙托夫是任性不可控的。1837年普希金逝世时他写下了一首愤怒的诗篇，对普希金的决斗对手乔治·德安特斯进行了猛烈的抨击，并因此成名。他受到沙皇的惩罚被遣往高加索地区的一个军团——这真是个很不错的糊涂处罚，因为去高加索已然成为激进分子们的必经之旅。在这段快乐的流亡生活里，他与批评家维萨里昂·别林斯基、自由主义者尼古拉斯·麦尔混在一起，后者是维尔纳的原型，毕巧林在《当代英雄》里遇见的那位医生。

这是他受到的三次惩罚中的第一次。1838年他回到圣彼得堡，写作了《当代英雄》和长诗《恶魔》。但1840年年初，因为没有上报与法国大使之子的决斗，又被遣回高加索。一到那里，他就以无畏的勇气加入了战斗，参加了远征车臣和达吉斯坦的队伍（他所在的军团当时在搜寻车臣领导人沙米尔，其手下同样臭名昭著的中尉哈吉·穆拉特，后来成了托尔斯泰后期中篇小说的主人公）。1841年年初他获准休假，但4月份又奉令回到高加索，沙皇显然对他在车臣时的自由行动很恼火。在回来的路上，莱蒙托夫在皮亚季戈尔斯克短暂停留，"我们高加索的摩纳哥，"在这里，他写下，"白天，我们被女人们撩得发热，晚上，是臭虫令我们着火。"在这里，他惹怒了一个名叫马丁诺夫的人，一个他从小就认识的同龄人。不过马丁诺夫在南方入乡随俗，穿起了土耳其式长衫，剃了头。莱蒙托夫嘲笑他——"野蛮先生"——他们在7月15日发起了一场决斗。有几篇记录提到了莱蒙托夫如毕巧林一般蔑视一切的神情，他拒绝开火，这刺激马丁诺夫动了手。莱蒙托夫则受了致命伤。

在莱蒙托夫的同时代人看来他有些狡猾。他的诗在政治上是激进的，亚历山大·赫尔岑对《杜马》一诗印象深刻，这首诗发出了激进的哀叹："我心怀悲伤思索着我们这一代／它的未来不是空洞便是黑暗。"但是，它的作者似乎少了些政治严肃性。比起意识形态方面的运动，他更感兴趣的是达达主义般的玩笑和恶作剧——更像《战争与和平》里接受决斗的达洛霍夫，而非（《安娜·卡列尼娜》里的）

列文。他的传记作者之一劳伦斯·凯利提到过两个
事件，其一是莱蒙托夫带着一把玩具剑出现在阅兵
场上，这激怒了他的指挥官；另一件是，他向一群
朋友宣称，要从头朗读一本新小说。他号称要用四
个小时读完。来了三十人，准备好了书房，门也紧
闭上了。结果，莱蒙托夫只读了十五分钟——因为
根本没什么大篇幅的小说。惹起一场毫无意义的决
斗似乎是漫不经心的；但是接连挑起两桩决斗则几
乎是处心积虑的，看起来就像是用第二场来扭转第
一回的好运气似的。他活得匆忙，有点像塔西佗笔
下的日耳曼勇士："用额头的汗水慢慢积累可以通过
流一点血很快得到的东西，是乏味和没有精神的。"
他崇敬普希金，或许也继承了普希金的浪漫主义态
度，将自己的生活视为一个毁灭性的断章。他似乎
一直在等待某种挫败或逆转。他写信给一个朋友
说，他厌恶社会，去派对和舞会只是因为这种经验
可以武装自己，终有一天这个社会会与他对立，到
时便可以此对抗。

　　所以，他很可能在创造毕巧林的同时也描摹了
自己，屠格涅夫是这样认为的，但这也没有让我们
真正对他了解透彻。如莱蒙托夫一般高深莫测的毕
巧林，一直受到有影响力的读者的不断阐释。对于
19 世纪的激进分子比如别林斯基来说，毕巧林幻灭

的虚无主义是一代人罹患漂泊之绝望的症状，这代人目睹了反沙皇尼古拉一世的 1825 年十二月革命的失败——政变的组织者们，基本都是信奉自由主义的彼得堡贵族，他们普遍遭到了严惩，有的被处决，有的被流放到西伯利亚（其中有些人后来获准转到高加索）。赫尔岑在他的回忆录中谈到了道德在"1825 年危机之后的停滞"。

既被非人化又充满痛苦的毕巧林，可以轻易地纳入这种分析。也有人从不那么意识形态化的角度将毕巧林视为第一个出现的"多余人"，一个心怀不满的浪漫主义者，看透一切但又过于漫无目的，缺乏活力以致无法投身真正的激进运动中；或者也可将之视为福楼拜笔下的好色浪子弗雷德里克·莫罗[1] 或陀思妥耶夫斯基笔下更为粗野不合群的地下人形象的前身。保守的读者痛斥那些激进分子最为喜好的东西，并攻击毕巧林的"西化"个人主义和自我中心主义。尼古拉一世在 1840 年读到这本书，认为它充斥着"在时髦的外国小说中常见的可鄙、夸张的人物"。他表示希望老上尉马克西姆·马克西梅奇成为真正的"我们时代的英雄"。

鉴于毕巧林已在一定程度上成了 19 世纪浪漫

---

[1] 《情感教育》中的男主人公。

主义反英雄的标杆式角色，在他身上聚集着达西先生、于连和叶甫盖尼·奥涅金的成分，也许所有这些不同的解读都具有间歇的有效性。以今天的眼光看来最引人注目的，是莱蒙托夫巧妙地关闭了阅读上盖棺论定的可能性。毕巧林不断地创造他自己，他是临时剧场的临时演员。他是自身扭曲动机的伟大分析师，但他的分析很少能成功地投来什么明确的启示：

> 我活在世上，难道唯一的使命就是毁灭别人的希望吗？自从我生活在这个世界上并开始处世以来，命运好像总是把我带向别人的戏剧性高潮，好像我不参与，人家就不会死亡，不会绝望！我是第五幕里不可缺少的人物，我总是不由自主地扮演刽子手或叛徒的可怜角色……难道要我去做一名资产阶级悲剧和家庭小说的作者……我怎么会知道呢？

那个嘲笑格鲁什尼斯基企盼成为小说主人公的男子却常常用文学术语解释他自己的角色——像一个小说式的人物，或者更好一点，像一个有控制力的作者。他自负地表示自己最大的乐趣就是"要我身边的每个人都服从我的意愿"，但几乎又用同样的口气称自己只不过是命运的残酷的仆人。他看穿格鲁什尼斯基浪漫主义的装腔作势，笑话他纨绔派头的军人外套，却赞美了自己浪漫派的纨绔风格："实际上我听闻他人说，在马背上，裹在一身切尔克斯装束里，我看上去比大多数卡巴尔达人更卡巴尔达。穿上这套高贵的战袍，我便是一个完美的花花公子。"

　　当然，如果毕巧林最明显的矛盾之处能够轻易梳理清楚，那么他的难以理解就会变成可以理解的，只不过是以一种讽刺的方式。但是毕巧林之所以深不可测，是因为他是一个真正的浪漫主义戏仿家。他嘲笑格鲁什尼斯基的纨绔气派，然后却保留了炫耀自己纨绔气派的权利，因为格鲁什尼斯基相信它，而他并不。他嘲笑格鲁什尼斯基向家乡的姑娘坦露要去高加索寻求牺牲的念头，但小说里稍后他自己也有一封真假不明的"自白书"，东拉西扯地说了些童年是多么困苦，"绝望"始终停在他的胸中之类，让玛丽公主看了以后好一阵哭泣。在这出戏展开的过程中，还应当注意，对于做出政治解读的评论者，即使是别林斯基和赫尔岑这样真挚且有同情心者，毕巧林也投以了轻视的表情。他对玛丽公主说："此后，绝望就在我的胸中扎根生长了——不是那种挨一颗子弹就能治愈的绝望，而是像一种冰冷、虚弱的绝望,戴着文雅礼貌和敦厚笑容的面具。我成了一个道德残疾:我的灵魂已有一半荡然无存;它已经干涸,蒸发,死了。"(引人注意的是,在服役期间,莱蒙托夫自己也曾给一个名叫玛丽亚·洛普金娜的女人写过信,说自己一直希望能以文学为毕生事业,然而此刻却成了"一名勇士"。他在信中自负地说,或许,这将是结束自己生命最快捷的一条路。)

就在决斗之前,毕巧林的助手问他,是否有什么人是他想遗赠一样纪念品的。他的回答是鄙夷的:他说,自己已经将那些浪漫派的习惯丢在身后了,那些在临终前呼唤爱人的姓名,那些无论涂或没涂过香脂也要留给朋友们自己一缕头发的习惯。但是这场向着浪漫主义的矫揉造作发起的战斗,本身就是浪漫、情感泛滥的,并且是在古老的骑士决斗机制中进行的。正如陀思妥耶夫斯基敏锐地认识到的,戏仿这一行为,其源于赞美的成分并不弱于蔑视,或许理解毕巧林扭曲表演的最好方式是陀思妥耶夫斯基兼具肯定和贬损的辩证法。陀思妥耶夫斯基一直认为,我们不喜欢某些人——或者社会的某些部分——恰恰是因为我们太佩服他们。我们常常责怪他人,因为他们的无可指摘总提示了我们自己的罪,我们必须让他们更接近我们。卡拉马佐夫家的老爹费多尔·费多洛维奇，记得自己有一次被问过他为什么那么讨厌某一位邻居，他当时回答说："他从来没对我做过什么，真的，但我曾经在他身上耍了一把最无耻的下流把戏，就在我这么做的那一刻，我立马就恨起他来了。"

如此看来，毕巧林远远没有他自己展现的那么强大，他只是不断地把自己的软弱推卸给旁人。在关于这部小说的一篇微妙的解读中，A. D. P. 布里格斯和安德鲁·巴拉特指出，毕巧林也许是爱上了玛丽公主，继而不顾一切地想要抑制住这种他不想要的软弱。在书的结尾，他告诉玛丽他要离开小镇了。她一脸苍白病容出现在他面前，这时毕巧林扭头向一旁的读者说道："已经无法忍受了——下一分钟我可能就要跪倒在她脚边。"毕巧林，也像格鲁什尼斯基一样，无情地诋毁女性，说她们多变、无常、含糊——这也正是毕巧林的缺点。那么，这部小说是对不可靠叙述的深入练习，莱蒙托夫鼓励我们对毕巧林说的一切提出疑问，而他所抒发的观点的意义几乎都反转了：他的仇恨是一种爱，他的强大实则是软弱的一种表现，他的"男子气概"实际上是"女性化的"，等等。这种脆弱性在剧作家尼尔·拉布特为企鹅版所作的愚蠢序言里完全被忽略了，这篇序言可笑地模仿起毕巧林的自欺欺人的招摇自大，鼓吹着男性力量："写作可能不是娘娘腔（pussies）干的活儿，"拉布特宣称，"创造了毕巧林的人用不着担心社会会把他当作什么来看待……莱蒙托夫在决斗中被射杀了……莱蒙托夫，就像之前他创作出的文学形象一样，像个男人一样承受住一切并接受了挑战。"

但非常肯定的是，毕巧林对于社会不是关心得太少，而是太多。当他同维尔纳医生说，他对除自己之外的一切都漠不关心时，他是不可信的：蜘蛛新郎把社会挂在自己的网中，得靠它来生存。在许多方面，毕巧林看起来像是传统上足智多谋的 18世纪法国文学主人公，既回顾了《危险关系》里的主人公，又展望了掠夺成性、相当 18 世纪的吉尔伯特·奥斯蒙德 [1]（梅勒夫人 [2] 夸他"高深莫测"）。同时，他焦虑的自我欺骗和摇摆不定的自白看起来十分现代，预示着克努特·汉姆生《饥饿》中的叙述者，以及托马斯·伯恩哈德的伟大独白剧《沉落者》中那个不可靠的叙述者。后者对他的钢琴家朋友和钢琴家格伦·古尔德的崇拜，慢慢地被揭示出

---

[1] Gilbert Osmond，亨利·詹姆斯的小说《一位女士的画像》中的男主人公。

[2] 《一位女士的画像》中的主要人物。

隐藏着对这两人致命的竞争性仇恨。写作可不是娘娘腔干的活儿，但写一部自吹自擂的日记，讲述一个人在一个尘土飞扬的温泉小镇上所谓的辉煌战绩，很可能适合娘娘腔——尤其是当小猫（pussy）认为自己有点像狮子的时候。

托马斯·哈代

这是什么？"在它后面两英里处，只见一股白烟从左向右飘去。"这是从山谷间望去见到的一列火车，出自《无名的裘德》（1895 年），它是这本书里唯一一个提到火车的句子。福楼拜向来被称为伟大的电影式小说家、伟大的细节小说家，事实上，福楼拜对火车蒸汽也有描述——类似的观看角度，出现在《情感教育》里，同样是穿过田野，在这里是"拖着长长的烟雾，好似鸵鸟的一根巨羽，轻柔的羽尖在翩然飞舞"。只是当福楼拜挥洒着他纤巧的文学比喻，把他的火车蒸汽转换成文字落于纸上时，哈代摆弄着绘画般的精辟格言，似乎想抗拒这种转换。哈代想要保留细节的画面感。

正如他在《后来》这首诗中对自己的描述——一个"习惯注目于这些事物"的人，哈代在这方面极其突出。很多读者陶醉于他捕捉这世界的那份精确：《远离尘嚣》（1874 年）中，"猩红色的一小捧火焰"在加布里埃尔·奥克的小屋的炉灶里燃着，或是同一本书，芭思希芭望着她的马群啜饮，"水像银线一样从它们的嘴唇间细细流下"。在《还乡》（1878 年）中，雨夜里一扇打开的门是这样描述的："托马辛……透过雨水开始辨别出一个模糊的光晕，它很快变成了一个敞开门的长方形轮廓。"

但如果哈代同时动用了自己的视力和感觉，调动起他那近乎古怪的触觉，那种能够进入别的东西、别的动物和别的人并过起他们的生活的仿佛万物皆有灵的能力，他便处于自己的最佳状态。在他的文学笔记里，他摘录了 G. K. 切斯特顿[1]1903 年出版的书中关于罗伯特·勃朗宁的一段话。切斯特顿论及"细节可怕的重要性"，描写勃朗宁像是魔鬼附身般为之俘获：

> 无论他坐进任何一间屋子，那屋子里便有无数双眼在瞪着他，无数张嘴张开着想要诉说

---

[1] 吉尔伯特·基思·切斯特顿（Gilbert Keith Chesterton，1874—1936），英国作家、文学评论家及神学家。首开以犯罪心理学推理案情的先河，创作了著名的"布朗神父"的形象。

故事……如果他注视着一个瓷瓶，或一顶旧帽子，一棵卷心菜，或一只玩耍着的小狗，那所有这些都将被施以魔法……那瓶子腾起一股有型且有思想的烟雾；那帽子则能像魔术师从帽子中变出兔子似的变出灵魂。

哈代评论道："确实如此，所有诗人都这样——并不仅是勃朗宁"，并且在他这后半句下划了双横线。这个同样着迷于"细节可怕的重要性"的哈代，也能毫不尴尬地写出如下场景——心怀渴盼的裘德·福雷仰起脸来迎着风，计算着它们从基督寺过来有多么快，他对着风说，"你们……刚刚还在基督寺"，然后听见城里的钟声，那钟声似乎呼喊着"我们在这儿多快活！"。这同样也是一位会将黄昏时分老鹰飞翔的寂静与速度比作"眼帘无声的一眨"的诗人，这位诗人为父亲的小提琴赋诗，他看见"你脖颈上十条虫爬过的伤口"，他在《雨天的日晷》中把自己想象成一台日晷（"我滴着水，落在这儿／在大西洋飘来的雨里"），他还在《炉中柴》里用一根砍倒的木柴怀念着死去的妹妹：

火苗绕着这根木头燃烧
它来自那棵我们一起砍下的树

那棵树年年开花，钻出带着斑纹的苹果

直到丧钟为它响起的最后时刻

普鲁斯特曾指责福楼拜从没创造过哪怕一个精彩的隐喻，这么说显然是不公平的，但是哈代的作品里倒真是有大把精彩绝伦的隐喻，流水账一般不绝的才华横溢。然而，我们总能意识到福楼拜是在用审美修整他的细节，从它们被选出的部分里挤出冰冷的凝胶来，与此同时，哈代则把明喻和隐喻当作一种快速升温的手段，用以把另一种生活呈现在纸上，但并没有考虑太多。当然，在这个欠缺想法的印象里，实际已汇入了相当多的想法：庞德曾评论过哈代专注于自己主题的方式，"他对用什么方式毫不在乎，可并不意味着他不关心方式，或者他没有一个明确目标"。

《林地居民》（1887 年）里描写打霜的草在脚下沙沙作响，"像纸屑"。同一本小说里刺人的雨是这样写的："早上起了风，短短一场阵雨播撒而下，像谷粒似的掷向辛托克农舍的墙壁和窗玻璃。"是的，我们能想到猛烈的雨点可以像谷粒一样；但第二层暗喻，"播撒"，则是不同寻常的，超出了我们绝大多数人的想象，因为就像很多原创的暗喻，它将互不相容的介质强加在一起，并且，从技术上说，是混合在一起（可以播撒谷粒，但不能播撒水）。再说到《德伯家的苔丝》（1891 年）里的例子，安吉尔和苔丝搭乘马车旅行，而"牛奶在她们身后高大的铁罐里咯咯地叫"：这里看起来好像是作者把比喻用错了地方，直到我们有机会听到溢出的牛奶咯咯响着敲在坚硬的桶上。还有人形容起早晨的光线变化来比哈代更棒的吗？在他的诗《出发》中："当我 / 看见早晨在墙上变硬。"我们可以读出，在这些诗行的帮助下，光变得更真实稳固，更有密度；当然我们的早晨变得坚固起来也有另外一种方式：我们的每一天都倾向于松散地开始，充满可能性，然后随着时间的流逝和失去的自由感累积，周围的一切逐渐变得坚硬。

亨利·詹姆斯对哈代颇为不屑，不过我很好奇如果出一道语文题目，要求描写一头奶牛的乳房，詹姆斯会怎么写？毫无疑问，他会用惯用的抒情悖论和奇特而精确的委婉手法写得很好，但必然不会有哈代在《苔丝》里这样的硬度："它们布满血管的巨大乳房像沙袋一样沉沉地挂着，乳头像是吉卜赛瓦罐的腿一样伸出来。"又一次出现了这样的情况，以沙袋作比很好但也只是普通，但乳头说成像某个普通器皿的腿，绝对是鲜活的。关于"善良的小托马斯·哈代"（詹姆斯的措辞，唉）和他低微的出身，过去曾经有过很多傲慢的废话，用这些出身在某种程度上解释他写作的品质和缺陷。不管怎么样，哈代作品中的部分力量源自其乡村童年生活这个结论大概是逃不掉了，这样的童年，是乡间悠长的漫步，是在自然世界和乡音特有的诗意里的沉浸。一次又一次地，哈代的图景沉入他无比熟悉的田园里：纸屑，谷粒，"咯咯叫"的牛奶，眼皮一眨，罐子腿。

　　这就是为什么我们会在他的创作中发现一种在狄更斯、契诃夫、劳伦斯还有亨利·格林的《爱》中都可见的倾向：他的隐喻风格非常接近他笔下受教育程度最低的角色的说话方式，而这些角色反过来又经常使用哈代本人可能会稍微润色的意象，并用于其描述性散文。"我像个石灰篮子那么渴"，《远离尘嚣》里的科根师傅如此说道。"他们读那些玩意儿像夜鹰呼呼扑打翅膀那么快"，一位旅客谈起基督寺的大学老师们是这样说的。苔丝的母亲把她父亲不怎么健康的心脏说成是"堵得像个烤肉用的油滴盘"，同一件事丽莎露说得更简单——不过也更生动——说它是"长在（油滴盘）里面"。小说人物的油滴盘和作者的吉卜赛瓦罐差得不远，在《卡斯特桥市长》（1886 年）里哈代描写暮色的这一时刻，我们可以看到这两种风格的融合："此时正是人们所说一天当中的'泛起粉红'的时刻，也就是黄昏前的一刻钟"，哈代听到人们说起这个"泛起粉红"不知得有多感兴趣。他告诉罗伯特·格雷夫，一些评论家贬低他写过"他的身形在远方小了"。哈代笑着说，他还能怎么写呢？（从哈代那里偷师不少的劳伦斯，有"黎明苍白地泛蓝了"出现于《大海与撒丁岛》中。）

或许只有狄更斯和劳伦斯的生活能够与哈代相比——从相对富裕的上层工人阶级跻身上流，出身与最终地位之间存在着具有成功意味的不对称。自己的父亲只能勉强算认得几个字，但这个男孩却能终身保持着与埃德蒙·古斯和爱德华·埃尔加通信，并且活得够久，终于在有生之年迎来了后人对自己作品的广泛认同。他的母亲1833年站在路边围观维多利亚公主出行，而这个男孩1923年却在自己家中招待了威尔士王子：有一张著名的相片，摄于马克斯门的花园里，其中有哈代和他的第二任妻子弗洛伦斯，而王子尴尬地坐在藤椅上。弗洛伦斯吓得就像要气喘了，但是唯一没有看向镜头的哈代，却宁静地陷于沉思。王子坦承自己从未读过这位东道主的任何作品。但对哈代来说，那又有什么关系呢？想象一下这份成功的感觉：他是从王子的祖父手里买下了马克斯门的这块地，哈代最好的传记作者克莱尔·托玛琳猜测道，他或许"体会到一种可以理解的自豪：王室如今看我来了"，我们当然也愿意听她这样猜测。

要是没有这么一位胸怀大志的母亲，或许英国文学得有一半都消失不见了。哈代的父亲经营建筑，他的母亲杰迈玛曾在数个家庭帮佣。托玛琳猜想，杰迈玛对文学和上流社会家庭的接触，激起了她对自己孩子提升阶层的期望。和丈夫不同，她是一个热爱阅读的人，《神曲》和《王子出游记》是她最喜欢的书。托玛琳写道，也许是杰迈玛在她儿子事业成功后鼓励他去伦敦参加夏季社交季。杰迈玛年轻时曾在楼下目睹过这一习俗，当时她服务的那个家庭也会在那时搬到伦敦。

像劳伦斯的母亲一样，她借口儿子体质虚弱，以此来躲过家庭责任，把他送到了多尔切斯特（单程三英里路程），在那里他进入了一所好学校，校长艾萨克·拉斯特是个不信奉国教的新教徒。他广泛地阅读，喜欢动物——残忍地对待动物是他作品中反复出现的话题——而且就像塞尚一样，他讨厌身体接触，这是个一辈子没变的特点。十二岁的时候他给自己买了一本拉丁语入门。十六岁时，他被一个多尔切斯特建筑师收为学徒——教堂速写师的专业技能和对哥特式建筑的知识让年轻的哈代在这份工作上做了好几年。

在那里，一段基于智识的有关键影响的关系在他与一个上流社会家庭间恰逢其时地形成了。哈代和当地著名教区牧师的叛逆儿子贺瑞斯·莫尔成为亲密朋友，牧师其他孩子都以无可挑剔的国教相关职业为生，其中大多数在教会里。贺瑞斯·莫尔被鸦片和酒精摧垮，1873年在剑桥自杀。但回到19世纪60年代，当他们的友情热烈发展起来的时候，他和哈代交换着激进的书籍和思想：1860年出版的持自由派立场的《散文与评论》（其中为德国的《圣经》批判辩护），可能还有1859年出版的《物种起源》（尚不清楚哈代读到这本书到底有多早，虽然他一直声称达尔文对他有很重要的影响），密尔[1]，孔德[2]，马可·奥勒留。一个自学成才、贪婪求知、严于律己的学习模式开始了。1862年来到伦敦之后的五年中，哈代在国王学院修读法语，有一阵子每天都去国家美术馆研究名家名画。被编辑成两大册的《文学笔记》展示了他的阅读是如何广泛，精心从报章杂志上誊写下来的文章，用英语和

---

　　[1]　约翰·斯图尔特·密尔（John Stuart Mill，1806—1873），英国哲学家、心理学家和经济学家，19世纪古典自由主义思想家。
　　[2]　奥古斯特·孔德（Auguste Comte，1798—1857），法国哲学家、社会学和实证主义的创始人。

法语写的读书笔记——关于俄国和法国现实主义，关于德国哲学，关于进化、宗教、科学、音乐。在晚年，他做了有关爱因斯坦相对论的笔记，此外还有关于《普鲁弗洛克》和《荒原》的笔记。

托玛琳对哈代的阶级意识以及他摇摇欲坠的社会地位很敏感。她指出，亨利·詹姆斯在和他差不多的时间抵达伦敦，口袋里装的是一千英镑的债券和给所有有用的人的介绍信。而此时的哈代，又穷又没什么朋友，想争取让一部小说手稿得以出版却失败了，小说标题颇含深意：《穷人与贵妇》。他在1870年10月的笔记中写道："母亲的见解，也是我的：一个人影抬起胳膊站在我们前进的道路上，想把我们从任何可能沉迷其中的美好景象中拉回来。"如今，我们在哈代神学悲观主义的彩色玻璃之光下，从形而上学的角度来解读这句话。但实际上它或许更可以看作是对社会事实的坦率表达。他随时可能被敲打回来。比如贺瑞斯·莫尔，他谈起好朋友的小说《一双蓝眼睛》（1873年），既热忱又高高在上："你对女人的了解永远比对淑女多"，接下去又指出"时不时地，品位有些滑脱"。1870年，哈代遇见了艾玛·吉福德，求爱攻势很迅疾。但是因为没有稳定的前景和收入，他四年之后才得以娶到她。她的父亲是一名律师，认为门不当户不对，对这桩婚事激烈反对：哈代去康沃尔向她求婚，也没有和岳父再说过话。任性而情感热烈的艾玛并没有遇阻不前，但惊人讽刺的是，随着他们的婚姻逐渐恶化和两人的疏远，她后来也势利起来，瞧不起丈夫的出身和他对故乡多塞特的痴迷。这就是这个男人的背景了，这个男人会在往后的日子里每年去伦敦参加夏季盛大的社交宴会，也会使用他萨维尔俱乐部的关系，还养成了和好出身的女士们相恋的尴尬习惯：无疑是焦虑的享乐，很容易被谅解。

对阶级和社会阶层流动的无情冷眼使得他的小说引人入胜，这与他戏剧性的、歌剧般的情节带来的急促扭曲感截然不同。他的小说往往凭空而来，但涉及阶级时却现实得可怕。《还乡》里的游苔莎是个英国版的包法利夫人，热切地将巴黎视作逃离埃格敦荒原逼仄乡村的理想地。《卡斯特桥市长》里的伊丽莎白，偶尔会漏嘴冒出乡音，"那些在真正上等人耳里意味着野蛮的糟糕痕迹"。哈代在小说中如此写道。苔丝校正过的口音，是她突出于自己贫困家庭的标志之一。哈代的男女主角们被迫做出婚姻的选择，充满了社会阶层方面的考虑：拥有土地的女性农民是嫁给自耕农还是乡绅（芭思希芭对加布里埃尔·奥克和农场主伯德伍德的选择）？挤奶女工是嫁给牧师的儿子还是暴发户引诱者呢

（苔丝对安吉尔·克莱尔和亚历克·德贝维尔）？知书达理的石匠是娶庸俗荡妇还是聪慧、禁欲的理想主义者（裘德选择阿拉贝拉还是淑·布莱德赫）？

有时候哈代会像奥斯丁一样，向"愿望达成"投降，让自耕农和中产阶级女性结合到一起：《树荫下》（1872 年）和《远离尘嚣》的结局都落进了婚姻带来的幸福疲惫。但《林地居民》既沿袭了这两部早期小说中女主角被迫在两个求婚者之间选择的情节，又进一步把该情节推向更黑暗的方向。一个当地酿苹果酒为生的温柔男子吉尔斯·温特波恩，向格蕾丝·梅尔波利求婚。但她被出身优越也更有魅力的埃德瑞·菲茨比尔斯吸引了，后者是这里新来的医生，并且来自一个有名望的家族。她嫁给了菲茨比尔斯，没料到他与风流寡妇查曼德夫人展开了一段婚外情，她曾是一位演员，现在住着村里的一所大房子。吉尔斯过世了，此时埃德瑞离开了格蕾丝，去往欧洲大陆。但格蕾丝与埃德瑞最终还是重又和好了（从欧洲大陆回来后他看起来完全像变了个人），小说的结局相当暧昧不明：我们无法确定这次重修旧好是否真的成功。

有趣的是，哈代将这片土地至深的根源——树木，和主角们相形虚弱许多的根源联系了起来，这些树木在这本书里的形象是如此突出，同时也是众多人物的生计来源。菲茨比尔斯出身显赫，然而从事着较低的职业；查曼德夫人是一个外来者，坦承自己在寡居之前从未在乡下住过；而格蕾丝，虽然是本地人，但受到了她父亲、一个白手起家的木材商人的良好教育。哈代在这本小说中相当复杂地混合了批判与同情，事实上，书中最好的表现之一是对梅尔波利先生的描写，他性格固执，对社会地位有着焦虑的渴望，孤注一掷地要求女儿拒绝地位卑微的吉尔斯，转向大人物菲茨比尔斯。他的女儿对他而言是一种投资：他送她上昂贵的寄宿学校，他希望得到回报。当女儿怒斥他把自己当作一件"动产"（chattel）时，他很高兴女儿使用了这么一个"书面词语"，人物性格跃然纸上。

　　1873 年底莱斯利·史蒂芬支付他四百英镑的稿费在《康希尔杂志》连载《远离尘嚣》，直到这一重大突破来临之前，哈代摇摆不定的地位着实不亚于他笔下的任何角色。这是很大一笔钱：在此一年之前，哈代的表妹特丽费娜出任一所小学的校长，年薪是一百英镑。史蒂芬在《康希尔杂志》的年薪是五百英镑。哈代很快就富裕了起来，到 1928 年去世时，他留下了大约价值十万英镑的财产。《远离尘嚣》于 1874 年出版，两个月内便告售罄。他后来写出了更复杂的小说，他的散文也修炼得更好，但这部小说中存有的欢乐喜悦使得它深深地招人喜爱。和哈代所有的作品一样，它也有巧合和令人难以置信的东西，随着故事加速向戏剧化的结局走近，情节的风琴褶互相推压得也更紧了。但故事仍然有着一种美好的民谣般的纯净：芭思希芭有三个追求者，橡树一般的加布里埃尔·奥克（Oak，即橡树），穿着猩红制服的特洛伊中士（英国小说中最精彩的命名之一）以及忧伤压抑、不屈不挠的伯德伍德先生。亨利·詹姆斯评论它时一点儿也没客气，但我觉得它给詹姆斯笼罩上了一层他大概永远也不会承认的影响：六年后他开始创作《一位女士的画像》，女主角被三个男人追求，其中有一位像伯德伍德一样，拒绝接受失败，这个人物名叫……古德伍德。

读者能记住的是小说中的绝佳场景，哈代作品中不乏此类：加布里埃尔的小狗兴奋地追赶着他的羊，直到它们坠落山坡而死；特洛伊追求芭思希芭，在她面前把剑舞得令人眼花缭乱；假装自杀的特洛伊在伯德伍德家的圣诞聚会上回魂现身，要夺回妻子（"芭思希芭，我为了你而来……走吧，太太？"）；伯德伍德就在这一场聚会上射杀了特洛伊，茫然看着芭思希芭把手按在特洛伊胸上想止住喷射而出的鲜血。我读这本小说时大约是十四岁，之后很长一段时间里，这是我唯一读过的哈代小说，因为我固执地一遍遍重读它，不肯翻开一本新的。在那个单纯热衷于故事的年纪，我无疑忽略了其中乡村人物那种有着莎士比亚式快活的讲话风格。书里有很多乡村喜剧，例如在芭思希芭农场里干活儿的亨纳瑞·福雷向他的女主人解释，一起工作的另一个同伴该隐·伯尔的名字是怎么来的，他这么说：

> 小姐，你知道，他可怜的母亲不熟悉《圣经》，在他受洗礼的时候出了个差错，以为是亚伯杀死了该隐，就给他起名叫该隐，却一直是指亚伯。牧师给他纠正了过来，但已经太迟了……她父母就是不信上帝，从来没有送她到教堂去做过礼拜，也没有送她上过学。这告诉我们，父母的罪孽是怎样报应在孩子身上的，小姐。

亨纳瑞得意扬扬地引用《圣经》关于父辈之罪的诅咒显得非常滑稽，但也称得上巧妙。做了大量工作、重新定位了哈代作品严肃研究的雷蒙德·威廉斯，神秘地宣称哈代的方言和乡村喜剧是其作品中最不成功的部分，然而，哈代很少仅仅为了搞笑而塑造这些人物。在《还乡》里，有个人突然闯进屋子里来告诉姚伯太太，教堂那儿出乱子了，游苔莎被一根织袜针刺伤了，然后他忍不住又加了几句："哦，姚伯太太，你猜我还发现了啥？牧师那家伙在法衣底下还穿了一套西装！他抬手的时候我能看见他的黑袖子。"情节之外的小骚乱，小打赏，人物给自己找来的小乐子——哈代用一对朝着喜剧竖起的耳朵聆听它们。这里有一段，是科根师傅谈论国教教堂和礼拜堂的区别，他说，正规的教堂很舒适，也都很出名：

> 但要成为一个持不同意见的人，你一定得风雨无阻地去礼拜堂，还要把自己弄得跟滑稽剧一样疯狂。因为礼拜堂里的人都特别聪明，有自己的一套。他们可以从自己头脑里蹦出美妙的祷告，都是他们的家事还有沉船什么的报纸上的事。

这里有相当荒诞的意味，祈祷从"他们自己头脑"里蹦出来让他觉得很棒，但祈祷不就恰恰理应从人们自己头脑里来吗——所以最后这句话不仅是非常有趣，并且将国教礼拜仪式跟非国教的自由仪式间的差别具体化了。关于报纸上的家事和沉船这一轭式搭配也是绝妙。（"报纸上的"用来修饰家事和沉船，但其中只有沉船这个搭配符合逻辑。）在《卡斯特桥市长》里哈代也创造了一个近似的人物，将之描述为"突然迸发出自然"，这个描述用来形容哈代自己的写作也很吻合。

《远离尘嚣》是一部明亮悦目的小说——在创作期间哈代视自己为孔德实证主义者——但随后的作品则走向了荒芜暗淡。与迈克尔·米尔盖特类似，托玛琳认为哈代没有典型的维多利亚时代的信仰危机，他的信仰只是逐渐减弱。在年轻时他曾想过要成为一名牧师。1860 年代中期，他已经不再定期参加教会活动，但他从未完全脱离。在《远离喧嚣》四年之后发表的《还乡》中，他表达了一个观点："希腊人只能猜测的事情，我们知道得很清楚；他们的埃斯库罗斯所想象的，我们年幼的孩子已能感受到"——那就是，"自然法则的缺陷"。在《卡斯特桥市长》中，哈代宣称迈克尔·亨查德已被"诸神为了将人类改进的可能性降低到最低而制造的精密机器"打败。

大部分哈代的成熟作品可以被看作是对约翰·斯图尔特·密尔发表于 1874 年的论文《自然》的解读。密尔认为，人们总是诉诸自然来说明道德问题——例如当一个人不赞同某一行为时会称其为不自然的——但实际上自然是无关道德的，是无视一切的残酷，是漠然。密尔上升到一种正面肯定的、哈代式的指责上来："大自然将人类钉在轮子上碾碎，将他们投入野兽口中，将他们烧死……这一切，大自然都以最傲慢的态度，毫不留情地进行，对她而言最好最高贵的，和最卑鄙最下贱的之间毫无差别。"密尔自此出发，发起了一场对神义论和天命观念的攻击，并得出结论，所谓上帝观念中唯一有意义的是，他是仁慈而软弱的——无力阻止他预知并悲叹的人世痛苦。

哈代最后两部重要的小说，《德伯家的苔丝》和《无名的裘德》都是内蕴复杂的，因为它们既非难了自然的法则又诉诸它。换言之，这两部书吸收了密尔的自然观，但似乎又常常与密尔把求诸自然视为愚昧的想法背道而驰。一方面，作品中众多人物向自然乞求的行为明显是可疑的。当苔丝遭到亚历克强奸，她母亲从旁说道，"毕竟这是自然的事情，随神的意愿行事"，向自然发出的宿命乞求与向宗教发出的宿命的祈祷在这里难以区分。这显然是不可取的。然而另一方面，这部小说相当多地借鉴了"自然的无情法则""自然之母的狡猾"，并一直称颂苔丝为自然之子。那么自然可以是既正确又错误的吗？同样，我们来看苔丝的受尽惩罚以至最终死去，这是上帝旨意的一时缺席，还是根本就是上帝旨意本身？在小说的结尾，有一行著名的笨拙台词："'正义'伸张了，埃斯库罗斯所说的那个众神的主宰，对于苔丝的戏弄也完结了。"此处，小说似乎重又引入了一直被其猛烈攻击的神学：苔丝作为"牺牲"在巨石阵的异教徒祭坛上死去了，走了那么远，似乎就是为了告诉安吉尔，她这个异教徒显然是回到家了。

哈代曾被批驳在神学方面智识混乱。后现代批评往往通过赞扬或热情地讽刺这些明显矛盾来避开它们。这些文本的矛盾被视作如果并非哈代有意为之，也是不可避免的有趣症状（当代批评回避作者意图问题的常用方式）：这些书招摇着自己的不确定和无规则，似乎旨在破坏意义和整体解读。

在这一点上有很多值得一说。哈代在这方面与陀思妥耶夫斯基有很多共同之处，后者同样是一位痴迷神学且曾被指责文笔糟糕的小说家，其作品中的戏剧性和有时令人尴尬的快速节奏，促使理论家们将这些元素视为其文本中故意为之的"对话式"的不规则性，而不仅仅是品位上的缺陷或迫于连载交稿期限的压力。哈代似乎没怎么给传统的现实主义留出空间，他将一大堆过度确定的因果关系大杂烩装在叙事盘子上的习惯做法看起来有一种蓄意的讽刺。《德伯家的苔丝》和《无名的裘德》分别至少为其主人公的命运提供了四种巨大的叙事解释：一个是家族宗谱的解释（"血统上"来自德伯家和福雷家），一个是社会经济学的，一个是"自然"的解释（自然的残酷），还有一个神学上的（有时与自然的解释互为表里，有时自它抽离，比如在《苔丝》结尾对埃斯库罗斯的引用）。这些因果关系都受到了公正的指责吗，还是说每个原因只负责做出一部分解释？

此外还有另一个最令读者困惑的因果关系：小说本身令人感到沉重压抑的剧情发展。即使我们接受后现代主义提供的解读方式，愉快地将这些小说视为迷人的通俗剧拼贴，上面文着各种不同、相互矛盾的论述，我们仍然会陷入一个令人难以接受的悖论：这些小说本身具有强烈的强制性，却宣称在反抗《无名的裘德》中淑·布莱德赫所说的"共同敌人——强制"。诚然，除非同时表现强制，否则就无法展现人物试图对抗强制的努力；但同样重要的是，所表现的强制似乎不应该是作者本人的绝对主导。"我不能把上帝想象成反对自己创造物的大阴谋家。"哈代在自己的笔记本上摘出了汉弗莱·瓦德夫人的小说《罗伯特·埃尔斯密尔》中的这句话。他在想什么？他已经成了上帝，密谋与自己手下的小说人物为敌。

　　我自己的感受是，在最后的这两本书里，哈代真的被源自神学的痛苦耗尽了，这种痛苦使得成功叙事所必需的自由几乎丧失。他在《无名的裘德》之后弃小说而投奔诗歌，一部分是因为他明白他不得不放弃叙事本身。哈代自己的信念是什么？我们能够确定的是，他与约翰·斯图尔特·密尔颇有些相近。他从未将自己的定位固定于某块艰难的绝望之境，也从没有过密尔那种净化的幻灭的坚定，很重要的一点是他无法放弃自己对基督教的眷恋；他最纠结复杂的分裂在其诗歌，如《公牛》《黑暗中的乌鸫》和《神的葬礼》（他想象目睹了运送神的尸体的一次游行，并为这古老寄托的离去而哭泣）中多有显现。但他确实开始思考上帝的旨意也即他所称的"内在意志"，一种盲目的、漠然不动情的甚至是邪恶的力量。其他时候，他认为这种力量是在奋力表达自我并失败了，很可能正是被它的造物阻挡了。在他最后的三十年里，他似乎从伊壁鸠鲁学说渐渐摸索着转向一种非常黑暗的诺斯替主义，常常投奔索福克勒斯式的宿命：最好不要来到人世。他写了一首诡异的诗，《未出生者》：诗人拜访了一些还没有出生的人，他们关于人的存在有诸多兴奋的提问，诗人几乎忍不住要告诉他们这世界有多可怕。他沉浸在这样一种观念中：这一意志破坏了宇宙创造之初的完善，而真正的大惩罚是人类被赋予了意识。动物们受的苦难要少一些，因为它们无法从神学或其他角度反思自己的痛苦。关于这一点，他的笔记本上有一段精彩的笔记：

> 自然法则在人类心中产生了一个孩子，这个孩子不断地责备其父母虽然做了很多事情，但并没有做到全部，并不断地对这样的父母说，最好从未开始做，也不要如此优柔寡断地过度做事；也就是说，不要在明显的首要意图（在情感方面）之外创造那么多，而没有通过第二意图和执行来修正过度做事的错误带来的邪恶。在一个有缺陷的世界中，情感是没有位置的，情感在其中发展是一种残酷的不公。

如此不同寻常的一段，在语气上有着哈代独有的平静下的难以和解。他似乎在说，赋予人类以感觉，这是错误的，这是第一个错误——上帝"过度作为"的原始之错。对这个错误应该有一个修正，正如《创世记》似乎对上帝造万物提供了两个描述。哈代显然是一个总被指责过度作为的作家，也许他的小说正是努力去摹仿、去表现这种神学上的过度作为？相类似的是，哈代的故事情节满是重复。他的人物试图修正与生俱来的最初的不公，但第二或第三次的修补一定会失败：苔丝离开安吉尔走向亚历克又再回到安吉尔身边，但她是注定难逃一死的；裘德离开阿拉贝拉奔向淑又重回阿拉贝拉身边，但他是注定一死的。托玛琳引用了一封哈代写给朋友莱德·哈格德的可怕的信，后者十岁的儿子不幸夭折。他表达了哀悼，继而又加了一句："不过，坦率地说，我认为一个孩子的死从来不用真的去哀悼遗憾，只要我们仔细想想他逃离了什么。"她尖锐地评论道，对此从未回信的哈格德"大概明白，哈代有能力同时相信几个矛盾的东西，这意味着他有时的表达方式显得古怪"。很快，全世界就会尝到一枚果实，正是从这古怪、这可怕的诚实、这冷嘲热讽的残忍上结出的，在那本小说里，这枚果实会给哈代带来比以往更复杂的赞誉：《德伯家的苔丝》在这一年晚些时候付梓出版了。

杰夫·戴尔

　　瓦尔特·本雅明曾经说过，每一部伟大的作品都消解了一种文类或者开创了一个新的文类。但是难道只有杰出作品才拥有创新的特权？如果一个作家写下了几部达到本雅明高标准的作品，也许不是所有作品都算得上伟大，但它们迥异于彼此，对它们的作者而言每一部都是独特的，并且每一部都那么难以模仿，以至于开创出了自己特有的、旋即自我消解的类型呢？英国作家杰夫·戴尔以创作像钥匙那样只此一件的书为乐。戴尔写过关于爵士乐的半虚构狂想曲《然而，很美》，围绕第一次世界大战写下了《寻踪索姆河》，创作了有关 D. H. 劳伦斯的自传体散文《一怒之下》，还出版了散文游记《懒人瑜伽》，没有什么作品能在戴尔这些书里找到一丝相像之处。你可以看出戴尔的前辈或影响他的人——尼采，罗兰·巴特，托马斯·伯恩哈德，米兰·昆德拉，约翰·伯格，马丁·艾米斯——然而你找不到他的文学子嗣，因为他的文学是如此不安分地变换着方向，在能够组成一个家庭之前，它早就移居别处了。他把小说、传记、游记、文化批评、文学理论，还有一种喜剧感的英式唠叨联合了起来。这样的结果理应是一片突变的腐殖土，却几乎总是变成一份挤眉弄眼的狡黠欢乐。

戴尔近期作品的个性化腔调在他写下第六本书《一怒之下》（1997 年）时就已经成形——一种走走停停的研究，既热情认真又懒散懈怠，作者并不着急去完成他的课题，只是在它周边东张西望，好像一个站在街角的漫无目的的聪明男孩。戴尔本打算写一本关于 D. H. 劳伦斯的评论性著作，但是每当他试图开头，总有些什么事情分散了他的注意。首先，是他对写小说的想法：

　　虽然我决定要写本关于劳伦斯的书，但同时也决定要写本小说，当稍后做出决定要写本关于劳伦斯的书时，这个决定并没有取代之前的决定。最初，我迫切地想要同时写这两本书，但这两股欲望互相拉扯，到最后哪本我都不想写了。

接下来又一个问题来了，去哪儿写——或者，也可以说，没法动笔写——那本关于劳伦斯的书："实际上，不可能开始写劳伦斯或小说的原因之一就是我纠结于住哪里。我可以住在任何地方，我所要做的就是选择——但无法选择，因为我可以住在任何地方。"

戴尔去了罗马，他的女朋友住在那里，但是罗马太热了，一点儿工作都没法干，这对情侣于是躲到了希腊一座岛屿上。不过也没有好多少。他被里尔克吸引住了，起初里尔克让他兴奋不已，但后来连读里尔克都让他觉得受不了："我原本打算上午完成写劳伦斯的工作以后下午打网球，但那儿没有网球场，因此上午既没有写劳伦斯也没有读里尔克，下午也没有打网球。"托马斯·伯恩哈德的读者可以认出一种展现绝望的眼熟的戏法，每一个可能性都被它的对立面蒙上了阴影，而任何一件事都不可能完成，因为每一件都在不断地重新开始。

伯恩哈德十分有趣，但是绝望——尤其是自杀和崩溃的紧迫压力——自始至终摆在眼前。戴尔的有趣更刻意，更轻松，《一怒之下》展示了一次看似不可能的对伯恩哈德这位奥地利作家的英国化。和戴尔晚一些的作品一样——《忘情巴黎》（1998

年)写的是两个二十多岁的英国人跑来巴黎什么正经事儿也没完成(当然,其中一位来到巴黎显然是为了写他的小说),《懒人瑜伽》(2003 年)是一系列背景为泰国、法国、利比亚、意大利的散文——《一怒之下》也是一部妙趣横生、让人目瞪口呆的不羁之作。对伯恩哈德来说,是难以释怀的内心活动阻碍了工作;对戴尔的人物来说,这是无聊所拥有的消极自由。不去写总是要比去写容易,而且不去写至少可以让一个人保留着某时某刻再提笔去写的选择权。但是,一旦一个人完全不做任何事,那么那种难耐的感觉让人觉得这与其说是一种自由,不如说是一座监狱,被无边无际的可能性团团围住——"无法选择,因为我可以住在任何地方"。在戴尔滑稽的、令人沮丧的自相抵消的世界里,即使静止也是一种活动,而生活就变成了一种"懒得做瑜伽的人做的瑜伽"(《懒人瑜伽》)。在罗马,或者在巴黎,或者随便什么地方,真的,生活渐渐缩小至静止:"可做的事情越来越少,或许是因为我的精力越来越少。"

另一方面,戴尔过去十年的作品似乎是与后现代主义越来越接近了。宏大的姿态不过一场空,代替繁重工作或努力思考的,有性有药物有酒吧派对,还有各种各样稀奇古怪的音乐。所有事情都无法完成，姗姗来迟，笼罩着哲学上的暮色。密涅瓦的猫头鹰就快要扇不动自己的翅膀——因为它毫无疑问已经变成了一只胖胖的城中鸽子，在咖啡馆间四处溜达寻觅着文化剩饭。这些作品好似蓬皮杜中心一样，把自己的内里翻到外面来，展示着自己的内部构造。关于劳伦斯的那本书变成了一本有关没法动笔写劳伦斯的书；一部关于古迹废墟的计划作品进行不下去——"这样一本书总有一天会变成关于我的废墟"（一个典型的戴尔式笑话）。但是当然了，戴尔的书都写下来了：关于无聊的有趣之书，关于失败的成功之书，关于不完整的完满之书。并且我们可以看出，戴尔绝不是在表现一种悠闲的讽刺性的顺从，他实际上是一个真正的晚期浪漫主义者，一个继承了罗兰·巴特和尼采衣钵的浪子（不过加了一点点金斯利·艾米斯酸酸的英国味儿），热切地想要亲身经历一切可能，去旅行，去爱，去认识新朋友，并且对写作和阅读持谨慎态度，因为尽管它们保存了如上经历，但它们与之隔着一段模仿的距离。这位浪漫主义者的难题是，为了有东西可写，他必须去生活——也就是说，不在写作。D. H. 劳伦斯，这位原始的朝圣者，成为戴尔的伟大榜样不是没原因的。

　　因此戴尔把人生中的大部分时间花在了路

上——伦敦，巴黎，罗马，牛津，新奥尔良，纽约——而他大量最好的作品也是在旅行的刺激下产生的。他在《一怒之下》里滑稽地谈到这一点，但这种英式幽默也不能掩盖情感的强烈。有一次，他写道，他发现自己走在一条北伦敦的马路上，朱利安·巴恩斯就住这条街："我没有看见他，但我知道，这些宽敞舒适的大房子里一定有一栋，朱利安·巴恩斯正坐在里面属于他自己的书桌前，工作着，就像他每天都做的一样。这似乎是一种对生命的无法容忍的浪费，尤其对一个作家的生命来说，坐在书桌前，在这样一条漂亮沉闷的北伦敦马路上。奇怪的是，这似乎是对作家的观念的一种背叛。"用一个人的生命写作是对作家生命的背叛：戴尔知道这是一个疯癫的悖论，就连浪漫主义者们都得坐在无聊的书桌前写作，但他宁可留着自己破旧不堪的悖论，也不要巴恩斯整洁的一致性。

于是他从书桌旁起身，登上飞机或者上了船。他颇为赞同地引用了丽贝卡·韦斯特对劳伦斯的描述，说他如何每到一地——比如说佛罗伦萨——就马上开始着手写它，即使他几乎不太了解这个地方："他写的是那一刻自己灵魂的状态……他只能用象征性的手法加以呈现；而佛罗伦萨城和其他任何城市一样，是一个好符号。"戴尔有着顽皮书名的新书《杰夫在威尼斯，死亡在瓦拉纳西》，自称是一本小说但其实由两个长故事组成，一个发生在威尼斯，一个设定在恒河岸边的印度圣城瓦拉纳西（又名贝拿勒斯或柯枝）。这两个故事有一定虚构上的联系，而它们的主角——一个英国中年记者，被工作指派到两座城市——和杰夫·戴尔并不完全相同。此杰夫不是彼杰夫。然而这两个故事仍像是故意为之地在虚构性上进进出出，它们是融合了散文、游记、虚构故事的戴尔式的混合体，作者灵魂的真身在这两篇故事背后隐隐闪现。（一则注释告诉我们，作者去过瓦拉纳西，且三次赴威尼斯双年展。）

　　"杰夫在威尼斯"里的中心人物杰夫·阿特曼，是一位在艺术领域工作的伦敦记者。他厌恶自己的工作，在痛苦的拖延中越陷越深："回到家里，回到书桌旁，那个永恒的问题又冒了出来：这个活儿他还能撑多久？事实证明，他每次只能做两分钟，但最终，这两分钟的时间——被来来往往的电子邮件打断的时间——累积了起来。天啊，这是多么悲惨的谋生方式啊！"他去威尼斯报道双年展，就这样开始了一场对托马斯·曼那篇著名小说[1]有趣的

---

[1]　指《魂断威尼斯》。

不知疲倦的呼应。一如托马斯·曼笔下不苟言笑的著名作家古斯塔夫·冯·阿申巴赫，年已四十五岁、一点儿也不著名的杰夫眼见着头发都灰了，把头发染回了黑色。和阿申巴赫一样，杰夫·阿特曼 [主角的姓氏（Atman）十分接近"艺术人"（artman）、"广告人"（adman）和"托马斯·曼"（T. Mann）] 在威尼斯跟踪观察着一位心爱的对象——在他的故事里，不再是纤弱美少年而是一位漂亮性感、名叫劳拉的美国女子，她在自己髋骨位置文了一只海豚。这两个人纠缠到了一起，做了很多次爱，吸了数目可观的可卡因。

　　戴尔故事里的每一个动机都在对托马斯庄严的阿波罗主义一脸冷笑地进行着颠覆破坏。威尼斯是它自身的拟像，这座城市不过是一个巨大的艺术装置："几百年来的每一天，威尼斯从梦中醒来，假装是一片真实的土地，哪怕每一个人都知道，它只不过为了游客而存在。"这帮艺术评论家、艺术家还有食客们显然不是来参观艺术或威尼斯的，而是来参加派对、喝酒、嗑药和互相勾搭的："你来到威尼斯，你看了一大堆艺术，你去派对，你劈头盖脸一顿狂饮，你站那儿废话连着说上几个钟头，然后你滚回伦敦，带着攒了一天又一天的宿醉，肝脏损伤，一本没做什么笔记的笔记本，还有新起的冻疮的刺痛。"也许这些派对本身就是一种装置:"本说他得到可靠消息称下午晚些时候在委内瑞拉馆,巧克力浇蟑螂会端上餐桌。"杰夫琢磨着,"完美的装置应该是一间夜店,人山人海,沸腾音乐,灯光,烟雾机——也许有点儿麻醉药品。你可以就把它叫作夜店,然后如果你让它每天二十四小时连轴转,它就可以成为双年展的大热点。"

追根究底,"杰夫在威尼斯"里一直在开的玩笑是:如果阿申巴赫得到了年轻的塔齐奥并以酒神狂欢的方式与他交往,会发生什么?性是否可以战胜死亡?(托马斯·曼的小说以塔齐奥似有似无地回头示意那位高龄好色之徒作结,老人从他的躺椅上坐起来一点又倒了回去,之后便死了。字面上说他的确是起不来了。)非常后现代的杰夫·阿特曼给一本名叫《文华》(*Kulchur*)的杂志写稿,不过他会说些《文华》的坏话——为了听上去显得劳伦斯一点儿。如果戴尔的故事不是如此尖刻地有趣,以及如果没有托马斯·曼隐藏的理想主义作为铺垫,那么其愤世嫉俗的程度将让人无法忍受。戴尔像是要说,这便是将近一个世纪以来发生在我们身上的变化,从托马斯·曼小说所处的年代算起——"那时候谁也无法相信今后将会有这么一个时代,所有人关心的东西成了免费畅吃的意大利肉酱饭，成了他们在花园里大口灌下的免费贝利尼鸡尾酒。"

当"杰夫在威尼斯"里的道德空虚被它的另一半"死亡在瓦拉纳西"解救出来时，似乎显得更有毁灭性了。第一个故事是性和肉欲的一次涨潮，后一个故事则被掌管生死的圣河恒河掌管了。第一个故事用肉体欢娱把自己喂饱，第二个把那些诱惑从自己身上清空了（没有性，几乎不喝酒，虽然还是有一点药物使用）。这个故事由一个不具名的中年记者充当叙述者，他可以是也可以不是杰夫·阿特曼（或杰夫·戴尔，就此故事而言），他来到印度教的圣地之一瓦拉纳西，为伦敦某报撰写一篇稿件。它和之前威尼斯的故事以及托马斯·曼的威尼斯小说都有关联。印度教徒相信，如果一个人死后在瓦拉纳西火化，那么就可以摆脱轮回转世之苦。所以，瓦拉纳西便是某种崇高神圣的火葬场，而恒河几乎被骨灰阻塞住了。阿申巴赫从字面上拆开看，是"灰的溪"。和在威尼斯的情况差不多，主角是一个观光客式的旅行者。他在城里一落脚，立即朝着燃烧的恒河出发："那就是我急着要去的地方，我要去看尸体是怎么被烧掉的。（每到一个新地方就径直去做所有人都会做的事，这也没什么不好。）"他试图研究研究印度教，但他搞不清楚。不管怎么样，他被"达显"的概念吸引，即"你向一位神祈求得越多，你在心里想象他越多，那么他的神力便会越大，而你就更容易见到神"。这与阿特曼对劳拉的欲望，以及阿申巴赫凝视天神下凡似的塔齐奥之间明显的关联，戴尔不需要直接挑明。并且，和在威尼斯一样，几乎所有东西都像个艺术装置，甚至是从人力车上看到的一堆垃圾：

> 几头看上去很快乐的猪在一大堆垃圾里拱来拱去。垃圾堆中已经有一部分被压缩成一坨黑焦油似的玩意儿，一片污秽凝结的沉渣，纯净的污秽，没有杂质的污秽，没有掺杂任何不纯的污秽……最上面是一片烂了的金盏花、湿透的纸板碎片（这些碎片作为热量来源也不容小觑）和看起来还挺新鲜的粪便（同理）。几个蓝色塑料袋为这一切增添了一丝张力十足的装饰感。这一大堆以其独特的方式构成了一个很有潜力的旅游景点，是对经典的污秽概念的一次当代呈现。我很激动，很想请车夫停车能让我好好看上一眼，说不定再拍个照。

威尼斯激发了阿特曼粗俗的反叛，瓦拉纳西则勾引出了戴尔深度描述的天赋。在其中有他绝妙的观察反映，充满刺激和趣味。一个圣人留着的胡子"看起来像是用某种长毛动物的毛皮做的，这种动物来源神秘，濒临灭绝，而且大小便失禁"。女人"穿着红的黄的纱丽闪烁而过，像承重的摇曳火焰"。在一个非常好笑的场景里，叙述者正走在一条狭窄小巷里，一头牛从旁挤开了他。牛尾巴"在粪里浸得透透的好像一杆在油彩里浸湿的画家之笔。不能只因为我有个干净漂亮的屁股而她是一头屁股沾满牛粪的牛就一定意味着在上辈子我不是她——或她不是我。我们可以在一瞬间角色互换。我们在轮回的巨大纳斯达克股市里随时可以互换位置，股价涨跌难测"。仿佛想到一块儿去了，这头牛抬起自己沾满牛粪的尾巴扫了扫叙述者的嘴巴。

出乎意料，也出乎威尼斯故事的原本走向，瓦拉纳西居然对英国记者产生了巨大的影响。原本只预订了五晚房间，结果他换了一间俯瞰恒河的酒店又待上了好几个礼拜。时间涣然消失。他丢失了护照。他把头发眉毛都剃掉了，像一个印度送葬者，还开始缠起了腰布。他在骨灰弥漫的恒河游泳。此前，他见到一条糟糕得吓人的狗，满身是伤疤，只能整天抓挠着自己，"痒和挠痒的可怕轮回，痒和挠痒"。读者不禁会想到"杰夫在威尼斯"，一个关于强迫性的"挠痒和痒"的故事。在"死亡在瓦拉纳西"结尾，叙述者似乎从所有的挠痒和痒中找到了一种宗教上的平静："我并没有遁入空门；我只是对这个世界的某些部分越来越没有兴趣，与它的关系也没那么密切了。"

这种宗教意味的自我清空在戴尔一贯热闹且世俗的作品中，显得像一个意外的转变。但实际上，关于无聊的形而上学自然而然地一路通向了关于平静的形而上学。在早一些的作品中，戴尔笔下的人物没法动笔写不是因为他们疏于写作而是因为他们太想写了。消极的自由表达了对完成的恐惧。如果你从来没有开始一项工作，那么至少意味着你没有完成它的机会。完成某件事情，从某些方面来说也即让它消失；不开始行动是针对损失做出的先发制人，一种为尚未消亡之物所唱的挽歌。（有趣的是，戴尔颇有兴致地再三围绕着墓志铭动笔——废墟、墓地还有照片，都是某个冻结瞬间的墓志铭。）是时间把我们完成，是时间迫使我们进入无休止的重复，无聊的、被习惯钳制的重复。旅行、性和药物——戴尔循环往复的乐趣——是欺骗时间的办法，是时间之外的片刻。"有那么几分钟一切皆有可能"，对于在罗马嗑高，戴尔这么写。嗑高这事儿，杰夫·阿特曼觉得，"就像他渴望从生活中得到的一切的浓缩版本"。嗑高或可被视为消极自由的最大值，在那个程度一切真的可以变成纯粹的可能。"无聊，"哲学家、格言家 E. M. 齐奥朗写道，"虽然有个轻浮的坏名声，但是它让我们得以一瞥那个无底深渊，而对祈祷的需要即来自那里。"杰夫·戴尔正是把他的叙述者留在了此处，虔诚地祈祷着能摆脱无聊的深渊。

保罗·奥斯特的浅薄

罗杰·费佐有十年时间没有同任何人讲话。他幽闭在自己布鲁克林的公寓里，着魔似的翻译再重译卢梭《忏悔录》里的同一篇短章。十年之前，一个名叫查理·达克的歹徒袭击了费佐夫妇。费佐被打得奄奄一息；玛丽则被火烧伤，仅在 ICU 病房存活了五日。白日里，费佐做翻译；夜里，他俯首于一部小说，写的就是这个从未被定罪的查理·达克。然后费佐用威士忌将自己灌得不省人事。用酒淹没悲伤，钝化感官，忘记自己。电话铃响，他从不接听。有时候，一个叫霍莉·斯坦的迷人女子会穿过走廊，静悄悄潜入他的卧室，熟练地将他从昏迷中唤醒。另一些时候他召妓，来的是阿丽莎，一个本地姑娘。阿丽莎的眼睛太过坚冷，太愤世嫉俗，看起来就阅历丰富。但奇怪的是，尽管如此，阿丽莎看起来却和霍莉一模一样，根本无法把她们区分开来，就好像她是霍莉的替身。正是阿丽莎将罗杰·费佐带离黑暗。一个下午，她裸身在费佐的公寓里闲荡。在他那狭小的办公室里，她看到两部堆放整齐的庞大手稿。其一是《忏悔录》的译本，每一页都写着几乎一样的文字；另一部是关于查理·达克的小说。她开始快速翻阅这本小说。"查理·达克！"她惊呼道，"我认得查理·达克！是个难搞的家伙。这浑蛋是保罗·奥斯特那伙儿的。我想读这本书，宝贝，但我懒得读这么长的书。你念给我听好吗？"于是，十年沉默被打破了。没有理由，但也并不出于恶意，费佐决定满足阿丽莎的要求。他坐下来，开始念他小说的开篇，就是你刚刚读到的那一段……

好吧，上面这段梗概是对保罗·奥斯特小说的一个戏仿，用一个滑稽的容器盛了点儿奥斯特牌古龙水。尽管有些不公平，但是也着实提取出了其作品中大部分为人熟知的特征。主角几乎总是个男人，往往是一位作家或者知识分子，当然爱读书，过着遁世生活，牵挂着一个消失了的人——亡妻或者离异的伴侣、夭折的孩子、失踪的兄弟。暴力的意外事故贯穿于叙事之间，既是为了确保对存在之偶然的坚持，也是维系读者阅读兴趣的方法——一个女人被投入德国集中营并分尸，一个男人在伊拉克被斩首，一个女人被一个本打算与之交合的男人痛揍，一个男孩儿幽闭于暗室九年并不时被毒打，一个女人意外地被子弹击中眼睛，等等等等。这些叙事以现实主义故事的样貌呈现，只不过它们少了些说服力，又总是笼着一层 B 级片的气氛。这些人物嘴里说着诸如"你真是个难搞的小东西，孩子"，或者"老娘不是出来卖的"，又或者"这是老一套啦，伙计。用你的 ×× 想想，就知道是怎么回事儿了"。一段插入文本——来自夏多布里昂、卢梭、霍桑、爱伦·坡、贝克特——优雅地滑进主线故事里。书中有分身、替身、二重身，还有一个名叫保罗·奥斯特的人物出现。在故事的结尾，散落如老鼠屎一般的线索点引导我们走向书里那耗子钻入的后现代洞穴：我们读到的部分或全部内容可能都是主人公想象出来的。嘿，罗杰·费佐创造了查理·达克！全在他的脑袋里。

　　保罗·奥斯特的小说《隐者》，尽管有些地方也引人入胜、生机勃勃，但仍然框在奥斯特模式里。故事发生在 1967 年。亚当·沃克，一位在哥伦比亚大学学习文学的年轻诗人，沉浸于他哥哥安迪逝去的悲伤中，而哥哥安迪溺于湖中的悲剧发生在故事开始的十年之前。在一次校园聚会上，亚当认识了光芒四射又阴险的人物：出生于瑞士，父母分别说德语和法语的鲁道夫·伯恩。伯恩是位客座教授，他的课程是法国殖民战争，对这门课他有很明晰的观点。"战争是人类心灵最纯粹、最生动的表达方式"，他的话让亚当大为惊讶。他试图诱使亚当和自己的女朋友睡在一起。后来我们得知伯恩秘密地为法国政府工作，并且很可能是一个双面间谍。

也许因为鲁道夫·伯恩太像是个从间谍电影里钻出来的人物——奥斯特简直可以给这本小说取名《伯恩谍影》——一点也不像20世纪60年代苛刻讲究、教养优越、一口法语的欧洲人。他说起话来，用着诸如"你的屁股要被烤透了，下半辈子你别想坐得下来"，或者"我们还在努力炖菜"（说的是一份炖羊肉），又或者"我唯一该做的就是把家伙掏出来，对着这团火撒尿，然后问题就解决了"。他立刻对亚当产生了兴趣，给他一笔钱去搞一个文学杂志："我在你身上看到了些东西，沃克，一些我喜欢的东西。"他说，听起来跟《地方英雄》里的波特·兰加斯特一样怪兮兮的，"为了某些难以解释的理由我感到自己乐意拿你赌一把。"至于"某些难以解释的理由"，事实上是：奥斯特焦虑地坦承了自己的创意匮乏。

既然是奥斯特的小说，意外总会像汽车打天上掉下来一样，撞向他的叙述。一天傍晚，伯恩和沃克徜徉在河滨大道，突然被黑人男子塞德里克·威廉姆斯拦住。"枪口指着我们，就这样，时钟嘀嗒一声，整个宇宙都变了"，这便是沃克对此的平庸注解。伯恩拒绝交出他的钱包，他拔出一把弹簧刀，无情地刺向年轻黑人（他的枪，其实并没有子弹）。沃克跑开了，过了一会儿回来，但尸体已经不见了。沃克知道他应该报警，但第二天伯恩递来了一封恐吓信："沃克，一个字儿都不许说。记住：我的刀还在手里，随时可以用上。"被耻辱感淹没的沃克走向警署，但伯恩已出发去往巴黎。

　　如果亚当·沃克不是这么一个平和寡淡又松垮的叙述者，在他讲故事的时候不是就那么两种方法，那么读者可能还可以忍受这样一个过时的伯恩，还有他的电影腔。沃克本应是一个梦幻的年轻诗人，但他却爱上了不用动脑的俗滥修辞。伯恩"刚刚三十六岁，但已然是一个疲惫损毁的灵魂，一具破碎不堪的人形"。亚当和伯恩的女朋友有染，但"内心深处我知道都结束了"。伯恩"在他倒酒时便已深陷杯中"。"为什么？我自言自语，伯恩对我的家庭如数家珍，仍将我深深震撼。"有时，文章似乎在进行某种诡异的、令人窒息的竞争，以将最多的旧货装进自己的篮子里：

在折磨了自己将近一周之后，我终于鼓起勇气再次给姐姐打电话，当我听到自己在两个小时的谈话中向格温吐露了整个肮脏的事情时，我意识到我别无选择。我必须站出来。如果我不向警察坦白，我就会失去对自己的尊重，而这种耻辱感也会在我的余生一直困扰着我。

尽管奥斯特的小说有不少值得赞赏之处，但文笔从不在此列。尽管他的句子优雅动人，经常受到称赞。（《纽约时报》对《隐者》的一篇评论将奥斯特比作弗洛伊德、胡塞尔和歌德，称其为"当代美国最佳写作：简洁、优雅、明快"。）在我开篇的戏仿作品中，最二手的句子，也就是那些漆满了厚厚的懒惰的句子（被打得奄奄一息、用酒淹没悲伤、妓女的眼睛看起来就阅历丰富），都是从奥斯特以前的作品中逐字摘录的。拿《巨兽》（1992 年）来说，小说被设定为由一个美国小说家——名为彼得·亚伦的奥斯特替身——来讲述另一位作家本杰明·萨克斯的失败一生。但彼得·亚伦实在算不上一位作家。他这样谈到他的前妻迪莉娅："内疚是一个强大的说客，只要我在身边，迪莉娅就会本能地按下所有正确的按钮。"他形容起本杰明·萨克斯的第一部小说，是这么讲的："这是一场旋风般的演出，是一次从起点冲刺直至终点的马拉松，不论你对这本书有何种看法，都无法不对作者的能量和其抱负所具备的耸然勇气致以敬意。"如果你不想把这一切归咎于一个不可靠的叙述者，不妨想想奥斯特的小说《黑暗中的人》（2008 年）的叙事者 72 岁的书评家奥古斯特·布里尔的话——"这就是重点，他应该用陈词滥调来写作"。又比如《鬼作家》里的内森·祖克曼，躺在一所新英格兰地区的房子里，构思他的奇幻小说（他想象有一个平行宇宙，在那里美国没有对伊拉克开战，而是为 2000 年大选打一场痛苦的内战）。然而当他思及现实中的美国，语言便又满是陈词滥调。他回忆 1968 年的纽瓦克动乱，这样描写了一个新泽西警察："一位叫布兰德或是布兰特的上校，四十来岁，留着剃刀似的平头，方正的咬得紧紧的下颌，一双海军陆战队员的坚毅眼睛，像是即将要登船奔赴一次突击行动。"（就是前面那个布里尔后来对他的孙女说："孩子，你是个坚强的小饼干。"）

陈词滥调、借用的语言、资产阶级的愚蠢说法同现代与后现代文学杂乱地扭结在了一起。对福楼拜而言，陈词滥调和普遍接受的观点是通往精确和美的艰难道路上的拦路笨狗，是玩玩儿就可以宰了的野兽。《包法利夫人》中用斜体标出了一些愚蠢或感伤的措辞示例，以便让读者更清晰地看到这些内容在书页上是多么刺眼。夏尔·包法利的谈话被称为千百人踏过的人行横道；20世纪文学对大众文化有着强烈的意识，将自我延伸成了"一张借来的纸巾"的概念，上面充满了他人的细菌。在现代与后现代作家中，贝克特、纳博科夫、理查德·耶茨、托马斯·伯恩哈德、缪丽尔·斯帕克、唐·德里罗、马丁·艾米斯、大卫·福斯特·华莱士，无不在作品中拉进了俗滥修辞，又将它们刺穿。华莱士晚期关于现代无聊的写作显然属于福楼拜的悠久传统。保罗·奥斯特可能是美国最著名的后现代小说家了，他的《纽约三部曲》肯定被成千上万通常不读先锋小说的读者阅读过。不过，虽然奥斯特显然也对调停和借用感兴趣——因此他有电影似的情节和相当虚假的对话——但他除了使用陈词滥调之外，对陈词滥调却毫无建树。在他的作品中，陈词滥调并没有受到明显的压力，它只是以惯常的方式用更坚定的语言握住自己柔软的手。

　　从表面上看，这似乎令人困惑，但奥斯特是一个奇特的后现代主义者。或者说，他真的是后现代主义者吗？在奥斯特的典型小说中，有百分之八十的内容是以与美国现实主义无异的方式进行的；而另外百分之二十的内容则是对这百分之八十的内容做的苍白的后现代手术，常常在情节的真实性上做手脚，从而使人对其地位产生怀疑。《偶然的音乐》（1990 年）中的纳什，看上去就像是从雷蒙德·卡佛的某个故事里蹦出来的一样（尽管卡佛写起来会有趣得多）："他整整开了七个钟头，一个急停给车子加了趟油，又接着开了六个小时，直到疲惫终于压倒了他。此时他身处怀俄明的中北部，曙光刚刚从地平线上升起。他住进一家汽车旅馆，死死睡了八九个钟头，然后走到隔壁的餐厅从全日早餐菜单里点了一份牛排鸡蛋。傍晚时分，他又钻回车里，再一次驾车穿过黑夜，直到新墨西哥州开过了一半才停下来。"

奥斯特的小说读起来很快，因为它们写得直白，因为它们的行文语法就是我们最熟悉的现实主义语法（那类可辨认的"现实主义"，实际上是令人安慰的人造产品），也因为他满是机巧转折、突发事件、粗暴入侵的行文，具有《纽约时报》所说的"畅销惊悚小说的所有悬念和节奏"。没有任何语义理解上的障碍，没有词汇难度，也没有复杂句法带来的困扰。这些小说简直是哼着小调一路下去的。但奥斯特当然不是一位现实主义作家，或者说，他的局部叙事程序确实是无趣的现实主义，而他更大的叙事游戏则是反现实主义或超现实主义的；这是一种花哨的说法，即他的句子和段落非常传统，符合物理和化学定律，而他更大范围内的情节几乎总是荒诞不经。在《偶然的音乐》中，纳什从父亲手里继承了一笔遗产，然后上路。后来，他遇见了一位名叫杰克·波奇（Jack Pozzi）的职业牌手 [这名字令人联想到"赌注"（Jackpot），也让人想起《等待戈多》里的波卓（Pozzo）] ："这是那种极少有的、纯属意外的相遇，像是自虚无中化出的真实。"并没有什么说得上的缘由，但纳什决定跟着波奇混："看上去他和将会在自己身上发生的事儿一点关系也没有。"两人来到宾夕法尼亚弗洛拉和斯通这两个百万富翁的豪宅。波奇在一局牌里把纳什所有的钱都赔了进去，并且这两个倒霉蛋瞬间欠了弗洛拉和斯通一万美金的债，富翁们要求他俩去自己的物业干活儿还账；他们的工作是在一块空地上徒手造一座墙。一辆拖车已等着他们去上岗。这块不动产于是变成了纳什和波奇二人的西西弗斯式监狱，而弗洛拉和斯通则是触不到的神（弗洛拉的名字可能指向了神的柔软一面，斯通的则象征惩罚）。纳什在这片田园般的地狱里领受苦刑。

在《幻影书》（2002 年）这本可能是奥斯特最

好的小说里，文学教授大卫·奇摩，隐居在佛蒙特，沉湎于在空难中丧失妻子和两个儿子的伤痛中。"好几个月，我一直生活在悲痛和自怜的酒精迷雾中。"偶然的一次，他观看了一部默片，饰演主角的是 1929 年消失不见的杰出演员赫克托·曼，世人认为这是他最后一次出演。奇摩决定写一本关于赫克托·曼的书，而小说中最棒的部分正是奥斯特为这个 20 世纪 20 年代默片演员的生涯所做的煞费苦心且丰富生动的再创造。但是整个故事很快急转冲进了一片荒谬之中。在这本关于赫克托·曼的作品付梓发行后，奇摩收到了一封来自曼的妻子弗里达的来信：曼还活着，虽然快死了，在新墨西哥。奇摩必须马上来。他没太在意这封信，一天晚上一个名叫阿尔玛的陌生女人来到了奇摩家里。她的枪口对准他，命令他往新墨西哥某牧场出发。这时，二流对话在他们之间往复起来："我不是你的朋友……你是个从黑夜里走来的幻影，现在我希望你回到那里去，别再烦我"，奇摩跟阿尔玛这么说道，这类意思意思抵抗一下的场景我们在烂片中看了真不少。（"这样吧，伙计，明天劫银行的活儿我就不参加了。"）

　　阿尔玛向奇摩解释说赫克托·曼并未在 1929 年死去，他之所以人间蒸发是为了掩盖一场谋杀的痕迹: 曼的未婚妻意外地射杀了他心怀嫉妒的女友。自此开始,小说剩下的部分加快了速度,像是个嬉皮版的约翰·欧文 [1]: 奇摩同神秘的阿尔玛一起奔赴牧场,见到了赫克托·曼。甫一相见,曼便一命呜呼。阿尔玛杀了赫克托的妻子,继而自行了断。最后,借助书中各处穿插的种种有用提示,我们被引导去相信所有刚刚读到的事情都是大卫·奇摩虚构的:他需要这么一部小说,把自己从濒死的悲痛中拽上来。

令人产生疑问的不在于这些作品对叙事的可靠性所抱有的后现代怀疑态度,这已经是家常便饭了,而且充其量只是小打小闹。成问题的是奥斯特试图从其故事的"现实主义"那一部分里抽取出庄重感以及情感的逻辑。他作品中那些真实度最小、最令人无动于衷的片段,总是受到奥斯特最庄重的对待。人们永远不能真正对纳什荒凉的孤独,或者大卫·奇摩沉湎于酒精的伤痛产生切肤之感。在《玻璃之城》(1985 年)中,主人公奎因决意假扮成一名私人侦探(化名为保罗·奥斯特)。尽管他作为一个离群索居的作家从未有过任何侦探经验,还

---

[1] John Irving(1942—),美国小说家,奥斯卡最佳改编剧本奖得主。代表作《盖普眼中的世界》《苹果酒屋法则》等。

是接了一桩为一名年轻男子提供保护的活儿，保护年轻人不受其具有潜在暴力和癫狂倾向的父亲的伤害。奎因需要去跟踪那位父亲。整本书里他都在以一种绝望的热情追随着那个精神失常的父亲。动机何在？因为在这个故事开场之前数年，奎因的妻子和儿子去世了。奥斯特这么写道，奎因"想挺身而出阻止他。他知道无法把自己的儿子带回这个世界，但至少可以阻挡另一个孩子的离去。突然间，他觉得自己有可能做到这一点，站在街上，眼前的一切就像一个可怕的梦。他想起了装着他儿子遗体的小棺材，想起了葬礼那天他看到棺材被放进土里的情景"。

这就是那种每天都被敲进好莱坞"现实主义"电影情节里的经不起推敲的背景故事。如今，某些后现代喜剧家或许会为了引人发笑而玩弄这种戏码，可能会承认"现实主义"的材料和非现实主义的材料一样戏谑或做作——就像早年间的爱尔兰后现代作家弗兰·奥布莱恩在他笑果非凡的小说《第三个警察》中，巧妙地把传统动机和因果逻辑都嘲笑了一番那样。不过，与他的读者不同，奥斯特似乎确实对他手中人物的动机信以为真。因此，弗兰·奥布莱恩是真正的滑稽，而奥斯特只是不知不觉地令人发笑。在《幻影书》中，便有个尴尬的例

子，一出无意为之的喜剧场景。彼时，阿尔玛告诉
大卫·奇摩，赫克托·曼和弗里达有一个儿子泰德，
三岁时便夭折了。"想象一下，这对他们是多大的
打击。"她说。奇摩已失去了两个儿子，马可和托
德，他的妻子也在同一起空难中身亡，阿尔玛意识
到自己说错话了，不好意思地道歉。奇摩说："不用
道歉。我知道你在说什么。不需要费什么脑筋也能
理解他们的处境。泰德（Tad）和托德（Todd）。没
什么能比这更相近了，对吧？"读者读到这里简
直想对奥斯特可笑的严肃态度报以弗兰·奥布莱恩
式的撇嘴。奇摩听起来不像是一位悲伤的父亲，倒
更像一位狡黠的正主持研究生研讨会的解构主义
者。但奥斯特此时身着葬礼正装，紧抿双唇：他既
想要从这清醒的场景中获得传统现实主义的情感真
实，又想要达到后现代文字游戏带来的震颤（两个
名字只差一个字母，托德［Tod］是德语中"死亡"
一词）。

　　奥斯特收获的往往是两个世界中最糟的东西：
虚假的现实主义和浅薄的怀疑主义。这两个缺陷是
相互关联的。奥斯特确实是个引人入胜的说书人，
但他的故事更像是在大声断言，而不是循循善诱。
它们自行其是：它们在追寻下一个启示。各种元素
无法令人信服地组合起来，以至于难以避免的后现

代解构带给读者的只不过是无动于衷。（他的解构也直白得太粗糙，昭然若揭好比超大字号广告牌。）在场无法转变为显著的缺席，因为在场的根基是如此不牢。这便是将奥斯特与若泽·萨拉马戈，或是写出《鬼作家》和《反生活》的菲利普·罗斯区隔开来的鸿沟。萨拉马戈的现实主义极具讽刺意味，他的怀疑主义让人感到真实。罗斯的叙事游戏是从他对普通人事之讽刺的思考中自然产生的，它们并不是一开始就是关于模仿的相对性的寓言（尽管它们可能会成为寓言，然后再反馈到对普通人事之讽刺的思考中）。萨拉马戈和罗斯都以看似严肃的方式组合和拆解他们的故事。他们都是反讽大师，而这种反讽有着深厚的根基。尽管也有种种游戏，奥斯特确实是当代作家中最不具讽刺意味的一位。回到亚当·沃克在《隐者》一书中的自责：

> 在折磨了自己将近一周之后，我终于鼓起勇气再次给姐姐打电话，当我听到自己在两个小时的谈话中向格温吐露了整个肮脏的事情时，我意识到我别无选择。我必须站出来。如果我不向警察坦白，我就会失去对自己的尊重，而这种耻辱感也会在我的余生一直困扰着我。

一个满嘴陈腐套话的讲述者实在令人难以信任，而将这些话安在他身上的作家似乎也并不想说服读者去相信这些话有什么意义。然而，奥斯特塑造的人物，再一次热切地试图用空泛的语言让我们相信其动机之沉重，其痛苦之深切："这一次的不作为是我向来所为里最最应受到谴责的事，是我人生的最低点。"它迫使我"正视自己道德上的弱点，认识到我从来都不是我所认为的那个人"。按照设定，这一次耻辱决定了沃克的人生方向。一年后，他在巴黎又一次遇到了伯恩，继而酝酿了一个复仇计划，其中包括将他的杀人经历告知伯恩的未婚妻。沃克从来就不是一个有报复心的人，也"从来没有主动想去伤害任何人，但伯恩是另一种人，伯恩是个杀手，伯恩理应受到惩罚，人生头一回，沃克打定主意去寻仇夺命"。

你会注意到，小说的叙事此时已从第一人称切换到第三人称——而行文还是一如既往地糟糕。这一叙述的切换其实没有听上去那么复杂。一个奥斯特式的结构装置正在起着作用。在小说的第二部分，沃克把自己在 1967 年如何与伯恩相遇的情形（小说的第一部分内容）披露在成年后写下的一部手稿里，并把这部手稿寄送至一位现在已是知名作家的哥伦比亚大学老朋友詹姆斯·弗里曼手中。这份手稿讲述了沃克在纽约和巴黎的青春历险，叙述在第一、第二和第三人称间游移，弗里曼是该文本的唯一持有者。沃克记述的第二部分包括了一段他在 1967 年夏天离开巴黎前与姐姐格温之间可耻的（而又很感人的）乱伦的故事。奥斯特在这段打破禁忌的文字中文笔变得激动起来，仿佛内容的激进性挑战了他行文的固有气质：这段故事的生动和凄婉悲凉，在整本书的其余部分几乎是见不到的。

小说继续推进，在亚当·沃克去世后，詹姆斯·弗里曼将沃克的手稿寄给了格温，她否认了乱伦事件。读者大可以推断沃克臆造了与他姐姐的逸事，算是某种程度上代偿了失去哥哥的伤痛。也许出于相似的原因，伯恩谋杀塞德里克·威廉姆斯的事也是他臆造的？小说并不明智地在结尾回到最不真切的一个角色——鲁道夫·伯恩，人们看到此时的他肥胖、衰老，栖于某个加勒比海岛上，由仆人照料他奢侈而与世隔绝的生活，像是衰颓了的《007》里的诺博士。亚当·沃克那真假莫辨的乱伦章节所展现出的生机，被小说两端浮华不实的伯恩挤压殆尽。

由诸如莫里斯·布朗肖和伊哈布·哈桑等哲学家与理论家提出的经典后现代主义构想，强调当代语言与沉默的交界。在布朗肖看来，语言总是在宣告着它自身的无效，实际上贝克特对此也有相通的认识。文本磕磕绊绊,支离破碎,围绕在虚无边缘撕裂着自己。奥斯特以美国后现代主义者身份而得到的声誉中最奇怪的因素或许是,他的语言从未在句子的层面记录这种缺失。在奥斯特的作品中,虚无实在太可言说了。令人愉快、清浅易读的作品几乎每年都在出版,有条不紊准时准点得就像发行邮票,而鼓掌叫好的评论者们则像狂热的集邮爱好者一样,排着队迎候最新版本。《巨兽》的叙述者彼得·亚伦语言毫无压力,却也说:"我一直是一个竭力写作的人,在每一个句子上都煎熬痛苦、奋力挣扎,就算在我最好的时候,也不过以腹贴地,一寸一寸向前爬行,好似一个迷失在沙漠里的人。对我来说,即使最短的单词也被几英亩的沉默包围着。"

　　唉,可惜沉默还不够多啊。

"被考察到疯狂的现实"：
克拉斯诺霍尔卡伊·拉斯洛

"被考察到疯狂的现实。"这在当代写作中是何等面目？可能就像克拉斯诺霍尔卡伊·拉斯洛的小说那样。这位艰深、古怪、执着、有洞察力的匈牙利作家，六部小说中只有两部有英译本：《反抗的忧郁》（在匈牙利出版于1989年，1998年出版英文版）和《战争和战争》（问世于1999年，2006年被翻译成英文），两部皆由新方向出版社发行。战后先锋小说和战后传统小说一样，徘徊往复于加法（丰厚，深入，塞进更多东西）和减法（简约，极简主义，缺乏，即塞缪尔·贝克特所说的"少"）之间：贝克特以加法起家，而在以减法告终。不过这种划分并非真那么尖锐，因为在先锋小说里加法往往看起来像某种减法：这种加法着力于对句子的强化，而非大多数人惯常认知的小说的那些东西——

情节、人物、家具、物品。很多东西都从这虚构的世界里消失了，而作者专心致志于充填句子，用它去标记和复刻那些人活在世上的最微小的限制、犹豫、间断、肯定和否定。这是那种呼吸般不停顿的、既文学化又如耳边低诉的长句与 20 世纪 50 年代以来的实验小说进程密不可分的原因之一。克劳德·西蒙、托马斯·伯恩哈德、若泽·萨拉马戈、W. G. 塞巴尔德、罗贝托·波拉尼奥、大卫·福斯特·华莱士、詹姆斯·凯尔曼以及克拉斯诺霍尔卡伊·拉斯洛使用长句做出了各种不同的事情，但是所有这些人都一直同纯粹的语法现实主义相抵触，后者会将现实强行归入被语法许可的单元和组合。

这种语法上的反现实主义并不一定和现实敌对：实际上，这批作家可以被称作某种意义上的现实主义者。不过他们中的许多人所感兴趣的现实是"被考察到疯狂的现实"。这是克拉斯诺霍尔卡伊·拉斯洛的说法，并且在所有这些作家中，拉斯洛也许是最奇特的一位。他不知疲倦却令人疲惫的句子——一个单句可以填满一整个章节——使人觉得似乎无穷无尽，甚至连段也不分。他才华充沛的译者、诗人乔治·奇特斯感叹他的行文如"缓慢流淌的叙事熔岩流，一条铅字的巨大黑河"。拉斯洛笔下的人物在想什么常常令人费解，因为他的小说世界总是摇摆在揭开真相的边缘却永远不会揭开。在非凡之作《战争和战争》中，来自匈牙利外省小镇的档案管理员、本地史研究者乔治·柯林，就快要疯了。在整本小说里，他处于"某个决定性发现即将揭示"的状态，但我们从没有得知这个发现究竟是什么。下面是这部书较前部分一段有重要意义的引述，拉斯洛描述了柯林无休无止的精神扭曲：

因为他不想在生日那天回到一个空空荡荡的公寓去，而完全就是在突然的一瞬间，他像是被击中了，天哪，他什么都不懂，不管对什么都一无所知，看在上帝的分儿上，对这世界两眼一抹黑什么都不懂，这简直是最令人恐惧的现实，他说，尤其是这现实以它所有的乏味、庸俗向他袭来，以一种荒谬到令人作呕的程度，但这就是问题所在，他说，在他四十四岁的时候，终于想明白他在他自己看来是多么愚蠢，多么空洞，在过去这四十四年里他对这个世界的理解蠢得多么不可救药，因为，就像他在河边弄明白的，他不仅误解了它，而且对任何事的任何理解都错了，最差劲的是四十四年以来他一直以为自己理解它，而事实是他根本不行；而且这确实就是当他独自坐在河边度过生日的这一整晚里最差劲的事，说是最差，是因为他现在认识到的事实——他需要理解它并不代表他现在就理解了，因为意识到他缺乏知识本身并不是什么可以用旧一点儿的知识换来的新知识，而是当他思考这个世界时摆出的一个恐怖的谜题，像他那晚上做得最疯狂的事，为了理解它、为了理解失败所做的，除了折磨他自己别无其他，因为这谜题看上去越来越复杂了而他开始感到这个自己拼命想要明白的世界之谜，这个他折磨自己要努力理解的，其实就是同时关于他自己和世界的谜题，他们本质上是一个问题并且没有区别，这是他眼下获得的结论，是他尚未放弃的，几天之后，他感觉到他的头脑出了些问题。

这一段展示了拉斯洛的众多特质：不间断前进的句法结构；柯林的想法延伸又反转的方式，好似一只疯癫的蝎子试图蜇伤自己；以及最后一个短句（"他的头脑出了些问题"）的完美滑稽的位置。这样的行文具备一种自动修正的步态，好像有什么事情正在真的被解决，可痛苦而滑稽的是，这些修正从未能得出正确的答案。我们可以在拉斯洛那里感受到些许托马斯·伯恩哈德的影响，和后者相类

似，作品中的一个单词或者复合词（"谜""世界之
谜"）被捕捉摆弄，被谋杀，变为无意义，使得它
的重复开始变得似乎既好笑又骇人。伯恩哈德书中
的人物以优雅甚至堪称怪异的正式语法叫嚷，这些
叫嚷几乎可以从小说中取出，另外成为一出苦涩的
喜剧——相形之下，拉斯洛把长句拉伸至最远端，
使其陷入一种厚重的执拗的氛围、一种动态的瘫
痪，在那里思维翻转、颠倒往复，却无任何明晰的
效果。

　　在《战争和战争》这本题辞为"天堂是悲伤
的"的书中，柯林在其供职处的档案文件里发现
了一份手稿。这份文本似乎标记为20世纪40年
代，存放于一个贴着"无特别重要意义的家庭材
料"标签的盒子里。这是一篇虚构的叙事文，记叙
了卡瑟、弗克、班戈沙和图特四个人，从克里特岛
到科隆到北英格兰，且处于不同历史时期的各种冒
险。柯林为这份精美的手稿折服，从盒子里拿出来
的那一刻，"他的人生就此改变"。本就情绪不稳的
他断定这份手稿隐藏着自己人生之谜的答案，一种
宗教或幻象的答案。他很肯定地认为手稿实际上是
在"讨论伊甸园"，于是决定必须前去寻找他心中
的"世界中心，一个真正决定重大问题的地方，一
个万事发生的地方，一个像罗马一样的地方，古罗

马，决策在那里制定，事件在那里开始。他要找到这个地方，然后放弃一切"。他认为纽约就是这个地方，他要去那儿，把手稿打出来放到网上去，然后此生便到尽头。

克拉斯诺霍尔卡伊·拉斯洛 1954 年出生于匈牙利东南部的久洛，他曾在德国和美国生活，不过他在欧洲更著名（在德国则几乎被奉为经典，部分原因在于他长时间待在德国，德语流利，且被认为可能摘得诺贝尔奖桂冠）。他最为人所知的途径大概是通过导演贝拉·塔尔的作品，贝拉·塔尔与之合作过多部电影，包括《诅咒》《鲸鱼马戏团》（塔尔版《反抗的忧郁》），还有宏大、震撼的《撒旦探戈》，片长超过七个小时。这些黯淡、幽深的作品，在其幽灵般的黑白色调、稀少的对话和沉默的配乐中，似乎想要回归默片，电影导演用跟踪镜头模拟拉斯洛蜿蜒曲折的长句，有的镜头长达十分钟之久：《鲸鱼马戏团》里，几分钟长的镜头跟着伊瑟尔先生和瓦鲁斯卡两个人物走过灰蒙蒙的外省小镇，无声的长时间步行，就像发生在现实里那样。整部电影里，摄影机一直停留在瓦鲁斯卡（一个天真又麻烦不断的幻想家）空白、被照亮的脸上，带着一种信徒亲吻圣像的虔诚。《撒旦探戈》使用了探戈一样的复杂结构（向前六步，向后六步），呈现了一个处于崩溃边缘的集体农场的场景。影片以超长的篇幅和未剪辑的长镜头著名，例如醉酒的村民们跳舞的场景（据塔尔说喝醉酒不是虚构的）。

它们都具备大胆朴素的风格，然而也都无法复制拉斯洛字里行间独一无二的完整性（当然，也没有刻意追求）。《鲸鱼马戏团》很大程度上简化了《反抗的忧郁》里村民的政治诡计，代价是把故事推向一种中欧式的魔幻现实主义。英语世界的读者期待着更多拉斯洛的小说，似乎只能依靠他才华横溢的译者奇特斯和新方向出版社的慷慨解囊——这也是必需的。他的作品像稀见货币一样流传。我第一次听说《反抗的忧郁》，是一位极其博学的罗马尼亚研究生送了我一本，并断定我会喜欢。开卷阅读，"缓慢流淌的叙事熔岩流"对我而言有点刺激也有点疏远，于是便以一种面对艰深作品时无奈的乐观将其束之高阁——改天，改天……当然，某种邪典般的兴奋感一直存在。有一回在咖啡馆里，我正在这些书上做笔记，一位匈牙利女士在我桌边驻足，问我为何钻研这位作家。她知道他的作品，实际上她与他相识（并且，她说《低俗小说》上映的时候，正是与他一起在波士顿看的），于是她当即就想跟我聊聊这位作者……

这种兴奋感跟拉斯洛文学作品的神秘有关。与之对照，托马斯·伯恩哈德的世界就既理智又疯癫。比如说，一位钢琴家兼作家，如何回忆起自杀身亡的朋友以及他们与格伦·古尔德的旧交。伯恩哈德的《失败者》一书，以极不可靠的第一人称叙述，但至少还算符合基本的文类常规。尽管文句难懂，其中的世界还是可以理解的，甚至相当有逻辑。然而拉斯洛的深渊则深不见底而且抛弃了逻辑。他常常故意模糊所指，让我们不知道虚构的动机：读他的作品，有点像看一群人在市镇广场上站成一圈，显然是在围着火堆取暖，当你靠上前去，却发现根本没有火，他们聚在一起什么也不为。

在《战争和战争》里，柯林意识到自己发现的手稿有多么无上的重要性。他前往纽约，和匈牙利翻译沙瓦里先生合租，搞了台电脑，开始将那份手稿录入。然而，他对那份文本的执着与他在描述文本实际内涵时的无能为力，在绝望程度上不相上下：

> 不过读了三句话，他就断定自己面对的是份极其不凡的文档，实在是太不寻常了，柯林告诉沙瓦里先生，他毫不夸张地声明，他所拥有的这份著作，是一份颠覆性的、震惊寰宇的天才之作，这样想着，他继续读了又读，直

到天亮，太阳方才升起倏忽之间天色又暗了下去，傍晚六点，他意识到，非常清楚地意识到，他得对自己脑海里构建出的巨大想法"做点什么"，这些想法涉及对生死做出的重大决定，涉及不把手稿归还给资料室，他要把它的不朽安全存放到某个合适的地方去……因为他要将这些思想留作余生的基石，而沙瓦里先生应当明白这些都需要从最严格的意义上理解，因为在破晓时分，他已然下定决心，考虑到自己无论如何都想死，又鉴于自己偶然间发现了真理，从最严格的意义上，别无他法，只能用自己的生命赌一把永恒。

不仅仅是柯林偶然发现的这条"真理"到底关于什么没有被说明，拉斯洛还将柯林藏了起来：这一段是第三人称叙事，但请注意它奇怪且反复无常地来回变轨的方式，对进行中的活动的报告（"他继续读了又读，直到天亮"），对精神状态的描述（"他得对自己脑海里构建出的巨大想法'做点什么'"），还有一段显然是柯林讲给沙瓦里先生听的连停顿也没有的独白（"实在是太不寻常了，柯林告诉沙瓦里先生"）。结果是，就算这些素材看似都以客观事实为本，但这一整段仍显出了一种幻觉的质感。读者会感觉到，柯林用他全部时间，不是在对其他人就是在对自己疯狂地言语，再说这两种情况之间也没有什么显著差别。伯恩哈德和塞巴尔德也用相似的手法隐藏他们的人物，这样，某个人物的故事和感觉常常是在告诉读者之前先讲给别的什么人，一切都增加了一层虚构性。像塞巴尔德的作品一样，《战争和战争》的每一页都印着"柯林说道"这个短语，或者它的变体（"那是赫尔墨斯，柯林说，赫尔墨斯坐在一切东西的正中"）。某个时刻我们迎来了这样的极度混乱："当我说话的时候相信我，正如我以前说过的一样，他说，那就是这事儿整个就是搞不懂的，疯狂的！！！"

在纽约，柯林先是跟沙瓦里先生说起手稿，后来又告诉了沙瓦里的搭档。日复一日，他坐在厨房里，反复讲述有关卡瑟、弗克、班戈沙和图特的故事。拉斯洛再现了这些奇特又优美的虚构作品，其中有关于科隆大教堂和哈德良长城的恢宏描写。柯林告诉沙瓦里的搭档，当自己阅读手稿并打成文本的时候，由于手稿魔力巨大，他能看得见这些人物："阅读时，人物的面孔和表情无比清晰……那些表情，一眼难忘，柯林说道。"渐渐地，读者证实了最初的怀疑，柯林没有找到什么手稿，而是在纽约写他自己的手稿；"手稿"是一种精神虚构，是一个疯子的超验幻象。标记为"柯林说"的内容不可避免地滑入了隐含的"柯林写"。在这部小说中，读、说、写、思考和发明都是混杂在一起的，在读者的头脑中也不可避免地混杂在一起。

出于这些原因，在我的阅读经验里，这是最深刻的不安体验之一。读完小说后，我觉得被带入了他人的深处，这一深度可能是一部文学作品能将人带入的极限，而且，这是一个被"战争和战争"折磨的心灵。这个心灵并非没有美的愿景，但却也迷失于自身沸腾却难以言表的虚构之中，迷失于怪诞而又丰富的痛苦之中（"天堂是悲伤的"）。这种痛苦深深刻在《战争和战争》里，就像柯林觉得痛苦就镌刻在自己手稿的字里行间：

这份手稿只对一个事情感兴趣，那就是被考察到疯狂的现实，以及对于强烈的癫狂的细节体验，那些对假想的事情犀利而癫狂的重复刻画，柯林解释说，这些描写都没有夸张，仿佛作者不是用纸笔和字词来写作，而是用他的指甲刻在纸上，划入脑中。

在《战争和战争》之后，拉斯洛又出版了一本英文作品，这是一些相关文本的小集子——不是小说而是他同德国艺术家马克斯·纽曼之间的一次合作。《内心的动物》是十四幅优美而神秘的系列绘画作品，配以拉斯洛写下的单段文本。在一段简介中，科尔姆·托宾 [1] 解释道，拉斯洛首先依据纽曼的一幅作品开始创作："继而纽曼反过来从这些文字中受到刺激，创作了其余画作，而拉斯洛的意识在这些迷人的视觉作品中获得释放，作为回应写下了另外十三篇文字。"纽曼的画作以黑狗为主角，它们以密集剪影形态被粘贴进画面中，有时候是威胁的显出狼性的，有时候是欢快甚至是卡通的。第一幅中，一条狗（或者狼）仿佛准备起跳但它却被囚于一间小房间里，脑袋几乎就要触碰到天花板。在第四幅画中，它再次要跳跃，而它被困在一个格子栅栏似的矩形里。第五幅中，一个男人静静地读着一份报——他看上去像是一位安然知足有学者气派的绅士——而黑狗正在画面左侧朝他的头顶蹦跳。

　　拉斯洛的文字在形式上与贝克特的《无意义的片断》十分类似，常常像是给后期贝克特作品做出的注解——持续坚定地强调虚无、受困、继续和无

---

[1]　科尔姆·托宾（Colm Tóibín, 1955—　），爱尔兰当代著名作家，代表作有长篇小说《黑水灯塔船》《大师》《布鲁克林》等。

法继续。这些美丽的碎片有着拉斯洛那些较长小说所拥有的密集的强烈情感，特别是在重复和呼应上的控制力。拿第一幅画作的文字举例来说，拉斯洛将黑狗视为一个关在盒中的受害者，拼命想逃出牢笼，注定只能"一声接一声地嚎叫"。他使用了两个词，"紧绷"和"无物"，并一次又一次地使用它们，让它们发出"一声嚎叫"：

> 我想把墙壁撕开，但它们却向内将我紧绷，我现在只能在这紧绷中待着，在这包围里，除了嚎叫，我什么都干不了，而现在、永远，除了我的紧绷和我的嚎叫，我什么都没有了，在那儿所有属于我的东西变成了无物……我和这个空间毫无共同之处，在整个上帝赐予的世界里我和这结构毫无共同之处……结果是我并不存在，我只是嚎叫，而嚎叫完全不意味着存在，相反，嚎叫是绝望。

读者或许会想起贝克特的《无法称呼的人》，叙述者呐喊自己是"一个在空旷地方无声无息的东西，一个坚硬、封闭、干燥、寒冷、漆黑的地方，没有动静，没人说话……就像一只由囚禁的野兽生下的囚禁野兽生下的囚禁野兽生下的囚禁野兽，生于牢笼，死于牢笼，出生然后死亡"。显然，拉斯洛比贝克特更具政治性，困兽不可避免地具有政治和道德暗示。狗既是受害者也是侵犯者，因受害而侵犯。如果可以，它会"蹦起来咬穿你的脖子"，在第五段文字，配图是一只狗朝一个安然读着报纸的男人身上扑，狗似乎成了他者，所有威胁着布尔乔亚的满足感的东西，诸如移民、恐怖分子、革命，甚至可怕的陌生人："我会吼叫着撕碎你的脸，到那时，你所有期待的恐惧、痛苦和害怕还有什么用？"狗像末日一般如期而至，像暗夜的贼，把和谐的画面结构打得粉碎："因为现实中我会如此迅速地到达，以至于根本无法衡量……因为在我之前没有过去，在我之后也无需未来，因为根本不会有未来，因为我的存在不受时间束缚……你从今天的报纸上抬起头来，或者偶然抬头，我就在你面前。"在这无情的文本末尾，狗穿过了政治而走向形而上学或神学。这条狗现在是每个人的隐秘恐惧，每个人无能逃避的命运，可能是受难，痛苦，死亡，邪恶，是诺曼·拉什在其小说《凡人》里所谓的"地狱之嘴"："地狱之嘴在你面前张开，毫无预警。"而尽管拉斯洛的狗似乎思考了它的野蛮想法和威胁并以可怖的独白瞄准人类，这里还是微妙地暗示着，或许它仅仅是诵读了人类的恐惧，这番将野蛮赋予他者的投射，来自那个安然读报的男人。

　　显然，拉斯洛痴迷于末世、破碎的启示以及无法解码的信息。拉斯洛的主人公，总是处在"某种决定性认知的门槛上"，就像陀思妥耶夫斯基的主人公总是要思考上帝一样——拉斯洛的世界是去除了上帝的陀思妥耶夫斯基的世界。他的小说《反抗的忧郁》是部关于末世的喜剧，小说里的上帝不仅没有通过考试，甚至连考试都没有参加。这本书比《战争和战争》少了点疯狂，也没那么晦涩，具有传统社会小说的元素。背景设在匈牙利一个外省小镇上，有一批栩栩如生的主人公：邪恶的准法西斯主义者伊瑟尔夫人正在密谋掌控该镇，自命为道德和社会革新委员会的领导人；她那病恹恹的深奥博学的丈夫是个音乐家，很久以前从小镇交响乐团指挥的位子上退下来，整天躺在摇椅上琢磨艰深精致的思想；哈诺斯·瓦鲁斯卡，是个爱做白日梦的邮递员，天天在镇上走街串巷，"思考宇宙纯粹性"，被那些认为他简单或古怪的人嘲笑；还有那些在中欧喜剧小说里常见的配角（醉酒的警察头子或者无助的市长）。

　　但这样的梗概无法公正表现出小说深不可测的奇异之处。这个小镇处在衰退且不确定的状态：路灯亮不起来，垃圾无人收捡。一个流动马戏团来到镇子上，他们唯一具有吸引力的是一条巨大的鲸鱼，它被装在一个没有门的奇怪车子里，和它一起的还有一些被防腐处理的胚胎。马戏团在小镇附近走了个遍，一群表面上漫无目的但却有着奇怪的威胁感的观众一直围着他们，这些人在镇中心广场绕着鲸鱼闲逛，就等着看能发生点什么事。一切都满溢着暧昧沮丧的紧迫，伊瑟尔夫人此时发现了自己的机会：如果她能煽动（甚至控制）某种无政府状态，然后把混乱归罪于说不清来路的"邪恶势力"，再由她来成功地镇压动乱，那么她或许就可以实现她的愿望，那便是领导"整饬房屋运动"。人们最终闹出了一场暴乱，打砸财物和人，点燃房子。但这是因为什么呢？我们从头至尾无法得知。暴民中有一个表示："我们找不到发泄我们厌恶和绝望的合适对象，所以就用一种平等而无穷的激情去攻击挡在我们路上的一切障碍。"军队也被喊来了，伊瑟尔夫人获得了胜利。在上任十四天之后，她已经"破旧立新"。

鲸鱼是否和暴力入侵有关还不甚清楚，拉斯洛俏皮地摆出马戏团作为艰深艺术形式的可能性，它只是被误读成末日的代言。通常，颠覆性的晦涩的艺术作品都会被误读（言下之意，这部小说也包括在内）。对麦尔维尔或者霍布斯而言，鲸是一个有趣、阴暗的意象，就像利维坦和莫比·狄克，庞然大物、神秘莫测、可怖，能产生多样化的解读。同时，它也是静态、死亡、不可变的。使麦尔维尔的神学可以被理解的清教徒上帝（无论麦尔维尔的白鲸是多么不可理解）早已从喀尔巴阡山脉阴影下这个噩梦般的小镇里消失了。意义争夺着牵引力，没有车门的阴森卡车静悄悄停在广场中央，也是一个关于特洛伊木马的笑话：当然，在拉斯洛的世界里，特洛伊木马是空的，没人从当中爬出来。

《反抗的忧郁》是一本艰难的书，也是本悲观的书，因为它似乎在反复嘲讽着革命的可能性。书中对伊瑟尔夫人仅有的反抗来自瓦鲁斯卡（最终被抓起来关进了精神病院）以及伊瑟尔先生，后者是一个病弱、孤立无援的对手。此书的阅读快感同时也是阅读阻力，来自它绵长伸展又自我回缩的卓越句子，堪称一个散漫标点的意识流奇迹。这些句子以出色的才华捕捉了瓦鲁斯卡和伊瑟尔先生的空想摸索，前者总是满脑子装着宇宙猜想在小镇游荡，后者则多年来梦想将钢琴按照威克迈斯特[1]的旧和声系统调好，然后他能选择一套组曲终其一生地弹

---

[1]　安德里亚·威克迈斯特（Andreas Werckmeister，1645—1706），巴洛克时期德国风琴演奏家、音乐理论家和作曲家。

下去。

拉斯洛可以说是个喜剧作家，伊瑟尔先生最终给钢琴调好了音，坐下来弹琴，却被自己制造出的可怕声响吓住了。这是他领受的喜剧性正义，对于伊瑟尔先生来说，音乐是一种对现实的反抗：

> 信仰，伊瑟尔认为……并不意味着相信某事，而是在于相信事情可能以某种方式不同。同样道理，音乐不是什么我们身上更好的部分发出来的声音，也不是什么更好世界的理念的映照，它是对无可救药的自己和世界的糟糕处境的隐瞒，不仅仅是隐瞒，而且是彻底、扭曲的否认：它是一种药，什么也治不好，就像被当成鸦片用的某种巴比妥酸盐。

精神上的虚构或许会令我们愤怒，甚至导向疯狂，但它们或许也提供了唯一可用的"抵抗"方式。柯林、瓦鲁斯卡和伊瑟尔，以各自不同的方式，都是追寻纯粹的疯子。哎，尽管如此，他们悬空在"无可救药的自己和世界的糟糕处境"以及他们秘密天堂构成的"对如上事实的扭曲否认"之间。他们无法精确地描述或营造他们的秘密伊甸园，但这只会使内心世界不是更狭小，而是更美丽。对我们所有人来说，"天堂是悲伤的"，但或许对他们来说这句更显尖锐。如此这般，愤怒继续前行，不能继续，非得继续。

伊斯梅尔·卡达莱

I

　　就像的里雅斯特或是利沃夫一样，阿尔巴尼亚南部的古城吉诺卡斯特在自己漫长的岁月里，始终顶着一块由不同的手不断改写的标牌，只是那上面从来都是相同的话："改朝换代"。1336 年它作为拜占庭的领地进入了历史的记录，1418 年被并入了奥斯曼帝国。希腊人在 1912 年占领了它，但一年之后，它成了新独立的阿尔巴尼亚的一部分。在第二次世界大战期间，它曾被意大利攻占，又被希腊收回，又被德国人抓到了手里："黄昏里的这座城，多少个世纪以来作为罗马人的、诺曼人的、拜占庭人的、土耳其人的、希腊人以及意大利人的领地在地图上出现，而现在又作为德意志帝国的一部分，眼看着黑夜降临。彻底被掏空了气力，在战火里烧得头晕目眩，没有一丝活气儿。"

小说家伊斯梅尔·卡达莱（Ismail Kadare）1936年出生于吉诺卡斯特，上面这段引文出自其描写自己二战时童年经历的伟大小说《石头城纪事》。这本书1971年在阿尔巴尼亚出版，英文版付印于1987年。（第一个英文译本出自阿尔巴尼亚学者阿什·皮巴；最新的版本由大卫·贝罗斯做了修订，新增了卡达莱在其1997年出版的法文版个人全集中首次添加的内容。）尽管描述了诸多恐怖的情形，《石头城纪事》仍然是一本欢快的有时也颇为幽默的作品，其中卡达莱著名的密集的讽刺手法——在他晚些的社会政治寓言像是《音乐会》和《接班人》之中更为突出——此时也已初见端倪。在这本早期作品里，他的讽刺有着一种大方懒散的温情。一个十几岁的男孩儿充当了故事的叙述者，既视野开阔又深谙人情世故：他住在一所乱糟糟的大房子里，周围全是亲戚，他们身处这座深受奥斯曼帝国和基督教影响的城市里的穆斯林聚居区。战争降临了，意大利人的轰炸，英国人的轰炸，最后是希腊和意大利占领者带来的黑暗圆舞曲，他们来了，又从舞台上退下，像是英国闹剧里的那些牧师："周四早上十点，意大利人回来了，在冷雨中行军。他们就停留了三十个钟头。六个钟头之后，希腊人回来了。这些戏码在十一月的第二个礼拜又全部重来了一遍。"

但是某种程度上，卡达莱对那类在过去几千年里随时会在这个城镇里发生的故事更感兴趣。镇上的居民谈论咒语、女巫、鬼魂还有传奇。我们年轻的叙述者发现了《麦克白》，痴迷地阅读着，发觉中世纪苏格兰和现代吉诺卡斯特之间存在着相似之处。一群老年妇女议论着邻居家的儿子，小伙子近来戴起了眼镜，在她们迷信的眼里，这就像个不祥的灾难。其中的一位妇女杰佐阿姨说道："我不知道我是怎么忍住流眼泪的。他走到柜台前面来，翻了几本书，然后走到窗边停住，摘下了他的眼镜……我伸出手把眼镜拿起来戴上。噢朋友们我该怎么说呢？我的脑袋都转起来啦。这些玻璃片子肯定是被诅咒了。整个世界都跟层层地狱似的转着圈。所有东西都跟魔鬼附身一样在摇啊摆啊转啊。"聊天的人们纷纷同意，可怕的命运降临到眼镜男孩一家头上了。"世界末日"，一个妇女拖长了声音照常补了一句。在整本小说里，这群人还有其他一些邻居、亲戚们议论评说着这些日常琐事，而这些评论对军队占领带来的新鲜感构成了顽强的抵抗。若说卡达莱把战争的疾速扩大和这座古城传统古老的氛围多么美妙地混合在了一起，不如来看看这个例子，还是刚刚那位妇女，杰佐阿姨，头一回听到防空警报她是这么说的："现在我们可是有了一个哭灵的，会为我们所有人哀号。"

　　在这本小说里，卡达莱在叙事上有些非常有趣的动作：他在"我"这个讲述故事的男孩充当的第一人称和一种可以称为身份不明的自由间接体的技巧之间来回切换，当后者出现时他通常把第三人称叙事交给一个隐含的社区或者村民团体，由他们来取代男孩儿的视角以及作者的全知视角。另一方面，这个男孩不断地以一个年轻的准作家陌生的、疏离的视角观看着事物（要是论到类型，这非常像是一个作家的成长小说）。整个古城都被叙述者拟人化了：石头似乎会说话，雨滴也有生命，建筑好像人一样。"堡垒真的非常老了。它孕育了城市，我们的房屋与城堡很像，正如孩子长得像他们的母亲。"一座民居看起来是这样："这座房子看上去不太一般，它有这么多山墙和飞檐。在我看来它瞌睡极了。"但是说故事的人也会从这个男孩儿切换到一个模糊的第三人称上，由社区自己发声："我们从来没有见过这样的事，一群深谙世事甚至连土耳其都去过的老女人这么说道。"这个短语带着乡下人的幽默轻轻掠过，"连土耳其都去过"，如果我们注意，便能从中读到这个孩子气的叙述者的有限视角。但我想我们应该听见的是这座城市的闭塞，比如说一群妈妈聚在一起说话，大家都同意吉诺卡斯特最智慧的女人们"什么事情都知道——毕竟她们里头有些人去过土耳其！"。这就是卡达莱为何在这本书里重现了很多对话而并不需要交代它们有什么特定来源；纯粹就是镇上的有趣议论：

> "我们的防空枪呢？怎么没动静？"
>
> "你说得对，我们是有防空枪。我们怎么从来没听见过呢？"

在"连土耳其都去过"所表现出的狭隘地方心态和能从这短语中看出这种地方心态的作者的世界公民观念之间，横着一条讽刺的缝隙，当一位生长在相对偏远的小地方的作者离开故乡，在一个相对中心一些的大地方进行写作时，这条带着喜爱的惋惜的讽刺缝隙就会裂开：这条缝隙，这种讽刺喜剧化的"群体"叙事，我们可以在乔万尼·维尔加的西西里小说、切萨雷·帕韦泽的《月亮与篝火》（故事由一个重返童年乡村的男人来叙述）、奈保尔的《毕司沃斯先生的房子》还有若泽·萨拉马戈的一些小说里得见。与奈保尔的小说相似，《石头城纪事》

唤回了一个作者记忆中的、然而他实际上再也回不去的社区。因为作者已经长大离开了，所以当他在像巴黎或莫斯科这些著名的、更"精致"的地方时，古城会浮现，提醒他那段遥远的童年："很多次，"卡达莱在一篇感人的附记中写道，"沿着异乡城市明亮宽阔的林荫大道散步，我不知怎的就在某个地方突然一个趔趄，某个从来没有人会绊倒的地方。路人感到莫名，然而我总是知道，那是你。是你，突然出现在这柏油大道之上，又径直沉了下去。"

幸亏卡达莱没有背着奈保尔那种后殖民的重重包袱，《毕司沃斯先生的房子》那种有时读来让人不适的尖锐批判，也就不存在于他的作品中。站在国际大都市伦敦回望，特立尼达对奈保尔来说既是值得自豪的，又令他感到羞耻，而卡达莱此时赞美着他的老城，赞美外敌入侵时它的顽强抵抗，它坚韧的不可思议的绵长生命。比如说，卡达莱把那些老年妇女唤作"老巫婆"，他实际上是赞美她们让任何统治或政府，任何历史压迫或侵略，都显得格格不入：

这是一群不会对任何事情感到惊奇或惧怕的上了年纪的女人。自打发觉这个世界太过无聊，她们已经很久很久不从自己屋子钻出去了。对她们来说，就算是瘟疫、洪水、大战这种大事件，也不过是老早见识过的玩意儿重又来了一遍。三十年代君主执政的时候她们就是老太太了，甚至再往前，二十年代中期共和国的时候就是了。实际上，一战甚至更早点儿，世纪之交的时候，她们就够老了。哈杰奶奶二十二年没出过家门了。泽卡家的一个老太太在家待了二十三年。奈斯里汉奶奶上次出家门还是十三年前的事儿，她出来是给最后一个孙子送葬。夏诺奶奶闭门不出有三十一年，直到有一天，她跑出来把一个盯着她曾孙女儿瞧的意大利军官揍了一顿。这些老巫婆精力充沛，浑身是胆，哪怕她们就吃一点点儿，还每天一个劲儿地抽烟喝咖啡……这些老巫婆骨头上就没剩几两肉，也没啥容易受伤的地方。她们的身体就像做好了防腐的干尸，那些本应该腐烂掉的内脏好像都已经被取走了。像是好奇啊、害怕还有对八卦的兴趣啊或者兴奋感之类多余的情感，都已经随着没用的肉和过剩的脂肪一起被剥掉了。

就是这种喜爱，或者我们只能把它称作爱吧，是它激活了小说的喜剧效果。

例如这种描写市民们开始围绕着英军空袭来安排自己生活的写法，就好像他们是活在唐纳德·巴塞尔姆某个超现实主义小说里似的："英国人的飞机每天准点来造访我们。它们差不多成了个时间表，人们似乎已经习惯把轰炸当作日常生活里一个有点儿讨厌的部分来看了。'明天咖啡馆见，就轰炸结束的时候吧。''我打算明天一清早就起来，那样的话我想可以在轰炸开始前打扫好屋子。''快点儿，我们该去地窖了，时间快到了。'"

然而，如果这本小说真的是一曲对童年老城的爱的颂歌，那么这首颂歌必然是很复杂的。卡达莱以其特有的诙谐强调了对小镇过去的记忆，同时也经常对小镇的过去进行戏谑：

> 我听说一千年以前第一次十字军东征就曾经过这条路。他们说，老齐佐·加沃（Xixo Gavo）把这段写进了自己的编年史里。十字军打这条路上川流而下，队伍长得没有尽头，他们挥舞着手臂和十字架，不停地打听："圣墓在哪里？"他们为了找到那座坟奋力朝着南方前进，在城里也不停留，就消失在了眼下军方车队走的那个方向。

关于十字军的这一段有点儿巨蟒剧团的风格，偏离目的地千万里想要觐见圣墓，而这与现代士兵们的绝望就这么巧妙地串联了起来。读者在被逗乐的同时，一定会对齐佐·加沃的编年史是否说的是真事儿感到好奇。这本小说的复杂性来自它带着伤感的喜剧性：这座城市捱得过各种占领者，活到现在，但它无能还击，最终还是被轰炸。这群人徒劳地梦想着报仇。迪诺在折腾他的手工飞机，这架飞机可是要去征服英国、意大利轰炸机的，但是当叙述者看到它时，心情很沮丧——就是几片木头，放在一个男人的起居室里。与此类似，城里的那杆老防空枪让每个人都兴奋不已，但它从来没有打下来过什么东西。卡达莱似乎是要暗示，一个人心中会有作为一个阿尔巴尼亚人的自豪，甚至是民族主义的自豪，但必定要被冲淡——不是被奈保尔式的耻辱冲淡，而是被一种现实的讽刺，讽刺地意识到阿尔巴尼亚的弱小以及在这个世界上的无足轻重：

　　"有一回在士麦那，"这位老炮兵说，"一个苦行僧问我，'你更爱哪一个，你的家庭还是阿尔巴尼亚？'当然是阿尔巴尼亚，我告诉他。一个家庭，你一个晚上就能搞定。你从咖啡馆走出来，遇见街角的某个女人，把她带去旅馆，然后，嘣——老婆和孩子都有了。但是阿尔巴尼亚，你可没法去咖啡馆喝上一杯然后一个晚上就搞出来，对不？不能，一个晚上不行，一千零一夜，也没戏……"

"是的，先生，"另一个老爷子附和道，"阿尔巴尼亚绝对是个麻烦活儿。"

"绝顶麻烦。一定的。"

这个"绝顶麻烦"在卡达莱后来的很多作品里得到了体现——在他精彩热闹的伊夫林·沃式的小说《H档案》里它近于闹剧，在《接班人》和《阿伽门农的女儿》当中它接近尖锐的政治寓言。在《石头城纪事》里没什么比这个事实更加复杂，那就是在吉诺卡斯特，对外战争开始向内战转型。希腊、意大利人，来了又走，英国人赶来轰炸，在这本书的结尾，是德国人到场当上了占领者。但是某种程度来说，所有这些攻占者只不过朝暮之间，若是从一个喜剧角度观看，几乎算是无足轻重。然而当游击队开始搜捕那些已经在我们眼前晃了两百多页的人物，并在街上处决他们时，恐怖变得近在眼前、就在脚下，而且眼见着要无限地延伸开去，似乎是作者要引起一份不同于以往的关注：我们于是想起，这本小说成书于20世纪60—70年代，彼时阿尔巴尼亚政权在卡达莱眼中似乎是无懈可击的。小说中提到，某一日一则布告贴到了一所破败的房子外头："通缉：危险人物恩维尔·霍查。年约三十岁。"恩维尔·霍查生于1908年，这位直到1985年去世之前，冷酷多疑地掌控了阿尔巴尼亚长达四十年的领导人，同样出生在吉诺卡斯特。这本小说没有再提到霍查的名字，但是他的阴影以及他将在战后建立的政权的阴影，沉重地罩在了书的最后八十页上。有一个场景，一些市民被意大利人驱逐出城。在人群围观下，有个过路人问起，这些人都做了什么。其他人回答道："他们讲了反对的话。""什么意思？反对谁？"过路人继续问。"我再跟你说一遍，他们讲了反对的话。""反对谁？"——那个不在场的、禁止被说出的所指在它的沉默中格外响亮，而卡达莱成为一位处理这种危险逻辑的分析大师。后来，在一个展现了卡达莱所有能力的场景中，一个游击队员开枪误杀了一个女孩。他来到女孩的父亲马克·卡拉什面前，说他是"人民的敌人"：

"我不是人民的敌人，"马克·卡拉什辩解道，"我就是个皮匠。我做人民的鞋，我做奥

平伽 [1] 啊。"

那个游击队员低头看了看自己脚上破破烂烂的莫卡辛 [2]。

"姑娘，让开点儿。"他喊道，把枪对准了男人。女孩惊声尖叫……独臂游击队员手里的枪响了。马克·卡拉什先倒下了。游击队员想要避开那个女孩，但是不可能。她痛苦地紧紧贴着自己的父亲，仿佛子弹将她的身体缝到了父亲身上。

这里有一个非常小的细节，写到那个游击队员低头看了看他的平底鞋（无疑是穿烂了的），然后这个小细节被捡起来，重复用在了子弹像是把女儿"缝"到了自己父亲身上这个绝妙象征上（将子弹比作针，但同时也是一个美丽的象征——写出了女儿是多么想与父亲紧紧连在一起，把自己缝到父亲身上）——尽管在卡达莱写下这些句子时，未来还有很多伟大作品等着他完成，但他再也没能写得比这更好了。

一两页之后，还是这个游击队员，以杀死那个

[1] opingas，阿尔巴尼亚传统男鞋，尖头上翘，皮革或麻制。
[2] moccasins，平底无后跟鞋，软皮。

女孩的罪名被其他游击队员判处死刑（他被指控为"滥用革命暴力"）。这里，政治荒诞主义漂亮地出现了，他振臂高呼："革命万岁！"随即被子弹击倒。虽然《石头城纪事》以德军占领这座城市结束，然而它令人不安地预示了战后的阿尔巴尼亚世界。

II

　　战争结束时，九岁的伊斯梅尔·卡达莱和三十六岁的恩维尔·霍查仿佛雪原上的两个黑点，尽管相隔千里然而还是坚定地向着同一片冰冻的湖面彼此接近。当他其他的一些作品遭受禁令时，《石头城纪事》既呈现出一种政治上的抵抗，又以一种狡猾巧妙的方式在霍查的专政中幸免于难。出版于1981年的《梦幻宫殿》表现出更为明显的敌对，它是被查禁的小说之一。像许多卡达莱的作品一样，它设定在神话笼罩的含混不明的过去年代，但极权的思想控制显得十分刺眼。梦幻宫殿是巴尔干帝国最重要的政府部门，在那里官僚们分析并解码帝国公民的睡梦，一起致力于寻找优秀的、有助于苏丹统治的梦。小说的主人公来自一个显赫的政治家庭，他从该部门的同僚中脱颖而出，然而他无法将自己的家庭从政治迫害中拯救出来——实际上，正是他无意中导致的。恩维尔·霍查一定一读便知，这超现实的反乌托邦以谨慎小心的掩饰，逼真地描绘了现代阿尔巴尼亚秘密警察机关。

对《梦幻宫殿》的审查，似乎是助推着卡达莱去越过暗示、寓言、隐喻和间接的边界。毋庸置疑，霍查去世前后也即20世纪80年代中期，卡达莱创作的中篇小说《阿伽门农的女儿》，展现出了尖锐的直接和痛苦的清醒。这也许是他最伟大的作品，与之并列的还有其续篇——《接班人》（2003年），这一定算得上描写政治权力对个人心理和精神施以毒害的最强有力的篇章之一。卡达莱的法国出版商克劳德·杜兰德曾说起过1986年的时候卡达莱把部分作品偷偷运出阿尔巴尼亚，交到杜兰德手里的过程，他将阿尔巴尼亚人名地名都改成德国和奥地利的，而且把作者改成了西德作家西格弗里德·伦茨。杜兰德后来两次前往地拉那拿到了余下的部分，这些手稿存放在巴黎一家银行的保险柜里。谁都料想不到阿尔巴尼亚当时的政权离倒台只剩五年了，卡达莱将这种银行寄放视作一种保险。无论是自然或非自然死亡，在他死后，"这些作品的出版将会使阿尔巴尼亚极左宣传机器扭曲卡达莱的作品及身后形象以达到自己目的的打算"，用杜兰德的话说，"更'不容易'"。

这确实有点儿轻描淡写。我不相信任何政权可以扭曲《阿伽门农的女儿》以达到服务自己的目的。这是一个惊世骇俗的作品，批判毫不留情。故事设定在 20 世纪 80 年代早期的地拉那，时值"五一"庆典。叙述者是一个在广播电台工作的年轻人，意外地被邀请去主席台内场参加欢庆活动。收到正式邀请之所以意想不到是因为这位叙述者本人是个激进的自由主义者，强烈反对（尽管是私下的）当政政权，还因为他最近侥幸熬过了他们电台的清洗整肃，最终有两名同事被降职了。庆典当天，他忍不住一直想起自己的爱人苏珊娜，她提出分手，因为她父亲即将被选为最高领袖的接班人，他要求女儿考虑到父亲的政治前途，不要同一个不合适的男人交往。让人不寒而栗的是，她告诉爱人，当她的父亲向她解释了情况，她说自己"理解父亲的立场"。

这篇中篇小说单单写了庆典当日，而它本质上已然是一本描绘人类毁灭的素描图集了——这就是一个简化的《神曲·地狱篇》，我们的叙述者与这个政权的受害者们迎面相遇，直到走到看台在自己的位子坐下。还有勒卡·B，这位前记者因触怒了当局被调离到外省经营业余剧团。卡达莱的评论很不留情："就好像他对这套玩意儿喜欢得

不得了还暗暗地心怀赞美似的。"还有个前同事
G. Z，也躲过了清洗整肃，但没有人知道是怎么办
到的："他这个人，还有他那点儿历史，要是说得
文明点儿，基本上就是一堆狗屎。"他被拿来和阿
尔巴尼亚民间故事中的秃顶男人做比，那是一个
被老鹰从地狱拯救出来的人——"但有一个条件。
在飞升途中，那只猛禽需要吞食生肉。"由于整个
过程需要数天时间，秃顶男人必须拿自己的肉来
喂老鹰，最终，当他来到上面时，只剩一副骨架
子了。

《阿伽门农的女儿》的中心，是对伊菲革涅亚
传说的冷酷解读。叙述者想起了欧里庇得斯的这
出戏，想起伊菲革涅亚为了协助父亲的军事野心
所表现出的牺牲自我的意愿。这个希腊传说旋绕
在他心中，和苏珊娜转身离去带来的痛苦回忆纠
缠在一起。当他看着苏珊娜的父亲在看台上站在
最高领袖的身旁，叙述者意识到，这位最高领袖
必然向他的副手暗示了他女儿的牺牲。《阿伽门
农的女儿》以这句黑暗、简省、谚语式的警句做结：
"现在没有什么能够阻挡我们生命的最终枯萎了。"

卡达莱难免会被拿来和奥威尔及昆德拉做比，
但比起前者，他的讽刺深刻得多，相比后者，他是
个更棒的说故事的人。他是一个扣人心弦的讽刺故

事家，他能把那些能够爆发出象征性现实的细节如此精彩地召唤出来。读过《接班人》（2003 年）后，没人能忘记"领袖"造访钦定接班人刚刚装修的住所的那个时刻。接班人的妻子提出要带领袖四处看看，而其他人则不无焦虑地感到这次过于奢靡的装修有可能成为一次重大的政治失误。领袖在一个起居室的电灯开关前停下来检视着，这是一款国内从没有过的可调节开关：

> 四周安静了下来，但当他拧亮灯光并把光调亮时，他大声地笑了起来。他继续旋转开关直到灯光达到最亮，再次大笑出声，哈－哈－哈，就好像刚刚发现了一个深得自己欢心的玩具。所有人都跟着他笑起来，然后这个游戏继续着，直到他开始把这调节开关反向旋转。随着光越来越微弱，渐渐地所有一切都凝固了，一点点丢掉生气，直到屋子里所有的灯都灭了。

在这高度凝练的残暴之中，似乎有一种非常古老的东西：我们像是在读着塔西佗关于提比略的文字。

III

可惜啊，在卡达莱最新的一部小说《事故》（由约翰·霍奇森从阿尔巴尼亚文翻译而来）里，可就没有这么高段位的东西了。这本新书十分精悍，有时也颇具力量，但它有点儿太精悍了，以至于把寓言的骨架都暴露了出来，明显得让人痛苦。许多卡达莱惯用的手法和主题很是显眼，小说由一个需要破解的谜团开篇。在科索沃战争结束后不久的一个清晨，在维也纳，一对年轻的阿尔巴尼亚情侣在一场车祸中丧生。那辆载着他们从酒店驶往机场的出租车突然间转向，飞出了高速公路，瞬间撞毁。出租车司机侥幸生还，但他对于为何驶离公路给不出任何合理的理由，除了解释自己当时正从后视镜里偷瞄那对情侣，他们看上去"要接吻了"，就在这时一束强光让他分了神。这场车祸可疑到引来了各方面的调查，至少出现了塞尔维亚、黑山和阿尔巴尼亚等国的情报机构。男性死者名叫贝斯福特·Y，据悉是一名阿尔巴尼亚外交官，在欧洲委员会工作，并且可能曾参与了北约轰炸塞尔维亚的决议。女性死者是贝斯福特的女朋友，据报告称其名为罗薇娜 St.，有可能因为她知道的事情太多，以致贝斯福特策划了一次拙劣的计划试图杀人灭口？

但为什么贝斯福特似乎把罗薇娜称作"一个应召女郎"？在车祸发生的几个月之前，他曾带她去了一家阿尔巴尼亚的汽车旅馆，她当时"为自己的生命安全担惊受怕"。她的一个朋友告诉调查人员，罗薇娜告诉自己，"听说了最可怕的事……她提前几天就知道了南斯拉夫轰炸的确切时间"。

安全部门面对这种巴尔干地区常见的匪夷所思，放弃了调查，此时，一个神秘的无名"调查者"接过了案子。这位作者的替身，在"没有资金、资源和权力约束"的情况下工作，他决定用日记、书信、电话和朋友的证词去重建过去四十个星期里这对情侣的生活：

> 在世界各地，无数事件都在表面上热闹地潮涨潮落，它们的暗流则在深处默默涌动，而论及这种反差的强烈，没有哪里能比巴尔干地区更为惊人。狂风横扫过群山，鞭挞着高大的冷杉和敦厚的橡树，整个半岛显得错乱。

卡达莱从巴尔干的这种匪夷所思里获取了养分：他喜欢捉弄它，拿它开心，还取笑那些谈论着"巴尔干的匪夷所思"的人。他对误读有着深深的兴趣，尽管说他的文笔有一种古典风格的清晰明了，也因为此，他作为一个故事讲述者的大部分力量来自对不可思议之事做出极其清晰的分析的能力。这样的分析在喜剧和悲剧之间游移，却永远不会停在任何一端。在《事故》和《接班人》中，我们都是从一场表面上的突发事故出发——在较早的那部作品里，该国的钦定接班领袖被发现在自己卧室里中枪身亡——这样的小说开场让卡达莱得以去处理各种相互矛盾的解释。(《接班人》的故事蓝本源自阿尔巴尼亚总理穆罕默德·谢胡 1981 年被报道为自杀的"神秘"死亡。他是霍查几十年间最亲密的政治助手，但在他死后却被斥为叛徒、人民的敌人，而他的家人则被捕入狱。) 在这两部小说上空同样盘旋着的问题是：这是什么时候开始的？"意外"何时成为必然？政治大潮何时逆向接班人而流？打个比方，是不是从领袖缺席了接班人的生日宴会开始的？解构的黑色超现实主义回答自然会说，它从来都是开始了的；在接班人从同党中脱颖而出的时候，对他不利的潮流就已经开始了。

同样，我们在《事故》中也能看出贝斯福特和罗薇娜从来都是注定难逃命运之手的，而原因也与《接班人》中的一样有着阴暗可疑的意识形态色彩。无名的"调查者"发掘出贝斯福特和罗薇娜两人在一起已有十二年。罗薇娜遇见贝斯福特时还是个学生，贝斯福特比她年纪大，他来到地拉那大学教授国际法。从一开始起，这段关系就显现出了电力十足的色欲感，贝斯福特是那个诱惑者，也是关系中的支配者。小说暗示了非常粗暴的性爱。他们同意分手，但又很快复合。这对情人在欧洲众多城市碰面，住昂贵的酒店，享受着阿尔巴尼亚前政权垮台之前绝无法想象的自由，他们的旅程大多数是根据贝斯福特的外交（这里"外交"大概也即等同于"间谍"）行程决定的。但是在格拉茨（奥地利东南城市），罗薇娜第一次意识到贝斯福特要闷死自己，这种感觉很快随着这段关系的发展而加剧。"你让我无法生活"，她告诉他说；在别处她向他人诉苦说，"他把我拾起来……他是王子而我只是个奴隶"，"他想让她完全地归自己所有，像所有暴君那样"。对于这些控诉，他回复她的是："你自己戴上了这副镣铐，现在你来怪我？"他曾是她的解放者，卡达莱写道："但这并不是历史上第一次有人把解放者当成暴君，就像许多暴君被当成解放者一样。"半是游戏，半是意味着他们的关系走向了尽头，这对情人开始互相称呼对方为客人和应召女郎。贝斯福特想杀掉她。

　　《事故》是一部艰涩的作品。在形式上它是断续的，总是不断地掉回头来，使得日期和地名看上去几乎是混乱的，读者必须在阅读文本时动用某种注解经典式的间谍读法。和《阿伽门农的女儿》以及《接班人》不尽相同，这里对不可思议之事的分析看起来相当模糊不明。与此同时，象征的压力又显得有点太过透明，和人的叙述缺乏足够的暗示或紧密联系。读者可以体会到卡达莱是要呈现出一则有关诱惑和监禁的寓言，直指新生的专政与自由，他借贝斯福特之口传达了这种解读："直到昨天，"贝斯福特对罗薇娜说，"你还在抱怨是我的错，让你失去了自由。而现在你却说，你拥有的自由太多了。不管怎么样这总是我的错。"贝斯福特是那个新自由，罗薇娜离开他就没法活，而罗薇娜又甘于被他奴役，这样的自由是危险的，也常常是不堪的。

《事故》就这样向卡达莱在《阿伽门农的女儿》结尾留下的问题做出了一次有趣的回应。在那个中篇小说的结尾，年轻的叙述者思索着当时的政治口号"让我们革了所有的命"，然后反问道："你有本事能把女人的性也给革了？如果你要紧抓本质，那儿就是你该开始的地方——你得从生命之源着手。你得调整它的外观，它上面那片黑色三角区，还有阴唇湿亮的边。"他的意思是，政治权力总是会被某些无关意识形态的私事或者多余的东西挫败，它的手伸不到这些地方。昆德拉反复多次地探索着同一个问题，关于反抗的色欲。而《事故》在此严肃地提出，对女人的性进行革命确实是可能的，而且资本主义说不准做起这个来比他们还容易。总而言之，如果我对小说的理解没错，贝斯福特和罗薇娜的核心问题是，他们的关系被意识形态和政治彻底污染了；他们之间之所以形成了特有的服从与控制的态势，本身即是被决定的。

书里有一段贝斯福特对罗薇娜说的很长的话，它无疑处在这本书的情感和意识形态中心，罗薇娜在政权更迭时才只有十三岁，贝斯福特对她说的是在霍查统治时期非常盛行的疯狂行为。他描述了一个疯狂的颠倒的世界，让人联想起陀思妥耶夫斯基笔下的世界，在那个世界里，公民们心甘情愿假装成叛乱者，为了能为自己没犯过的罪服刑，同时抒发对领袖的爱。贝斯福特说，每个叛乱者都比前一个更卑劣。

　　那些监狱里的叛乱者发出的信越来越讨好了。有些人申请阿尔巴尼亚语字典，因为他们在表达对领袖的崇拜时会提笔忘词。还有些人抱怨受到的折磨还不够。从驻扎在河边荒芜沙丘的射击队那儿也传回了差不多的故事版本：他们的犯人们呼喊着"领袖万岁！"，当他们把最后一句祝福喊完以后，一种沉重的负罪感袭上心头，于是有些人请求受死，但不要用一般的武器，而是反坦克枪或者火焰喷射器。还有一些人请求在空中受到炮击，因为这样的话他们就不会留下任何痕迹了……从这些报告中，没有人能分辨出什么是现实什么是虚构，正如也无法了解到这些叛乱者到底是什么目的，甚至可能也包括领袖他自己的。有时候领袖的想法很好领会。他征服了整个国家，而现在这些叛乱者的崇拜可以给他的胜利增光添彩。某些人认为，他对那些忠诚追随者的爱戴已感厌烦，所以现在他想来点儿新鲜的、并且显然是不可能的——叛徒的爱。

我们又重回到了勒卡·B.的世界，他很奇怪地为他的错误感到自豪，这也是《石头城纪事》里那个游击队员的世界，他在死前高声呼喊"革命万岁！"。卡达莱还巧妙地暗示这番冗长、夸张的讲述本身可能就是贝斯福特本人作为他所鄙薄的权力的受害者的证据——他无法逃脱它对人的扭曲，它的遗产，它的歇斯底里所带来的记忆。但是沉郁的思想也同样投下了自己的影子。卡达莱是否也是如此？很可能是小说中最有力的段落重又回到老地方，陷入旧的迷恋，这看起来似乎很令人感慨，而作为一本小说，这个关于自由之暴政的寓言比起卡达莱早先关于暴政之暴政的寓言在效果上略逊一筹，也同样令人感慨。也许这也是出于自由的本质，毕竟这也还是战后阿尔巴尼亚历史中的一段过渡，即便是一个有着卡达莱这样伟大能力的小说家，在试图将自由寓言化时，也像是抓住了一片迷雾，像是用刀划着一朵浮云；而过去那个身处极权、反抗极权的卡达莱，他有霍查政权这个宏大主题在背后支撑，就像一个人坐在一尊巨大雕像之上。卡达莱不是唯一发现了这个事实的小说家，那便是随着阿尔巴尼亚前政权的轰然崩塌，他的世界也消失了，不论他是多么渴望那个世界的毁灭。这也只是开始。

英式混乱：艾伦·霍林赫斯特

　　大多数被称赞"文笔优美"的作家并非如此；这样的赞美是泛泛发出的，就像雨点打在正义的人身上也打在不义的人身上。英国小说家艾伦·霍林赫斯特（Alan Hollinghurst）是少数担得起这个称赞的当代作家之一。他的文字具有一种再描述的能力，在它的影响下我们可以发现那些之前被忽视之物。不过，和很多现代写作手法不同，他这种再描述的实现，并不仅仅是通过创作才华横溢的隐喻，挥洒火花闪烁的细节，或是铺展一连串机巧评论达成。霍林赫斯特写得安安静静，像一个诗人，驱赶着自己句子里所有的词语——名词、动词、形容词和副词——赶进一条静悄悄的等式里。我指的是像他的小说《美丽曲线》（2004 年）中的这类句子："在树木和房顶上方，伦敦天空暗淡的光芒向上褪去，融入虚弱的紫罗兰高处。"我们突然可以重新看到大城市的暮色天空，文学天才显然集中在那个意外的形容词"虚弱"（weak）上，它唤起了都市夜空被地面的明亮灯光压制产生的渐弱层次。效果出乎意料地矛盾，因为我们通常不将高处（heights）与虚弱联系在一起，而是把它和力量或支配联系在一起。诗意不仅体现在句子描绘的内容上，还体现在句子的声音上："虚弱的紫罗兰高处"（weak violet heights）的节奏有一种神秘而可爱的韵律，两个形容词（"虚弱的紫罗兰"）变成了一个名词，实际上的名词（heights）则是由一个形容词复数化得来的。这个句子确实给人一种飘向远方的感觉：虚弱的紫罗兰高处，虚弱的紫罗兰高处……

　　霍林赫斯特的散文的音乐性在其最佳状态下是自觉的，但不是自我陶醉的：他的语言关注它本身以及整个世界。在他的第二部小说《折叠的星星》里，霍林赫斯特描述了一段在暖热夏日，开着窗观看温布尔登网球赛电视转播的经历。突然间，窗外传来一架飞机的动静："乘着头顶的一阵缓慢狂风，飞机的音速旋涡渐行渐远。"又一次，他的力道从一组名词与形容词非正常搭配的联结中溢出——"缓慢狂风"（通常狂风是迅疾的）的小矛盾和几近于拟声的"音速旋涡"，使得句子真的慢了下来。又或者如《美丽曲线》里这么一段绝妙的对主人公"支帐篷"的精细描写："用一条坚硬的对角线撑开了纽扣"。正常情况下我们不会将这么抽象的"对角线"视为某个具有坚硬或柔软属性的词语。然而，这样一种短语搭配迎面而来，它看起来精确而笃定：一条"坚硬的对角线"听上去既坚定（字面上的意思）又艰难（说的是扣住这条对角线不容易）。

当一个人的听觉好到霍林赫斯特这种程度，变成一个兴致浓厚的好古癖就成了他要面临的危险，所有英国先贤——尤其是莎士比亚、济慈、哈代、爱德华·托马斯、菲利普·拉金——都在催熟这些句子以致撑爆。此外，霍林赫斯特还对亨利·詹姆斯情有独钟，在《美丽曲线》中可以强烈感受到他的存在。但是，詹姆斯对于 21 世纪的小说家来说是一个危险的典范，因为他自己的提炼近乎自我谐拟：当代詹姆斯的模仿者本质上冒着模仿模仿者的风险。比如说，当小说写到一所伦敦大宅石头台阶的最顶上一级，发出"橡木密不告人的嘎吱声"（confidential creak of oak），读者为这短语玩味不已，宽容地忽视了它其实是个明显的詹姆斯式的头韵。而在霍林赫斯特的新小说《陌生人的孩子》里，却很难忽略这样荒唐的詹姆斯式的句子："这一巨大主张在后面的条款中似乎逐渐蒸发了。"（This large claim seemed rather to evaporate in its later clauses.）或者这句："这也是达德利的版本，尽管'改进'的冷静勇气让达芙妮发笑。"（This was exactly Dudley's version too, though the cool nerve of 'improving' made Daphne laugh.）在新的小说中，我们还发现"塞西尔低声发出轻蔑的咕哝声"；另一个角色"带着勇敢的颤抖"说话；同一个角色说话时"带着一点受伤的表情"；另一个人说话时"带着暂时的妥协态度"；而性爱后的奥古斯丁式悲伤被描述为"短暂的非理性悲伤时刻"。性本身——特别是同性性爱——被一个角色视为"无法想象且隐隐害怕的事情"（可以对比传说中詹姆斯对自己死亡的预感："所以它终于来了，这件非凡的事情"）。这听起来像是麦克斯·比尔博姆对詹姆斯晚期作品的著名戏仿。对于像霍林赫斯特这样才华横溢的作家来说，以这种方式在陈词滥调中挖掘对作品没有多少帮助；在阅读这部时常优美的小说时，我花了太多时间想要写一篇模仿霍林赫斯特式詹姆斯风格的作品。（"拉尔夫的阴茎虽小但却真诚。在午后那被冬季的迅速到来所打薄了的衰退日光里，它在休看来似乎笼罩上了羞涩的高贵庄严。两个人能听得到索姆斯太太娇细如漆般光亮的笑声，从楼下的某处传来……"

诸如此类。）

　　这种风格上的复古主义看起来不是什么大不了的缺点，但问题是《陌生人的孩子》本身就是一次文学复古主义的尝试。它讲的是一位在第一次世界大战中英雄般牺牲的鲁伯特·布鲁克式的诗人，塞西尔·维伦斯（霍林赫斯特虚构的人物）。小说开篇，时间是 1913 年，塞西尔·维伦斯登门拜访剑桥挚友乔治·索尔。塞西尔看上去对男女都有兴趣：他可以和乔治的妹妹达芙妮调情，同时也跟乔治更无遮拦地嬉闹，后者则迷上了这位贵族诗人。在这段造访的日子里，两个年轻人奋力探索远离社会、专属二人的情欲生活，但他们似乎总是被监视着，首先是乔治多疑的母亲弗里达（正是她后来发现了"无法想象且隐隐害怕的事情"，也是她毁掉了自己儿子藏匿的和塞西尔的往来情书）；还有乔治那个思想传统且不太聪明的哥哥休伯特；以及达芙妮，一个聪慧的、容易受人影响的青春期少女。塞西尔·维伦斯仅仅在索尔家这座位于北伦敦边缘的两英亩宅院中停留了三天，但是这里的聚会却载入了文学史，因为就在这里，塞西尔写了一首诗献给达芙妮，纪念这所房子和它的花园。这首诗题名《两英亩》，1916 年塞西尔·维伦斯于法国牺牲之后，诗句被丘吉尔引用写入了为诗人所作的讣告，刊发在《泰晤士报》上。这首诗很快被人们接受，并被选入诗歌选集，成为伟大的英国战争诗歌之一。诗中既有豪迈激昂，也有对失落的英式田园纯真的哀悼。鲁伯特·布鲁克的诗作也是如此，其开头写道："如果我死了，只要这样想起我：/ 有一些异国土地的角落 / 永远属于英格兰"，而霍林赫斯特在这部小说里自始至终都将"两英亩"与布鲁克感伤的爱国主义画上等号（"两英亩被保佑的英国土地"，维伦斯的一句诗行如此写道）。

《陌生人的孩子》追随着维伦斯和索尔两家在20世纪的变迁，叙写了上述诗篇之后所发生之事。第二章将时间轴拨到了1926年，休伯特·索尔也同样战死疆场——不过他的牺牲和塞西尔·维伦斯相比多少是默默无闻的，贵族气派的维伦斯家为塞西尔在祖宅科利庄园的教堂里安置了漂亮的大理石墓。我们了解到，维伦斯的诗歌已经成为经典。科利庄园的女主人现在是达芙妮·索尔，她嫁给了塞西尔的哥哥达德利。乔治·索尔娶了一位相当貌丑的女学者马德琳，算是正式矫正了青年时代的同性偏好，他们俩都在学校执教。第三章节——本书最棒的部分——一下子跳到了1967年，地点换作牛津近旁的一个小镇，在这里我们遇见了保罗·布莱恩特，一个卑微的银行职员。布莱恩特是个同性恋，对文学有一腔热忱（他阅读安格斯·威尔逊），他同塞西尔·维伦斯的关联可是有些曲折：银行经理吉平先生，娶了达芙妮的女儿科琳娜。塞西尔是她的叔叔。

这份与维伦斯的关联在保罗遇上彼得·罗后更紧密了，彼得在当地一所男子学校教书，学校设在科利庄园内，维伦斯一家如今已不在此居住。（可不管怎样，塞西尔·维伦斯的墓还在原地，那里已是学校的教堂。）保罗和彼得相爱了。在第四章，时间移至1980年，保罗·布莱恩特眼下成了一位小作家，创作着他的塞西尔·维伦斯传记。他尽己所能地去采访尚在人间的老人们：已经八十多岁的达芙妮、乔治·索尔、约拿·特里克特——塞西尔1913年写出《两英亩》的那次造访期间短暂照顾他的年轻侍从。保罗这部传记的真正主题，同时也是霍林赫斯特小说的真正主题，便是这位被理想化了的文学形象隐匿的同性恋倾向。

这是一部阔大而广博的小说，霍林赫斯特动用了维伦斯和索尔两个家庭的历史，对英国的衰落进行了微妙而动人的评论。不过，在对这种复杂性给予应有的评价之前，似乎有必要先对这一主题的文学性和执行过程中的平淡礼貌表示一下失望。无论是主题还是风格上，《美丽曲线》都是一部十分詹姆斯式的作品，然而它又在对英国当代社会的深切关注中展露着自己的锋芒。即使是审视着尼克·盖斯特在撒切尔夫人治下的 80 年代里如何成长之时，它华丽的文风也并无不合时宜之感。其讽刺有如一股稳定电流让写作保持着活力、警觉和破坏力。在这部小说里，80 年代并非仅是一段割离的历史阶段——同样，这本书也不是一部历史小说——因为它的虚构素材（对金钱的追逐，各种无节制的放纵，时髦的滥用药物，政治机会主义，艾滋病的袭来），很容易就溢出它所属的时间边界。霍林赫斯特有时似乎暗中爱上了杰拉德·费登的世界，他是一位高贵的保守党议员，尼克闯入了他的家庭，就像伊夫林·沃爱上了马奇曼家族一样。但尼克作为下层中产阶级对那个特权世界的疏远感加强了这本书的道德质地，使得它读起来像是《旧地重游》与金斯利·艾米斯和约翰·布雷恩等中产阶级作家警惕的、批判性的战后贪婪的结合，这几乎是不可能的，在以前是无法想象的。

《陌生人的孩子》里大约只有三分之一篇幅设定于第二次世界大战之前，但看似现代的部分实际上都围绕着塞西尔·维伦斯这个人物展开，就像侦探小说一样回顾过去寻找真相。这种倒叙的结构让整部小说有一种过时、传统的气息，让人联想到 A.

S. 拜厄特的历史小说《孩子们的书》，尽管《陌生人的孩子》在写作上更胜一筹。在这里，正如拜厄特的历史重构一样，人们谈论剑桥国王学院、使徒社、利顿·斯特雷奇（"'我们时不时地能见到利顿'，塞西尔用一种谨慎的口气说道"），还有鲁伯特·布鲁克：

> "噢，鲁伯特·布鲁克，"弗里达说，"真是个阿多尼斯！"
>
> 塞西尔鼻子里轻笑了一声，像是听到了一个初级错误，"噢，是的，我认识布鲁克，"他说道，"我们过去在学院里经常见到他，不过眼下当然是少多了。"
>
> "我妈妈认为鲁伯特的作品相当有深度。"乔治说。
>
> "是吗，亲爱的？"艾尔斯佩斯眼光闪闪，关切地问道。

大多数外国读者可能不知道，近年来英国文学史这条走廊有多么拥挤。像霍林赫斯特这样的作家，几乎在睡梦中都能编出一大摞这些软绵绵的东西。我发现自己在读这本书的大部分内容时，都想把霍林赫斯特从这种勤奋的沉睡中唤醒，对着他的耳朵念叨温德姆·刘易斯为了在20世纪初搅动英格兰的那句革命性的现代主义格言："用艺术杀死约翰牛。"因为除了纺织他那些精美柔软的布料之外，霍林赫斯特也许是为了迎合他的素材，收紧了他的散文自由度，导致作品中经常出现一种礼貌的职业化填充物。他有个给笔下人物的感叹后面续上一条整洁的小尾巴的坏习惯：

> 克拉拉说道，带着微微的不耐烦，给即使能算得上她最善意的评价也蒙上一层讽刺意味。
>
> 弗里达说道，用她特有的尖锐声调，眉头也皱了起来。
>
> 克拉拉说道，头跟着不置可否地摇了摇。
>
> 塞西尔说道，他欣喜坚定的表情下，隐藏着一丝不确定的疑虑。
>
> 莱利夫人说道，还扮了个勉强的小鬼脸。

一个人物"不形于色"地说了点什么，没想到往后翻个没到十页，另一个人物也"不形于色"地说起来。我数不清到底有多少回人们看得"不动声色"或者"仔仔细细"了。

> 约翰仔仔细细地看着他。

罗伯更加仔仔细细地看着最后一封信。

布莱恩特说着，仔仔细细地瞥了罗伯一眼。

她仔仔细细地瞧向它。

面对面地看着他，不动声色又亲切甜蜜。

达芙妮说道，尽可能地不动声色。

保罗清了清嗓子，继而比以前更仔细地看着她。

写一个人物脸红了，甚至用的是青少年流行读物里那种古怪语气："罗伯也扬起了眉毛，脸微微泛红。"写一段对话被人打断，用的常是这种老旧手法："但正在这时，门被威尔克斯打开了，他的母亲走了进来。"三页之后，同样的对话以完全相同的方式被打断："但就在此时，门突然开了，是家里的保姆。"噢，书里还有一大堆重复的混乱：

还有一份混乱的抗议之感。

在一团混杂着反抗与羞愧的情绪里他的心跳一时快了起来。

而男孩子们接着走进了青春期，掉入流言蜚语和跃跃欲试交相混杂的多彩泥潭。

在一种老套的沮丧与抚慰的交杂中。

凝视着车轮滑入伍斯特城边缘混乱的炫

光里。

　　他为自己那种混杂着欢喜和恼怒的混乱情绪迷惑了一会儿。

　　这些小污点自然是无伤大雅，但积攒得多了，暗示出对材料的过分溺爱，文字始终在寻找和确保一种舒适的程度。霍林赫斯特似乎太愿意享受一种应该被审视而不是延续的温情英式挽歌。比如说，"混乱"（muddle）是典型的战后英国语汇：几十年来，这个国家一直在自己的帝国后遗症中"混乱前行"，以它羞怯的方式为自己"得过且过"的能力自豪。（历史学家彼得·亨尼西曾将一本关于战后英国的书命名为《得过且过》。）霍林赫斯特自己在小说《折叠的星星》中似乎也把"英格兰气质"和"混乱"联系起来，他将拉上窗帘观看温布尔登网球赛的经历描述为"一个英国式的光与影、近与远、微妙混乱和错位的灵薄狱"。

　　不过有没有可能，"混乱"这个词语提供了一种美妙的英式模糊，而其实一种讨人厌的清晰可能是更可取的？在某种程度上，《陌生人的孩子》可以被视作一部相当保守的田园挽歌，它将重心集中于两个英国家庭的屋宅，而这两座宅院都随着自家的衰落而失守了。科利庄园变成了一所学校，索尔家的宅子——"两英亩"也荒疏了。书里有一节长长的感人的段落，写到保罗·布莱恩特试图寻找塞西尔诗歌的主题，但几乎失败。在斯坦摩尔，现在的北伦敦，没有人听说过"两英亩"（宅院和诗都无人知晓）。就连老车站也在1956年被撤销了。保罗拦住了一位遛狗的人向他问路。"两英亩？……我没听说过。你确定它在这附近吗？……我家有三分之一英亩，我告诉你那可得做好多活儿啊。"保罗最后还是找到了，它已经荒弃了，并且显示出被分割成公寓的迹象——"像绝大多数伦敦的宅子一样"。这座旧日荣光的老壳子现在还被防盗报警器保护着，报警器的厂家有个挺有意思的名字，"阿尔比恩安保公司"（阿尔比恩是英格兰的雅称）。

只要决心够大，你尽可以剥夺一个地方所有的浪漫，甚至是衰败的浪漫。他以为自己总归可以在这里多少发现一点儿它们1913年的样子——更多居住痕迹，当然，也添了些现代设施，做了些颇具品位的改进，不过假山石还在原处，以及漂亮的"闪亮丛林"，那绑过吊床的树干上仍然留着绳索勒出的痕迹。他想可能会有其他的故旧在这些年过来看看这老房子，而它还会保持着那种微微皱眉的自持的样

子,某种知道自己受人尊敬的淡淡的友好的姿
态。它会名副其实。但是真的来了,却没什么
可看的。楼上的窗户看上去像是在对着云影茫
茫然思考着。

这个场景在其轻松的节奏中聚集了英国的田园
传统,诗歌方面有诸如拉金的《1914》(MCMXIV,
罗马数字1914)("从没有这样的纯真,/无论过去
还是未来,/就这样把自己变成了往昔/不留一语")
和《割草》("开满野胡萝卜花的迷途小径"),小说
则有诸如《霍华德庄园》、威廉·戈尔丁的《金字
塔》以及W.G.塞巴尔德亲英派的《土星之环》。当
然最主要的来源还是《旧地重游》,在伊夫林·沃那
里,他把对战后岁月平民恐怖的厌恶集中在下层中
产阶级士兵胡珀身上,书中的大宅对他来说无关紧
要。而在霍林赫斯特笔下,大家族的颓势则借了下
层中产阶级成员保罗·布莱恩特来表现,保罗逡巡
于这所被遗忘的庄园,一边侦查一边搞着破坏:"他
转身背对老房子,将手提箱放在地上,对着高高的
草丛狠狠尿了一场。"(这段动作描写很奇妙地同诗
人拉金的《去教堂》有几分相似,后者的主人公走
进了空空的教堂,把自行车撑在一旁,登上教堂的
讲台,嬉笑着模仿了一句"到此为止",声音之大

连自己也没想到。）

　　当然，霍林赫斯特的分析要比伊夫林·沃更复杂一些，保罗·布莱恩特到底珍视着两英亩，所以某种程度上来说他也是在守护维伦斯的文学火种。不过在小说里霍林赫斯特对布莱恩特还是多有指摘：书中他第一次出现于我们眼前是在 20 世纪 80 年代，一个小小的文学野心家，不屈不挠，到处乱闯，两面三刀。在小说的最后章节，日历翻到了 2008 年，这个曾天真地读着安格斯·威尔逊的外省年轻人，终于成为保罗·布莱恩特："他写了所有这些传记——其中一本引发了针对达勒姆主教的轩然大波。"我们知道，布莱恩特的第一本书正是塞西尔·维伦斯的传记，曝光诗人为同性恋作家，并且声称他哥哥，也即达芙妮·索尔的丈夫，同样是同性恋。另外还曝光了其他家庭内幕。布莱恩特可能曾经视科利庄园和"两英亩"为珍宝，但他的欣赏似乎是狭隘的政治和名利欲望。即使布莱恩特曾是迈克尔·霍洛伊德（小说中提到了他的《斯特雷奇传记》）那样充满文学情怀的人，但这种传记式的守护似乎也无法替代真实的东西——一座仍有生命力的、住着人的房子。守护文学火种，霍林赫斯特似乎暗示，比我们最初所想的更接近英国"遗产"产业。

　　所幸，《陌生人的孩子》也同样站在了自己温和保守主义的对立面。布莱恩特对塞西尔·维伦斯同性恋身份的曝光不仅仅是一次揭丑，也是无可挽救的衰落的信号，因为霍林赫斯特这部小说本身的计划也类似一次曝光——对一段已湮没的几乎秘密的情色生活的回溯。霍林赫斯特在这本书里最好、最微妙的写作是围绕着压制同性恋以及被压抑的同性恋经历展开的。在维伦斯表面的文学声望之下是另一种生活，遮遮掩掩难以捕捉，霍林赫斯特和布莱恩特都想要去追索，只是二人用了不同的方式。在这个意义上，《陌生人的孩子》实际上提供了20世纪同性恋生活的一段非官方历史：有乔治对塞西尔无法言传的痛苦的爱（在几个迅疾的场景中美妙地唤起）；有双性恋艺术家拉威尔·拉尔夫，他和达芙妮上了床，终究也与之结婚了；有保罗·布莱恩特和彼得·罗之间冗长的互相勾引和终成正果；也有关于索尔家族的友人哈里·休伊特的意外发现——没人以为他喜欢男人，但实际上他爱着乔治在第一次世界大战中阵亡的哥哥休伯特。还有乔治·索尔令人忧伤的故事，这个可疑的异性恋，为了洗白付出了终身努力。当保罗·布莱恩特以维伦斯的传记作者的名义造访老乔治家，劝诱他承认自己与塞西尔的关系，这一段是既痛苦又滑稽的。乔治向保罗展示了一张照片，照片上是年轻的乔治和塞西尔。塞西尔的衬衫已经脱掉了，而乔治的衬衫解开了一半。此时，乔治多疑的妻子马德琳正偷偷躲在屋外。之后，保罗在他的日记里记下了这一时刻（"C"指塞西尔，"GFS"指乔治·索尔）：

　　我第一次有了关于 C 的身体的真正印象，那个相机就好比一个闯入者，我突然感觉到走进他（我拍摄的对象！）的周围会是什么感觉。这种感觉非常奇怪，甚至有点儿挑逗。似乎 GFS 也感觉到了："我看上去可是有点儿放纵，是不是？"他说道。我说："那么你是这样的吗？"然后我感觉到他的手，鼓励我似的在我后背上来回揉了揉，又向下挪了一点，并且很适可而止地停留在腰的上方。他说："恐怕，我可能是这样，你知道的。"

　　气氛这时有些紧张，我瞥了他一眼想观察一下他自己对此到底有几分清醒。"在哪方面呢，你认为？"（我移开了一点，但又不想惊动他）。他盯着照片，缓慢却沉重地呼吸着，似乎没法决定的样子："好吧，你知道的，一般意义上的。"我觉得这是个很好的答案。我随便说了句，"好吧，我不怪你！""太糟了，不是吗？那会儿我还真算英俊！看看我现在"——他把脸向我转过来抬了抬胡子拉碴的下巴，他的手又继续往下了，做了一个蓄谋已久的揉擦动作，落在了我屁股上。

这是小说的成就之一，通过对各种形式同性恋关系的描写，系统地验证了乔治口中"好吧，你知道的，一般意义上的"其中的禁忌的智慧。

遗憾的是，也许因为霍林赫斯特是如此用力地想要揭开那一系列体面端庄的压抑，也使得他自己关于这段深埋的同性恋曲的书写充满了体面端庄的压抑感——它让人忍不住联想到石黑一雄的小说，尤其是《长日将尽》，而霍林赫斯特似乎又一次踏上了英国人已经耕耘过的土地。毕竟，在鲁伯特·布鲁克的时代，年轻的文学男青年更容易互相吸引而非着迷于异性，而这种吸引力必须在一个并非总是放纵他们的更广阔的世界中进行微妙的协商，这并不是什么新鲜事。乔治和塞西尔天鹅绒般的摸索和遮挡实在有点平淡，特别是拿霍林赫斯特自己先前的小说做标准来看的话，以往常常有着让人窒息的情欲。而随着小说一步步稳稳地向着它所要揭示的谜底走近，它也越来越平淡。保罗·布莱恩特的迂回前进占了太多时间，挨个儿造访乔治、达芙妮以及仆人约拿等等; 而霍林赫斯特的另一个失误是用文学八卦填充了书的最后两百页: 一幅20世纪80年代前期《泰晤士报文学增刊》的人物群像、一次读书聚会、二手书店里的一幕、一次葬礼"庆典", 以及在牛津举行的一场关于塞西尔·维伦斯的会议, 在那里我们会遇到保罗·福塞尔和乔恩·斯托乌斯。("他意识到站在他身边的是斯托乌斯教授, 他写的威尔弗雷德·欧文传记对欧文喜欢男子一事避而不谈。")

《陌生人的孩子》是一本令人沮丧的书, 既是一本大部头小说同时也是一个古怪的小小说——它一度颤抖着即将越过那种熟习的文学设定所划定的狭窄观念, 但终究愉快地回落到舒适、已知的地方。阅读它的时候, 我脑中想起拉金的《去教堂》里的一行诗, 设想了后世某种呆板古怪的教堂参观者——"一些废墟酒徒, 对古董着迷"。这本小说也是, 贪恋着旧日; 我希望它的后继者, 可以像它的前辈一样, 贪恋如今。

生活的白色机器：本·勒纳

在自传《往事与随想》中，19世纪俄国作家亚历山大·赫尔岑讨论了紧随1825年十二月危机而来的道德停滞。这场乐观的反抗由圣彼得堡的自由派贵族和军队官员领导发起，很快就被新登基的沙皇尼古拉一世碾碎了。赫尔岑写道，年轻的激进分子发现"自己身处的生活事实与他们所受教的语言有着全然的矛盾"。他们的书本和同侪说的是一种语言，一种关于改良和激进主义的语言；但是他们的父母亲说的是另一种，一种代表了统治阶级政治和经济利益的语言。年轻人被扔进了左右为难的窘境，他可以避开这道裂缝，让自己"丧失人性"，或者忍受意识形态囚禁之苦："之后，对于一些意志薄弱、更急躁的人来说，接下来的生活将是退役短号手般的无所事事，乡村的懒散安逸，晨衣，各种怪癖，纸牌，葡萄酒；对另一些人来说，则是一段苦难折磨和内心阵痛的日子"。从这段历史上的瘫痪状态开始，及至其后的四十年里，出现了一系列飘零、柔弱、脱离道德的愤怒的俄国文学人物：叶甫盖尼·奥涅金，莱蒙托夫的毕巧林，屠格涅夫的多余人，还有陀思妥耶夫斯基的地下室人。

亚当·戈登，作为本·勒纳（Ben Lerner）巧妙曲折又十分趣致的小说《离开阿托查火车站[1]》里的叙述者，便是那些失意的俄国反英雄们的直系后裔。他是一个美国年轻诗人，2004年在马德里做了为期一年的学术交流。他声称自己的项目是"一部以研究为导向的长诗"，要探究的是西班牙内战的遗产。如果觉得"研究"听上去像是那种人们为了搞到一个国外交流机会而打扮漂亮端出来的小点心，那么因为它本来就是：亚当对内战一无所知，对西班牙诗歌也是知之甚少。在马德里，他就像赫尔岑笔下某个披着晨衣的年轻男子，阅读托尔斯泰、约翰·阿什贝利[2]和塞万提斯消磨时间；参加聚会；吞镇静药片，抽大麻烟卷；试图追求两位西

---

[1] 马德里最大的火车站。

[2] 约翰·阿什贝利（John Ashbery，1927—2017），美国诗人，后现代诗歌代表人物。诗集《凸面镜中的自画像》获国家图书奖和普利策奖。

班牙姑娘特蕾莎和伊莎贝尔，并希望被她们爱上，
但基本上失败了；还要避开为他提供了游学费用的
基金会负责人。

　　既带着意识形态又身处后意识形态中，既暧昧
茫然地参与又发自内心深处地做一个旁观者，迷人
也招人烦，亚当是这么一个很有说服力的 21 世纪
美国文人形象的代表——一个特权和散漫的产物，
生活在一个政治确定性膨胀的时代，然而他能确定
的只有自己的不确定性，也因此总是更容易用否定
而非肯定来下定义，非常确定要献身于诗歌事业却
无法定义它也无法为它辩解（除了虚无地长叹着诗
歌与其他任何事物无关），而且隐隐怀念早先那个
具有更大力量和确定性的神话时代。比如说他总是
困扰忧虑于不能拥有"艺术上的深刻经验，而且我
也不相信有什么人可以，至少在我认识的什么人
中"。就他对艺术的兴趣而言，他告诉我们：

　　　　我对在艺术作品本身获得的体验与代表它
　　们的艺术主张之间的割裂颇有兴趣，我离自己
　　能从艺术中获取深刻体验最近的也许就是这段
　　割裂的距离了，一种深刻意义缺席的深刻体验。

　　亚当·戈登或许是漫无目标的，不过他有一种

泰然处之的智慧，对悖论和辩证保持友善，也就使得他这番对"深刻意义缺席的深刻体验"在读者看来成了一次对一个男人浅薄深度的有趣探问；这本不长的小说本质上什么大事也没发生，却读起来不像冗长乏味的长篇小说。勒纳很好地将浪荡子和多余人的传统两相结合：亚当既是一位热衷思考的窥伺者，又是一个邪恶的失德者，乐于接纳他的新感觉的同时，又因为自己老派的感性感到挫败。正如莱蒙托夫的《当代英雄》（费尔南多·佩索阿的《惶然录》或许是该小说在浪荡子传统方面的原本），叙述者注定要在他自己真实性的暗黑长廊里游荡，因此读者无法真正将他看个明白，不能轻易地获知什么是真实什么是假象。与毕巧林相似，亚当有时陷入奇特的无感情状态中，但又能陡然改变——有时候是奇怪的戏剧化，有时是长时间的被动。

　　他是一口盛满悬浊液的大釜。或许"大釜"一词用得太重。亚当最主要的缺点在于他和外物间保持的距离以及他软弱败退的性格。在他能够着手做些什么之前，他就丈量好了失败和欺骗。为了与软弱斗争，他练就了欺瞒的技艺。为了让自己即使闲到发慌也要看起来忙碌，他很少回复电子邮件："我想这样可以给人造成一种我不在线、忙着积累人生经验的感觉，而实际上我花了大把时间在网上待着，尤其是傍晚和清晨，看一些糟糕的视频。"在一场马德里的聚会上，他确信自己对周遭没有足够的吸引力，于是把自己的面孔"定格"在了一个滑稽的咧嘴笑上："幸好我对这样的情况有一套策略，我这一招是在多次造访纽约时练出来的……我把眼睛睁得比平时大一些，睁到一个特定的点，然后抬起眉毛同时嘴角上翘弯成一个微笑的样子。一旦这个表情到位我就把它保持住，一个同时传达出熟悉和不相信的表情。"为了隐藏他的尴尬，也为了引起他在聚会上偶遇的女孩特蕾莎的注意，他偷偷把唾沫涂在脸颊上（假装是眼泪）然后告诉她，自己的母亲（活着并且在堪萨斯活得好好的）去世了。因为对他所说的深信不疑，特蕾莎还讲了她自己的伤感故事来回应——只不过亚当的西班牙语还没好到能理解她的程度：

> 她描述了自己还是个小姑娘时她父亲的去世，或者是她父亲的死是如何让她无论何时忆及往事就能变回一个小姑娘；他去世时还年轻但现在对她来说似乎已经老了，或者他去世时已经老了但在她的记忆里越来越年轻。她开始引用那些人们说起他时的老调，时间会做些什么啦，什么他会去一个更好的地方啦，或者或

许她只是不带一丝讽刺地向我说起这些陈词滥调……那位父亲曾是一个著名的画家或者绘画收藏家，而她要么是为了讨好父亲而成长为一个画家，要么是因为无法承受父亲榜样的压力，又或者因为父亲是个大浑蛋，而使得她放弃了绘画，以上这些我基本上是猜的……

关于语义在翻译中遗失的笑点在全书反复出现，它很有趣，但它不仅仅是肤浅的搞笑。《离开阿托查火车站》的一个中心问题便是关于交流和翻译的，不光是在外语情境下，即使使用一个人的母语，什么内容能得到如实的传递表达。勒纳这个刚过三十岁就写出三本诗集的诗人，对词语是否真的属于我们颇感兴趣。比如在那段亚当和特蕾莎的互动中，亚当在理解特蕾莎时的无能或许是因为真的不具备那项能力，又或许是没有兴趣去理解（因为我假装出来的悲伤要比你真实的悲伤更真实）；不管是哪一种，都有可能让特蕾莎变得像亚当一样虚假、不真实——她可能是出于讽刺引用那些陈词滥调，但也有可能只是单纯引用，谁分得清呢？随着小说的发展，亚当愈发夸大自己在西班牙语上的薄弱，借此避免暴露自己。就像他拿自己和另一个女朋友伊莎贝尔的关系开的玩笑似的：

尽管我自己并不情愿，但我的西班牙语水平确实在进步。突然间，我领悟到一个显而易见的道理：我们这段关系在很大程度上取决于我永远无法流利地说西班牙语，取决于我是否有借口说一些难以理解的片段或机锋……我们走在修道院和礼品店旁，我不禁思忖，我还能在马德里待多久，而不至于跨过那个让我变得索然无味的看不见的流利程度门槛。

一如之前，这一段也显得有趣而狡猾，但在这样的想法之下，流动的是一丝恐惧——对虚无的恐惧。因为这本小说从头到尾都存在着这个疑问：如果亚当·戈登能够展现出自己的真实，还有什么可看的吗？我们是否实际上是由自己的不真实性组成的呢？有次亚当出席了一个座谈会，会上讨论文学和政治，亚当没什么可以谈的，便讲了些他花工夫背过的老套话，并引用了一段奥特加·伊·加塞特 [1]（"我一度以为这是两个人，就好像是德勒兹和

---

[1] 奥特加·伊·加塞特（José Ortega y Gasset，1883—1955），20 世纪西班牙最伟大的思想家之一，其思想和政治理念影响了西班牙的知识分子。

瓜塔里，加尔文和霍布斯[1]"）。一开始他想要完全逃掉这次任务，因为实在没什么可说，因为文学不是政治（他是这样以为的），也因为他的西班牙语差强人意。特蕾莎提醒他说你的西班牙语很好了，并发问道："你什么时候打算承认其实你完全可以用这种语言生活？"接下去又更尖锐地问道："你什么时候打算停止假装你其实只是在假装一个诗人？"

但是如果亚当停止假装自己只是在假扮诗人，他就得创作一些诗作，还要直面关于才华和使命的问题，更不消说写诗的意义究竟何在这样更大的困境。（诗歌是否真的与任何事无关？）基地组织在阿托查火车站向火车投下炸弹的时候他就在马德里，但他的超然态度与西班牙朋友的投入形成了鲜明对比。在某一时刻，亚当似乎就要向读者做一番忏悔了。自己是个骗子，他从来都是知道的，他说，难道有谁不是吗？

谁不是蹲在资本或者随便你想叫它什么的

---

[1] 美国漫画家比尔·沃特森的连环漫画作品，主角是小男孩加尔文与他的玩具老虎霍布斯，他俩的名字分别来自神学家约翰·加尔文和哲学家托马斯·霍布斯。

东西提供的少数几个预制的主体位置中的一个，每次她说"我"都在撒谎；谁不是一个重复播放的损坏人生广告里的一名次要演员？如果我是一位诗人，我之所以成为诗人是因为诗歌，比任何其他实践都更加强烈地无法逃避它的时代性和边缘性，因此构成了一种对我自身荒谬的承认，可以说，是在真诚中承认了我的恶意。

这是能体现其个性的一段，同时展现了它的流畅狡黠以及优雅的尖锐。亚当似乎是为诗歌做了一番相当耳熟的后现代辩护：我们都陷在非真实的模式里，我们每一个人都被力量远大于个人话语的话语（"资本或者随便你想叫它什么的东西"）影响着；诗人无能躲过这个大型陷阱，但至少能从一种自觉的边缘立场出发来写些什么——"可以说，是在真诚中承认了我的恶意"。看起来非常美国，一种特权带来的无能，而我想勒纳该是存心把亚当这昂贵的孱弱同他交往的那些西班牙艺术家和诗人激越且心系政治的热情做对比，他们的热情在亚当漫无目的的世故旁边，显得似乎天真又无畏。

但这是一本充斥了欺骗和自我欺骗的小说。而且，在更大的语境里，是什么让亚当此处的忏悔显得真实可信？这是一次对一己无能的诚心坦白，还是仅仅作为更大的不真实之中的另一个阶段？那个"资本或者随便你想叫它什么的东西"的说法，难道不是多少有点儿轻薄油滑？读者不可避免地会怀疑这是一段自我解构的忏悔，继而导致我们的告白者不是更多地袒露出来让人了解而是恰恰相反。亚当侃侃而谈说在真诚中承认了自己的恶意，但这也许是表面上的真诚在恶意中承认自己的一个例子？

　　类似的讨论会让本·勒纳的小说听上去比它实际上沉重，实际上和他的诗作一样，其小说也有一种轻与重的迷人的混合。几乎每一页纸上都会出现美妙的句子和笑话。比如，勒纳用一些充满颗粒感、模糊的或带有挑逗性注释的照片很好地调侃了塞巴尔德。一张关于被轰炸的格尔尼卡的航拍照片被配上了这样的注释："我努力把我的诗或任何诗想象成能让事情发生的机器。"而这样的效果更像漫画家格伦·巴克斯特，而非塞巴尔德。讽刺的是，在整部小说中，亚当谈论自己项目的各个阶段，这些阶段显然和他的正式研究项目毫无关系。（他的项目第三阶段似乎是"无聊"。）这些虚假的提法在书靠近结尾处达到了绝妙喜剧的顶峰，"我洗了次我的项目中最长的澡之一"。

　　与叙述者的"项目"不同，本书自己的"项

目"不应该仅仅以负面的方式来描述，比如它拒绝、嘲弄或回避了什么。勒纳试图捕捉的是大多数传统小说（这些小说的情节、场景和"冲突"都太沉重）无法捕捉到的东西：思想的漂移，非戏剧性生活的无声流逝。他在书中多次称之为"生活的白色机器"："那个另一种东西，吸音屏风，生活的白色机器，投影在中点线的影子……'等等'本身的质地。"亚当读着托尔斯泰，脑中想着，即使这位大师也是太过戏剧化，太整洁，太重大，太规矩了："不是那些小小的抒情奇迹和闪着光的分支创伤，而是另一种东西，不管它是什么，它是生活，是无论如何会被任何强调时间中的尖锐局部事件的说法、写法和想法曲解的。"这种反叙事，这种对"现实主义"传统语法的蓄意回避，这种对叙事中不可揭示、难以承认之事的追寻，正是《离开阿托查火车站》的行进方式。当然了，这种自我描述听来既像约翰·阿什贝利，也像弗吉尼亚·伍尔夫。然而另一方面，它也是这本狡猾小说里的一个悖论，即看上去似乎像一出怀疑论的后现代喜剧，但也是一个真诚地追求真实的老派作品——那个另一种东西，生活的白色机器。

给岳父的图书馆打包

"然而，他说，往往是我们最拿手的，将我们有多么不安暴露无遗。"——W. G. 塞巴尔德，《奥斯特利茨》

12D 公路，在纽约州尤蒂卡以北，德拉姆堡和迦太基以南，穿过贫穷破败的乡间。在凋敝的乡镇，看得见拖车和荒废的农舍。时不时地，会有一只崭新的谷物桶，闪亮得像是一支镀了铬的鱼雷，暗示着一个全新的开始，又或许只是农业产业化的到来。繁荣不再的阴云沉沉地挂在空中。沉重吗？不，对于眼望远方只是偶尔瞥过一眼的司机来说，它只是隐约地飘浮着，或隐约地让人感到内疚。

在塔尔柯特维尔，旧日繁荣的例证在马路上清晰可见——一栋巨大、精致的石灰岩造的房子，房前还有一间白色双层门廊。这栋房子，无论其大小，还是它与马路的距离，都是反常的。但在很长一段时间里，房子里的东西才是它真正的反常之处：它其实是一栋藏了数千卷书籍的了不起的图书馆。这是埃德蒙·威尔逊的家宅，18 世纪末由塔尔柯特家族建成，一位家族成员嫁给了威尔逊的曾祖父。这里是这位文学评论家在晚年最乐意回到的地方，尽管没有哪次的路途不是曲折麻烦的。在对塔尔柯特维尔生活的札记《上州》一书里，威尔逊表达了对这个地区的热爱，尽管其中充满了一个老人的尖酸刻薄、对糟糕餐馆和周遭不甚聪慧的同伴的抱怨。"某种意义上来说，它一直搁浅在这里"，他曾经这样写到这块地。正是在这里，1972 年 6 月的一个清晨，他与世长辞。

　　岳父退休后，和岳母移居加拿大。在我开车去探望他们的路上，经常路过埃德蒙·威尔逊的房子。虽然看起来维护得不错，威尔逊家似乎总是大门紧闭，已被忘却——某种程度上，被一条新路忽视的房屋总是会给人一种长期被遗忘的感觉。在我的想象中，我可以望进那栋图书馆，望见那一架又一架雄辩又缄默的书，在一场腐朽书页的大丰收里将自己淹没，那些古老、经典的作家困惑地看着纽约州那些古典的新世界地名：罗马、特洛伊、伊萨卡、叙拉古。

我的岳父去年去世了，岳母的身体也很不好，所以今年夏天我和妻子开车来到他们家，准备清空房子后将其转让。再一次，我们经过了威尔逊的房子，我也再次想到了他那些藏书悄无声息的长存，想到那座图书馆无法与外界交流，在主人过世后全无用处，在这条省道的一侧沉睡至今。我知道，在加拿大等待我们的，是如何处理岳父的图书馆这个难题。在平坦开阔的安大略乡间，一栋巨大的维多利亚式的房子里，有大约四千册书，也差不多这样沉睡着。我们或许会带一百本书返回波士顿，屋里也容不下更多了。然后又该怎么办呢？

弗朗索瓦－米歇尔·马苏德（François-Michel Messud），我的岳父，是一个复杂难解、才华横溢的人。他出生在法国，但幼年在阿尔及尔度过，又颠沛流离，辗转贝鲁特、伊斯坦布尔和萨洛尼卡。在 20 世纪 50 年代初，他作为第一批富布赖特学者之一来到美国，并留校攻读中东研究的研究生学位。他攻读土耳其政治研究的博士学位，但后来放弃了，并下海从商，这可能是出于学术上的焦虑，或父权的受虐心态。他并不是一个非常投入的商人，始终保留着优秀学者和好奇旅行家的本性。他的观念又是入世的，对文学、音乐或哲学并不热衷。他感兴趣的是社会、部落、寻根、流亡、旅行、语言。我感到他让人钦佩而非喜爱，甚至让人敬畏。他成长于一个严格的法国文化环境中，幼时又经历了20世纪30—40年代的匮乏（他曾回忆起在阿尔及尔的初中与他同班的德里达："那时候他不是一个很好的学生"），他有时会强词夺理、吹毛求疵、欺负人。晚上六点一过，鸡尾酒让一切变得如履薄冰，大家都学会了小心谨慎，生怕激起什么错误，招来粗暴的纠正。不知道腓尼基人的精确定义（不知道他们来自何处、何时兴盛）；不知道伊斯坦布尔两座最有名的清真寺的名字，或是黎巴嫩的内战史，或是阿尔巴尼亚的民族构成；不知道究竟是谁说了"当心来送礼的希腊人"，或是说错一个法语短语，或是不记得为什么塞法迪人被称为塞法迪人，或是称赞布鲁斯·查特文的作品，都会迅速地引来他的不屑。

我很感恩没有生作他的儿子。他那焦虑的男性权威与我生父的内敛是如此不同，我既为之钦佩，又感到疏远。有一次，在我结婚后不久，我已在法国生活了好几个月，语言能力有所提高，在吃饭时，有人在餐桌上称赞我的法语越来越流利。其他人都很客气地附和着。"我没发现有什么可以表扬你的，"我岳父插话进来，"这是一点微小的进步，你还有很长的一段路要走。"我就知道

他会这么说，恨他会这么讲，但也同意。他喜欢
提起自己 1954 年从法国来到美国阿默斯特学院时，
他的美国室友说他永远也不能真正精通英语。"到
了圣诞节，我就可以流利地说了。"他这样说。不
管这个故事是真是假，他讲一口完美的英语，不
带一点法国口音，除去他念"tongue"的音更像是
"tong"，"swan"则像是"swam"。他有那种外国
人特有的纳博科夫式的挖掘过时双关语的爱好。比
如说，因为坎特伯雷大主教的官方名称"全英格兰
主教长"（Primate of All England）中的"主教长"
（Primate）又意为"灵长类"，他总是说他"应该被
称为首席大猩猩"，并且总是为此乐不可支。

　　他对部族和社会感兴趣，则是因为他成长于
一个部族，离开后进入了社会，却并不归属于其
中任何一个。他的部族是法属阿尔及利亚；又被称
作"黑脚"。19 世纪中叶来到阿尔及利亚的欧洲殖
民者，在 1962 年独立战争结束后集体离开了这块
领地。同大多数"黑脚"一样，在阿尔及利亚独立
后，他再也没有回到他童年的故乡，所以，阿尔及
利亚——又其实是整个法属北非的经历——只能在
脑海中被记起，事实上是永远地遗失了。法兰西，
一个更大的家，对于很多归返的殖民地居民来说，

是说不清道不明的情感。尽管妹妹去了土伦[1]定居，他从未对这个国家表现出很多兴趣，因此全然未有那种经常令人抓狂的法国人的优越感。结果，他来到了美国，并在那里度过了他人生的大半。但他不是热切的移民，或者什么自告奋勇的民主主义者。早先的富布赖特学者和研究生经历带来的新鲜感一消退，他便陷进了一种熟悉的欧洲人的疏离感。终其一生，他生活在美国，（为一家法国公司）工作，缴纳税金，读《纽约书评》，在布克兄弟买衬衫和内衣，去大都会博物馆看新的展览，但他并不是一个美国人。美国社会越发令他迷惑、气恼；粗言鄙语和民主的陈词滥调，对于受过教育的美国人来说不过是日常烦恼，又或可被视为维护社会活力的代价而置之不理，却折磨着他。他飘浮在美式生活之上，享有特权，却背着伤痛，无依无靠。

也许他的书房里最重要的一本书是一本巨大的地图册，摊开放在一座木制讲台上，每天都会被翻一翻；有时候我们会发现他站在讲台上，在密集、抽象的网格里窥探着新发现的趣味。旅行和阅读让他收集了一些脆弱细微的经验。他的旅行广泛而有系统。每次旅行（埃及、希腊、印度尼西亚、

---

[1]　土伦（Toulon），法国东南部港口城市，设有海军基地。

秘鲁、摩洛哥、缅甸、印度、俄罗斯）前他都会进行充分的准备，包括提前进行阅读研究，将行程安排得井井有条，然后便是保存——通常这由妻子完成——建筑和城市的照片：金字塔、庙宇、清真寺、街道、石柱、废墟。他的阅读也是同样的方式，随着兴趣，就像军队沿着补给线行进，搜索出某一特定的主题上所有能找到的图书。约翰·贝里曼曾经调侃埃德蒙·威尔逊的执着，因为威尔逊说，写文章的时候，他"会穷尽一个作家的全集"。我的岳父无法与埃德蒙·威尔逊相比（首先，他从来没有写过任何东西），而且，在他越来越老越来越忙后，他买的书远远超出了他的阅读能力，但这种求知的贪婪是类似的。买一本书不仅仅标志着对知识的潜在的获取，也像是在一块地皮上标示产权：知识成为一个可以造访的处所。他周遭的环境，无论是美国或加拿大，都提不起他的兴趣：比如说，我从来没有听过他情绪高昂地提起曼哈顿。但是，1942 年的阿尔罕布拉宫，或者他记忆中儿时的萨洛尼卡（那是战前塞法迪犹太人的中心，他回忆说，在那里，有希伯来文印刷的报纸），或拜占庭帝国晚期的君士坦丁堡，呃……什么？如果我说这些地方对于他来说是"鲜活的"（的确是陈词滥调），那么我就可以让他听起来比平时的他更有学究气，也许更有想象力。用一种更接近事实的方式来说,这些地方对他来说才是真实存在,而在同样意义上,曼哈顿和多伦多(甚至巴黎)都不是。

然而,这些事在很大程度上是难以言说的。他的时间花在与商人们打交道,而不是学者。他很少邀请人来吃饭,有时会很强硬,有时自言自语。他习惯将他的知识扩展成咄咄逼人的质问,而非谈话的邀请,虽然这也许不是他的真实意图。所以他贪婪购书这件事,似乎总是有一点自我防卫的意味,仿佛是他在一层层地裹上衣服,抵御流亡的征召。

图书馆总是矛盾的:它们同收藏家具有同样的个性,同时又是对无个人性的知识的理想表述,因为它是普遍的、抽象的,远远地超越了某一个人的人生。苏珊·桑塔格曾经对我说,她的文章比她更聪明,因为她辛勤地花几个月时间用自己的写作扩张它们。我喃喃地说了些老套的话,说文学批评家如何在公开场合展示自己接受的教育,她便发怒了。她一边指了指她巨大的图书馆,一边肯定地说:"那不是我的意思。这些书我全部通读过。"我不相信她,因为没有人能把自己的所有藏书都读完;而她不理解我的意思也有点奇怪,我只是想说,她的藏书跟她的文章一样,也要比她更有智慧。这话对于我岳父的图书馆也是成立的,因为他的藏书甚至不像桑塔格或威尔逊的那样是工作用的，而是一个工作头脑尚未充分利用的收藏。我的岳父那种完成所有事情的意志——通过购买和阅读一个主题下的所有书籍来全面掌握它，并把它们摆在架上陈列——代表了一种理想、一个抽象的乌托邦、一个没有盛衰兴亡的复兴之国。一排排经过精心挑选、精妙绝伦的书籍，全都聚焦于同一个主题，这是该主题所能享受的最佳生活——那主题的黄金时代。例如，这是他关于缅甸的两排书架上的头几本：《缅甸的亲属关系与婚姻关系》（Melford E. Spiro）、《缅甸高地政治体系》（E. R. Leach）、《被遗忘的土地：重新发现缅甸》（Harriet O'Brien）、《缅甸政局循环：无政府与征服，1580—1760》（Victor B. Lieberman）、《回到缅甸》（Bernard Fergusson）、《缅甸及其他》（Sir J. George Scott）、《在缅甸寻找乔治·奥威尔》（Emma Larkin）、《现代缅甸史》（Michael W. Charney）。这是两到三架关于犹太教和犹太人的书的第一部分：《种族分离：犹太人在欧洲，1789—1939》（David Vital）、《塞纳河边的维尔纳：1968 年后的在法犹太知识分子》（Judith Friedlander）、《犹太－基督关系的危急时刻》（Marc Saperstein）、《沙皇及苏维埃政权下的俄罗斯犹太人》（Salo W. Baron）、《敬犹太人》（Léon Bloy）、

《西班牙的犹太人：一部犹太人的离散史，1492—1992》（Henry Méchoulan）。他有三四百本关于拜占庭帝国各个方面的书，而伊斯兰和中东方面的书大概又是这个数量的两倍。

到了加拿大后的头几天我一直都在整理中东主题的书目，希望能够将伊斯兰教和穆斯林社会相关的书籍完好无损地保存下来，或许能够捐赠给一个机构——一所大学、一所学校、当地图书馆，甚至是清真寺。麦吉尔大学分管伊斯兰书籍的馆员欣然同意看一看这个书目。整理书目是一件缓慢、复杂、让人沉迷的事。光是关于埃及就有五十八本书，从艾尔弗雷德·J.巴特勒出版于1902年的《阿拉伯对埃及的征服以及罗马统治的最后三十年》，到弗洛伦斯·南丁格尔有关尼罗河之旅的通信集，到塔哈·侯赛因于1932年在开罗出版的回忆录《埃及童年》。但很快我们就发现其实没人真正想要成百上千册的旧书。寄往本地大学的电子邮件都没有得到回复。有人告诉我们，在阿尔伯塔省的一个小镇，一座公共图书馆被火灾夷为平地。他们打算重建，并接受捐赠。我正准备寄过去几百本。但图书馆网站要求书是最近两年出版的，这几乎排除了我岳父的所有藏书。安大略的金斯敦是离得最近的一个大城镇，也是女王大学所在地，镇上的旧书生意颇为红火，所以我给其中一个店家打了电话。店主是否愿意从市区开四十分钟车，到一栋乡下房子里看一看一间有几千册藏书的优秀图书馆？答案是令人同情和气馁的。书商告诉我，在金斯敦曾有十二家二手书店，现在只剩了四家："我们有存储空间，但没有钱。街角的商店有钱买书，但没有空间。今年夏天，已经至少有三大批私人收藏进入市场。所以，要说到这栋房来查看这四千本书，恐怕不值得我跑这一趟。"搞不清究竟是谁应该对谁感到抱歉。

我们有几次零散的成绩。有一个网上的书商，专做珍本书和头版书的生意，他跑来挑走了他感兴趣的书，箱子把他的老旅行车塞得满满当当。几天后，一个在女王大学教授哲学的英国藏书家也如法炮制。见到他们藏不住的兴奋劲儿，我很高兴，但又感到这家图书馆正在千刀万剐中死去。因为对于任何私人图书馆来说，藏书的完整性是有意义的，比较而言每一本藏书本身则毫无意义。又或者说，一旦从整个收藏中分离出来，对于原本的收藏者每一本书都不再有意义，却突然地，作为作者的思想的完整表达，拥有了新的意义。纽约大学著名学者 F. E. 彼得斯所作的《麦加：穆斯林圣地的文学史》是一本可爱的书，但它无法揭示我岳父的任何特质，除去他买了这本书以外，但它代表彼得斯教授毕生研究的精华。从某种奇怪的方式来说，我们的这间图书馆就像某些画作，当你走近画布时，整幅画便分解成一个个相互独立且无法解读的斑斑点点。

就这样，我开始想，我们的藏书或许无法揭示我们的任何特质。砌起图书馆的每一块砖，都是借来的，而不是砌砖人自己做的：数千人，也许是上万人，都拥有 F. E. 彼得斯的书。如果我被带进埃德蒙·威尔逊在塔尔柯特维尔的图书馆，而威尔逊自己写的书都被搬走了，我能分辨出这是埃德蒙·威尔逊的图书馆，而不是阿尔弗雷德·卡津的或 F. W. 杜皮的？一旦我们了解到图书馆的主人，便常会对之心生崇拜，就像欣赏一个著名哲人的双瞳，或是芭蕾舞演员的玉足。普希金的藏书里有约一千册非俄文书，《普希金论文学》的编辑帮忙列出了所有的外国书籍，其中包括巴尔扎克、司汤达、莎士比亚和伏尔泰。她自信地宣布，"从一个人对藏书的选择，可以深入地了解这个人"，然后却又不自觉地自相矛盾地补充，普希金与同阶层的很多俄国人一样，基本是阅读法语书籍的："古代经典、《圣经》、但丁、马基雅维利、路德、莎士比亚、莱布尼兹、拜伦……主要都是法语本。"这听起来就像是 1830 年前后一个阅读广泛的俄国绅士的图书馆——普希金会列给他的标准版俄国浪漫青年叶甫盖尼·奥涅金的书目。但是，这些书又有什么普希金的特质呢？它是如何揭示普希金的所思所想的呢？

阿多诺在他的文章《论流行音乐》中曾批评说，当我们听到一首流行歌曲时，我们总认为它成了私人所有的一部分（"这是我的歌，我头一回吻那个谁的时候放的就是这首歌"），而实际上这"表面上孤立的特定歌曲的个人体验"，却在愚蠢地与其他成百万人分享——这样，听者便仅仅是"感受到数量上的安全感，并追随所有那些曾听过这首歌的人，以及那些令其流行起来的人"。阿多诺这样的假内行都认为这太过自欺欺人了。但是，在数字时代，我们一定会以同样的方式对待严肃的古典音乐。那么图书馆——至少从某种意义上说——何尝不是同样的一种自我欺骗？私人图书馆其实不正是一个伪装成私人遗产的公共之物吗？

阿多诺讨厌资本主义及其分支，也就是他所说的文化工业，将无形之物，例如艺术作品转换成物件。但是，无可否认的是书几乎一定是一个物件，而在我整理岳父的藏书时，我飞快地对它们称得上愚蠢的物质性产生了距离，我为自己这么快的反应感到吃惊。我开始讨厌他的藏书癖，这种癖好在他死后，同其他任何一种物欲相比都没什么不同。一次又一次，他的女儿们恳求他在死前"处理处理"他的书。这话的意思是，我们没法保留它们。即便他明白了这意思，他也什么都没做。整理他的藏书，令人悲哀地同整理出他的照片或他的CD或他的衬衫没有什么区别。尽管与我哀恸的妻子相比，我的任务要简单得多。在经历过这些后我下定决心在我身后将不再给我的孩子们留下这样的累赘。

我想起学者兼评论家弗兰克·克默德几年前的遭遇。他当时正在搬家，把他最珍贵的书籍（他的小说、诗集、签过名的初版书等等）都装了箱放在街上。收垃圾的人错把书箱当成了垃圾，只留下一大堆当代文学理论。这个故事曾经让我感到毛骨悚然，现在看来却简直美好。突然就这样卸下了负担，所以他的后代不用再受罪了！毕竟，我真的能宣称，我那一架架像是某种虚假的成就宣言般的、杀不死的、毫无生气的藏书（市侩的人肯定会对文化人提问："你真的把这些都读过了吗？"），比起我那少得多的明信片和照片收藏，更能向我的孩子们展示我这个人吗？（W. G. 塞巴尔德的作品探讨过这种永久性的悖论：一张摆满了书的房间的照片，或许比书本身，更能映照其主人的形象。）

我在岳父的藏书上花的时间越长，这些书就越显得像在掩藏他，而不是展示他，它像是一座被语词缠绕的不可破译的陵墓。他在阿尔及利亚的童年，他有趣的思想，他的转向赚钱的追求，他在美国的孤独与隔阂，他的信心和羞怯、好斗和焦虑，饮酒、愤怒、激情，以及他在压力之下务实的生存；当然了，总的说来，这几千册书籍——整齐、有系统、傲然地覆盖全面——体现了他这一生的形状，但无法体现他人生的各个角度。这些书在某种程度上使他更渺小，而非更伟大，就好像它们正在窃窃私语："一个人的一生，充满着忙碌、短暂、毫无意义的项目，是多么的渺小啊。"所有的废墟都在这样说着，但我们奇怪地一直假装书不是废墟，不是破败的石柱。

我岳父的一个忙碌而短暂的项目从一本关于希腊历史的书中掉了出来。这是一张纸片，上面是他认真的字迹。日期是 1995 年 1 月 2 日，笔记是为一趟希腊旅行所做的准备："《古希腊历史》，让·哈兹菲尔德和安德烈·艾马尔，纽约，诺顿，1966 年。"在这个标题下是几行英文：

　　—— 希腊人在公元前第二个千年中出现：希腊，黑海，小亚细亚，群岛，意大利南部。

　　——共同语言和传统，但差别很大。
Hellas = 文化，文明。（"希腊人"的说法直到
公元前 800 年才出现。"希腊"其实是罗马人
的称呼。）

　　——希腊和小亚细亚西部的地理分界：海
洋沉降使新近形成的大陆破碎，结构非常复
杂——峡湾，深海湾，山脉，海角，岛屿。

　　等等等等，写满了一页。在背面，他画了一张
古希腊和小亚细亚西部（今土耳其）的简图。这
是他的整个世界：一边是地中海，另一边是爱琴
海，一个在西，一个在东。他把最有名的地方标记
了出来，还画了圈：在小亚细亚的一边，是艾奥利
亚，吕基亚，特洛伊，士麦那；在希腊的一边，则
是浇着蜜糖的、幽灵般的、遗失了的地名：伊利里
亚，伊利斯，阿提卡，阿尔戈利斯，科林斯，阿卡
迪亚。

致谢

本书的文章成于 2004 年至 2011 年间，先后发表于《新共和》《纽约客》及《伦敦书评》杂志。对诸位编辑和以上各出版物的文学编辑们，我心怀感激，尤其要感谢《纽约客》的亨利·芬德，还有《伦敦书评》的玛丽－凯·威尔莫斯。

为塞巴尔德的《奥斯特利茨》所写的评论文章最初是作为该小说某一新版本（兰登书屋，2011 年）的导读而发表的。本书致敬基斯·穆恩与消逝的鼓手之乐的同名篇目，也曾被收录于《2011 年度最佳音乐评论》（Da Capo 出版社，2011 年）。关于乔治·奥威尔的文章曾收录于克里斯托弗·希钦斯编选的《2010 年度美国最佳文选》（Houghton Mifflin Harcourt 出版社，2010 年）。而关于伊恩·麦克尤恩的文章，最初是我于剑桥大学英语系格雷厄姆·斯托里讲座开课时所作的讲稿。感谢斯蒂凡·柯里尼和阿德里安·普尔对我的邀请。